茅盾研究
八十年書系

錢振綱・鍾桂松◎主編

唐金海、劉長鼎◎主編

36

茅盾年譜（第二冊）

花木蘭文化出版社

國家圖書館出版品預行編目資料

茅盾年譜（第二冊）／唐金海、劉長鼎 主編 -- 初版 -- 新北市：花木蘭文化出版社，2014〔民 103〕

目 4+260 面；19×26 公分

（茅盾研究八十年書系；第 36 冊）

ISBN：978-986-322-726-7（精裝）

1. 沈德鴻 2. 年譜

820.908　　103010449

ISBN-978-986-322-726-7

茅盾研究八十年書系

第三六冊　　ISBN：978-986-322-726-7

茅盾年譜（第二冊）

本書據山西高校聯合出版社 1996 年 6 月版重印

編　　者　唐金海　劉長鼎

主　　編　錢振綱　鍾桂松

總 編 輯　杜潔祥

副總編輯　楊嘉樂

編　　輯　許郁翎

出　　版　花木蘭文化出版社

社　　長　高小娟

聯絡地址　235 新北市中和區中安街七二號十三樓

電話：02-2923-1455／傳眞：02-2923-1452

網　　址　http://www.huamulan.tw 信箱 hml 810518@gmail.com

印　　刷　普羅文化出版廣告事業

初　　版　2014 年 7 月

定　　價　60 冊（精裝）新台幣 120,000 元

茅盾年譜（第二冊）

唐金海、劉長鼎 主編

目次

精神存在：文學大師茅盾（自序）　唐金海　劉長鼎

第一冊

例　言　唐金海　劉長鼎　張曉雲

上　卷（一八九六年～一九四九年）……1

第一編（一八九六年～一九二六年）……3

一八九六年……5

一八九七年……7

一八九八年……8

一八九九年……9

一九〇〇年……10

一九〇一年……12

一九〇二年……13

一九〇三年……14

一九〇四年……16

一九〇五年……18

一九〇六年……19

一九〇七年……20

一九〇八年……22

一九〇九年……28

一九一〇年……31

一九一一年……32

一九一二年……36

一九一三年……38

一九一四年……42

一九一五年……43

一九一六年……45

一九一七年……48

一九一八年……50

一九一九年……54

一九二〇年……60

一九二一年……81

一九二二年……115

一九二三年……141

一九二四年……158

一九二五年……170
一九二六年……182

第二冊

第二編（一九二七年～一九四九年）……191
一九二七年……193
一九二八年……207
一九二九年……219
一九三〇年……228
一九三一年……238
一九三二年……251
一九三三年……266
一九三四年……299
一九三五年……330
一九三六年……357
一九三七年……392
一九三八年……412
一九三九年……441

第三冊

一九四〇年……457
一九四一年……472
一九四二年……505
一九四三年……527
一九四四年……543
一九四五年……558
一九四六年……592
一九四七年……631
一九四八年……653
一九四九年……667

第四冊

下　卷（一九五〇年～一九八一年）……687
第三編（一九五〇年～一九六五年）……689
一九五〇年……691

一九五一年 …… 706
一九五二年 …… 719
一九五三年 …… 732
一九五四年 …… 744
一九五五年 …… 764
一九五六年 …… 780
一九五七年 …… 803
一九五八年 …… 827
一九五九年 …… 848
一九六〇年 …… 868
一九六一年 …… 894
一九六二年 …… 923
一九六三年 …… 956
一九六四年 …… 980
一九六五年 …… 1001

第五冊

第四編（一九六六年～一九八一年） …… 1019
一九六六年 …… 1021
一九六七年 …… 1033
一九六八年 …… 1037
一儿六九年 …… 1042
一九七〇年 …… 1045
一九七一年 …… 1050
一九七二年 …… 1055
一九七三年 …… 1061
一九七四年 …… 1075
一九七五年 …… 1098
一九七六年 …… 1136
一九七七年 …… 1155
一九七八年 …… 1191
一九七九年 …… 1227
一九八〇年 …… 1273
一九八一年 …… 1317
後　記 …… 1353

第二編

（一九二七年～一九四九年）

茅盾「在五四以來現代文學的形象的畫廊中，主要提供了新民主主義革命時期三十年來民族資本家和城市的『時代女性』的形象。……都具有鮮明的時代特點，具有巨大的思想深度和歷史內容，……這種自覺追求主題和題材的重大性、史詩性的創作特色，對於現代乃至當代長篇小說的創作是有重大影響的」。——王瑤

「我所能自信的，只有兩點：一，未嘗敢『粗製濫造』；二，未嘗爲要創作而創作，——換言之，未嘗敢忘記了文學的社會的意義。……我常常以『深刻』和『獨創』自家勉勵，……我永遠自己不滿足，我永遠『追求』著。我未嘗誇大，可是我也不肯妄自菲薄！是這樣的心情，使我年復一年，創作不倦。」——茅盾

一九二七年（三十二歲）

一月

一日　發表《現代女子的苦悶問題》（散文），署名雁冰。載《新女性》第二卷第一號。現收《茅盾全集》第十五卷。

同日　發表《初民社會中之兩性關係》（序跋）。載《新女性》第二卷一號。

同日　去武漢途中，與德沚在英國輪船上過陽曆年。（《我走過的道路》（上））

月初　抵武漢，任中央軍事政治學校武漢分校政治教官；住武昌閱馬廠福壽里二十六號。該校校部在武昌兩湖書院。分校校長蔣介石，教育長鄧演達，日常工作由惲代英主持。（《我走過的道路》）

同月　在武漢任國民革命軍中央軍事政治學校武漢分校教官時，與幾位朋友組成「上游社」。《上游》附在孫伏園編的《中央日報·中央副刊》上。成員十人有：沈雁冰、陳石孚、吳文福、樊仲雲、郭紹虞、傅東華、林思平、顧仲起、陶希聖、孫伏園。（《我走過的道路》；郭紹虞：《憶茅公》；王中忱《茅盾參與過的三個文學社團》，載《東北師大學報》1982年第4期），擬出版《上游》週刊，附在孫伏園編的《中央副刊》上。另外還擬出星期日專刊，即《中央副刊星期日特別號》。

約同月　介紹一九一九年前後在北大旁聽時結識的同學郭紹虞到武昌中山大學任教。（郭紹虞《憶茅公》，載《文藝報》1981年第8期）

本月

一日，國民政府不顧蔣介石反對，從廣州遷至武漢。

三月

一日　發表《「士氣」與學生的政治運動》（散文），署名玄珠。載《民鐸雜誌》第八卷第四號。現收《茅盾全集》第十五卷。在略述我國古來士的階級從事政治運動的概況後得出以下結論：第一，中國讀書人——戰國時的諸生，漢宋的太學生，——在朝政昏亂，國勢阽危，上下醉夢的時候，常常挺身出來作政治運動；這種精神，史家稱之曰「士氣」；第二，因爲中國教育不普及，一般民眾知識落後，所以士的階級的政治運動便成爲一般民眾要求自由解放之當然代表。第三，中國的「士氣」，以新術語解釋之，實爲「大知識階級主義」，換言之，即一切有決心反抗專制暴政，要求自由解放的革命知識階級，團結一致，領導民眾作政治運動。第四，當中華民族受異族侵凌的時候，「士氣」特別激昂。第五，歷代士的階級之政治運動有其共同的缺點，即脫離民眾，沒有組織，學派之間互相攻擊。文章呼籲：發揚吾民族特有之『士氣』，拋棄成見，「俾厚積勢力而不爲敵人所乘！」作者附言：「此篇原爲舊稿。1926 年夏有感而作。今因石岑先生爲《民鐸》徵稿，姑以此塞責，尚望讀者批評。」

二十七日　發表《〈紅光〉序言》（文論），署名雁冰。載《中央副刊》星期特別號《上游》第六期，現收《茅盾全集》第十九卷。《紅光》係顧仲起的詩集。（按：顧是南通師範學校學生，曾給《小說月報》投稿。一九二九年初，茅盾把他介紹到黃浦軍校學習，畢業後在北伐軍中任連長）介紹顧因「反抗精神」離家，成了做苦工謀生的「流浪者」。後投身革命，同時寫詩和小說。出這部小詩集「是慷慨的呼號，悲憤的囈語」，「『標語』的集合體」。指出在「空氣極端緊張的」時代環境中，「奇突的呼喊，口號式的新詩，才可算是環境衛生的真文學」。因爲「神經緊張的人們已經不耐煩去靜聆雅奏細樂，需要大鑼大鼓」。同時也希望「從標語式文學發展到更完善的新形式的革命文學」。

同日　發表《最近蘇聯的工業與農業》（散文），署名沈雁冰。載《中央副刊》星期特別號《上游》第六、七期。現收《茅盾全集》第十五卷。

同月　接替高語罕，任漢口《民國日報》總主筆，總經理爲毛澤民，社長是董必武。第一次見到董必武，獲悉「董老事忙，編輯方針便由黨中央宣傳部彭述之、瞿秋白領導。傳達中央指示的，是在黨中央宣傳部工作的尹寬」。有時「伊寬傳達黨中央宣傳部的指示：要少登工、農運動和婦女解放的消息。我置之不理。於是陳獨秀就叫我去，當面對我說：《民國日報》太紅了，不要再登工、農運動和婦女解放的消息了。……因爲是陳獨秀親自下命令，我就找董老請示。董老說，不理他，我們辦我們的。」（《一點回憶》）同時，又將此事告之瞿秋白，瞿主張：「另辦一張報」，「堂堂正正地宣傳共產黨的政策」，並「主張新的黨報仍由我任總編輯，另外由黨中央的負責同志組成社論委員會，負責寫社論」。(《回憶秋白烈士》;《我走過的道路（上)》)

本月

二十一日　上海工人階級在周恩來等領導下舉行第三次武裝起義，次日解放上海。

二十四日　北伐軍克復南京。英、美、日、意等國軍炮擊南京城。

四月

二十九日　發表《歡送與歡迎》(散文)，署名雁冰。載漢口《民國日報》。現收《茅盾全集》第十五卷。歡送北伐將領張發奎等出發前方，歡送國際工人代表回歐，歡迎日本工人代表團抵鄂。說，這次張發奎軍長等的北伐最有意義、最有價值，「因爲此次北伐是黨內反動份子分化出去了以後的北伐」，「是在帝國主義新舊軍閥暨一切反動勢力的聯合戰線的四面包圍中堅決犧牲的大無畏精神的北伐！」

三十日　爲迎接「五一」勞動節，發表《怎樣紀念今年的五一節》(散文)，署名雁冰。載漢口《民國日報》。現收《茅盾全集》第十五卷。指出：「目前反革命派——自土豪劣紳買辦階級以至新軍閥蔣介石——正聯合戰線向革命努力進攻，革命勢力爲求存在與繼續發展，只有更加團結起來」，所以，今年的「五一」則爲工農商學兵聯合一致向反革命武裝決鬥的誓師日」。

同月　作《〈雪人〉自序》(序跋)，署名雁冰。載一九二八年五月開明書店初版《雪人》。云「熱心」「介紹世界被壓迫民族的文學」已「三四年」。自經譯作中「藏著人生的力和悲哀」。自稱是「是個『文學的勞工』」，又說明集子中有五六篇「是吾弟所譯」。

同月　編輯譯作《雪人》，並作《〈雪人〉作家小傳（十九人)》(傳記)，載一九二八年五月開明書店版《雪人》。

本月

十二日　蔣介石在帝國主義支持下，殘酷屠殺上海工人、共產黨員和革命人民，查封上海總工會，是爲「四・一二」反革命政變。

十七日　武漢國民黨中央執行委員會和國民黨政府發佈命令，斥責蔣介石，開除其黨籍，免去其一切職務，是爲「寧漢分裂」。

十八日　蔣介石在南京成立「國民政府」。

二十七日　中國共產黨第五次全國代表會在武漢召開，大會批評了陳獨秀右傾機會主義錯誤。

二十八日　李大釗及其他二十餘名共產黨員慘遭張作霖殺害。

五月

四日　發表《「五四」與李大釗同志》（散文），署名雁冰，載漢口《民國日報》，現收《茅盾全集》第十五卷。悲憤地說：「今年紀念『五四』的第八週年，伴著一個極不幸的消息，即是『五四』的領袖李大釗同志正於前五天在北京被害！」「我們對於李大釗同志等的被害，無限的悲哀，我們一定要從悲哀中生出更大的勇氣與反革命決一死戰。」

同日　發表《革命者的仁慈》（散文），署名雁冰。載漢口《民國日報》，現收《茅盾全集》第十五卷。控訴蔣介石在南方秘密絞死江蘇省黨部的負責同志二十餘人，並用麻袋裝屍，棄於通濟門外江中的殘暴罪行。指出，而在武漢方面，革命者對反動派則很仁慈，一般「好好地優待在公安局」，但上海的報紙還天天造謠，說是武漢有「赤色恐怖。」

五日　發表《五五紀念中我們應有的認識》（散文），署名雁冰。載漢口《民國日報》，現收《茅盾全集》第十五卷。說：「六年前的今天，本黨孫總理在廣州就任非常總統之職；一百零九年前的今天，世界革命的導師馬克思誕生於世！」「我們遵照總理的遺教誓死奮鬥，革命的勝利一定是有把握的」。「我們又從世界革命的導師馬克思知道帝國主義之必然崩潰，知道人類歷史之必然的向大同共產社會進行，知道無產階級是革命的主力。這些理論的指導，更加確定了我們革命的人生觀，更加充實了我們的革命方略。」

七日　紀念「五七」國恥日，發表《廿一條與一切不平等條約》（散文），署名雁冰。載漢口《民國日報》，現收《茅盾全集》第十五卷。指出：「我們反對帝國主義不僅要反對日本帝國主義，也要反對一切帝國主義；我們廢除不平等條約，不僅要廢除『廿一條』，而且也要廢除一切不平等條約。現在蔣介石之所以敢於鎮壓革命，原因在於帝國主義的支持。」

九日　發表《袁世凱與蔣介石》（散文），署名珠。載漢口《民國日報》，現收《茅盾全集》第十五卷。通過袁世凱與蔣介石的比較，說明「蔣介石實在是一個具體而微的袁世凱！」「袁世凱摧殘革命勢力的計劃雖曾奏效一時，然而袁世凱終於沒有圓他的皇帝好夢，蔣介石亦復如是……」。

十日　發表《蔣逆敗象畢露了》（評論），署名珠。載漢口《民國日報》，現收《茅盾全集》第十五卷。通過分析蔣介石集團內部的矛盾，得出「蔣的勢力已至末日」的結論。

十一日　漢口《民國日報》天天收到各地反頑勢力騷動和農協反擊的消息，編輯部據實報導，並加了一個總標題：《光明與黑暗的鬥爭》。爲了讓民眾瞭解武漢當時的局勢，堅定信心，發表《鞏固後方》（散文），署名珠。載漢口《民國日報》，現收《茅盾全集》第十五卷。認爲：「帝國主義者與反革命的蔣介石勾結了」，「所以目前言鞏固後方，僅僅武裝民眾還不夠，必須對於潛伏的反動勢力舉行大規模的掃除。」

十二日　發表《英帝國主義又挑釁》（散文），署名雁冰，載漢口《民國日報》，現收《茅盾全集》第十五卷。

十三日　發表《前方勝利中我們的責任》（散文），署名珠。載漢口《民國日報》，現收《茅盾全集》第十五卷。要求在第二期北伐順利進行中，後方的同志要有隨時可以武裝站在最前線打死仗的堅毅精神。

十五日　《〈楚辭選釋〉序》（序跋），署名沈雁冰。載十五日、二十二日《中央副刊》星期日特別號《上游》第八、九期。

同日　發表《漢口〈民國日報〉社論》，載漢口《民國日報》，現收《茅盾全集》第十五卷。

十六日　中央軍事政治學校（按：原黃埔軍校）特別黨部於十六日在兩湖書院本校開成立大會，爲此，發表《祝中央軍事政治學校特別黨部成立大會》（社論），署名雁冰，載漢口《民國日報》。社論說：「希望中央政治學校全體同志對於革命觀念要求其徹底認識，對於內部尚沉澱的假革命不革命甚至反革命份子當更以嚴密的淘汰。」

二十日　發表《鞏固農工群眾與工商業者的革命同盟》（政論），署名雁冰。載漢口《民國日報》，現收《茅盾全集》第十五卷。根據中央執行委員會對全體黨員的訓令，闡述鞏固工農群眾與工商業者的革命同盟的重要性。

二十一日　發表《工商業者工農群眾的革命同盟與民主政權》（政論），署名雁冰。載漢口《民國日報》，現收《茅盾全集》第十五卷。進一步闡述與工商業者建立革命同盟的重要性在於鞏固民主政權。

二十二日　十七日武漢國民黨軍隊夏斗寅所部在宜昌叛變，旋即被國民軍擊敗，爲此，發表《夏斗寅失敗的結果》（雜文），署名雁冰。載漢口《民國日報》，現收《茅盾全集》第十五卷。根據夏斗寅叛變失敗的情況，從蔣介石集團內部的矛盾，以及工商業者所受的壓迫、工人的反抗鬥爭、財政上「行營兌換券」引起的財政紊亂，蔣軍的腐朽等方面說明：「蔣已到了不可挽回的頹運。」

二十三日　發表《我們的出路》（政論），署名雁冰。載漢口《民國日報》，現收《茅盾全集》第十五卷。文章通過對武漢周圍的反動勢力是否有進攻武漢之可能的分析，指出：「我們已經到了出路之口，再進一步，就是勝利」。

二十五日　作《「五卅」走近我們了》（雜文），署名雁冰。載漢口《民國日報》副刊第二十號。現收《茅盾全集》第十一卷。

二十六日　針對上海各西方報紙大肆宣導「武漢軟化」的謬論，發表《整理革命勢力》（政論），署名雁冰。載漢口《民國日報》，現收《茅盾全集》第十五卷。指出，這種謬論是對中央執行委員會關於工商業者與工農群眾關係之訓令的有意歪曲，社論接著論述了中央執行委員整理革命勢力的三個訓令的重要意義。

二十九日　發表《英俄絕交之觀察》（雜文），署名雁冰。載漢口《民國日報》，現收《茅盾全集》第十五卷。分析英國保守黨與俄絕交的社會原因，指出，英國保守黨與俄絕交，一爲企圖激起國際上逐漸消沉的反俄情緒；一爲企圖激怒蘇俄而引起世界的大戰，希冀在戰爭中有保守黨的出路。

本月

十七日　夏斗寅在宜昌叛變。

二十一日　長沙發生馬日事變，武漢國民黨軍隊何健、許克祥所部在長沙屠殺共產黨員和工農大眾，改組省黨部。

蔣介石勾結帝國主義和江浙財團對武漢進行經濟封鎖；收買四川軍閥楊森向武漢進犯等。

六月

四日　發表《讀李品仙軍長等東電》（散文），署名雁冰。載漢口《民國日報》，現收《茅盾全集》第十五卷。認爲李品仙等的東電，對長沙文件的意見，「正是每個同志心所眷懷口所要言的。黨是領導群眾的，群眾行動失當，惟黨有糾正整頓之權；軍隊是黨的工具，同時軍中武裝同志是黨員，故軍隊惟有在黨的命令之下去行動。長沙事件之是非曲直，惟可依此原則以求解決。」

六日　武漢政府爲了解決嚴重的財政困難，決定發行「有獎債券」和「國庫券」，爲了配合有獎債券的發行，發表《民眾應認識有獎債券之性質》（雜文），署名雁冰。載漢口《民國日報》，現收《茅盾全集》第十五卷。呼籲：「民眾們！你們聽了前線傷兵的呻吟而自慚未能對革命十分盡力麼？現在機會來了！購買有獎債券就是擁護革命！」

九日　發表《鄭汴洛克復後之革命形勢》（散文），署名雁冰。載漢口《民國日報》，現收《茅盾全集》第十五卷。分析武漢政府第二期北伐的第一步軍事計劃克復鄭州、開封、洛陽的實現對整個革命形勢的重大意義。

十一日　楊森潰敗，發表《楊森潰敗之觀察》（政論），署名雁冰。載漢口《民國日報》，現收《茅盾全集》第十五卷。指明：「一切與楊森同盟的反革命的蠢動，一定要與楊逆同其命運。」評論闡述了楊森潰敗的原因。

十二日　鑒於負傷同志在街上引起的糾紛，爲避免潛伏在武漢之走狗所利用，發表《負傷同志的娛樂問題》（雜感），署名雁冰。載漢口《民國日報》，現收《茅盾全集》第十五卷。建議「負傷同志內部應有一組織，既自爲規範，以求正當之娛樂培養，亦可杜絕反動派之假借名義，陰謀騷亂。」

同日　在漢口《民國日報》上刊登《尋找汪原放的啓事》，署名珠：「你住在那個醫院，見報盼告知，有要緊事和你商量。」

十三日　爲長沙「馬日事變」，又發表《歡迎中央委員暨軍事領袖凱旋與湖南代表團之請願》（散文），署名雁冰。載漢口《民國日報》，現收《茅盾全集》第十五卷。揭露許克強破壞湖南農民運動成爲蔣介石的新工具的眞面目。指出，長沙反動派對於革命勢力之進攻，是很有組織，很有計劃，很有步驟的。他們第一步是用「苦肉計」，混進農民協會幹些左的幼稚行爲；第二步是造謠誣蔑，挑撥離間；第三步是屠殺。

十四日　發表《撲滅本省各屬的白色恐怖》（雜文），署名雁冰，載漢口《民國日報》，現收《茅盾全集》第十五卷。

十五日　發表《長沙事件》（政論），署名雁冰。載漢口《民國日報》，現收《茅盾全集》第十五卷。文章歷數許克強在湖南的種種反革命罪行，認爲政府應該根據民眾要求給予斷然解決。」

十八日　針對上海西字報——上海太晤士報——社論《敵人在後面》，發表《肅清各縣的土豪劣紳》（雜文），署名雁冰。載漢口《民國日報》，現收《茅盾全集》第十五卷。指出：「帝國主義報紙把武漢說成「赤化」，是北伐軍後面的「敵人」，這是他們一種反宣傳。然而，「敵人在後面」這一語值得玩味的。「還有敵人在後面」，這敵人是誰呢？便是革命政府治下的封建殘餘勢力，便是湖北各縣的土豪劣紳的最近的猛力的反攻。所以，我們戰勝了外面的敵人以後，應該以最大的決心徹底掃除各縣土豪劣紳的勢力。

同日　在漢口《民國日報》刊登《約趙特夫談話啓事》：「趙特夫同志鑒，請於本月午後五時至六時或晚間十時後到編輯部去一談。」

二十日　作《〈歐洲大戰與文學〉自序》（序跋），署名沈雁冰。載開明書店版《歐州大戰與文學》（按：此書延期出版）。

二十一日　發表《第四次全國勞動大會》（政論），署名雁冰。載漢口《民國日報》，現收《茅盾全集》第十五卷。在引用蘇兆徵的報告所闡述的此次會議的意義後指出了兩點：一、群眾運動中發生的「幼稚毛病」是難免的，要仔細檢舉過去的錯誤，努力來改正。二、上海工人的革命運動「暫時處於潛伏期」，但「怒發而不可禦」，「上海代表接受了新方略回去奮鬥的時候，便是蔣逆末日之既臨！」

二十二日　湖北省市縣黨部召開聯席會議，發表《湖北省市縣黨部聯席會議》（一）（政論），署名雁冰。載漢口《民國日報》，現收《茅盾全集》第十五卷。認爲：「此次聯席會議之中心問題，有肅清反革命勢力一條，吾人深信必將對此掃除土豪劣紳一問題有一嚴重之決議案。」

二十三日　發表評論《湖北省市縣黨部聯席會議》（二）（政論），署名雁冰。載漢口《民國日報》，現收《茅盾全集》第十五卷。論述今後農民運動的方策，以及處理好黨部與地方政府及人民團體三者的關係問題。

二十四日　配合上海反日運動，發表《論上海之反日運動》（雜文），署名雁冰。載漢口《民國日報》，現收《茅盾全集》第十五卷。分析上海反日運動的背景和意義。評論說：「日本帝國主義一面威脅，一面利誘，使蔣介石撲入其懷抱」的時候，「上海民眾突有排斥日貨之運動，這是一件值得注意的事」。其意義是：一爲聲援武漢之北伐，二爲暴露蔣逆與帝國主義之關係。

月底　通過經亨頤先生（廖承志的丈人）的關係，由經先生的一位老友范先生照顧，把德沚送上了去上海的英國輪船，因爲德沚已經快生產了，在武漢很不安全。德沚帶走了絕大部分行李，只留下夏衣，以應付突然事變。（《我走過的道路》〈上〉）

同月　發表《中國文學內的性慾描寫》（文論），署名沈雁冰。載《小說月報》第十七卷號外《中國文學研究》（下），現收《茅盾全集》第十九卷。（按：其時本文因少數「衛道者」的干擾，只印百餘份，即被全文抽去。）

本月

五日　蘇聯顧問鮑羅廷和加倫將軍等百餘人，被武漢國民政府解職回國。

中共中央發表《致中國國民黨書》，要求火速派軍討伐許克祥，解散僞省委員會和僞省黨部，武裝農民。

國民黨發出《致共產黨書》，要求糾正農協「幼稚」行爲。

七月

一日　發表《編完以後（三則）》（散文），均署名雁冰。分別載六月九日、十二日及本日漢口《民國日報‧副刊》，現收《茅盾全集》第十五卷。

七日　發表《武漢市民怎樣解除目前經濟的痛苦》（雜感），署名雁冰。載漢口《民國日報》，現收《茅盾全集》第十五卷。

同日　發表《討蔣與團結革命勢力》（政論），署名雁冰。載漢口《民國日報》，現收《茅盾全集》第十五卷。這是爲該報寫的最後一篇社論。

八日　給汪精衛寫了一封信，辭掉漢口《民國日報》的工作，當天就與毛澤民一起轉入「地下」。住法租界一個大商家的棧房裡。過了兩天，汪精衛託人轉來一封信，希望繼續留在該報館工作。譜主未予理睬。（《我走過的道

路》〈上〉)

約二十三日　接到黨的命令，去九江找某個人，並奉命拿上一張二千元的抬頭支票，帶給黨組織。因此，於當日乘上日本輪船「襄陽丸」，第二天清晨到了九江。沒想到接頭人竟是董必武、譚平山。董老指示去南昌，萬一南昌去不了，就回上海；錢帶到目的地。(《一點回憶》)

二十五日　由於去南昌火車不通，只得改道上廬山，住廬山大旅社。晚上寫了一篇通訊，叫《雲少爺與草帽》，寄給漢口《中央副刊》。「雲少爺」即是同行的宋雲彬。(同上)

二十六日　晚上突然患了腹瀉，來勢凶猛，動彈不得；躺了三四天才能起床。在旅館裡無事消遣，翻譯了西班牙作家柴瑪薩斯的中篇小說《他們的兒子》。(同上)

二十九日　發表《雲少爺與草帽》(散文)，署名玄珠。載《中央副刊》，現收《茅盾全集》第十一卷。本書爲致武漢的朋友們書之一。

本月

十五日　汪精衛在武漢召開「分共會議」，宣布與共產黨決裂，逮捕屠殺革命群眾，封閉革命團體。至此，第一次國內革命戰爭宣告失敗。

八月

一日　發表《牯嶺的臭蟲——致武漢的朋友們》(二)(散文)，署名玄珠。載《中央副刊》，現收《茅盾全集》第十一卷。

十日　發表《柴瑪薩斯評傳》(序跋)，署名沈餘。載《小說月報》第十八卷第八號。

同日　發表《他們的兒子》(譯著)(〔西班牙〕柴瑪薩斯著)，署名沈餘。載《小說月報》第十八卷第八號。

中旬　與范志超乘轎下山，直接上了輪船。船到鎮江，在鎮江上岸，改乘火車去上海。二千元的支票，送給搜查旅客的軍警。因車上有投靠蔣介石的熟人吳開先，爲避免發生事情起見，車抵無錫，就下了車，在無錫旅館過夜。第二天早上乘車到了上海。回到家裡，德沚因小產已住醫院。「至於失掉的抬頭支票，當時報告黨組織，據說他們先向銀行『掛了失』，然後由蔡很敦(也是黨員，後改名蔡淑厚)開設的『很敦電器公司』擔保，取出了這二千

元。」(《我走過的道路》〈上〉)

十九日　發表《留別》，署名玄珠。載漢口《中央副刊》。

下旬　住東橫濱路景雲里。從德沚的口裡，知道自己被國民黨明令通緝的消息。大革命的失敗，感到痛心、悲觀。思索：革命究竟往何處去？對共產主義理論深信不疑，但中國革命道路該怎樣走？並沒有弄清楚。在經歷了如此激蕩的生活之後，需要停下來獨自思考。隱居在家，足不出門，整整十個月。(《我走過的道路》〈中〉)

本月

一日　周恩來、朱德、賀龍、葉挺、劉伯承等領導南昌起義，向國民黨反動派打響了第一槍。

七日　中共中央召開緊急會議，清算了陳獨秀右傾投降機會主義路線，撤銷了他的職務。

九月

月初　動手寫《幻滅》，用了四個星期寫完。「我隱居下來後，馬上面臨一個實際問題，如何維持生活？找職業是不可能的，只好重新拿起筆來，賣文爲生，過了大半年的波濤起伏的生活正在我腦中發酵，於是我就以此爲題材在德沚的病榻旁寫我的第一部小說《幻滅》。」「當初並無多大計劃，只覺得從『五卅』到大革命這個動蕩的時代，有很多材料可以寫，就想選擇自己熟悉的一些人物——小資產階級的青年知識分子，寫他們在大革命中的沉浮，從一個側面來反映這個大時代。」「我是經驗了人生才來做小說的，而不是爲了說明什麼才來做小說的。」(《我走過的道路》〈中〉) 譜主鑒於當時「被政府通緝」的處境；爲了讓作品「能夠發表」，又不給當時代理《小說月報》編輯的葉聖陶「招來了麻煩」，故「不得不用個筆名，當時我隨手寫了『矛盾』二字」。「爲什麼我取『矛盾』二字爲筆名？……『五四』以後……我接觸的人和事……多而且複雜，……逐漸理解到那時漸成爲流行語的『矛盾』一詞的實際；一九二七年上半年我在武漢又經歷了較前更深更廣的生活，……看到了更多的革命與反革命的矛盾，……革命陣營內部的矛盾，……小資產階級知識分子在這大變動時代的矛盾，……我自己生活上、思想中也有很大的矛盾。……我又看到有不少人們思想上實在有矛盾，甚至言行也有矛盾，卻又總自以爲自己沒有矛盾，常常侃侃而談，教訓別人，——我對這樣的人就不大能夠理解，也有點覺得這也是『掩耳盜鈴』之一種表現。大概是帶點諷刺別人也嘲笑自己的文人積習吧，於是我取了『矛盾』兩字爲筆名。」（《寫在〈蝕〉的新版後面》）

中旬　寫完了《幻滅》的前半部，將原稿交給了葉聖陶。葉看後說，寫得好，決定登在九月份的《小說月報》上；又說，這筆名「矛盾」一看就知道是假名，如果國民黨方面有人來查問原作者，我們就爲難了，不如「矛」上加個草頭，「茅」姓很多，不會引起注意。（同上）

同月　發表《幻滅》（小說），原稿署名爲矛盾，由葉聖陶改爲茅盾，載《小說月報》第十八卷第九、十號。初收一九三〇年五月開明版《蝕》，現收《茅盾全集》第一卷。小說以主人公章靜的生活道路和心理變化爲主要線索，表現了某些小資產階級知識分子在革命前夕的上海和革命高潮中的武漢所演出的一幕又一幕「幻滅」的悲劇。章靜是個心地單純、感情脆弱、嚮往光明、意志薄弱的青年女性。她從上中學時起就「不斷的在追求，不斷的在幻滅」。她抱著某種幻想離開閉塞的家鄉來到上海，然而不久就感到了幻滅。在革命高潮的時候，她滿懷新的理想來到了革命的武漢，但是，她所得到的同樣是「幻滅」。小說通過對以章靜爲代表的這類小資產階級知識分子的描寫，反映出革命浪潮衝擊下某些知識分子共同的心靈歷程。表現了當時社會生活的一個側面。

本月

九日　毛澤東領導湘東、贛西地區農民舉行秋收起義。十月底到達井岡山。

十月

十日　周建人陪魯迅秘密來訪。這是第二次見到魯迅。「我向他表示歉意，因爲通緝令在身，雖知他已來上海，而且同住在景雲里，卻未能去拜會。魯迅笑道，所以我和三弟到府上來，免得走漏風聲。我談到了我在武漢的經歷以及大革命的失敗，魯迅則談了半年來在廣州的見聞，大家感慨頗多，他說革命看來是處於低潮了，並且對於當時流行的革命仍在不斷高漲的論調表示不理解。他說他要在上海定居下來，不打算再教書了。」（《我走過的道路》〈中〉）

魯迅是十月三日到上海的。十月八日也搬到景雲里，住 23 號。兩家相距

很近。(同上)

十三日　作《魯迅論》(文論),署名方璧。載十一月十日《小說月報》第十八卷第十一號。現收《茅盾全集》第十九卷。指出,魯迅小說所表現的阿Q、祥林嫂、閏土、愛姑、孔乙己、單四嫂子的生活,「我只覺得這是中國的,這正是中國現在百分之九十九的人們的思想和生活」。「這些『老中國兒女』的靈魂上,負著幾千年的傳統的重擔子,他們的面目是可憎的,他們的生活是可以詛咒的,然而你不能不承認他們的存在,並且不能不懍懍地反省自己的靈魂究竟與否完全脫卸了幾千年傳統的負擔。」論文還指出,魯迅的雜文充滿了反抗的呼聲和無情的揭露;從魯迅的雜文,可以看到他胸中燃著青春之火,看到他是青年最好的導師,雖然他不肯自認。魯迅雖然「沒有呼喊無產階級最革命的口號」,但是我們卻看到他有「一顆質樸的心,熱而且跳的心。」這是第一篇對魯迅作了較全面、準確、深刻的評論,影響深遠。(按:自此之後,茅盾又陸續寫了《王魯彥論》、《徐志摩論》、《廬隱論》、《冰心論》、《落華生論》等,在中國新文學史上開創了「作家論」這一新的評論文體的先河)。

中旬　作《王魯彥論》(文論),署名方璧。載《小說月報》第十九卷第一號,一九二八年一月十日。現收《茅盾全集》第十九卷。認爲「王魯彥小說裡最可愛的人物,在我看來,是一些鄉村的小資產階級,例如《黃金》裡的主人公和《許是不至於吧》裡的王阿虞財主。我總覺得他們和魯迅作品裡的人物有些差別:後者是本色的老中國兒女,而前者卻是多少已經感受著外來工業文明的波動。」

三十日　發表《各民族的神話何以多相似》(文論),署名玄珠。載《文學週報》第五卷第十三期。

十一月

六日　發表《看了真美善創刊號以後》(文論),署名方璧。載《文學週報》第五卷第十二期。現收《茅盾全集》第十九卷。

本月

八日　中共中央在上海召開臨時政治局擴大會議,通過了《中國現狀與共產黨的任務決議案》,致使「左」傾機會主義路線在中央領導機關取得統治地位；會議由瞿秋白主持。

彭湃在海陸豐領導農民起義。

十二月

一日　發表《初民社會中的兩性關係》（論文），署名雁冰。載《新女性》第二卷第十二號。

四日　發表《我們在月光底下緩步》（散文），署名玄珠。載《文學週報》第五卷第十八期。

本月

五日　孫伏園主編的《貢獻》（初爲旬刊，五卷一期起改爲月刊）在上海創刊。主要撰稿人有于右任、何香凝、蔡元培、汪精衛、周建人、胡適、林語堂、傅雷、趙景深等。

十五日　《洪水》半月刊三卷十二期出版，自此停刊，共出三十六期。

一九二八年（三十三歲）

一月

五日　發表《自然界的神話》（論文），署名玄珠。載《一般》第四卷第一號。

八日　發表《歡迎〈太陽〉》（文論），署名方璧。載《文學週報》第五卷第二十三期。現收《茅盾全集》第十九卷。一方面表示：「我敬祝《太陽》時時上昇，四射它的輝光，我更鄭重介紹它於一切祈求光明的人們。」另一方面對蔣光慈所寫的一篇宣言式的論文《現代中國文學與社會生活》提出批評，指出「惟有描寫第四階級的文學才是革命文學」的提法是錯誤的。

同月　《動搖》（小說）完稿，載《小說月報》第十九卷第一、二、三號，現收《茅盾全集》第一卷。《動搖》是經過冷靜的思索，比較有計劃寫的。是要藉寫武漢政府下湖北一個小縣城裡發生的事情，來影射武漢大革命的動亂，利用縣城的小場面，以小見大。是要寫大革命時期一大部分人對革命的心理狀態，他們動搖於左右之間，也動搖於成功或者失敗之間。「《動搖》的生活素材，取自我主編漢口《民國日報》時聽到的和看到的，可以說，我在《動搖》中只不過反映了當時湖北各省發生的駭人聽聞的白色恐怖的一鱗半爪。《動搖》就是如實地寫了革命的失敗和反革命的勝利。我沒有離開現實，憑空製造光明的前景……」。（《我走過的道路》〈中〉）

本月

一日　蔣光慈主編的《太陽月刊》在上海創刊。該刊爲太陽社同人創辦的一個文藝刊物，本年七月出至七月號被查禁。

一日　葉靈鳳、潘漢年主編的《現代小說》在上海創刊。（該刊出至1930年3月第3卷6期被查禁）

二月

五日　發表《嚴霜下的夢》（散文），載《文學週報》第六卷第二期，二月五日，現收《茅盾全集》第十一卷。「用象徵的手法，表述了革命的遭遇和我的心情，並對那時的盲動主義表示『迷亂』，『不明白』和不贊成；我

發出了詢問：『什麼時候天才亮呀？』」（《我走過的道路》〈中〉）

二十三日　作第一個短篇《創造》（小說）。載《東方雜誌》第二十五卷第八號。收入一九二九年七月大江版《野薔薇》，現收《茅盾全集》第八卷。「我寫《創造》完全是『有意爲之』。那時候，對於《幻滅》開始有了評論了，大部分的評論是讚揚的，小部分是批判的，甚至很嚴厲。批判者認爲整篇的調子太低沉了，一切都幻滅，似乎革命沒有希望了。這個批評是中肯的，但並非我的本意。轟轟烈烈大革命的失敗使我悲痛消沉，我的確不知道以後革命應走怎樣的路，但我不認爲中國革命到此就完了。」「爲了辯解，也爲了表白我的這種信念，我寫了《創造》。」「在《創造》中我暗示了這樣的思想：革命既經發動，就會一發而不可收，它要一往直前，儘管中間要經過許多挫折，但它的前進是任何力量阻攔不住的。」「在《創造》中沒有悲觀色彩。」（《我走過的道路》〈中〉）

當月

十七日　白暉發表《茅盾先生的〈幻滅〉》，（爲《近來的幾篇小說》一文中的第一節），載《清華週刊》第二十九卷第二期。

十九日　錢杏邨作《茅盾與現實》中的談《幻滅》部分，載《太陽》月刊三月號。云：「《幻滅》是一部描寫革命時代及革命以前的小資產階級女子的游移不定的心情，及對於革命的幻滅，同時又描寫青年的戀愛狂的一部具有時代色彩的小說。全書把小資產階級的病態心理寫得淋漓盡致。而且敘述得很細緻。描寫只是後半部失敗了，至於意識不是無產階級的，依舊是小資產階級的，是革命失敗後墮落的青年的心理與生活的表現。」

本月

二十四日　郭沫若赴日，開始了十年流亡生活。

國民黨召開四中全會，改組國民黨政府和中央黨部。由蔣介石任軍事委員會主席兼中央政府會議主席。

《語絲》雜誌在上海復刊。

三月

五日　發表《伊本納藥》（作家介紹）署名沈餘。載《貢獻》第二卷第一期。文後署「二月於北京」。

十八日　發表《〈楚辭〉與中國神話》（文論），署名玄珠。載《文學週報》第六卷第八期。論述神話與原始社會的關係，以及對後世文學的影響。指出：「在我們中華古國，神話也曾爲文學的源泉，從幾個天才的手裡發展成了新形式的純文藝的作品，而爲後人所楷式；這便是千年來艷稱的《楚辭》了。」

本月

一日　錢杏邨作《死去了的阿Q時代》，載《太陽月刊》三月號。全盤否定《阿Q正傳》，並對魯迅進行人身攻擊。

十二日　魯迅作《「醉眼」中的朦朧》。這是魯迅第一次對創造社、太陽社等人的攻擊性的文章作出的回答。（按：自 1927 年 1 年來，成仿吾、馮乃超、蔣光慈、錢杏邨等人在《文化批判》、《創造月刊》、《洪水》上發文攻擊、誣陷魯迅）。

十五日　《流沙》半月刊在上海創刊。創造社綜合性刊物，由成仿吾、李一氓、華漢等編輯。共出六期，五月三十日停刊。

四月

約同月　遵陳望道之約，前往陳家，代也要去日本的徐舫（按：秦德君化名）小姐買船票。（秦德君：《我與茅盾的一段情》，載香港《廣角鏡》。1985 年 4 月 16 日）

當月

華希理（按：蔣光慈的化名。此前從未用過，此後僅在譯作上用過兩次）發表《論新舊作家與革命文學——讀了〈文學週報〉的〈歡迎太陽〉以後》，載《小太陽月刊》第 4 號。（按：茅盾曾以筆名方壁作《歡迎太陽》，刊於 1928 年 1 月 8 日《文學週報》，批評蔣光慈在《太陽月刊》創刊上發表的論文《現代中國文學與社會生活》。華希理後作文反批評，茅盾以因埋頭寫小說《追求》，未注意華的反批評長文。）華文就五個方面進行反批評。認爲「方君以爲『總是憑藉客觀的觀察爲合於通例』」，這是「舊的寫實主義與自然主義的理論」；認爲「方君心目中的新的發現和新的啓示」是「很帶點神秘主義的意味」。全文還對「革命文學的範圍」等進行了論述和批評。

本月

十五日　《文化批判》月刊發表李初梨、馮乃超、彭康的文章，對魯迅進行恣意的人身攻擊。

創造社與太陽社舉行聯席會議，出席的有成仿吾、馮乃超、錢杏邨等人。

五月

同月　出版《雪人》（譯作集），爲《文學週報》叢書，開明書店初版。

同月　發表《作家（十九人）小傳》（傳記），載開明書店初版《雪人》。

同月　發表《中國神話的保存》（文論），署名沈玄英。載《文學週報》第六卷第十五、十六期。指出，「就現在各種各籍的零星記載而觀，中國民族確實產生過偉大美麗的神話」；中國神話之所以不能全部保存而僅存零星者的緣故，魯迅在《中國小說史略》裡有具體的論述。「但是，中國古代的南方民族，到底替我們保存了若干中國神話，只看現存書籍之保留神話材料最多者，幾乎全是南方人作品，便是一個實證。」

當月

二十九日　錢杏邨作《茅盾與現實》中的談《動搖》部分，載《太陽》月刊第七號（停刊號）。云：此書「以解剖投機份子的心理和動態見長」，當然還「不是一部成功的創作」，「但就目前的文壇的成績看，這是值得一讀的，雖然技巧有一些缺陷，但是規模具在；雖然意識模糊，我們終竟能在裡面捉到革命的實際。」

本月

三日　日本帝國主義侵佔山東濟南，殘酷屠殺中國人民，造成「濟南慘案」。

方志敏在江西弋陽建立工農紅軍，成立工農民主政府。

林伯修、洪靈菲、戴平萬等組織「我們社」，並創辦《我們月刊》。

葉靈鳳創辦《戈壁》半月刊在上海創刊。共出四期，六月停刊。

六月

三日　發表《人類學派神話起源的解釋》（文論），署名玄珠。載《文學週報》第六卷第十九期。指出：「就以往的事實看來，一時代的新思潮往往給古代神話加上一件新外套，仍是無可諱言的。所以在最近有比較人類學成立起來，當然就要把神話解釋的舊案翻一翻。」

十日　《帕拉瑪茲評傳》（序跋），署名沈餘。載《小說月報》第十九卷第六號。

同日　發表《一個人的死》（譯著）（帕拉瑪茲著），署名沈餘。載《小說月報》第十九卷第六號至第九號。

二十日　作《〈歐洲大戰與文學〉序》（序跋），載十一月開明書店版《歐洲大戰與文學》。認爲戰爭的「老調子又在唱，歷史又復演」。自云論文「內容實在肯定」，是「倉猝」寫成。

二十四日　發表《神話的意義與類別》（文論），署名玄珠。載《文學週報》第六卷第二十二期。

同月　發表《追求》（小說），載《小說月報》第十九卷第六號至第九號。初收一九三〇年五月開明版《蝕》，現收《茅盾全集》第一卷。「《追求》從四月份開始寫，到六月份寫完。《追求》原來是想寫一群青年知識分子，在經歷大革命失敗的幻滅和動搖後，現在又重新點燃希望的火炬，去追求光明了。」但是，在寫作過程中，由於「在革命不斷高漲的口號下推行的『左』傾盲動主義所造成的各種可悲的損失」，因而陷入了悲觀失望。所以，完全離開了原來的計劃，「書中的人物個個都在追求，然而都失敗了。」（《我走過的道路》〈中〉）

本月

十八日　中國共產黨第六次全國代表大會在莫斯科召開。

二十日　魯迅與郁達夫在上海創辦的《奔流》月刊創刊。

七月

月初　作赴日前準備。某晚，陳獨秀來訪。獲悉他近來在研究現存於各省方言中之中國古音，爲了作一部《文字學注釋》準備材料。他說他現在不過問政治，所以治聲韻學。住了一夜，第二天一早離開。（《我走過的道路》〈中〉）

月初　經陳望道幫助，赴日。先到神戶，「登陸後乘火車到東京。其間有一日本人用英語前來打招呼，並云：「久仰大名」。一時「被弄糊塗了」，因赴日時已化名「方保宗」，爲防意外，怕暴露眞實身份，遂「顧左右而言它」。到東京後，在旅館中，這個日本人又突然來訪，並說：「你的眞名是沈雁冰，筆名是茅盾，是個有名的革命家和作家，我個人是十分欽佩你的」，聽後「猜想他也許是日本的共產黨員」。等他走後，北京大學教授陳啓修來訪，這才知道，這個日本人是「特高」。(《五十年前一個亡命客的回憶》）後經陳望道介紹的吳庶五（即陳望道女友吳虹茀，其時正在東京研繪畫）接待。安排住進附近「本鄉館」二層樓。不久，曾在商務印書館工作的茅盾的好友樊仲雲也來日本，同住二層樓，與茅盾隔壁房間。(秦德君《我與茅盾的一段情》，載香港《廣角鏡》，1985 年 4 月 16 日版）在東京期間，常由吳庶五陪同，與秦德君等外出遊覽、購物、瞭解異域風情、文化。

月初　到達日本不久，黃源與表弟陳渝清即來旅館探望。(黃源《全國茅盾研究學術討論會閉幕詞》，載《茅盾研究》第 1 輯）

八日　作短篇《自殺》(小說)，載《小說月報》第十九卷第九號。初收一九二九年七月大江版《野薔薇》，現收《茅盾全集》第八卷。「我覺得『五四』以來的思想解放運動，喚起了許多向來不知『人生爲什麼』的青年，但是被喚醒了的青年們此後所走的道路卻又各自不同」，「寫這些『平凡』者的悲劇的暗淡的結局，使大家猛省，也不是無意義的。在這一念之下，我就盤腿坐在鋪席上寫了短篇小說《自殺》。」(同上）

十六日　作《從牯嶺到東京》(文論)，載《小說月報》第十九卷第十號，現收《茅盾全集》第十九卷。這篇文章對自己早期的思想及創作作了眞實地解剖。首先明確表示「我愛左拉，我亦愛托爾斯泰」，是在經歷了「眞實地去生活」中所遇到的「幻滅的悲哀」、「人生的矛盾」和「以我的生命力的餘燼」「在這迷亂灰色的人生內發一星微光」的執著追求中「開始創作」的。這時「更近於托爾斯泰」，既「熱愛人生」，又用作品對「現實人生」作「批評和反映」；文章的第二部分敘述了《幻滅》、《動搖》、《追求》的構思及創作經過，認爲在作品中是「老實地」、「誠實地」、「客觀地描寫」了生活，並盡其所能地表現出當時青年「不滿現狀、苦悶、求出路」的「客觀的眞實」，因而「《幻滅》描寫的主要點也就是幻滅」，即「1927 年夏秋之交一般人對於革命的幻滅」，「《動搖》所描寫就是動搖，革命鬥爭激烈時從事革命工作者的動搖」，而《追求》則產生於「知道了一些痛心的事情」因而「失望」、「發狂」「的一個苦悶的時期」，作品眞實地表現了「我的……纏綿幽怨和激昂奮發」的「波浪似的起伏情緒」，雖然承認「這使我的作品有一層極厚的悲觀色彩」，仍表示「我自己很愛這一篇」。文章第三部分談到了「對國內文壇的意見：呼籲「悲觀頹喪的色彩」要消滅，而「狂喊口號」的作品也「不必再繼續下去了」。主張新文藝需要「聲訴」小資產階級的市民們的「痛苦」，「激動他們的情熱」，把他們作爲「廣大的讀者對象」；另外，在「文藝技巧」上要有「一條新路」，「不要太多的新名詞，不要歐化的句法，不要新思想的說教似的宣傳」、不要成爲「標語口號文學」，「只要質樸地有力地抓住小資產階級生活的核心去描寫」。文末表示「現在是北歐的勇敢的命運女神做我的精神上的前導」，「我自己是決定要試走這一條路」。這是茅盾二十年代中、後期眞實思想感情的記錄，是研究茅盾青年時代思想發展和文藝觀的重要文獻。以往的研究者據此過多地給茅盾以責難和批評，而在另一方面未予重視：即全文表現的茅盾正直、不屈、執著的人生觀和對標語口號文學的批評的膽識。（按：據譜主在《我走過的道路〈中〉》一文中，對這篇文論的寫作背景作了說明：由於「創造社、太陽社的朋友們在革命文學和理論實踐方面，有一些問題」，所以，在這篇長文中，「首先申述我寫《幻滅》等三部小說的創作意圖，承認我個人當時的悲觀失望情緒加深了故事的悲觀、失望氣氛。然後，提出我認爲值得心平氣和來討論的三個問題。」這篇文章的發表，引來了太陽社、創造社他們的「圍攻」。）

二十二日　發表《北歐神話的保存》（文論），署名玄珠。載《文學週報》第七卷第一期。

同月　委託葉聖陶，在自己赴日期間，幫助孔德沚照料家事。（《葉聖陶年譜》）

本月

十日　《創造》月刊一卷十二期發表彭康的《什麼是「健康」與「尊嚴」》，以此回擊「新月派」的挑戰。

八月

十日　作《希臘神話與北歐神話》（文論），署名沈玄英。載《小說月報》第十九卷第八號。

十五日　在東京作《〈小說研究 ABC〉凡例》(序跋)，署名編者。載上海世界書局版《小說研究 ABC》。介紹《小說研究 ABC》的「編目目的」:「一是研究近代小說（novel）發達的經過；二是研究一篇小說內所應包含的技術上的要素」。

二十日　作短篇《一個女性》，載十一月十日《小說月報》第十九卷第十一期。初收一九二九年七月大江版《野薔薇》，現收《茅盾全集》第八卷。主角瓊華，「她的性格既不同於《創造》中的嫻嫻，也不同於《自殺》中的環小姐」。(《我走過的道路》〈中〉)「她的天眞的心，從愛人類而至於憎恨人類，終成爲『不憎亦不愛』的自我主義者。但是自我主義也就葬送了她的一生。」(《寫在〈野薔薇〉的前面》)

同月　出版《小說研究 ABC》(論著)，署名玄珠。世界書局出版，現收《茅盾全集》第十九卷。內容包括：凡例；1.研究對象；2.古埃及的故事；3.古希臘的戀愛記；4.中世紀的傳奇；5.近代小說之先驅；6.人物；7.結構；8.環境。

約八月左右　在東京期間，「時常在晚上請陳啓修教日語。但陳啓修也很忙，他教了日本的平假名、片假名的寫法及其發音、拚音而外，就給我一本自修日語的書，有中文解釋。靠了這本書，我學會了買東西、問路等等日常生活中的簡單日語。」(《我走過的道路》〈中〉)

同月　在東京寄居的旅館裡，初次見到了吳朗西和莊重，他們是由表弟陳瑜清帶來晤面的。(吳朗西《文化生活出版社的創建》，載《新文學史料》1982 年第 3 期)

本月

一日　《現代文化》在南京創刊。創刊號上有柳絮、尹若、毛一波、莫孟明、謙弟、劍波等文章，反對馬克思主義，主張民眾文學。

十日　《創造月刊》第二卷第一期發表馮乃超、杜荃、何大白、梁自強文章，均恣意攻擊、謾罵魯迅，其中杜荃（即郭沫若）攻擊最烈。

十六日　郁達夫作《對於社會的態度》，剖析、讚譽魯迅的人格和作品。

九月

二十三日　發表《希臘羅馬神話的保存》(文論)，署名玄珠。載《文學週報》第七卷第十期。

三十日　發表《埃及印度神話的保存》（文論），署名玄珠。載《文學週報》第七卷第十一期。

同月　選注《楚辭》（學生國學叢書），由商務印書館出版。

同月　發表《〈楚辭選注〉緒言》（序跋），載商務印書館版《楚辭選注》。

本月

二十日　郁達夫主編的《大眾文藝》在上海創刊。

二十五日　在劉吶鷗、施蟄存、戴望舒創辦的半月刊《無軌列車》第二號上，畫室（即馮雪峰）發表《革命與智識階級》，中肯地評價文學論爭並讚譽魯迅。

魯迅的散文集《朝花夕拾》由北京未名社出版。

十月

二十日　作《〈中國神話研究ABC〉序》（序跋），署名玄珠。載一九二九年一月世界書局版《中國神話研究ABC》。認爲這本書是企圖在中國「神話領域內作一次大膽的探險。同類性質的書，中文的還沒有過」，「處處用人類學的神話解釋法以權衡中國古籍裡的神話材料」，「有許多意見是作者新創的」。

二十八日　作《〈腦威現代文學〉譯後補記》（序跋），收入一九二九年五月出版的《近代文學面面觀》。

本月　作《〈近代文學面面觀〉序》（序跋），收入一九二九年五月出版的《近代文學面面觀》。

同月　完成《中國神話研究初探》。

當月

十八日　錢杏邨在《茅盾與現實》中談《追求》部分，載《泰東》月刊第二卷第四期。云：「作者客觀方面所表現的，思想也仍舊的不外乎悲哀與動搖。所以，這部創作的立場不是無產階級的。」「《追求》雖具有革命的時代色彩，然而不是革命的創作」。他並希望「作者以後的作品」，改正那些「悲觀的」、「幻滅的」思想。

二十七日　復三作《茅盾的三部曲》，載伏志英編《茅盾評傳》（上海現代書局 1931 年 12 月出版）。云：「在當時的文壇這三部實在是沙漠中稀有的，寶貴的綠洲了，而且它還有它更大的使命，價值和位置的。」即，在中國文學史上「有它永久的位置」和「佔有特殊的位置」。「我不敢說這三部曲於我們中國青年會有若何大的影響，可是也說不定在最近的將來，青年的生活或將因而起變化，就是退一步說是對時代不負影響的使命，則十六年時代整個社會的面目也已深深地描繪在紙上了」。

本月

十五日　陳望道主編的《大江月刊》在上海創刊。主要投稿人有茅盾、豐子愷、劉大白、汪靜之、趙景深、王任叔等。

國民黨改組「國民政府」，採用立法、司法、行政、考試、監察「五院制」，蔣介石任主席。

十一月

月初　在東京編完最後一本書《現代文藝雜論》，「這是匯集舊稿五篇及新寫的七篇而成，又寫了一篇序」。（《我走過的道路》〈中〉）

三日　作《〈現代文藝雜論〉序》（序跋），載上海世界書局初版《現代文藝雜論》。指出「震動全世界的歐洲大戰」的十年，文藝界中「新主義像狂飆似的起來，然後又沒落。沒有一個民族的文學不受歐戰的影響。」發生了「富饒而變幻」。

同月　《歐洲大戰與文學》（論著），由開明書店出版。

當月

四日　盧白（曾盧白）作《文藝的新路——讀了茅盾的〈從牯嶺到東京〉之後》，載《真善美》第三卷第二號，一九二八年十二月十六日。認爲茅盾的文章「竟清晰地指給我們一條可以遵循的文藝新路」。他「觀察到我們『新文藝』的讀者實在只是小資產階級，所以他決心要做小資產階級所能瞭解和同情的文藝了。這就是他指給我們的新路」。並說：「現在，我們該提倡的是要叫一切作家去找尋他們發展『自我』的路徑。不能指定了一條路叫一切作家都跟著我們走。茅盾是找著了他的路了，可不一定就是大家共同該走的路。」

十三日　克興作《小資產階級文藝理論之謬談——評茅盾君底〈從牯嶺到東京〉》，載《創造月刊》第二卷第五期。作者用極左方法對茅盾的文章提出了全面的批評，以爲「茅盾君底這篇文字，除了巧妙地玩弄些文字上矛盾，幻滅，動搖的把戲而外，確是找不出很大的價值。」

十九日　張眠月作《〈幻滅〉的時代描寫》，載《文學週報》第八卷第十期，一九二九年三月三日。云：「《幻滅》雖是很忠實的時代描寫，然而它是不含有多量的客觀性地，用寫實的筆法將整個時代情形顯露給我們看。」

二十五日　祝秀俠作《茅盾的〈一個女性〉》，載《海風週刊》第六、七期合刊，一九二九年六月十日。云：《一個女性》中的描寫與莫泊桑的《一生》「似乎不相上下」。「不過《一個女性》的描寫是不十分深刻的」。採用「自然主義的手法，並未臻於成功之境」。「至於作者的思想。他根本上就是站在小資產階級說話的人」。「他的創作並不是革命文學，裡面找不出一點革命的思想」。

本月

十九日　魯迅辭去《語絲》編輯職務。後來推薦柔石接編。

同月　魯迅與柔石、王方仁、崔眞吾等組織朝花社。

十二月

月初　繪好去蘇聯的路線地圖。擬由東京到西京（京都）轉郭賀，再經北海道到海參威，然後直抵莫斯科。遂先去西京友人楊賢江處，暫租一室居住。（秦德君：《我與茅盾一段情》），又據譜主回憶：「我在東京住了5個月，知道楊賢江夫婦住在京都，就和他們聯繫；他們勸我也到京都去，謂生活費用比東京便宜，而且他們住的高原町遠離塵囂，尙有餘屋，可以代我租下。於是我決定到京都去住。這大約是二八年 12 月初旬的事。」「在赴京都的火車中，我又遇見特高科那個便衣來和我攀談。我想難道爲了我，他也轉移到京都麼？後來知道他送我到京都，把我移交給京都一個便衣，便回東京去了。」（《我走過的道路》〈中〉）到京都以後，購買桌椅，常盤腿而坐，開始創作長篇小說《虹》。

九日　作《關於中國的神話》，載《大江》第一年第三期，十二月十五日。

十三日　作《陳因女士的〈歸家〉》（文論），載《大江》第一年第三期。

現收《茅盾全集》第十九卷。

十四日 作《霧》(散文),署名MD。載《小說月報》第二十卷第二號。初收大江版《宿莽》,現收《茅盾全集》第十一卷。「這篇散文用象徵手法,表示我對時局的看法,和我當時的情緒。此文最後有這樣的話:『我詛咒這抹煞一切的霧!我自然也討厭寒風和冰雪,但和霧比較起來,我是寧願後者啊!寒風和冰雪的天氣能夠殺人,但也刺激人們活動起來奮鬥。……既然沒有杲杲的太陽,便寧願有疾風大雨。』」(《我走過的道路》〈中〉)

十五日 發表短篇《詩與散文》(小說),載《大江》第一年第三期。初收大江版《野薔薇》,現收《茅盾全集》第八卷。「主角仍是女性。故事是兒女私情。桂奶奶是體面人家的寡婦,但一旦被寄居在家的青年丙『啓發』而打破了貞操觀念,便一發而不可收,放浪於形骸之外。她的處境雖與嫻嫻不同,然而她的性格是剛強,無所顧忌的,正和嫻嫻相同。」(《我走過的道路》〈中〉)

當月

同月 銘發表《茅盾的〈一個女性〉》,載《青海》第四期。

本月

一日 鄭伯奇等創辦《文藝生活週刊》。

六日 魯迅、柔石合編的《朝花》週刊在上海創刊。

三十日 中國著作者協會成立,鄭伯奇,李初梨,彭康等被選爲執行委員。

一九二九年（三十四歲）

一月

十日　發表《叩門》（散文），署名 MD。載《小說月報》第二十卷第一號。初收大江版《宿莽》，現收《茅盾全集》第十一卷。「我對於當時圍攻我的朋友們仍懷不滿。文末一句是：『是你這工於吠聲吠影的東西，醜人作怪似的驚醒了人，卻只給人們一個空虛。』我以爲這個情緒具有普遍性的，然而用吠聲吠影作象徵，在當時是箭在弦上，事後深悔有傷厚道。」（《我走過的道路》〈中〉）

十五日　作《〈騎士文學 ABC〉例言》（序跋），署名作者。載世界書局出版社版《騎士文學 ABC》。這是到東京後首先寫的一部著作。

同月　出版《中國神話研究 ABC》（論著），署名玄珠。世界書局版。

當月

三日　錢杏邨作《從東京到武漢》，載錢杏邨《文藝批評集》，上海神州國光社 1930 年五月出版。文章對茅盾進行了不公正的批評指責。作者認爲：茅盾「創作以小資產階級作主人翁的小說」就「說明了他自己的意識完全是小資產階級的意識，所以，在矛盾、衝突、掙扎的結果，他終於離開了無產階級文藝的陣營」。說茅盾「以《從牯嶺到東京》爲理論的基礎，以《幻滅》，《動搖》、《追求》爲創作的範本，以小資產階級爲描寫的天然對象，以替小資產階級訴苦並激動他們的情熱爲目的的『茅盾主義文學』。」

潘梓年發表《到了東京的茅盾》，載《認識》第一期。文章指責茅盾的《從牯嶺到東京》一文是：中國無產階級文學運動的反對派「強有力的文字」。

李初梨發表《對於所謂「小資產階級革命文學」底抬頭普羅列塔利亞文學應該怎樣防衛自己——文學運動底新階段》，載《創造月刊》第二卷第六期。針對茅盾在《從牯嶺到東京》一文中批評某些標榜「無產階級革命文學」的極左的觀點，如「標語口號文學」等，進行了批駁，認爲「茅盾的意見是不當的」，是「文學至上主義者的幻想」等。

本月

沈起予、潘漢年等四十二人在《思想》月刊聯名發表《中國著作協會宣言》，譴責反動派鉗制出版自由。

太陽社在上海創辦《海風週報》，錢杏邨主編。

十日　《紅黑月刊》在上海創刊，丁玲、沈從文編輯。

二十日　《人間月刊》在上海創刊，丁玲、沈從文合編。

二月

六日　作《速寫一》（散文），署名 MD。載《小說月報》第二十卷第四號。初收大江版《宿莽》，現收《茅盾全集》第十一卷。記述日本京都浴室的情況。

十日　發表《賣豆腐的哨子》（散文），署名 MD。載《小說月報》第二十卷第二號。初收大江版《宿莽》，現收《茅盾全集》第十一卷。「寫我在清晨聽得賣豆腐的人吹的哨子而興起的許多感想。其中有一段話是：『它（哨子聲）那類乎軍笳然而已頗小規模的悲壯的顫音，使我聯想到別一方面的煙雲似的過去；也不是呢，過去的只留下淡淡的一道痕，早已爲現實的嚴肅和未來的閃光所掩煞，所銷毀。』（《我走過的道路》〈中〉）

十七日　作《速寫二》（散文），署名 MD。載《小說月報》第二十卷第四號，四月十日。初收大江版《宿莽》，現收《茅盾全集》第十一卷。「《速寫一》和《速寫二》都是所謂散文，即用優美、細緻的筆法記述平凡的事，《速寫二》因有陰陽鏡而更增纏綿回蕩的氣氛。」

當月

二十八日　徐傑作《〈一個女性〉》，載《海風週報》第十三期。文章對茅盾的《一個女性》提出批評，云：「在我看來這一篇與其說是爲小有產者的訴苦，不如說是小有產者時過情遷遺留下的感傷。」作品中「很明顯的暴露了作者的思想帶了許多虛無主義的傾向，到頭只是一個虛無的結局」，這是要「教青年走到痛苦頹廢的路上去的。」

本月

七日　國民黨反動當局查封創造社出版部。

同月　國民黨反動政府公佈《宣傳品審查條例》，加強法西斯專政。

三月

三日　作短篇《色盲》（小說），署名 MD。載《東方雜誌》第二十六卷第六、七號，初收大江版《宿莽》，現收《茅盾全集》第八卷。「《色盲》又是解剖了小資產階級知識分子的思想意識的作品。但此篇的主角卻是個男的，曾在大革命的浪濤中翻滾過的林白霜。」「林白霜是政治的色盲者。」「故事採用戀愛的外衣，林白霜在反覆地徘徊遲疑之後，下決心向李惠芸和趙筠秋求愛，這表明這個政治上的色盲者終於想從投靠『新興資產階級』或者封建官僚以解除他的苦悶了。」（《我走過的道路》〈中〉）

九日　作短篇《曇》（小說），載《新女性》第四卷第四號。初收大江版《野薔薇》，現收《茅盾全集》第八卷。主角是「一個舊官僚家庭的女兒，但也在 1927 年的浪潮中混過。而現在呢，她又回復到原來的生活。」她的「性格是多疑、優柔寡斷」，當父親逼她到南京同她不愛的軍官認識時，「她只有逃避。」（《我走過的道路》〈中〉）

十日　發表《虹》（散文），署名 MD。載《小說月報》第二十卷第三號。初收大江版《宿莽》，現收《茅盾全集》第十一卷。「這是一篇由現代想到中古的騎士，又因虹之忽然出現而想到古代希臘人關於虹的神話。虹是『美麗的希望的象徵。但是虹一樣的希望也太使人傷心』，因爲彩虹易散。」（《我走過的道路》〈中〉）

同日　發表《紅葉》（散文），署名 MD。載《小說月報》第二十卷第三號。初收大江版《宿莽》，現收《茅盾全集》第十一卷。記述與楊賢江夫婦到京都郊外一座名勝觀賞紅葉的情況。

當月

三日　羅美（沈澤民）發表《關於〈幻滅〉——茅盾收到的一封信》，載《文學週報》第八卷第十期。認爲《幻滅》中的內容，是作者「心緒的告白」。並說：「在當時身當其境者，如燕雀處堂，火將及身而猶冥然不覺的人已不知有多少；看見高潮中所流露的敗象，終於目擊大廈之傾，而無術以挽救之者，於是發而爲憤慨的呼聲，這就是我所瞭解於《幻滅》的呼聲。」

同日　林樾發表《〈動搖〉和〈追求〉》，載《文學週報》第八卷第十期。云：「《動搖》和《追求》是有時代性的作品。」「對於時代的轉變，和混在這變動中的一般人的生活，是看得很明白的，所以他能夠寫得這樣深切動人。」「《追求》所描寫的也是一般的青年。他們一方面感到理想幻滅的苦悶，一方面仍有奮進的熱望，努力在追求新的憧憬；但結果卻仍然是失敗。」「書中對人物的心理和個性，都寫得很深刻。」

同日　章夷發表《〈追求〉中的章秋柳》，載《文學週報》第八卷第十期。作者說：讀過茅盾的《幻滅》、《動搖》、《追求》之後，「覺得有些地方彷彿是自己曾經親歷其境的，至少限度也應該認識其中的幾位。」

本月

一日　太陽社刊物《新流月報》創刊，蔣光慈主編。

四月

三日　作短篇《泥濘》（小說），署名丙生。載《小說月報》第二十卷第四號，初收大江版《宿莽》，現收《茅盾全集》第八卷。「從國內傳來的消息，共產黨與蔣介石的部隊，仍在一些農村中有小規模的戰鬥。因此我寫了短篇小說《泥濘》。這是我第一次寫農村。但這篇小說中的農民太落後了，這又表示僅憑國內傳來的消息而沒有自己的對農村的觀察與分析而寫農村，是注定要失敗的。」（《我走過的道路》〈中〉）

同月　開始寫作長篇小說《虹》

同月　出版《騎士文學ABC》（論著），署名玄珠。世界書局版。

當月

二十一日　錢杏邨發表《〈幻滅〉、〈動搖〉的時代推動論》，載《海風週報》第十四、十五期合刊。

本月

李偉森編輯的《上海報》創刊。

五月

四日　作《讀〈倪煥之〉》（文論），載《文學週報》第八卷第二十號，現收《茅盾全集》第十九卷。「因《從牯嶺到東京》引起的責難已經沉寂下去了，我這篇評論就是對這些批評的總答辯。我借用葉聖陶的《倪煥之》來作總答辯，是有它的用意的。因爲創造社、太陽社的朋友們自從提倡無產階級文學以來，並未創造出一篇表現『時代性』的作品來，相反，寫出了這樣的作品的，正好是他們斥之為『厭世家』的葉聖陶。」「而且，《倪煥之》描寫的，偏偏又是小資產階級，這就支持了我的論點：以小資產階級生活為描寫對象的作品，也能成為表現時代性的鉅著，這樣的作品對於千千萬萬『尚能跟上時代的小資產階級群眾』，是有積極作用的。我認為《倪煥之》之所以能獲得成功，成為當時的『扛鼎』之作，其根本原因，是作者所描寫的是他最熟悉的環境和對象。」（《我走過的道路》〈中〉）

九日　作《寫在〈野薔薇〉的前面》（文論），載大江版《野薔薇》。說：「把未來的光明粉飾在現實的黑暗上，這樣的辦法，人們稱之為勇敢；然而掩藏了現實的黑暗，只想以將來的光明為掀動的手段，又算是什麼呀！眞的勇者是敢於凝視現實的，是從現實的醜惡中體認出將來的必然。」「主人公中間沒有一個是值得崇拜的勇者，或者大徹大悟者。……在我看來，寫一個無可疵議的人物給大家做榜樣，自然很好，但如果寫一些『平凡』者的悲劇的或暗澹的結局，使大家猛省，也不是無意義的。」

十五日　作《鄰一》和《鄰二》（散文），署名 MD。載《新文藝》第一卷第二號，初收開明版《速寫與隨筆》，現收《茅盾全集》第十一卷。「在我正寫長篇小說《虹》的時候，新搬來了一家日本人做我的鄰居，是夫婦二人和一個七、八歲大的男孩子，一個不過兩歲的女孩子。丈夫是警察，大約五十多歲，妻子不過二十多歲」。「我們感到她是寂寞的。警察的七、八歲的男孩子（前妻所生）……心情也是寂寞的。」「我寫的散文《鄰一》和《鄰二》就是記述這寂寞的兩個人的。」（《我走過的道路》〈中〉）

同日　作《櫻花》（散文），署名 MD。載《新文藝》第一卷第二號，初收開明版《速寫與隨筆》，現收《茅盾全集》第十一卷。為紀念嵐山觀花而作。

同月　出版《現代文藝雜論》（論著），世界書局版。

同月　發表《〈近代文學面面觀〉序》（序跋），載世界書局版《近代文學面面觀》。云：「介紹弱小民族文學是個人的癖性」，又云「歐洲大戰給與各民族文學的影響，不用說是很大的」。

同月　出版《近代文學面面觀》（論著），世界書局出版。

當月

二十四日　普魯士作《茅盾三部曲小評》，載《茅盾評傳》，伏志英編，上海現代當局 1931 年 12 月版。云：「茅盾對於中國革命的内涵是沒有清楚的認識，他只就主觀的去批評這個時代的外形」，卻沒有「去批評這個現象的由來」。小說給讀者的影響，「只是引起對於革命認識不清而消極，而幻滅的青年同調的嘆惜，沒有會給這些青年積極的，更熱情於革命的激發。」並認爲：「作者的三部曲所以不能算好的革命文學作品，是爲作者思想所限定的」。

克生發表《茅盾與〈動搖〉》，載《海風週報》第十七號。文章對《動搖》提出了批評，說作者「自己感到動搖幻滅了」，便以爲社會人群也是「憑地動搖」，認爲，作家「應當用美善的藝術，去調劑畸形的社會人群的各種病態的心理，用藝術去引導大眾向光明的前路進發。用偉大藝術去感化大眾，洶滌大眾」。

本月

一日　田漢主編的《南國月刊》創刊。

十五日　《引擎月刊》創刊。

六月

同月　作《〈神話雜論〉例言》（序跋），載世界書局版《神話雜論》。「因爲動輒得咎，我只好寫一點決不惹起風波的東西，這就是《神話雜論》，這是編集舊作關於神話的論文。」（《我走過的道路》〈中〉）云「各民族都有開闢神話，集聚而比較研究之，甚爲有味，且亦有益」。

同月　長篇小說《虹》的創作告一個段落。載《小說月報》第二十卷第六、七號，現收《茅盾全集》第二卷。第二十卷第五號《最後一頁》中有作者談《虹》的信。「我以爲這是我第一次寫人物性格有發展，而且是合於生活規律的有階段的逐漸的發展，而不是跳躍式的發展。」寫完《虹》，計劃寫其姊妹篇《霞》，「但因人事變遷，《虹》的後半篇亦未續成。」（《我走過的道路》〈中〉）

本月

太陽社、我們社、引擎社相繼解散。

七月

十日　發表《二十年來的波蘭文學》（述評），署名沈餘。載《小說月報》

第二十卷第七號《現代世界文學》上冊。

同月　短篇小說集《野薔薇》(包括《創造》、《自殺》、《一個女性》、《詩與散文》、《曇》)，由大江書舖出版。

八月

一日　作《風化》(散文)，載《詩與散文》第一期。初收開明版《速寫與隨筆》，現收《茅盾全集》第十五卷。「把一個人的職業派定爲專門查問男女間的『穢褻』，事實上引誘這個人去做『有傷風化』的事，但卻美化此職業的名稱曰『維持風化』，這眞是對於人的本能的嘲弄，怎能怨得他不『失態』。這也是只有文明社會的統治者們才會想出來的『法律』。」(《我走過的道路》〈中〉)

同日　作《自殺》(散文)，載《詩與散文》第一期。現收《茅盾全集》第十五卷。云：報紙上天天看得見自殺的消息，我們要「唾棄」消極的弱者的自殺。認爲有「高遠的憧憬」而自殺的人，「在麻痺灰黑的社會內」，「不失爲一道驚覺的電光」。

同月　遷居，與漆琪生同租一日本人的餘屋居住。

本月

朱鏡我、潘向友、梅龔彬等在上海創辦《新興文化》。

趙銘彝在上海創辦《南國週刊》

九月

同月　《六個歐洲文學家》(論著)，由世界書局出版。內收：1.匈牙利愛國詩人裴多菲；2.陀思妥耶夫斯基的思想；3.瑞典現代大詩人赫滕斯頓；4.腦威現代作家包以爾；5.德國戲曲家霍普德曼；6.西班牙小說家巴洛哈。

同月　由京都到長崎，去接返上海訪友及催討版稅後，又坐船歸來的秦德君，在甲板上遇與秦同船赴日的胡風，相互點頭示意，卻並未說話。(胡風《回憶參加左聯前後（一)》，載《新文學史料》1984年第1期)

當月

十日　顧仲彝發表《〈野薔薇〉》，載《新月》第二卷第六、七號合刊。作者認爲《野薔薇》與三部曲「內部的蘊藏可説是一個版子印出來的。」

「茅盾君覺得什麼都是失望，什麼都是幻滅」，「這種思想對於彷徨失所的一般中國青年們，恐怕太危險了，恐怕眞的會使他們『絕望』『憤激』『報復』而至於『墮落』『自殺』。」

本月

十五日　施蟄存主編的《新文藝》月刊在上海創刊。主要撰稿人有李金髮、馮雪峰、葉聖陶、戴望舒、穆時英、沈端先等。

十月

十日　作《〈西洋文學通論〉例言》（序跋），署名方璧。收入一九三〇年八月世界書局出版的《西洋文學通論》。

本月

蔣介石、馮玉祥之間爆發「中原大戰」。

十一月

五日　作短篇《陀螺》（小說），署名未名。載《小說月報》第二十一卷第二號，初收大江版《宿莽》，現收《茅盾全集》第八卷。「我在日本寫的短篇小說共七個，最後一個是《陀螺》。主人公也是一個女子，但已有四十歲，因此她的心理狀態和其他妙齡女郎不同，也和《詩與散文》的主角不同；《詩與散文》中的桂奶奶的年齡不過二十五、六到三十。這是一篇討論『爲何而生活』的小說，筆調輕鬆詼諧。」（《我走過的道路》〈中〉）

同月　發表《論嫉妒》（譯著）（Radjabnia 著），署名微明。載《新女性》第四卷第十二號。

同月　發表《愛與詩》，署名微明。載《一般》第九卷第三號。

本月

中共中央政治局通過《中央關於開除陳獨秀等黨籍的決議案》。

十二月

同月　作《〈北歐神話 ABC〉例言》（序跋），署名方璧。載一九三〇年十月世界書局初版《北歐神話 ABC》。云北歐神話「出奇地和中國的斷片神話相似」，可供「北歐人種原爲亞洲中部移經這一說」論者參考。又云北歐神話「在尚未被詩人保存下來以前就受到了基督教信仰的摧殘」，認爲「北歐神話……沒有希臘神話那樣光芒燦爛」。

年底　作《關於高爾基》（文論），署名沈餘。載《中學生》創刊號。「我這篇文章是『有意爲之』的，因爲創造社、太陽社的朋友們說我是提倡小資產階級文學，我就偏來宣傳無產階級文學的創始者和代言人高爾基。同時也爲了指明，眞正的普羅文學應該像高爾基的作品那樣有血有肉，而不是革命口號的圖解。」（《我走過的道路》〈中〉）

當月

十二日　錢杏邨作《批評與分析》，載錢杏邨《文藝批評集》，上海神州國光社 1930 年 5 月出版。文章從「關於《從牯嶺到東京》」、「關於《倪煥之》問題」等方面，對茅盾的論點提出了指責。

十五日　錢杏邨發表《茅盾與現實——讀了他的〈野薔薇〉以後》，載《新流》月報第四期。云：「茅盾的創作僅止於暴露了黑暗，僅止於描寫了沒落，僅止於不回顧過去（雖然他說『不要傷感於既往』），忘卻將來（雖說他主張『直視前途』），抓住了現在，他筆下的人物差不多完全的毀滅了自己的前途」。

二十五日　駝發表《關於茅盾的著作》，載《出版》月刊創刊號。

本月

紅四軍在福建省上杭縣古田村召開第九次黨代表大會，糾正黨內存在的各種錯誤思想。

裴文中在周口店發現中國猿人北京種（即北京人）第一個頭蓋骨。

同年

同年　茅盾曾通過秦德君與住在東京的胡風聯繫，希望他來京都玩玩，交換關於文學運動的意見。胡風未接受這一邀請。以後，又給胡風寄去中篇小說《虹》。（胡風《回憶參加左聯前後（二）》，載《新文學史料》1984 年第 3 期）

冬　爲避日本政府的在日中共成員的迫害，又從高原町遷居到一熱鬧地段，租了一幢兩層的小樓，樓下花園裡無花果樹果實累累。（秦德君：《我與茅盾的一段情》，載香港《廣角鏡》，1985 年 4 月 16 日版）

一九三〇年（三十五歲）

一月

一日　發表譯作《公道》〔西班牙〕FPiArsuaga 原作，署名微明譯。載《中學生》創刊號。

當月

十日　錢杏邨發表《中國新興文學中的幾個具體的問題》，載《拓荒者》第一卷第一期特大號。（按：即《新流月報》第 5 期改題）。批評茅盾《從牯嶺到東京》和《讀〈倪煥之〉》文章的一些觀點。指責茅盾對「普羅文藝」中「標語口號文學」等的批評。

本月

一日　魯迅、馮雪峰主編的《萌芽月刊》在上海創刊。主要撰稿人有魯迅、馮雪峰、張天翼、馮乃超、沈端先、柔石等。出至五月第五期被查禁。

十日　蔣光慈主編的《拓荒者》月刊在上海創刊。主要撰稿人有錢杏邨、馮乃超、潘漢年、洪靈菲、蔣光慈、沈端先等。

二月

一日　作《〈虹〉跋》（序跋），收入三月開明書店版《虹》。現收《茅盾全集》第二卷。云：寫《虹》旨在「為中國近十年之壯劇，留一印痕」；後因移居擱筆，「爾後人事倥偬，遂不能復續」。「島國冬長」，「更無何等興趣」，盼「山上再現虹之彩影時，將續成此稿」。

本月

十日　成文英（即馮雪峰）譯作列寧的《論新興文學》（按：後譯名為《黨的組織和黨的文學》）在《拓荒者》第一卷第二期上發表。

十六日　魯迅、馮雪峰、華漢、沈端先等十二人相約在公啡咖啡館召開成立「左聯」籌備會。

二十四日　馮雪峰、馮乃超等參閱蘇聯幾個文學團體如「拉普」、「十月」的宣言，起草了「左聯」綱領，初稿由夏衍和馮乃超兩人去徵求過魯迅的意見。

三月

中旬　應錢青女士的邀請，到奈良遊玩。「到此時我亡命日本已經一年多了，而本來的計劃弄通日語，已成泡影，這是因爲忙於賣文爲生。我打算回國了。不料三月中旬忽然收到一封信，是從奈良寄來的。」「寄信人姓錢名青，自稱是德沚在石灣振華女校讀書的同學，她邀我到奈良遊玩。這位錢女士當時是奈良女子師範的學生。」到了奈良，參觀了廟宇、神社。（《我走過的道路》〈中〉）

同月　作《〈蝕〉題詞》，收入開明版《蝕》。「題詞」說：「這三篇舊稿子是在貧病交迫中用四個月的功夫寫成的；事前沒有充分的時間去構思，事後亦沒有充分的時間來修改，種種缺陷，及今內疚未已。現在仍無奈何以老樣子改排重印，對於讀者，不勝歉然；命名曰《蝕》，聊誌這一段過去。生命之火尚在我胸中燃熾，青春之力尚在我血管中奔流，我眼尚能諦視，我胸尚能消納，尚能思維，該還有我報答厚愛的諸君及此世界萬千的人生戰士的機會。營營之聲，不能擾我心，我惟以此自勉而自勵。」

同月　發表《虹》（小說），由開明書店出版。現收《茅盾全集》第二卷。小說表現的是從「五四」到「五卅」這一歷史時期的中國社會面貌的一些側面的場景和青年知識分子思想發展的歷程。它塑造了一個在「五四」新思潮影響下，在曲折艱難的生活道路上逐漸成長的女性知識分子梅行素的藝術形象。梅行素出生於四川一個舊式家庭，婚姻問題給她帶來了很大的麻煩。自己所愛的不能成婚，卻要遵父命與一個自己討厭的人去結婚。是「五四」的新浪潮，衝破了束縛她思想的封建觀念。她先是在一個以新思想爲標榜的學校教書，結果希望落空，陷入苦悶。隨後，她毅然逃出四川，到上海尋找新的天地。初到上海，遇到的仍是尖銳激烈的階級鬥爭，又使她感到茫然。後來，她結識了革命者梁剛夫，在他的影響下，她踏上了一條正確的革命道路，投入了波瀾壯闊的五卅運動，以至逐漸成爲一個勇敢的戰士。作品通過對梅行素成長過程的描寫，表現了舊中國知識分子追求自由走向革命的歷程。從中我們也可看出作者思想的明顯前進。

同月　離日本之前，與高喬平一道，遊覽了寶塚（大遊藝場）。

本月

二日　中國左翼作家聯盟在上海正式成立。

十日　《拓荒者》第一卷第三期報導「左聯」成立概況。五十餘人參加了會議，會議選舉了魯迅、田漢、沈端先、馮乃超、錢杏邨、鄭伯奇、洪靈菲七人爲常委。參加會議的著名作家還有郁達夫等。魯迅在成立大會上作《對於左翼作家聯盟的意見》的講話。

四月

五日　從日本回到上海，爲了避人耳目，初住旅館，數日後暫住楊賢江家中。「當天，我到景雲里家中去看母親、德沚和孩子們。兩年不見，母親顯得老了，氣管炎比過去嚴重了，常常夜間咳醒，她在家裡管家務和照料孩子，沒有雇女佣人。德沚在一個與地下黨有關係的『弄堂』女子中學任教導主任，同時兼做地下工作（辦工人夜校等）。兩個孩子長大了，都在商務印書館的附屬小學——尚公小學讀書，一個三年級，一個一年級。」(《我走過的道路》〈中〉)

同日　第一次見到馮雪峰。「從雪峰的口中，我知道魯迅和創造社、太陽社的朋友們聯合了，並且在不久前成立了『左翼作家聯盟』。」(同上)

同日　看望了葉聖陶，又同葉聖陶一道拜訪了魯迅。「魯迅問了不少日本的情形（可惜我所知不多），也回憶了他在日本上學時的生活；他還告訴我他正在編譯法捷耶夫的《毀滅》。但他沒有談到『左聯』，我也沒有問。」(同上)

二十日前後　經楊賢江建議，在楊家會見創造社後期成員馮乃超，「寒暄數語之後，他就問我知不知道成立了『左聯』，我說聽朋友講起過，但不知其詳。他說他是代表『左聯』來邀我參加『左聯』的，接著向我介紹了『左聯』籌備和成立的經過，現已參加的人數，並拿出一份『左聯』的『綱領』給我看，問我有什麼意見。我仔細看望了『綱領』及所附的『行動綱領』，就說很好。馮乃超又問我是否願意加入？我答遵照『綱領』的規定，我還不夠資格。他說，『綱領』是奮鬥目標，只要同意就可以了，你不必客氣。於是我也不再推讓。馮乃超又向我介紹了『左聯』的組織機構，活動情況。於是我就成了『左聯』成員。」(《我走過的道路》中)

同月　與鄭振鐸晤面，獲悉「左聯」沒有吸收他參加，甚感納悶，對「左聯」「關門」的做法不理解。(陳福康：《鄭振鐸年譜》)

同月　到盧公館拜訪交通銀行董事長盧表叔。在盧表叔的談話中，知道有人造謠說，是汪精衛叫回來的。「盧公館的客人中，除銀行家而外，也有南京政府方面的人。要打聽政局的消息，盧公館是個能有所獲的地方。也是在盧公館，我曾聽說，做公債投機的人曾以三十萬元買通馮玉祥部隊在津浦線上北退三十里（這成爲後來我寫《子夜》的材料之一）。」（《我走過的道路》（中）

同月　參加一次「左聯」的全體大會，地點福州路的一幢大廈裡。到會有二十多人，魯迅未去。會議是爲了迎接「五一」而召開的，馮乃超作政治報告，認爲「革命高潮就要到來」。會議通過了紀念「五一」的宣言，提出今年的「五一」是血光的「五一」，要大家遊行示威貼標語，撒傳單。「這次會議的內容，使我這個新盟員爲之一驚，又想到政治報告中提到的那句話，心中就默念：看來他們對於『作家』與『革命』兩者的關係，有獨特的見解。」由於不同意這種做法，「我就採取了『自由主義』的辦法。」「聽說魯迅、郁達夫都沒有上街頭。」（《我走過的道路》〈中〉）

本月

「左聯」主辦的不定期刊物《文藝講座》在上海創刊，僅出一期。

魯迅主編的《巴爾底山》旬刊在上海創刊，爲「左聯」機關刊物之一，第四期起改由朱鏡我、李一氓等編輯。

蘇聯著名詩人馬雅可夫斯基逝世，終年三十七歲。

五月

中旬　遷居公共租界靜安寺東面。「我同德沚和母親商量今後怎樣生活。我說，目前我要找公開的職業不容易，只好蟄居租界，繼續賣文爲生，好在文章寫出來書店老闆還肯要。但是景雲里這個家要搬出來，換一個不爲人知道的地方，」「我們終於找到房子了，在公共租界靜安寺的東面，現在記不起是什麼路、什麼里了。」「仍用去日本時用的假名：方保宗（當時租房子，房東或經理總管要問你的姓名，以便向巡捕房報告），這是五月中旬的事。」（《我走過的道路》〈中〉）

下旬　擬作一篇分析青年苦悶的文章，「這篇文章用散文的形式（問答體）漫談青年苦悶的根源及青年之出路。」（《我走過的道路》〈中〉）

二十三日　作《〈文憑〉引言》（序跋），署名沈餘。載《婦女雜誌》第十六卷第七期。評述譯作的人物、內容等。

月底　參加了另一次「左聯」全體大會，認識了胡也頻。「這次會議又是爲準備第二天的『五卅』紀念示威而召開的，會上除了通過全體盟員一致參加『五卅』示威遊行的決議，並把人員編成小隊等外，還有出席蘇維埃區域代表大會的代表的報告，和對『左聯』工作的批評。這些批評都是指責盟員不關心政治鬥爭，不積極參加政治活動的。魯迅參加了這次會議，還講了話，大意是：國民黨報紙對『左聯』的攻擊，這都沒有什麼大了不起的，主要是『左聯』的每個成員思想上要堅定。他說，我們有些人恐怕現在從左邊來，將來要從右邊下去的。這話很尖銳，給我的印象很深。在這次會上，我認識了胡也頻……」（《我走過的道路》〈中〉）

同日　徐志摩帶 A・史沫特萊與茅盾會見。徐說，她是德國《法蘭克福日報》的駐北京記者，從北平來。在北平被認爲是共產黨，所以只好來到上海；希望送給她一本《蝕》。「我把《蝕》送給她，並在扉頁上簽了名。史沫特萊翻開《蝕》，看見扉頁前的我的照片，就開玩笑說：Like a young lady。這是我第一次會見 A・史沫特萊。」（《我走過的道路》中）自此以後，常與史沫特萊一起去魯迅家，總是先在某條馬路拐角相會，然後仔細觀察魯迅所住的那條馬路，再走進魯迅家，暢敘一個晚上。（戈寶權輯譯《史沫特萊回憶魯迅》，載《新文學史料》1980 年第 3 期）

同月　與馮雪峰交談「左聯」的事情。「我剛參加『左聯』，就發現鄭振鐸，葉聖陶沒有參加，心中納悶。後來問馮雪峰，他說，因爲多數人不贊成，郁達夫是魯迅介紹的，所以大家才同意，又說，聖陶我已經去做過解釋工作，免得他多心。我表示不贊成這種『關門』的做法。雪峰說，魯迅也反對這樣做的。我恍然明白，爲什麼我從日本回來的那一天由聖陶伴去看魯迅時，魯迅對『左聯』的事一字不提，原來是有這個緣故。」（《我走過的道路》〈中〉）

同月　發表《蝕》（小說），（收《幻滅》、《動搖》、《追求》），由開明書店出版，現收《茅盾全集》第一卷。

同月　小說《幻滅》、《動搖》、《追求》作爲《蝕》的三個獨立部分，由開明書店出單行本。

本月

全國蘇維埃區域代表大會在上海召開，「左聯」派柔石、胡也頻、馮鏗出席大會，會後他們創作了一批反映革命根據地軍事鬥爭生活的作品。

蔣、閻、馮中原大戰（至十月）；帝國主義經濟危機波及中國。

中日關稅協定在南京簽定。

七月

一日　發表《文憑》（譯著），署名沈餘。載《婦女雜誌》第十六卷第七～十一號，第十七卷第一號。在《引言》中介紹了作者的生平作品，指出，《文憑》「將鄉村中所聽到的都市的宏壯的呼聲用很美妙的文情表達出來，比之別的更出名的偉大作家亦不多讓罷。」

同日　發表《青年苦悶的分析》（雜文），署名止敬。載《中學生》第七號。現收《茅盾全集》第十五卷。

同月　發表《近代文學的反響》（文論），《愛爾蘭的新文學》（文論），載《東方雜誌》第十七卷六、七號。

本月

中國左翼文藝總同盟成立。這是在黨領導下的各左翼文化團體的總機構。

國民黨政府立法院通過所謂《處置共產黨條例》，宣布對共產黨人「加重治罪，格殺勿論。」

八月

十日　發表《豹子頭林沖》（小說），署名蒲牢。載《小說月報》第二十一卷第八號。初收大江版《宿莽》，現收《茅盾全集》第八卷。「『蒲牢』是海畔獸名。據李善注班固《東都賦》引薛綜舊詩『鏗華鐘』句下曰：『海中有大魚曰鯨，海邊又有獸名蒲牢；蒲牢素畏鯨，鯨魚擊蒲牢，輒大鳴。凡鐘欲令聲大者，故作蒲牢於上，所以撞之者爲鯨魚。』我之所以取蒲牢爲筆名，意在暗示蔣介石的文化圍剿雖日益酷烈，但左翼文壇成員仍要大聲反抗，無所畏懼，且反抗之聲要愈傳愈遠。」（《我走過的道路》〈中〉）

同月　出版《西洋文學通論》（文化科學叢書）（論著），署名方璧。世界書局初版。

同月　拜訪瞿秋白夫婦。「1930 年 8 月，瞿秋白夫婦從莫斯科回到上海，聽說我已從日本回來了，就用暗號寫信給開明書店轉我收，約我去看他們。秋白改姓何，之華改姓林，還留了地址。我和德沚就按地址去拜訪。」「他還向我概略介紹了當時的革命形勢。我則告訴他，自日本回國後，一直過著地下生活，不可能也不想找到公開職業，只好當專業作家了。他支持我寫小說……」。(《我走過的道路》〈中〉)

同月　對「左聯」的一些做法不贊成。「參加了兩次全體會議後，我有了這樣的感覺：『左聯』說它是文學團體，不如說更像個政黨。這個感覺，在我看到了 1930 年 8 月 4 日『左聯』執委會通過的決議《無產階級文學運動新的情勢及我們的任務》以後，又得到了加強。」「而且這個決議公佈之時，正值立三路線的全盛時期」。「從這個決議可以看出，初期的『左聯』，受左傾路線的影響不小。不說它要求『左聯』成員去參加飛行集會等政治運動，即從它對文學運動和作家作用的看法，也是相當『左』的。它根本不提作家的創作活動，對作家的創作熱情和願望扣上『作品主義』的帽子。」「把工農兵通信員運動的意義極端化」，「蔑視小資產階級出身的作家」，「實在是組織上的狹窄觀念」。「上述種種，我也不是一下子就認識清楚的，開始多半是直覺的不贊成，在理論上徹底弄清楚還在兩三年之後；相反，當時的極左思潮對我也有很大影響，使我受害不淺。」「關於『左聯』前期存在的這些問題，我也與魯迅談到，魯迅大概出於對黨的尊重，只是笑一笑說：所以我總聲明不會做他們這種工作的，我還是寫我的文章。」(《我走過的道路》〈中〉)

當月

二十四日　錦軒發表《〈虹〉》，載《前鋒週報》第十期。

本月

一日　中國左翼劇團聯盟改名爲中國左翼戲劇家聯盟。

二日　國民黨先後查禁《萌芽月刊》和《拓荒者》。

四日　左聯執委會通過《無產階級文學運動新的情勢及我們的任務》的決議。

十五日　文總機關刊物《文化鬥爭》創刊。

九月

十日　發表《石碣》（小說），署名蒲牢。載《小說月報》第二十一卷第九號。初收大江版《宿莽》，現收《茅盾全集》第八卷。「我當時的『創作』，就是三篇取材於歷史和傳說的短篇小說：《豹子頭林沖》、《石碣》和《大澤鄉》。前兩篇取材於《水滸》，也算是一種『舊瓶裝新酒』吧；《大澤鄉》則敘陳勝、吳廣起義的史實，是一篇歷史小說，這是我寫的第一篇也是最後一篇歷史小說。」「我寫這三篇東西，當時也有些考慮：一是寫慣了小資產階級知識分子（因而也受盡非議），也想改換一下題材，探索一番新形式；二是正面抨擊現實的作品受制太多，也想繞開去試試以古喻今的路。」（《我走過的道路》〈中〉）

中旬　參加柔石、馮雪峰、馮乃超發起的「魯迅五十生辰紀念會」，同時參加者有葉聖陶、傅東華、田漢、史沫特萊女士等三十餘人。會後茅盾與與會者每人三元集資，設宴爲魯迅祝壽。（商金林編《葉聖陶年譜》（三），載《新文學史料》1981 年第 3 期）

十七日　到法租界呂班路五十號荷蘭西菜室，參加上海左翼文化界人士爲魯迅五十壽辰舉行的慶祝會。許廣平和海嬰也在場。參加祝壽會的還有葉紹鈞、田漢、傅東華等人。柔石致開會辭，史沫特萊演講，魯迅致答辭。

同月　發表《窮城通訊》（散文），署名明心，載《語絲》第五卷第二十九期。

本月

葉聖陶的長篇小說《倪煥之》由開明書店出版。

同日　中共中央召開六屆三中全會，糾正李立三「左」傾機會主義路線的錯誤。

十月

六日　作《大澤鄉》（小說），署名蒲牢。載《小說月報》第二十一卷第十號。初收大江版《宿莽》，現收《茅盾全集》第八卷。「這是我擬寫長篇歷史小說而不成，然後取其大綱改成現在這種形式的短篇小說，形象化非常不夠，我一直不喜歡它。」「《大澤鄉》中用『始皇帝死而地分』這句話，就想暗示蔣政權必敗，當時的中華蘇維埃政府必勝，農民將分得土地。不過這次嘗試，總的說來不很成功，尤以《大澤鄉》爲最。」（《我走過的道路》〈中〉）

同月　出版《北歐神話 ABC》（論著）（ABC 叢書），署名方璧。上下冊，由世界書局出版。

當月

莫芷痕發表《讀茅盾的〈虹〉》，載《開明》第二十七號。

本月

國民黨政府下令取締「左聯」，通緝魯迅等「左聯」成員。

劉大杰等編輯的《現代學生》在上海創刊。主要撰稿人有胡適、陳望道、沈從文、郁達夫、徐志摩等。

蕭三代表「左聯」出席在蘇聯召開的國際革命作家聯盟第三次會議。

十一月

月初　沈澤民和琴秋從蘇聯回國，到家來過幾次。「1930 年秋，共產國際爲糾正立三路線的錯誤，陸續派一些莫斯科學習的中共黨員回國。澤民是屬於最先回國，他身上帶著共產國際給中國黨的重要指示……」，他們「暫時在中央宣傳部工作，琴秋仍做女工運動。他們到我的家來過幾次。第二次來時，我事先把母親從烏鎮接到上海來過冬；母親見到他們自然很高興。」（《我走過的道路》〈中〉）

二十三日　作《我的中學時代及其後》（散文），署名止敬。載《中學生》第十一期。初收文化生活出版社版《印象・感想・回憶》，現收《茅盾全集》第十一卷。說「我的中學生時代是灰色的，平凡的」，「書不讀秦漢以下，駢文是文章的正宗；詩要學建安七子；寫信擬六朝人的小札；舉止要風流瀟灑；氣度要清華疏曠。」

同月　開始中篇《路》的創作，未及一半，因眼疾復發停歇。「從十一月起，我開始寫中篇小說《路》，我又回頭來寫我比較熟悉的小資產階級知識分子。但寫了未及一半，沙眼老病復發，幾乎盲了一目，醫治三個月方才痊愈，於是續寫後半，至一九三一年二月八日才完成。」（《我走過的道路》〈中〉）

秋　因眼疾、胃病、神經衰弱並作，不能創作，於是與朋友往來，在社會中調查訪問，爲《子夜》的創作積累了豐富的資料。（《我走過的道路》〈中〉）

冬　爲《子夜》的創作，開始整理材料，寫下詳細提綱，又據此提綱寫出了約有若干冊的詳細的分章大綱。最初設想，寫部都市——農村交響曲。都市部分打算寫一部三部曲：第一部叫《棉紗》；第二部是《證券》；第三部是《標金》。但是寫完了提綱，就覺得這種形式不理想；農村部分是否也要寫三部曲？這都市三部曲與農村三部曲又怎樣配合，呼應？都不好處理，於是擱下了這個計劃。十一月，眼病第二次發作，不能看書，但繼續思索這部小說的創作。決定改變計劃，不寫三部曲而寫以城市爲中心的長篇，即後來的《子夜》。」(《我走過的道路》〈中〉)

一九三一年（三十六歲）

一月

一日　發表《雷哀・錫耳維埃》（譯著）（〔俄〕V・Brussov 勃留梭夫作），署名沈餘。載《婦女雜誌》第十七卷第一期；後一部分載第三期。

同日　發表《勃留梭夫評傳》（文論），署名沈餘。載《婦女雜誌》第十七卷第一期。評傳介紹了勃留梭夫的生平作品，以及象徵主義的特色。

在《婦女雜誌》第十七卷第一期上，還發表：

《作了父親》（散文），署名止敬。指出：「兒女應該讓他們走自己的路。」

《問題是原封不動地擱著》（散文），署名朱璟。現收《茅盾全集》第十五卷。認爲，「表面看來，中國婦女問題已經得到解決，正像中國革命問題也似乎已經得到了解決一般。實則不然。」「婦女問題的徹底解決，非等到現社會組織之根本改造之後，必不能實現。」

《當我們有了小孩時》（散文），署名止敬。現收《茅盾全集》第十五卷。

本月

中共中央召開六屆四中全會，通過了王明的《爲中國更加布爾什維克化而鬥爭》的報告。自此開始了以王明爲首的第三次「左」傾機會主義路線在黨內的統治。

國民黨政府公佈《危害民國緊急治罪法》。

左翼五青年作家柔石、殷夫、胡也頻等被國民黨逮捕，2 月 7 日被秘密殺害。

上海寰球圖書公司、北新書局、樂群書店、華通書店等遭國民黨特務搜查，劫走進步書籍多種。

二月

八日　完成中篇《路》的創作（小說），現收《茅盾全集》第二卷。小說以一九三〇年武漢學生運動爲背景，表現了學生們進行的反抗鬥爭。作品主要描寫了大學生火薪傳的生活道路，展現了他從對現實生活的懷疑、憤懣到追求革命的歷程。火薪傳是個「士大夫階級」的子弟，在大學畢業前夕，由於家境的破落，生活的窮困，使他產生了對於現實的不滿。於是參加了反對現行教育制度的學生運動。期間，他曾因挫折和失敗，對現實產生懷疑，並變成爲虛無主義者。後來，在革命者雷的引導下，從失敗中取得了經驗，於是重新振作，繼續向前，從而走上了革命的道路。作品寫的是現實革命鬥爭題材，這是作者選材上的一大進步。在藝術上，雖說人物存在概念化現象，但作品洗煉平易而又綿密的藝術風格是顯而易見的。據作者自述，「我寫《路》時，原來寫的是中學生的生活，瞿秋白看了頭幾章，建議改爲大學生，我尊重他的意見，改寫了。1932 年此書由光華書局出版後，秋白又看了全書，認爲有些戀愛描寫可以刪去，所以此書再版時，我又刪掉了約三、四頁。」「《路》是寫蔣政權下的大學教育的腐敗。全書以學生反對腐敗透頂而又道貌岸然，動輒以『本黨革命』自吹的總務長老荊爲總線索，展開了錯綜複雜的鬥爭。」「我個人認爲：有思考力的讀者讀完一篇小說，掩卷而後，尚在猜想書中人物將來的悲歡哀樂，這小說就算是耐咀嚼的，而不是一覽無餘的。」（《我走過的道路》〈中〉）

同月　作《〈宿莽〉弁言》（文論），署名 MD。載五月大江書舖版《宿莽》。現收《茅盾全集》第十九卷。認爲「經受了過去的社會遺產的數類的」作家，「他的主要努力便是怎樣消化了舊藝術品的精髓而創造出新的手法」，而「一個已經發表過若干作品的作家的困難問題也就是怎樣使自己不至於粘滯在自己已鑄成的既定的模型中；他的苦心不得不是繼續地探求著更合於時代節奏的新的表現方法。」

當月

絳湫發表《時代精神與茅盾的創作——評〈野薔薇〉》，載《萬人雜誌》第二卷第四、五期。認爲：《野薔薇》在作風上「還是以寫三部曲時的手腕出之」，但「描寫的技巧，表現的意識」卻有不同之處。「如果說三部曲的描寫是現社會的整個形容時，那末，這幾篇卻是現社會的每一個原子的暴露了。所以當我們讀完了那幾篇時，便立刻可以發見那裡有幾個厭惡現實而又不能離開現實的青年女性在紙上活躍。」作品具有「藝術上的驚人的技巧」，「特別是對於少女的心理的描寫」。他以爲，茅盾的創作，「是現代中國文壇上很能代表時代精神的一個」。

本月

國民黨向中央根據地發動第二次軍事圍剿。

三月

十六日　作《致文學青年》(文論)，署名止敬。載《中學生》第十五期。現收《茅盾全集》第十九卷。云青年如要「立志」文學，就要「反對那些徹頭徹尾以遊戲的態度去觀察人生而寫成的文藝品」，要反對「那些以詭奇的形式掩蓋了貧乏的內容的作品」，不要相信「什麼創作家一定有他的天才或靈感」，關鍵是「對於社會現實的深湛的理解和精湛的分析」，「那些能夠表現出社會動亂之隱伏的背景的人生材料才有價值」，而且是用「樸質有力明快的描寫手法」來表現的。

當月

十六日　賀玉波作《茅盾創作的考察》，載《讀書月報》第二卷第一期。云：「他的作品的特點就是染有濃厚的時代色彩，專門藉了戀愛的外衣而表現革命時代裡的社會現象，以及當時中國的一般革命事實，革命後的幻滅，動搖，和悲哀」。「《幻滅》給我們的印象只是一個幻滅罷了。全篇只充盈了濃厚的灰色的悲哀」。而《動搖》，「作者能把他們的動搖心理明晰地分析在這篇裡」，「不過作者所描寫的只是一群猶移的革命者，以及無數能革命但因被迫以至頹喪的青年。」在《追求》裡，「悲觀色彩過於濃厚了，作者好像在告訴我們一切世事盡是空虛的，是要走到幻滅的道路的。」「殊不知疏忽了人生光明這一面，把許多能使我們進前的希望完全抹煞了，免不掉要受一種相當的責難」。《野薔薇》「幾乎全是人物的心理，但是太含有舊寫實主義的風味，使人有時感到不快」。在《虹》裡，「作者便藉梅女士的故事，把這個時代的思潮變遷以及民眾運動的眞象顯示給我們了。」「作者把這個急流似的時代反映了給我們，而又把在這個時代中青年的思想的蛻變與其實際運動顯出」。「《虹》是作者所有的小説集中最成功的一篇，無論在那方面，比其他的都要好。」

四月

十九日　史沫特萊來寓所，帶來一份魯迅與她共同起草的宣言，內容是向西方各國的知識分子控訴中國當局對作家和藝術家的屠殺（包括左聯五烈士）。隨即對宣言作了些修改，與史沫特萊一起將它翻譯成英文。後來，這個《中國左翼作家聯盟爲國民黨屠殺大批革命作家致各國革命文學和文化團體及一切爲人類進步而工作的著作家、思想家的信》，發表在 1931 年 6 月出版第七卷第一期的美國《新群眾》上。（戈寶權輯譯《史沫特萊回憶魯迅》，載《新文學史料》1980 年第 3 期；戈寶權輯譯《在美國發表的三封中國左翼作家聯盟的信》，載《新文學史料》1980 年第 1 期）

同月　參加「左聯」機關刊物《前哨》的編輯。中國共產黨中央批判了立三路線後，一九三〇年底的一次「左聯」執委會上，決定辦一個內容比以前充實的機關刊物。討論時，贊成辦一個公開合法的刊物，內容可以灰色一些，多樣化一些，約稿的對象可以廣一些，找一個同情「左聯」而又能在社會上公開活動的人來作名義上的主編。但討論結果，決定仍辦個秘密刊物，只是內容要充實些，不僅要登理論文章，也要登創作，並要注意擴大影響，團結同情者。經過幾個月的籌備，在四月編印好，這就是《前哨》。編輯是魯迅、馮雪峰、茅盾。在籌備中發生了柔石等五位青年被捕被殺的事件，於是臨時又把第一期改爲紀念五烈士的專號。（《我走過的道路》〈中〉）

月底　沈澤民和琴秋前來辭行，準備離開上海去鄂豫皖蘇區。「我知道蘇區戰鬥頻繁，環境是很艱苦的，但他們兩個都情緒高昂，對前景十分樂觀，尤其對於能到『自己的』地區去工作，流露出由衷的欣喜。母親對他們著這一身打扮去蘇區不放心——敵人一眼就會生疑。澤民笑著說：媽媽放心，這套行頭是他們在上海的化裝，去蘇區要另換裝束的。他們那天在我家盤桓了大半天，互祝珍重而別，誰又想得到，我們與澤民的這一別，竟成了永訣！」（《我走過的道路》〈中〉）

月底　向瞿秋白同志徵求對《子夜》前四章和大綱的意見。「1931 年 4 月下旬，澤民和琴秋要去鄂豫皖蘇區了，他們來告別，談到秋白在四中全會後心情不好，肺病又犯了，現在沒有工作，並告訴我秋白的新住址。於是第二天我和德沚就去看望他們。秋白和之華見到我們很高興，因爲我們有四五個月沒有見面了。在敘了家常之後，秋白問我在寫什麼？我答已寫完《路》，現在正在寫長篇小說，已草成四章，並把前數章的情節告訴他。他聽了很感興趣，又問全書的情節。我說，那就話長了，過幾天等我把已寫成的幾章的原稿帶來再詳讀罷。過了兩天，記得是個星期日，我帶了原稿和各章大綱和德沚又去，時在午後一時。秋白邊看原稿，邊說他對這幾章及整個大綱的意見，直到六時。我們談得最多的是寫農民暴動的一章，也談到後來的工人罷工，就大綱看，第三次罷工由趙伯韜挑起來也不合理，把工人階級的覺悟降低了。秋白詳細地向我介紹了當時紅軍及各蘇區的發展情形，並解釋黨的政策，何者是成功的，何者是失敗的，建議我據此修改農民暴動一章，並據此寫後來的有關農村及工人罷工的章節。正談的熱鬧，飯擺上來了，打算吃過晚飯後再談。不料晚飯剛吃完，秋白就接到通知：娘家有事，速去。這是黨的機關被破壞，秋白夫婦必須轉移的信號。可是匆促間，他們往何處轉移呢？我們就帶了他倆到我家中。……秋白在我家住了一兩個星期。那時天天讀《子夜》。秋白建議我改變吳蓀甫趙伯韜兩個集團最後握手言和的結尾，改爲一勝一敗。這樣更能強烈地突出工業資本家鬥不過金融買辦資本家，中國民族資產階級是沒有出路的。」秋白還談到吳蓀甫坐的車和性格描寫的一些問題。「以上各點，我都照改了。但是關於農民暴動和紅軍活動，我沒有按照他的意見繼續寫下去，因爲我發覺，僅僅根據這方面的一些耳食的材料，是寫不好的，……於是我就把原定的計劃再次縮小，又重新改寫了分章大綱，這一次是只寫都市而不再正面寫農村了。」（《我走過的道路》〈中〉）

當月

十五日　德娟發表《沈雁冰》，載《讀書俱樂部》第二期。

本月

二十二日　「左聯」常委會決議開除周全平，接著又於二十八日、五月二日開除葉靈鳳和周毓英。

二十五日　「左聯」機關刊物《前哨》創刊號「紀念戰死者專號」出版。自第二期起改名《文學導報》。

五月

下旬　擔任「左聯」的行政書記。「五月下旬，馮雪峰來看我，要我擔任『左聯』的行政書記。那時行政書記與『左聯』的宣傳部主任、組織部主任共三人組成秘書處，秘書處下，設馬克思主義文藝理論研究會、國際文化研究會，文藝大眾化研究會。我說，三個人要做這些，我能力薄弱，不能擔任。雪峰說，試試罷，反正是輪流擔任，工作也是大家做的，不只你們三個

人。我只好同意。」(《我走過的道路》〈中〉)

擔任「左聯」行政書記期間，瞿秋白同志參加了「左聯」的領導工作。擔任行政書記不久，瞿秋白約去談，建議把《前哨》堅持辦下去，作爲「左聯」的理論指導刊物，另外再辦一個文學刊物，專登創作。他還提出，要對「五四」以來的新文學運動，以及1928年以來的普羅運動進行研究和總結，吸取經驗教訓。建議寫一兩篇文章帶個頭。秋白的指示，與魯迅、雪峰研究了兩次。決定把《前哨》改名《文學導報》繼續出版，內容專登文藝理論研究，並且著重批判國民黨鼓吹的民族主義文學。另辦以登載文學作品爲主的大型文學刊物《北斗》，並且公開發行。《北斗》九月創刊，由丁玲主編。《北斗》是「左聯」爲擴大左翼文藝運動，克服關門主義和宗派主義而辦的第一個刊物，或第一次重大的努力。在《北斗》創刊號上發表文章的不僅有「左聯」的作家，也有冰心、葉聖陶、鄭振鐸、徐志摩等非「左聯」的作家，這對於當時的國民黨官辦文藝是有很大的震動。《北斗》共出了七期，很受青年的歡迎，在那時頗有影響。可惜第三期以後，丁玲忙別的去了，刊物又「紅」起來，那些「中間」老作家的文章也絕跡了，終於又遭到了查封的命運。(《我走過的道路》〈中〉)

同月　出版《宿莽》(小說、散文集)，署名MD。大江書舖初版。「寫完《路》以後，我收集過去所寫的若干短篇小說和散文爲一集，交陳望道的大江書舖出版，題名《宿莽》。這個名字也取自屈原的《離騷》，有句云:『朝搴阰之木蘭兮，夕攬洲之宿莽。』李善注:『草冬生不死者，楚人名曰宿莽。』又曰『宿莽過冬不枯』。我取爲書名，無非暗示蔣政權壓迫左翼文藝，雖甚殘酷，然而左翼文藝必將發皇張大，有如宿莽之冬生不死或過冬不枯也。那時正是柔石等五烈士被捕被殺的消息傳來之時。」(《我走過的道路》〈中〉)

約五、六月間　約剛從蘇聯歸來的胡愈之以及張聞天來寓所晤談，瞭解胡愈之訪問莫斯科的情況。(據1982年8月30日和9月6日胡愈之致《張聞天文集》編輯組的信；亦見於程中原《九重泉路盡交期——茅盾與張聞天交誼述略》，載《茅盾研究》第一輯)

本月

蔣介石向中央革命根據地發動的第二次反革命「圍剿」被粉碎。

六月

一日　《三人行》（小說），自《中學生》第十六期起連載至第二十期。同年十二月由上海開明書店出版，現收《茅盾全集》第二卷。小說描寫許、惠、雲三位是同學又是好友的青年學生，由於各自的出身、處境、思想不同，走上了各不相同的道路。許出身於「舊書香的破落門戶」，從小沒有經受過大的風浪，沒有受過什麼挫折，而當一連串的不幸降臨他的頭上時，卻又認不清社會階級的根源。他先是把這一切都歸之於不可知的命運，表現出一種頹廢而無聊，繼而又變成爲一個「唐吉訶德式」的俠義主義者，以至失掉了自己的生命；惠本是少爺出身，他對於社會的黑暗和腐敗極爲憤懣，由於看不出改革社會的動力，而變成了一個中國式的虛無主義者，後來由於劇烈的鬥爭的推動，他的思想也始有覺醒，雲是富裕農民的子弟，同是家庭環境的影響，他本是個實際主義者。又是由於家庭的變故，並在激烈的階級鬥爭和民族解放鬥爭的影響下，走上了黨領導的革命道路。作品通過這三人所走的不同道路，啓發人們，只有走雲所走的道路才是青年們的正確選擇。由於作者對學校生活缺乏體驗和觀察，因而小說的故事顯得不很眞實，人物也存在概念化現象。但作品所表現的卻是現實的鬥爭生活，這無疑是可喜的成就。

當月

十五日　《文藝新聞》刊載消息（據《紐約時報》），美國某大書局把《虹》列入東亞叢書，向讀者推薦。

本月

十三日　國民黨三屆五中全會推舉蔣介石爲國民政府主席。

十五日　巴黎世界反帝大同盟中國部在其機關刊物《反帝》上發表宣言，抗議國民黨政府屠殺革命作家。

七月

二十日　發表《戰爭小說論》（文論），署名朱仲璟。載《文藝新聞》第十九號。現收《茅盾全集》第十九卷。對戰爭文學作了分析。尤其剖析了「和平主義」的戰爭文學，「只是嗜血的屠伯們的半個笑臉」，正在或準備殺人時，「須要半個臉是笑的」，「這半個臉由『和平主義』的『文學家』筆下滲露出來時，便是……『和平主義的戰爭小說』」。

同日　發表《〈戰爭小說論〉附注》（序跋），載《文藝新聞》第十九號。

本月

國民黨反動派開始發動第三次反革命的軍事「圍剿」。

十三日　國際革命作家聯盟發表宣言，抗議國民黨政府製造白色恐怖，簽名有法捷耶夫、巴比塞、辛克萊等二十八人。

八月

五日　發表《「五四」運動的檢討——馬克思主義文藝理論研究會報告》（文論），署名丙申。載《文學導報》第一卷第二期。現收《茅盾全集》第十九卷。這是遵照瞿秋白建議寫的探討「五四」以來的文學運動和文學現象的文章之一。寫作之前與瞿秋白交換過意見，其中有的觀點就是他的觀點，例如對「五四」文學運動的評價。（《我走過的道路》〈中〉）

本月

「紐約工人文化同盟」召開代表大會，魯迅、高爾基、巴比塞、辛克萊等被列爲名譽主席團成員。

三十一日　蔣光慈在上海逝世，終年三十歲。

九月

十三日　發表《「民族主義文藝」的現形》（文論），署名石萌。載《文學導報》第一卷第四期。現收《茅盾全集》第十九卷。駁斥國民黨御用組織「民族主義文學」發表的《民族主義文藝運動宣言》的觀點。指出，國民黨維持其反動統治的手法，向來是兩方面的：殘酷的白色恐怖與無恥的麻醉欺騙，民族主義文藝運動屬於後者。「民族主義文學」必將卸去其假面具而露出法西斯的本相。從他們的機關刊物上終於乾脆鼓吹用機關槍和飛機、大炮來屠殺工農大眾，屠殺普羅作家，就是明證。（《我走過的道路》〈中〉）

二十日　發表《關於「創作」》（文論），署名朱璟，載《北斗》創刊號，現收《茅盾全集》第十九卷。文章簡略地考察了中國傳統的文藝批評的創作理論後指出：「中國傳統文藝批評對於文藝作品雖然也說要『創』，卻始終不曾『創』些什麼。」接著重點考察和分析了「五四」以來的中國現代文壇的創作理論。最後，作者認爲：「中國傳統的舊文學」「已發展到能夠恪盡拱衛封建制度之職的地步」，而「『五四』期的新興資產階級的『新』文學」「始終沒有健全地發育」；「現代的普羅文學正經過了幼稚的一時期，眼望著將來，腳力腕力都不夠，所以然的原因是階級本身的文化程度太低以及缺乏文學的素養，遂致該階級本身此時還沒有作家產生，而『轉』變來的作家們則或者舊意識形態尚未淘汰淨盡，或者生活經驗尚未充實到足夠產生成熟的作品」。面對這樣的現狀，這樣五光十色的文壇，文壇究竟往何處去？作者的回答是：「誰最有民眾的基礎，誰最合於辯證法的發展，誰最能赤誠地堅忍地幹去，誰即將負此文壇而趨！」全文縱論「五四」以來的文學現象和創作方法。這是遵照瞿秋白的建議寫的探討「五四」以來的文學運動和文學現象的第二篇文章。「這篇論文，是我試圖總結「五四」以來文學創作發展道路的一個嘗試。現在看來，它與《「五四」運動的檢討》一文一樣，有著貶低「五四」文學運動成果的缺點。對於普羅文學的評論，則針貶有餘而肯定其歷史功績認識不足。這在當時未能為一些提倡普羅文學的年青人所接受。不過，魯迅和瞿秋白支持我的基本觀點。」（《我走過的道路》〈中〉）

二十八日　為了揭露民族主義文藝「創作」的反動實質，發表《〈黃人之血〉及其他》（文論），署名石萌。載《文學導報》第一卷第五期，現收《茅盾全集》第十九卷。指出，「進攻俄羅斯是國民黨念念不忘的夢想」，《黃人之血》，就是「企圖喚起『西征』俄羅斯的意識，以便再作第二次的進攻。」文章還對黃震遐的《隴海線上》，萬國安的《國門之戰》作了深刻的剖析。

同月　由於擔任「左聯」行政書記，經常出入左翼人士的活動場所，引起了國民黨特務的注意。大約在九月的某一天下午，在北四川路附近的某中學開完一次「左聯」執委會，就與馮雪峰一道走到街上，登上了回家的電車。車行了一二站，突然發覺隔著一道玻璃門的三等車廂內，有一個人盯著。雪峰叮囑用換車的方法甩掉這尾巴。「我下車後，在南京路上逛商店，發現那人果然緊盯在後面，但有一個規律，即單門面的商店他留在門口恭候，大百貨公司則尾隨我在商場裡游蕩。於是我心生一計，直奔我常去的某銀行，這銀行除了大門，還有一個一般人不知道的側門。我進了銀行大門，來到取款處，回頭一看，見那人也跟進來了，但轉了一個圈，見我注意他，就又走了出去，大概是到大門口去恭候了。我急忙抽身從側門奔去，跳上一輛黃包車，越過幾條馬路，見後面確實無人跟蹤，才在一個電車站下了車，跳上一輛即將開行的電車，又換了一次車，才回家去。第二天雪峰就來看我，聽了我的『歷

險』經過，不禁哈哈大笑。但那個中學的開會地點，以後就沒有再用。」(《我走過的道路》〈中〉)

本月

十八日　日本帝國主義襲擊瀋陽，發生「九一八」事變。

二十六日　「左聯」發表《告國際無產階級及勞動民眾的文化組織書》，抗議日本帝國主義的暴行。

同月　東京「左聯」支部停頓。

丁玲主編的《北斗》月刊在上海創刊，爲「左聯」機關刊物之一。

十月

月初　向馮雪峰提出辭去「左聯」行政書記的職務，進行《子夜》的創作。馮不同意，但同意請長假。「大約在十月初，我向馮雪峰提出辭去『左聯』行政書記的職務，因爲經過一年多時間的搜集資料，醞釀，構思和準備（甚至已經寫了三四章），我要寫長篇小說（當時暫名《夕陽》，後出版時定爲《子夜》了）。而行政書記的雜事使我不能集中精力創作。雪峰同情我的願望，但沒有批准我的辭職，只同意我請長假，爲的是一些重要的會議他還能拉我參加。我只好同意。因此，『左聯』十一月決議的擬定我就參加了；同年年底，『左聯』一九三一年的年度總結也仍由我來作，不過作這個報告我取了個巧，基本上照抄了十一月決議的內容，再加上若干實例。」(《我走過的道路》〈中〉)

十五日　發表短篇《喜劇》(小說)，署名何典，載《北斗》第一卷第二期。初收一九三三年五月開明版《春蠶》，現收《茅盾全集》第八卷。「這是一篇諷刺國民黨『革命成功』的小故事。」「這個小故事也可以說是『杜撰』的，因爲現實生活中住了五年監牢就如此與世隔絕的人大概是沒有的，所以它只是一個『喜劇』。」(《我走過的道路》〈中〉)

二十三日　發表《評所謂「文藝救國」的新現象》(文論)，署名石萌。載《文學導報》第一卷第六、七期，現收《茅盾全集》第十九卷。揭露國民黨的《不抵抗政策》，指出，新近成立的所謂「反日會」、「抗日會」、「義勇軍」、「上海文藝界救國會」等，是國民黨「加緊欺騙民眾和緩革命高潮」的結果。

同月　某一天下午，與馮雪峰一道訪問魯迅。「在我請准了長假以後，一天，馮雪峰對我說，你既然交了差，我們也應該向魯迅作一番交代，談談這半年來工作情況，和今後的想法。於是就約定一個下午同去魯迅家。」「魯迅對於我的擺脫雜務專寫小說十分贊同，他說：在夏天就聽說你有一個規模龐大的長篇小說要寫了。現在的左翼文藝，只靠發宣言是壓不倒敵人的，要靠我們的作家寫出點實實在在的東西來。」在談話中，魯迅還問到朱德、毛澤東的情況。(《我走過的道路》〈中〉)

當月

二十日　楊昌溪發表《西人眼中的茅盾》，載《現代文學評論》第 2 卷第 3 期、第 3 卷第 1 期合刊。

三十日　伏志英作《〈茅盾評傳〉序》，載伏志英編《茅盾評傳》，上海現代書局 1931 年 12 月出版。云：「茅盾先生是一個富有時代性的作家」。「他技巧的純熟，觀察的深刻，確能捉住那一時代的核心，如小資產階級對於革命的幻滅與動搖，女性的脆弱，投機份子的醜態，以及病態的青年男女，表現得都有相當的成就。」

本月

七日　國民黨政府頒佈《出版法施行細則》，進一步限制進步讀物的出版。

十五日　左聯執委會通過《告無產階級作家革命作家及一切愛好文藝的青年》，抗議日本侵略，揭露國民黨反動派的不抵抗政策，抨擊「民族主義文學」的無恥行徑。號召一切無產階級作家、革命作家、青年，投入反侵略反壓迫的鬥爭中去。

十一月

十五日　發表《中國蘇維埃革命與普羅文學之建設》(文論)，署名施華洛，載《文學導報》第一卷第八期。現收《茅盾全集》第十九卷。針對當時普羅文學作品中普遍存在的弊病，提出了作家要深入生活，深入火熱的鬥爭中去挖掘眞實的生動的題材等要求。「這篇文章筆名是『施華洛』，這是英文燕子的音譯，而我小名燕昌」。(《我走過的道路》〈中〉)

同月　完成中篇《三人行》。「這部中篇，從六月寫到十一月，花了半年時間，我寫小說，凡是寫得快的，就比較可觀；寫得慢的，就不行。《三人行》篇幅不比《路》多，寫是時間卻比《路》長。」「《三人行》這書名，取自《論語・述而》篇：『子曰：三人行，必有我師焉，擇其善者而從之，其不善者而改之。』所以小說的主人公是三個。我有意地把三個人物的家世定爲：一，破落的書香人家的子弟，此在書中爲許；二，快要破產的小商人的兒子，此在書中爲惠；三，有五十畝良田然而『一夜之間』成爲貧窮的兒子雲。我有意用兩個反面人物（許與惠）來陪襯一個正面人物雲，然而結果我這寫作意圖並沒有達到。瞿秋白在讀了《三人行》後對我說：『孔子說，三人行必有我師焉』，而你這《三人行》是無我師焉。」「另外，《三人行》寫的是中學生。學生與學校當局沒有矛盾，沒有鬥爭；社會上的錯綜複雜的矛盾與鬥爭沒有反映到學校；學生們所忙的，就是自己畢業後的出路問題，這是構思時一個老大缺點。」（《我走過的道路》〈中〉）

同月　參加擬定左聯執委會通過的《中國無產階級革命文學的新任務的決議》。「決議是馮雪峰起草的，瞿秋白花了不少心血，執委會也研究了多次。這個決議可以說是『左聯』成立以後第一個既有理論又有實際內容的文件，它是對於一九三〇年八月那個左傾決議的反撥，它提出的一些根本原則，指導了『左聯』後來相當長一段時期的活動。」「我以爲，這個決議在『左聯』的歷史上有十分重要的作用，它標誌著一個舊階段的結束和一個新階段的開始。」（《我走過的道路》〈中〉）

本月

第一次全國工農兵代表大會在江西召開，成立中央民主政府。大會選出毛澤東、周恩來、朱德等六十四人爲中央執行委員，由執委會選舉毛澤東同志爲中央工農民主政府主席，朱德同志爲紅軍總司令。

十五日　國際革命作家聯盟開會紀念左聯五烈士。

十二月

十七日　被國際革命作家聯盟機關刊物《國際文學》（原《世界文學》）邀請爲特約撰稿人。被邀請的還有魯迅，郭沫若等。

同月　發表《大仇人》（譯著）（高爾基著），署名沈雁冰。收入現代書局版《小說傑作選》。

當月

徐蔚南發表《〈幻滅〉》，載伏志英編《茅盾評傳》。上海現代書局 1931 年 12 月出版。作者讀完《幻滅》之後，「深深地感得著者的努力」，「比了那種即興式的短篇小說，花前呀月下呀自不相同了。」認爲「著者受著南歐自然主義文學的影響很多，但是沒有牽強的情態。」

同月 克發表《〈野薔薇〉》，載伏志英編《茅盾評傳》。云：「這集子裡的五篇卻使我們極不滿意。就思想上說，這都是不健全的作品，就藝術上說，這也是很平淡的故事。作者的文筆也未脫盡章回體的意味，毫不曾獲到新的技巧。」

同月 因夢蝶發表《〈虹〉》，載《中外文學名著辭典》，上海樂華圖書公司出版。

同月 伏志英編《茅盾評傳》，由上海現代書局出版。

本月

十五日 國民黨寧、粵兩派傾軋，蔣介石被迫宣布下野。

十七日 各地赴南京請願的學生三萬餘人舉行示威遊行，要求國民黨政府出兵抗日。

同月 夏丏尊、周建人、郁達夫、丁玲等二十餘人發起組織上海文化界反帝抗日同盟。

同月 魯迅主編的《十字街頭》雙週刊創刊，後改爲旬刊。

同年

向瞿秋白提過恢復組織生活的問題，未果。「自從我到了日本以後，就與黨組織失掉了聯繫，而且以後黨組織也沒有再來同我聯繫。我猜想，大概我寫了《從牯嶺到東京》之後，有些人認爲我是投降資產階級了，所以不再來找我。……在 1931 年，瞿秋白在我家中避難時，我向他談過此事的經過，並表示能恢復組織生活。秋白後來告訴我，上級組織沒有答覆，而他自己正受王明路線的排擠，也無能爲力。他勸我安心從事創作，並舉了魯迅的例子。」（《我走過的道路》〈中〉）

當年

柳亞子作七絕一首，評讚茅盾的《虹》、《蝕》和《大澤鄉》。詩云：「篝火狐鳴陳勝王，偶然點綴不尋常。流傳人口虹和蝕，我意述輸大澤鄉。」

一九三二年（三十七歲）

一月

一日　發表《貢獻給今日的青年》（散文），載《中學生》第二十一期。現收《茅盾全集》第十五卷。向青年提出三點希望：一、充實政治知識，明白帝國主義的瓜分中國的野心；二、加緊反日運動和反對帝國主義運動；三、不要讀死書，力爭思想自由，言論集會自由。

二十日　針對創作的一些問題，發表《創作不振之原因及其出路——致編輯》（文論），載《北斗》第二卷第一期，現收《茅盾全集》第十九卷。說，「如果偉大的創作題材在現今是多而又多」，而青年作家又「有了這樣題材的人生經驗」，他們之所以寫不出來，「問題不在所謂技術的成熟不成熟」，「問題就在作家的宇宙觀和人生觀了。」「所以青年作家當前的主要問題是怎樣克服了他們舊有的布爾喬亞和小布爾喬亞的意識而去接受那創造新社會的普羅列塔利亞的意識……」。

同月　《子夜》一章，以《夕陽》爲題發表於《小說月報》二十三卷新年號。該刊未及發行即被敵機轟毀。「關於《子夜》的題名也有個變化，最初的題名我曾擬了三個：夕陽、燎原、野火，後來決定用《夕陽》，署名爲逃墨館主。當時是應《小說月報》主編鄭振鐸之請，打算從1932年起先在《小說月報》連續刊登（其實，那時全書尚未寫完，只寫了一半）。不料突然發生「一二八」上海戰事。商務印書館總廠爲日本侵略炮火所毀，《小說月報》從此停刊，我交去的那部分稿子也被毀了。幸而還有我親手寫的原稿，交去的是德沚抄的副本。何以不用原來的筆名（茅盾）而用逃墨館主呢？這無非一時的好奇，讓人家猜猜：自有新文學運動以來，從沒有寫過的企業家和交易所等，現在有人寫了，這人是誰呢？孟子說過，天下之人，不歸於陽，則歸於墨。陽即陽朱，先秦諸子的一派，主張『爲我』，陽朱的書早已亡佚，僅見《列子》的《陽朱篇》保存『爲我學說』的大概。我用『逃墨館主』不是說要信仰陽朱的爲我學說，而是用了陽字下的朱字，朱者赤也，表示我是傾向於赤化的。《夕陽》取自前人詩句『夕陽無限好，只是近黃昏』，比喻蔣政權當時雖然戰勝了汪、馮、閻和桂、張，表面上是全盛時代，但實際上已在走下坡路，是

『近黃昏』了。」(《我走過的道路》〈中〉)

同月 《北斗》雜誌徵文，遂作文應徵。應徵者還有魯迅、郁達夫、張天翼等二十三位作家。(《張天翼文學活動年表》)

本月

九日 在王明、博古的把持下，中共中央通過了《中央關於爭取革命在一省與數省首先勝利的決議》，「左」傾路線在黨內繼續佔統治地位。

二十八日 日軍進攻上海，「一·二八」事變爆發。十九路軍在人民支持下對日寇進行了抵抗。

二月

四日 發表《上海文化界告世界書》(宣言)，和魯迅等四十三人聯署刊於《文藝新聞》戰時特刊《烽火》第二期及《申報》等報刊。(《我走過的道路》〈中〉)

七日 《爲抗議日軍進攻上海屠殺民眾宣言》(宣言)。與魯迅等一道聯合一百二十九名愛國人士聯署(同上)

二十九日 作短篇《小巫》(小說)，載《讀書雜誌》第二卷第六期，初收一九三三年五月開明版《春蠶》，現收《茅盾全集》第八卷。「一九三二年，我在寫《子夜》的同時，也寫了幾篇關於農村題材的短篇，這就是二月份寫的《小巫》，五、六月間寫的三篇連續的速寫《故鄉雜記》，六月下旬寫成的《林家舖子》和十一月發表的《春蠶》」。轉向農村題材的原因：一是《子夜》縮小範圍，農村部分的材料可以寫其它東西；二是因寫慣了小資產階級知識分子，現在也有意換一換口味；或者說，想從自己所造成的殼子裡鑽出來。(同上)

當月

十日 易嘉(瞿秋白)作《談談〈三人行〉》，載《現代》創刊號，1932年5月1日。云：「《三人行》的創作方法是違反第亞力克諦——辯證法的，單就三種人物的生長和轉變來看，都是沒有恰切現實生活的發展過程的」，並以爲「這篇作品甚至於反現實主義的」。「作者的革命的政治立場，就沒有能夠在藝術上表現出來。反而是小資產階級的市儈主義佔了勝利，很自然的，對於虛無主義無意中做了極大讓步，只有反對個人英雄的俠義主義的鬥爭，得到了部分的勝利。」

同月　禾金發表《論茅盾的〈三人行〉》，載《中國新書月報》第二卷第二、三號合刊。

本月

一日　蔣介石下令禁止海軍配合十九路軍協同作戰，日冠炮艦攻擊吳淞等地。

二日　美、英、法、意、德五國照會中、日兩國，提出中、日兩國退出上海，將上海劃爲國際公管之「中立區」，以維護他們的利益。

八日　葉聖陶、胡愈之、郁達夫等組織作家抗日會。

四月

十八日　作《〈路〉校後記》（序跋），載六月光華書局初版《路》。說：「此篇開始寫的時候，是一九三〇年冬。未及一半，即因痧眼老病大發。幾乎盲了一目，醫治了三個月，這才痊愈，故此篇後半，是在一九三〇年春續成的。自己覺得寫的不好，所以一年以來，接受此篇的某某雜誌遲遲不發表，我也不想發表了。現在該雜誌社已在滬戰中毀滅，而光華老闆有意付印，就此再尋出底稿來看一遍，很想多加修改，而精神時間，兩不許可」。

二十二日　作《我們必須創造的文藝作品》（文論），載《北斗》第二卷第二期，五月二十日。現收《茅盾全集》第十九卷。對一些鴛鴦蝴蝶派作者所寫的反映上海一般市民的彷徨苦悶的流行的文藝作品進行批評。指出：「文藝家的任務不僅在分析現實，描寫現實，而尤重在分析現實、描寫現實中指示了未來的途徑。」

二十四日　作《〈地泉〉讀後感》（文論），收入華漢（即陽翰笙）著，七月二十五日上海湖風書局初版之《地泉》，現收《茅盾全集》第十九卷。「大概『一二八』的炮聲剛剛停息，陽翰笙就來找我，硬要我爲他的《地泉》再版本寫一篇『序』。」「我對於一九二八年——三十年間盛行的『革命文學』所持的批判態度以及我的觀點，他是知道得一清二楚的。我告訴他，要我寫『序』就要批評他的作品，因爲《地泉》也是用『革命文學』的公式寫成的。他卻仍然堅持請我寫，他說，這本書是前幾年寫的。本不打算再印了。現在既然有書店肯再版，所以乘此機會請幾位朋友寫點文章，也算對這本書做個定評。他還告訴我，他也邀請瞿秋白和錢杏邨寫了序。」《讀後感》寫道：「本書的作者問我對於本書有什麼意見。我的回答是：

『正和我看了蔣光慈君的作品後所有的感想相仿』。」茅盾全文自始至終立論的依據是：認為「一部作品在產生時必須具備兩個必要條件：（一）社會現象全部的（非片面的）認識，（二）感情的地去影響讀者的藝術手腕。」指出，「兩者缺一，便不能成功一部有價值的作品」。接著文章「以近一半的篇幅來分析、批判蔣光慈的作品」。之後，指出《地泉》的失敗方面，「就其成為當時文壇的傾向一例而言，不但對於本書作者是一個可寶貴的教訓，對於文壇的全體的進向，也是一個教訓」。「我這篇直言不諱的評論，陽翰笙一字不動地編進了《地泉》新版內。這種接受不同意見的雅量是令人欽佩的。這種雅量，新進作家們應奉為榜樣。」（《我走過的道路》〈中〉）

本月

十五日　中央工農民主政府發佈對日作戰宣言；20 日正式發表《對日宣戰通電》。

二十三日　蘇共中央發表《關於改組文藝團體》的決定。決定解散「拉普」，成立全蘇作家同盟。

二十五日　左聯機關刊物《文學》半月刊創刊，僅出一期。

同月　國際革命作家聯盟為抗議日本侵略中國，發表《告全世界革命作家書》。

五月

一日　發表《「五四」談話》（散文），署名止敬。原載《中學生》第二十四號，現收《茅盾全集》第十五卷。

二日　發表《「五四」與民族革命文學》（文論）。載《文藝新聞》第五十三號，現收《茅盾全集》第十九卷。云：「『五四』運動並未完成它的任務：反封建與反帝國主義的鬥爭。『五四』雖然以『反封建』為號召，但旋即與封建勢力為各種方式的妥協，對封建勢力為各種方式的屈服！至如反帝國主義，則『五四』始終未曾有過明顯的表示！」因而指出「『五四』期的文學沒有完成了反封建與反帝國主義的任務；反帝國主義的作品簡直沒有產生」。這是一篇富有創見的、震聾發聵的論文，見解深刻。

當月

一日　蘇汶發表《讀〈三人行〉》，載《現代》創刊號。云：作品中「對話時常是論文、是演説，或甚至是詩。而且替每一樁事情都給配上一個關於所謂思想這一類東西的特寫的那種努力，是一步也沒有放鬆過的」。以爲，作品中的三個人物「似乎還缺少點連環性」。

同月　樂華編輯部發表《茅盾傳略》，載《當代小説讀本》上冊，樂華圖書公司出版。

本月

五日　國民黨政府與日政府簽訂喪權辱國的《淞滬停戰協定》，並於23日下令十九路軍立即調福建「剿共」。

九日　中央工農民主政府發出《反對國民黨出賣淞滬協定通電》。

同月　胡適在北平創辦《獨立評論》週刊。

同月　施蟄存、蘇汶在上海創辦《現代》月刊。

六月

一日　發表《故鄉雜記（一）——一封信》（散文）。載《現代》第一卷第二期。初收一九三三年七月天馬書店版《茅盾散文集》，現收《茅盾全集》第十一卷。「自從1930年我回國後，母親就遷回烏鎮定居，但每年必來上海過冬，因此，我每年至少要回一次家鄉，或者接母親來上海，或者把母親送回烏鎮。每次大約一週至十天左右。所以對於家鄉的變化，尤其是鎮上小商戶的苦樂，有所瞭解。『一二八』戰爭時，母親正在上海，等到戰爭結束，我又怕鄉下不安寧，一直拖到5月份，才把母親送回烏鎮。這次回鄉，我感到與往年有明顯的不同：處處能嗅到抗日的火藥味，人們不是談論抵制日貨，就是罵東洋鬼子。回上海後，我連續寫的三篇《故鄉雜記》，就是想把農村的這種變化反映出來。」(《我走過的道路》〈中〉)

同日　發表《高爾基》（作家介紹），載《中學生》第二十五號。

十日　《我的小傳》（傳記），載《文學月報》創刊號。現收《茅盾全集》第十九卷。

同日　發表《火山上》（小說）（《子夜》中的一章）。載《文學月報》創刊號。

十八日　寫完《林家舖子》（小說）。載《申報月刊》第一卷第一期，七月十五日。初收一九三三年五月開明版《春蠶》，現收《茅盾全集》第八卷。「這次回鄉（按：指「一二八」戰爭後，1931 年 5 月送母親回鄉），也促使我寫成了《林家舖子》。《林家舖子》是應《申報月刊》主編俞頌華之約，爲《申報月刊》創刊號寫的。」「《林家舖子》完成於 6 月 18 日。但小說的構思則比較早，還在研究《子夜》的素材如何取捨時，就注意到：小市鎭的小商人不論如何會做生意，但在國民黨這大魚吃小魚，小魚吃蝦米的社會裡，只有破產倒閉這一條路；就有把這素材單獨寫一篇小說的想法。『一二八』後的這次還鄉，使我在作品中加強了日本侵略者這個魔影，以及國民黨的貪官污吏如何利用民眾的抗日熱情而大發橫財。那時江南小城鎭中的商店內充斥了日本貨，上海戰爭既起，民眾就自發地起來抵制日貨。帶頭的是學生，他們發動了勸商家不賣日貨、勸老百姓不買日貨的運動。國民黨是不想抗日的，對於民眾的抗日救亡運動從來是限制和鎭壓。他們自己大賣日貨，當民眾自發起來抵制日貨時，他們卻又藉抵制日貨之後來敲榨勒索小商人，或沒收他們的日貨，轉眼之間，勾通了大商戶，又把日貨充作國貨大賣而特賣。國民黨的腐敗已到了這步田地！這就是《林家舖子》的主題。小說原名《倒閉》，寫一小市鎭上的一爿小商店受了上面說的種種壓迫，不得不倒閉。但俞頌華拿到原稿後，以爲創刊號就登《倒閉》，將被《申報》的老闆認爲不吉利，擬改爲《林家舖子》，商之於我。俞原是老友，我也就同意改題《林家舖子》。」（《我走過的道路》〈中〉）

當月　出版《路》（小說），光華書局初版，現收《茅盾全集》第二卷。

當月

二十日　金民天發表《〈路〉的批判》，載《讀書月刊》第三卷第五期。云：「沒落的小資產階級的青年，對於人生的懷疑，一切事物的神經性是本書主人的典型。主人公意識不健全，這是無可諱言的事實」。然而，「茅盾的這冊《路》，在今日寂寂中國文壇中，的確是值得一看的。」

本月

十六日　蔣介石自任總司令，調兵五十萬，向中央根據地發動第四次軍事「圍剿」，紅軍在反「圍剿」中取得巨大的勝利。

同月　「左聯」機關刊物《文學月報》在上海創刊，初由姚蓬子主編，後由周揚接編。該刊共出六期，十二月被查禁。

七月

一日　發表《故鄉雜記（二）——內河小火輪》（散文）。載《現代》第一卷第三期。初收一九三三年七月天馬書店版《茅盾散文集》，現收《茅盾全集》第十一卷。《故鄉雜記》反映了上海戰爭以及十九路軍撤走前後當局的『長期抵抗』的宣傳和痲醉，以及借題向人民加緊剝削的方法。宣傳是說嘉、湖的繭廠都駐滿了軍隊，封船運彈藥，還在田野築了只能欺騙小市民的所謂『戰壕』；痲醉是大量印刷所謂《金聖嘆手批中國預言七種》（包括《推背圖》、《燒餅歌》等），通過街頭的小報攤和小癟三們釘在人背後發狂地叫賣。據說這些『預言』，早已透露天意，要有這場戰事及其後果等等，既然是天意，老百姓只好聽天由命，不能怨當局不做十九路軍的後盾。至於借題加緊剝削人民就是那時攤派到內地各鄉鎮的小商人身上的國難捐；小商人出了捐款，自然要轉嫁到農民身上，但本已赤貧的農民如何承受得此轉嫁呢？所以小商人的破產也是不可避免的。《故鄉雜記》還反映了一般小市民以及中等商人對戰事的種種不同的感想，對國難的看法。《故鄉雜記》又反映了農村的破產以及商人們的聽天由命的陰暗的精神狀態。」（《我走過的道路》〈中〉）

六日　作《熱與冷》（散文），載《現代》第一卷第五期，現收《茅盾全集》第十一卷。

十日　發表《問題中的大眾化》（文論），署名止敬。載《文學月報》第一卷第二號，現收《茅盾全集》第十九卷。針對瞿秋白的「五四」白話文是「新文言」，並且不如舊小說的觀點，提出了不同看法。此文發表後，秋白就寫了答辯文章《再論大眾文藝答止敬》（《文學月報》第 3 期）。對於秋白這篇文章沒有繼續爭論下去，因爲發現兩人是從不同的前提來爭論的，即對文藝大眾化的概念理解不同。茅盾認爲「文藝大眾化就要是指作家們要努力使用大眾的語言創作人民大眾看得懂、聽得懂，能夠接受的、喜聞樂見的文藝作品」。而秋白則認爲，文藝大眾化「主要是指由大眾自己來寫文藝作品」。（《我走過的道路》〈中〉）

十日　《騷動》（小說）（《子夜》之一章），載《文學月報》第一卷第二號。

同日　發表《第二天》（散文）。載《文學月報》第一卷第二號。初收一九三三年七月天馬書店版《茅盾散文集》，現收《茅盾全集》第十一卷。敘述『一二八』戰爭第二天日本飛機轟炸上海北站、商務印書館等處的情況，表現小市民的憂憤的臉色所透露出來的失望與忿忿的情緒。

同月　國際工聯牛蘭夫婦在南京獄中絕食，茅盾與魯迅等進行營救，並電南京政府立即釋放。

本月

左翼電影理論刊物《電影藝術》在上海創刊。

國民黨官方組織「中國電影協會」成立。

八月

一日　發表《故鄉雜記（三）——半個月的印象》（散文），載《現代》第一卷第四期。初收一九三三年七月天馬書店版《茅盾散文集》，現收《茅盾全集》第十一卷。

同月　祖母去逝，與德沚帶了兩個孩子全家奔喪。「祖母去世時，已有八十高齡，在我長輩中是最長壽的。祖父已在幾年前去逝，那時我正在日本，聽說祖父死於臉上長的一個肉瘤（現在猜想是皮膚癌）。祖母的喪事是比較隆重的，因爲我的二叔和三叔都已在上海銀行界有了職業。對於祖母的喪事都願意辦得體面些。喪事用了一週時間，親朋故友來祭奠的絡繹不絕，……」。（《我走過的道路》〈中〉）

同月　作《談談翻譯——〈文憑〉譯後記》（序跋），載《現代出版界》第四期，又以《譯後記》爲題，收入九月現代書局版《文憑》。現收《茅盾全集》第十九卷。認爲理論文學的翻譯「以求忠實爲第一要義」，而文學作品的翻譯，要「又忠實又順口，並且又傳達了原作的風韻和『力』」。「力」即「作品感動人之所以然」。

同月　作《關於作者》（小傳）。載九月現代書局版《文憑》。

當月

《現代》第一卷第四期發表一篇評《路》的文章，云：《路》具有「極綿密的結構：它寫主人公以外的人物，可是依舊處處都照顧到主人公本人」，並取得了成功。在文體上，《路》也有極大的進展；作者似乎是可以從此和俗流的寫法永訣了」。從《路》開始，作者將更向自然主義走近了一步。」而《路》的不足，則是「把女主人公杜若寫得太模糊」。

同月　秀峰發表《〈路〉不通行（一）》，載《中國讀書月報》第二卷第八號。

本月

國民黨頒佈編查保甲户口條例，實施保甲連坐法，進一步對人民實行法西斯統治。

同月　國民黨特務大肆搜查書店，逮捕店主或經理。左聯刊物《北斗》被迫停刊。

九月

八日　作《右第二章》（小說），署名終葵。載《東方雜誌》第二十九卷第四、五號。初收一九三三年五月開明書店版《春蠶》，現收《茅盾全集》第八卷。「獲悉胡愈之擬復刊《東方雜誌》並任主編，「把《東方雜誌》辦成一個宣傳進步思想的刊物」，「我與愈之本是商務編譯所的老同事、老朋友、又是老戰友，義不容辭要支持他。所以在他主編《東方雜誌》的五個半月中，給他寫了九篇文章。」當時『一二八』戰爭震動了全國，各省各地都紛紛舉行遊行示威，抵制日貨。」「上海的文藝界，在抗日的旗幟下，以『左聯』爲中心，開始聯合起來了，文藝抗日統一戰線開始形成。作家們把他們的筆轉向了抗日的題材：人民的抗日覺醒與鬥爭，國民黨政府的投降賣國，以及普通老百姓生活的愈益困苦，等等。……我也寫了一篇記事與議論交錯的散文《第二日》和一篇短篇小說《右第二章》。《右第二章》是以『一二八』上海戰爭爲背景的，小說用了個新筆名『終葵』，典出《周官考工記・玉人》：「杼上終葵首，疏：齊人謂椎爲終葵。」（《我走過的道路》〈中〉）

十八日　爲紀念「九一八」事變，作《九一八週年》（散文）。載《文學月報》第一卷第三號。初收一九三三年七月天馬書店版《茅盾散文集》，現收《茅盾全集》第十五卷。說，「九一八」又到了，一定有許多人替「九一八」做「週年」，而且是各式各樣的「週年」，然而，「只有瓦片翻身的時候，我們然後可以有另一樣的『週年』」。

二十五日　爲莫斯科舉行高爾基創作四十年紀念慶祝會，與魯迅、曹靖華等七人聯合撰文《高爾基的四十年創作生活——我們的慶祝》(文論)。載《文化月報》第一卷第一期。文章對於高爾基在無產階級文藝事業上的成就作了高度評價。

當月

十九日　適安發表《沈雁冰又右傾》，載《社會新聞》第一卷第六期。

本月

十五日　日本承認僞「滿州國」，並與之訂立《日滿議定書》。

十六日　林語堂創辦提倡幽默的《論語》半月刊。

同月　楊騷、蒲風等在上海發起成立「中國詩歌會」。

十一月

一日　發表《春蠶》(小說)，載《現代》第二卷第一期。初收一九三三年五月開明書店版《春蠶》，現收《茅盾全集》第八卷。八月，祖母病逝，親朋故友來祭奠的絡繹不絕，「在大家的敘談中，我聽到了不少這幾年來周圍農村和市鎮發生的變故，大家都在叫苦。這當然比前兩年我回鄉時聽到的故事要豐富得多，尤其是關於蠶農的貧困和繭行不景氣的故事。那時，爲了寫《子夜》，我曾研究過中國蠶絲業受日本絲的壓迫而瀕於破產的過程，以及以養蠶爲主要生產的農民貧困的特殊原因，即絲廠主和繭行爲要苟延殘喘，便操縱葉價和繭價，加緊剝削蠶農，結果是春蠶愈熟，蠶農卻愈貧困。這就是 1932 年在中國農村發生的怪現象——『豐收災』。這個農村動亂、破產的題材很吸引人，但在《子夜》中，由於決定只寫都市，卻寫不進去。這次奔喪回鄉的見聞，又加深了我對『豐收災』的感性知識，於是我就決定用這題材寫一短篇小說，十月份寫成，取名《春蠶》。」(《我走過的道路》〈中〉)

八日　作《秋的公園》(散文)，載《東方雜誌》第二十九卷第八號，十二月六日。初收一九三三年天馬書店版《茅盾散文集》，現收《茅盾全集》第十一卷。

同日　作《冥屋》(散文)，載《東方雜誌》第二十九卷第八號。初收《一九三三年七月天馬書店版《茅盾散文集》，現收《茅盾全集》第十一卷。讚美手工藝人製造冥屋的精湛技巧，指出，燒冥屋時還燒化「半張冥土的房契」，這種迷信方式，說明「時代的印痕也烙在這些封建的儀式上。」

二十九日　作《我們這文壇》（文論）。載《東方雜誌》第三十卷第一號，一九三三年一月一日。初收一九三三年七月天馬書店版《茅盾散文集》，現收《茅盾全集》第十九卷。指出：「我們這文壇是一個百戲雜陳的『大世界』。有『洪水猛獸』，也有『鴛鴦蝴蝶』；新時代的『前衛』唱粗獷的調子，舊骸骨的『迷戀者』低吟著平平仄仄；唯美主義者高舉藝術至上的大旗，人道主義者效貓哭老鼠的悲嘆，感傷派噴出輕煙似的微哀，公子哥兒沉醉於妹妹風月。」這些流派，正在「擂台擺開陣勢」，都想得到「看客」的歡心，然而，「誰能緊緊地抓住了看客他們的心弦，彈出了他們的苦痛，他們的需求，鼓動他們的熱血，指示了他們的出路，誰就將要獨霸這文壇的『擂台』，任何欺騙，任何威脅，任何麻醉，都奈何他不得。」

同月　作《光明到來的時候》（散文）。載《中學生》第三十一期。一九三三年一月一日。初收一九三三年五月開明書店版《春蠶》，現收《茅盾全集》第十一卷。以對話的方式，歷數黑暗世界的罪惡，暗示人民的反抗鬥爭，預示光明就要到來。「是呀，這古老的堅牢的墳墓早已應該崩坍，早已有了裂縫，而現在，外邊的光明鑽進這裂縫來了。」

同月　胡愈之來訪。看到胡撰寫的《介紹〈子夜〉》一文，認爲文中對《子夜》的「透視可謂入木三分，只是溢美之詞多了」。胡說明此文是「看不慣有些批評家的理論」，要「替這本鉅著」「說幾句公道話」。

當月

顧鳳城發表《茅盾》，載《中外文學家辭典》，樂華圖書公司出版。

本月

十五日　左翼文化總同盟機關刊物《文化月報》創刊。陳質夫編輯，第二期改名《世界文化》，即被迫停刊。

同月　國民黨中宣部公佈《宣傳品審查標準》。強化法西斯統治。

十二月

八日　發表《關於住的話》（雜文），署名曼。載《申報·自由談》。揭露國民黨統治下貧富不均的黑暗現狀。

九日　作《「連環圖畫小說」》（文論）。載《文學月報》第一卷第五、六期合刊。現收《茅盾全集》第十九卷。對一九三二年的文藝大眾化的討論發表意見，認爲，上海連環圖小書攤，是最受歡迎的活動圖書館，並且也是最利害最普遍的「民眾教育」工具！這種文圖並茂的形式很可以採用，因爲那連環圖畫的部分不但可以引誘識字不多的讀者，並且可以作爲幫助那識字不多的讀者漸漸「自習」的看懂了那文字部分的梯階。這一種形式，如果剔除其有毒的內容，「很巧妙地運用起來，一定將成爲大眾文藝的最有力的作品。無論在圖畫方面，在那文字的說明方面（記好，這說明部分本身就是獨立的小說，）都可以演進成爲『藝術品』！」「我這最後一句話，也是回答蘇汶、胡秋原他們的，因爲蘇、胡那時正寫文章誣蔑大眾文藝，連環圖畫沒有藝術價値。」(《我走過的道路》〈中〉)

十二日　作《健美》(散文)，載《東方雜誌》第三十卷第二號，初收一九三五年十二月開明書店版《速寫與隨筆》。現收《茅盾全集》第十五卷。通過對德國表現派劇作家凱撒（Kaistr）的劇本《歐羅巴》所表現的「健美」的追求，指出，表現派和一些頹廢影片所追求的「健美」，其幕後，「仍是布爾喬亞所瘋狂地追逐著的肉感的刺激，荒淫、頹廢。」「『健美』仍舊無補於女子的被侮辱的地位！眞正意義的『健美』，要在女子被解放而且和男子共同擔負創造新生活那責任的時候！」

同日　作《公墓》(散文)，載《東方雜誌》第三十卷第二號。初收一九三五年十二月開明書店版《速寫與隨筆》，現收《茅盾全集》第十五卷。

十三日　作《封建的小市民文藝》(文論)，載《東方雜誌》第三十卷第三號。初收一九三三年七月天馬書店版《茅盾散文集》，現收《茅盾全集》第十九卷。認爲一九三〇年中國武俠小說盛極一時的現象不是偶然的，「一方面，這是封建的小市民要求『出路』的反映，而另一方面，這又是封建勢力對於動搖中的小市民給的一碗迷魂湯。」

同日　作《現代的！》(散文)，載《東方雜誌》第三十卷第三號。初收一九三三年七月天馬書店版《茅盾散文集》，現收《茅盾全集》第十五卷。批判那種「上帝」的「同盟者」，因爲「他教人們永遠空想著那永遠騙人的渺茫的『天國』和『樂園』」。他的旗幟是：超現實的美，陶醉心靈的神秘，至高至大的理想。他們的生活方法是躺在泥漿裡夢想那渺茫的美，神秘，理想，「給心靈上一種陶醉，一點慰安！」但是，現代又有「大神」Speed（緊張)，這種「緊張」，是「指新的人類以大無畏的精神急趨於新世界的創造—

一新生活關係的確定，那樣的偉大使命時所必需的『猛進』和『魄力』。」「這樣的『緊張』也必須成爲現代文藝的主要色調！」

十八日　喜悅於沙汀的《法律外的航線》的出版，作《〈法律外的航線〉讀後感》（散文）。載《文學月報》第一卷第五、第六期合刊，初收一九三三年七月天馬書店版《茅盾散文集》，現收《茅盾全集》第十九卷。指出，這個短篇集中的多數作品，不同於數年前的「革命文學」，沒有公式主義的結構，沒有臉譜式樣的人物。這位新的青年作家都有他自己的風格。他用寫實的手法，很精細地描寫出眞實的生活。他的人物的對話是活生生的四川話，是活的農民和小商人的話。他的農民和小商人嘴裡沒有別的作家硬捉來的那些知識分子的長篇大論以及按著邏輯排得很整齊的有訓練的辭句。

二十二日　作《〈茅盾自選集〉後記》（按：原題爲《自選集後記》）（序跋）。收一九三三年四月天馬書店初版《茅盾自選集》。現收《茅盾全集》第十九卷。

二十五日　作《徐志摩論》（文論）。載《現代》第二卷第四期，現收《茅盾全集》第十九卷。文章將徐志摩的作品放於他所生活的時代及其階級背景下加以分析，認爲徐志摩是「代表的布爾喬亞詩人」，「是中國布爾喬亞『開山』的同時，又是『末代』的詩人。茅盾指出：「詩這東西，也不僅是作家個人感情的抒寫，而是社會生活通過作家的感情意識之綜合的表現」。徐志摩詩情的枯窘和生活有關，他對面前的生活不能瞭解，且不願意去瞭解。儘管如此，作者仍以新「新詩人中間的志摩最可以注意，因爲他的作品是足供我們研究。他是布爾喬亞的代表詩人」。然而，畢竟是「百年來的布爾喬亞文學已經發展到最後一階段，除了光滑的外形和神秘纏緲的內容而外，不能開出新的花來了！這悲哀不是志摩一個人的」！這一見解無疑是相當深刻的，透過是有代表性的詩人看到文學歷史發展的必然性。據作者晚年自述：「《徐志摩論》是我寫的第三篇作家論，也是從日本回國後寫的第一篇」。「他的死，引起了人們對於他的文學活動的兩種截然對立的評價，一種稱頌他爲中國『五四』以來的『詩聖』，另一種則將他的詩貶得一無可取。我的這篇論文，既爲紀念亡友，也爲了對於詩人徐志摩的蓋棺論定發表一點意見。」（《我走過的道路》〈中〉）這是第一篇全面地、精闢地論述天才詩人徐志摩的重要論文，影響很大。

下旬　寫完《徐志摩論》後，擬爲黎烈文接編的《自由談》撰文「抨擊

文壇的怪現象」,「寫一點含蓄的時論和反抗日本帝國主義的文章」。(《我走過的道路》中)

二十七日 發表短論《「自殺」與「被殺」》(散文),署名玄。載《申報·自由談》。現收《茅盾全集》第十五卷。這是爲《自由談》寫的第一篇短文。從這天起,到一九三三年五月十六日,共寫了二十九篇。這二十九篇中有二篇用「玄」這筆名。「此文從當年我在日本流亡時看到大阪《每日新聞》報導的一個有職業也有存款的日本人,因肺病嚴重而全家自殺的事件,來說明我們應提倡一種絲毫不肯苟安的人生態度。」(《我走過的道路》〈中〉)

同月 《子夜》全部脫稿,作了《〈子夜〉跋》(序跋),收入一九三三年四月開明書店初版《子夜》。現收《茅盾全集》第三卷。(按:後改題爲《後記》)介紹《子夜》的創作經過:「《子夜》十九章,始作於一九三一年十月,至一九三二年十二月五日脫稿;其間因病,因事,因上海戰事,因天熱,作而復輟者,綜計亦有八月之多,所以也還是倉促成書,未遑細細推敲,但構思時間卻比較的長些。」《跋》還介紹了原定的寫作計劃:「我的原定計劃比現在寫成的還要大許多。例如農村的經濟情形,小市鎮居民的意識形態(這決不像某一班人所想像那樣單純),以及一九三〇年的《新儒林外史》,——我本來就打算連鎖到現在這本書的總結構之內;可以都因爲今夏的酷熱損害了我的健康,只好馬馬虎虎割棄了,因而本書就成爲現在的樣子——偏重於都市生活的描寫。」

同月 作《我的回顧》(序跋),收入一九三三年四月天馬書店初版《茅盾自選集》,現收《茅盾全集》第十九卷。回顧一九二七年寫小說以來,「我所能自信的,只有兩點:一、未嘗敢『粗製濫造』;二、未嘗爲要創作而創作,——換言之,未嘗敢忘記了文學的社會意義。」「我永遠自己不滿足,我永遠『追求』著。」

同日 發表《中國作家爲中蘇復交致政府電》(電文),與魯迅、柳亞子等五十七人聯署。載《文學月報》一卷三期。

當月

十五日 景賢發表《〈文憑〉》,載《學風》月刊第二卷第十期。

二十日 瑞民發表《茅盾底〈路〉》,載《讀書月刊》第三卷第五期。云:「茅盾始終捉住了小資產階級的意識形態而漸進的著筆」,和以往的作品目標「熟練、生動」，並以爲，在現在的社會下，這樣的作品對於大眾的要求是不夠的。「我以爲描寫大眾生活苦痛的情狀和鬥爭（如丁玲的《水》）及描寫在這社會下的小資產階級而近乎無產階級的生活的苦痛縮影（如冰瑩的《拋棄》）的作品，是比較更迫切著的。」

本月

國民黨政府在人民輿論的壓迫下與蘇聯復交。

一九三三年（三十八歲）

一月

一日　發表《新年的夢想——夢想的中國，夢想的個人生活》（散文）。載《東方雜誌》第三十卷第一號，現收《茅盾全集》第十五卷。一九三二年十一月的一天，《東方雜誌》主編胡愈之來看望，說：「明年《東方雜誌》的新年特大號上，想來一點新花樣：我們提出兩個問題，一個叫《夢想的中國》，一個叫《夢想的個人生活》，請全國各界知名人物來回答，字數在一千字以內，你也算一個。」問：「能唱反調嗎？譬如說我反對夢想？」愈之說：「可以，你願意怎樣回答就怎樣回答。」於是，第二天就送去此文，寫了兩個答案。（《我走過的道路》〈中〉）

八日　發表《緊抓住現在》（散文），署名玄。載《申報・自由談》，初收一九三三年七月天馬書店版《茅盾散文集》，現收《茅盾全集》第十五卷。指出，在這個「全世界經濟恐慌、銀行倒閉、證券跌價、工廠停歇，失業者數千萬」的時代，在這個「全中國經濟破產，毒血似的洋貨深入了農村的血管，號稱半年，農民沒有飯吃，全中國農村騷動」的轉變時代，在這個帝國主義「緊抓住了這『現在』秣馬厲兵，」進行「侵略」的苦難時代，我們「再不要迷戀過去，空想未來」，要「緊緊抓住現在」。

同日　作《神的滅亡》（小說）。載《東方雜誌》第三十卷第四號。初收開明書店版《春蠶》，現收《茅盾全集》第八卷。通過北歐神話神中之王奧定所表現的統治階級滅亡的故事，揭露反動統治者殘酷暴虐、荒淫無恥的本性，歌頌人民的反抗鬥爭，預示人民革命的鬥爭的必然勝利。

十五日　發表《磨命》（詩歌），署名曼。載《申報・自由談》。表示要「執著自己的生命」，在「繁華世界」裡「磨命」，破壞「繁華世界」，成爲「繁華世界」的「叛道鬼」，雖然「生命已經磨完」，「但遠遠地遠遠地一聲雄雞啼，鮮明的血水照破了黑天地。」

中旬　作《致魯迅》（書信），署名方璧。（魯迅 1933 年 1 月 14 日《日記》）

二十三日　爲紀念「一二八」事變，發表《血戰後一週年》（散文），署名玄。載《申報・自由談》。初收天馬書店版《茅盾散文集》，現收《茅盾全集》第十五卷。揭露國民黨所謂「長期抵抗」事實上乃是長期「不抵抗」的實質，抨擊英法默認日本在熱河榆關的軍事行動的行徑。」

二十五日　針對出版界的新情況，發表《最近出版界的大活躍》（散文），署名玄。載《申報・自由談》，初收天馬書店版《茅盾散文集》，現收《茅盾全集》第十五卷。「文章略謂時局迷離，山河破碎，人心惶惑不安，而最近新出的刊物之多，可謂空前，這反映了群眾對時局的惶惑不安的心理狀態。因爲一方面有人要說話，而另一方面有眾多的人要聽聽人家說的什麼。在這裡，正見『人心未死』。在這時代，主張的龐雜與混亂，是歷史進展不可避免的階段。各黨各派都應當明白揭示他們的主張，聽人民公斷。時代的輪子將碾出一條筆直的正軌。人爲的取締刊物是徒勞的。」（《我走過的道路》〈中〉）

同月　出版《子夜》（小說），開明書店版。現收《茅盾全集》第三卷。小說的背景是三十年代初的上海，其主線是：以吳蓀甫爲代表的中國民族資本家爲發展民族工業同買辦金融資本家所進行的殊死的鬥爭，從而揭示了中國民族資產階級與買辦資產階級之間的尖銳的矛盾鬥爭及其歷史命運。吳蓀甫是個雄心勃勃、躊躇滿志的民族資本家。他一心想擺脫帝國主義的控制獨立發展民族工業。於是他聯合同仁創辦了益中信託公司，然後組織了一個工業托拉斯，併吞同行、壯大自己的實力。然而，處在半封建半殖民地社會中的民族資產階級，注定是不可能有大的作爲的。帝國主義決不會坐視其獨立發展的，因而，以趙伯韜爲代表的帝國主義的走狗，百般地排擠、打擊和控制著吳蓀甫，直至其走投無路，徹底破產。此外小說還表現了民族資產階級與工人階級之間的矛盾；民族資產階級與農民間的矛盾；民族資產階級內部的矛盾以及革命隊伍內部的矛盾。小說通過這錯綜複雜的矛盾，描繪了當時中國社會各個不同階層的相互關係，展現出那一時代中國的社會現實，塑造了眾多的個性鮮明的人物形象，尤其是小說成功地塑造了吳蓀甫這一民族資本家的典型形象。在吳的性格中，一方面，他精明強幹，智謀過人，對管理工廠企業有足夠的魄力和膽識，有著發展事業所必須的能力；另方面，他又自私、殘忍，可以不顧同行的死活而一舉吞併，對待工農運動也是十分的殘暴和陰險。小說的藝術成就亦很突出：它氣勢恢宏而結構井然；語言雄建而又富有個性；至於對人物心理的把握，無疑也是出色的。在中國現代長篇小說史上，《子夜》是里程碑式的傑作，對長篇小說創作和文藝理論研究有很大的影響。小說發表之初就引起文壇重視。三月，瞿秋白在《〈子夜〉與國貨年》中認為：「這是中國第一部現實主義的成功的長篇小說。」「應用真正的社會科學，在文藝上表現中國的社會階級關係，這在《子夜》不能夠說不是很大的成績。」在《讀〈子夜〉》中，他還指出：「在中國，從文學革命後，就沒有產生過表現社會的長篇小說，《子夜》可算第一部。……從『文字是時代的反映』上看來，《子夜》的確是中國文壇上新的收穫，這可說是值得誇耀的一件事。」

《子夜》出版後三個月內，重版四次；初版三千部，此後重版各為五千部：此在當時實為少見。五月，《文壇消息》報導：《子夜》為暢銷書，受到廣大讀者歡迎（載《文學雜誌》一卷二號）。

當月

一日　朱明發表《茅盾的〈春蠶〉》，載《現代出版界》第八期。云：看到茅盾的《春蠶》，「似乎覺到他的作品，已經深入了一步。」「而且還把握住了鮮明的1932年中國農村社會的大恐慌」，「這個當前的重要題材來寫作」，「是勝人一籌的地方」。但是「過細一觀察」，「其實只是左拉一類的作品。他只有指出了表現的現象，引起了不平鳴似的感情」。他並認為：茅盾的作品，「在都市，惑於官感的享樂而不能自拔；在農村，感趣味於殘餘的習氣，雖輕鬆地擊撥，卻充溢著迷戀的氣氛，不能堅決的克制，不能堅持的鬥爭，非現實，浮面以至傷感，這些並不是我們所需要的」。

二十三日　知白發表《茅盾的近作〈三人行〉》，載《大公報．文藝副刊》第二六四期。

三十日　《申報．自由談》「編者室」（按：即黎烈文）檔登了這樣一段文字：「編者為使本刊內容更為充實起見，近來約了兩位文壇老將何家乾先生和玄先生為本刊撰稿，希望讀者不要因為名字生疏的緣故，錯過『奇文共賞』的機會！」

當月　王唯廉發表《武漢時代的共產黨人物——沈雁冰》；江流發表《二沈記》（沈雁冰與沈澤民）；徐善輔發表《共產黨分裂史——沈雁冰在牯嶺》，均載《現代史料》第一集。

本月

三日　日本帝國主義侵佔山海關。

蔡元培、宋慶齡、魯迅、楊銓等在上海成立中國民權保障同盟。

二月

一日　爲回答中學生萬良湛在來信中提出的問題，發表《創作與題材》（文論）。載《中學生》」第三十二期。初收六月樂華圖書公司版《現代文藝書信》，現收《茅盾全集》第十九卷。指出「青年學生初從事創作的時候，應該寫他們天天熟悉的事情。如果爲的『經驗有限』，他們只熟悉了學校生活和家庭生活，那麼學校的生活就是當然的題材。可是這些題材必須加以抉擇，用什麼標準來抉擇呢？當然不能憑你個人的好惡。應當憑那題材的社會意義來抉擇。」

同日　發表《新年的新夢》（散文），署名陽秋。載《申報．自由談》。現收《茅盾全集》第十五卷。說，新年來了，有的人做著「生意興隆，財源茂盛」與「新年發筆，大吉大利」的夢，但這種「夢」是以「個人爲中心的」，「但聰明的人則已被時代教乖了，他們已經瞭解了『群』的意義，更瞭解了『我們一群』與『他們一群』的意義，他們知道現在已經不能僅是『但願如此』，而應該是『必要如此』，這就是說，現在是『必須鬥爭』，不是『個對個的鬥爭』，而是『我們一群對他們一群』的爭鬥。」

同日　發表《「抵抗」與「反攻」》（雜文），署名敬。載《中學生》第三十二期，現收《茅盾全集》第十五卷。抨擊國民黨在日軍攻佔山海關、進犯熱河之際，採取「靜侯國際裁判」的不抵抗政策。

三日　偕德沚及孩子到魯迅寓所，並贈新出版之《子夜》及橙子一筐。魯迅回贈給孩子積木、兒童繪畫及糖果等。「自從一九三一年十月魯迅知道我辭去了『左聯』行政書記職務，專門寫《子夜》以來，已有一年多了，這中間，我還寫了好幾篇農村題材的短篇小說，如《林家舖子》、《春蠶》等，但《子夜》卻始終沒有出版，所以魯迅曾多次問我《子夜》寫作的進展。現在《子夜》終於出版，我自然應該盡早給魯迅送上一冊。這是一冊平裝本，精裝本尚未印出。那時，我贈書還沒有在扉頁上題字的習慣。魯迅翻開書頁一看，是空白，就鄭重提出要我簽名留念，並且把我拉到書桌旁，打開硯石，遞給我毛筆。我說這一本是給你隨便翻翻的，請提意見。他說，不，這一本我是要保存起來的，不看的，我要看，另外再去買一本。於是我就在扉頁上寫上：魯迅先生指正茅盾一九三三年二月四日。」兩人還談到黎烈文編《申報・自由談》的問題。遂表示，「黎烈文這人看起來還有點勇氣，你那兩篇雜文相當尖銳，他也敢登出來。」魯迅接著說：「是呀，我們應該支持他，這是從敵人那裡奪過一個陣地來！我是向來不在名牌大報上寫文章的，所以這次我取了這個新筆名，原想隱蔽一下，現在黎烈文登出了『廣告』，這就成了『此地無銀三百兩』了。不過，隨他去罷。」自此，與魯迅聯手支持黎烈文。(《我走過的道路》；魯迅 1933 年 2 月 3 日《日記》)

七日　發表《讀「詞的解放運動專號」後恭感》(散文)，署名陽秋。載《申報・自由談》，現收《茅盾全集》第十五卷。

九日　發表《歡迎古物》(雜文)，署名玄。載《申報・自由談》，初收一九三三年七月天馬書店版《茅盾散文集》，現收《茅盾全集》第十五卷。諷刺國民黨從北平遷移古物。指出，古物南遷，「此可上告列祖列宗，他們不是不肖子。但是平津的地皮，還有上千萬的老百姓呢，怎麼辦？」這篇文章，是讀了魯迅的「崇實」後寫的。

十日　爲歡迎蕭伯納來中國訪問，發表《蕭伯納來遊中國》(散文)，署名玄。載《申報・自由談》，初收一九三三年七月天馬書店版《茅盾散文集》。認爲「蕭老先生的全部著作是批判資本主義文明的。他的風格兼含幽默和冷諷」；「自歐戰以來，許多曾以人生戰士自居的歐洲老文豪都開了倒車了，不開倒車而更向光明猛進的，在法有羅曼羅蘭，在英有蕭伯納」，因此，「我們對於蕭伯納來遊中國表示歡迎，並且希望他能夠參加不久亦將到中國的世界反帝國主義大同盟所組織的調查團！」

十二日　發表《神怪野獸影片》(文論)，署名玄。載《申報・自由談》，初收一九三三年七月天馬書店版《茅盾散文集》。現收《茅盾全集》第十九卷。指出；神怪蠻荒野獸片子之所以賣座率高（如《人猿泰山》、《科學怪人》、《龍虎門》、《蠻女天堂》等），一方面表明一般市民渴望「逃避現實」；另一方面，是統治階級利用這種影片「欺騙民眾」，「企圖爲第二次世界大戰『準備意識』」。

十五日　發表《「驚人發展」》(雜文)，署名玄。載《申報・自由談》，初收一九三三年七月開明書店版《茅盾散文集》，現收《茅盾全集》第十五卷。揭露「國聯」處理中日爭端的「驚人發展」，是「爲了日本要『獨吞』滿洲而國聯則根據李頓報告書的建議部分要「共管」滿洲。」

十八日　發表《關於蕭伯納》(散文),署名玄。載《申報·自由談》,初收一九三三年七月開明書店版《茅盾散文集》。指出,蕭伯納的重要著作都是揭發人們傳統觀念的錯誤,這方面,蕭比易卜生更深刻。「例如,對於傳統的錯誤的『義務』觀念,蕭說道:『文明人常用這一名詞來掩飾他們行爲的眞正面目』。總之,我們對於蕭的研究,還是很少。趁現在這當兒,如果認眞把蕭來研究,未始不是一件好事罷!」

十九日　發表《「回去告訴你媽媽」》(散文),署名陽秋。載《申報·自由談》,現收《茅盾全集》第十五卷。微諷蕭在香港的一次談話。蕭對路透社訪員說:「中國報界中人何以無人訪余者,彼等其幼稚至於未識余乎?」因文章「太尖銳」,故用了新筆名「陽秋」。

二十四日　發表《把握住幾個重要問題》(散文),署名陽秋。載《申報·自由談》,現收《茅盾全集》第十五卷。指出,日本帝國主義總攻熱河,「是九·一八東三省慘變的侵略暴行之繼續與擴大」,對於這種「侵略暴行」,「我們的答覆是:反抗,鬥爭,以血洗血,以牙還牙!」除此之外,應該牢記把握住下面幾個重要問題:第一,這一鬥爭的意義,應該從「反帝國主義」這一大題目與歷史使命之下找得其依據;第二,發動民族革命戰爭,要特別發動「受壓迫嚴重者」,因爲他們有堅強的反抗意志;第三,十九特委會通過的全部報告草案,並不是什麼「正義的勝利」,「這種錯誤的認識,與向國聯乞憐的舉動是同樣的卑怯,同樣的淺薄無聊!」

同月　與第二次在魯迅寓所「避難」的瞿秋白常常晤面,並獲悉瞿有十篇文章,由魯迅拿去「署上自己的筆名」在《申報·自由談》上發表。

當月

九日　魯迅在致曹靖華信中說,「國內文壇除我們壓迫以及反對者趁勢活動外,亦無甚新局。但我們這面,亦有新作家出現;茅盾作一小說曰《子夜》,計三十餘萬字,是他們所不及的。」

二十五日　程愼吾發表《茅盾的〈徐志摩論〉——一個批評方法》,載《天津益世報·文學週刊》第十六期。

同月　凌梅發表《茅盾小傳》,載《茅盾論》,上海光華書局出版。

本月

十七日　著名作家蕭伯納抵上海訪問。

二十二日　日本革命作家小林多喜二被日本政府殺害，「左聯」發表《爲小林事件向日本政府抗議書》。

三月

一日　發表《「阿Q相」》（文論，署名玄。載《申報・自由談》，初收一九三三年天馬書店版《茅盾散文集》，現收《茅盾全集》第十九卷。在分析阿Q的精神勝利法之後說，「這就是數千年來身受堯舜禹湯文武孔孟嫡傳教育的中華大多數國民的普遍相！」「九一八」之後，「阿Q相」和「不抵抗」總算「發揮得淋漓盡致了。」但是，在今天也不能說它是中國的「民族性」，東北義勇軍的浴血奮戰，就沒有受過聖賢的「心法」，因此，「『阿Q相』的別名也就可以稱爲『聖賢相』和『大人相』。」

同日　發表《「陽秋」答「陽春」》（散文），署名陽秋。載《申報・自由談》，現收《茅盾全集》第十五卷。上月《讀「詞的解放運動專號」後恭感》發表後，有叫陽春的爲曾某辯護，認爲曾某的「詞」是「不朽之作」，隱約指批評者是「流氓」、「紈絝子」。文章重抄曾某兩首詞及其批評後指出：「在意識上這兩首『詞』是活靈出了曾某是個『小白臉文化』的代表者」，「一個色情狂的墮落青年」，正當「山海關正爲日軍攻陷，東北義勇軍正在冰天雪地和帝國主義者苦鬥，而我們的自命爲『作家』的曾某，卻感覺得日子太『長』了，生活太『淒涼』（！）了。只有設法『消遣』，幸而『客來』，四腳湊足，便『打打麻將』，打麻將之不足，還要喝酒，酒酣興濃，於是便高喊：『國家事管他娘』。」

三日　作《灰色的人生》（散文），載《東方雜誌》第五十卷第十三號，初收一九三四年良友版《話匣子》。

同日　閱本日《社會新聞》上刊載的《左翼文化運動的抬頭》，對該文中把譜主與魯迅當作「左聯」「控制」《申報》的「兩大台柱」而肆意攻擊，頗不以爲然。認爲所謂「『兩大台柱』，無非是說魯迅和我包辦了《自由談》。這不是事實。那時爲《自由談》寫稿的，各種作家都有，包括張資平，不過左翼作家愈來愈多了。」（《我走過的道路》）

四日　發表《學生》（散文）。載《申報・自由談》，現收《茅盾全集》第十五卷。斥責國民黨對學生愛國運動的誣蔑，批評某些人對學生運動的錯誤觀點。指出「瀋陽事變來了。三天工夫內，東北三省淪於敵手。正當『不抵抗』呀，『鎮靜』呀，『聲訴國聯』呀，鬧得不亦樂乎的時候，突然又以『學生運動來了』告警！」而學生的愛國運動，「只落得個『狂妄舉動，被人利用』的罪名。」

五日　晚，至魯迅寓所，另有瑞紅等，與魯迅一起到聚豐樓夜飯。得魯迅贈《初期白話詩稿》。夜大風雪，「草地及屋瓦皆白」。（魯迅 1933 年 3 月 5 日《日記》）

十日　發表《何必「解放」》（雜文），署名玄。載《申報・自由談》，初收一九三三年七月天馬書店版《茅盾散文集》，現收《茅盾全集》第十五卷。指出，曾今可提倡的詞的解放，並不是眞的『解放』，因爲「大凡文藝上的一種『解放運動』，不是憑空起來的。首先必然是因爲社會上先有了新舊思想的衝突。新的思想要用文藝的方式來表現，就感到舊有的文藝體制不適用，於是就創作出新體來了。這樣由新的內容產生了新的形式，才能算是文藝上的『某種解放』。『曾某』完全依著舊詞來塡『打打麻將』的新詞」，「實在就是那樣的舊體詩螟蛉子式的東西。」

十一日　發表《哀湯玉麟》（雜文），署名陽秋。載《申報・自由談》。現收《茅盾全集》第十五卷。針對駐守熱河的國民黨將領湯玉麟不抵抗日軍，棄城潛逃而被當局撤辦的事，指出，湯撤職查辦是因爲他太蠢了，沒有從兩年來的事實中學乖，不會運用『抵抗策略』。」

十六日　發表《覆胡懷琛信》（書信），署名玄。載《申報・自由談》，現收《茅盾全集》第十五卷。由於《何必解放》一文諷刺了胡懷琛關於墨翟是印度人的考證，胡很不滿意，寫信致黎烈文，要求道歉或與之辯論。因此，文章一方面「承認了那算是譏笑，先來一個道歉」，另一方面，對胡懷琛的考證方法進行了批評。此信登出後，三月十八日《申報・自由談》又登了《柳宗元要求胡懷琛更正道歉》的信（作者曉風），對胡任意塗改《柳州山水近治可遊記》，表示抗議。在此之後，還有幾篇諷刺胡的文章。

同日　發表《老鄉紳》（散文）。載《論語》第十三期。初收一九三三年七月天馬書店版《茅盾散文集》，現收《茅盾全集》第十一卷。諷刺社會上一些人專會造謠而一些人輕信造謠的壞現象。

十七日　發表《關於「救國」》（雜感），署名陽秋。載《申報・自由談》

現收《茅盾全集》第十五卷。指出，現在我們臨到「國難時期了」，明明地現在有人在高喊著：「國民奮起，共赴國難」，然而，「『武裝抗日』是『不許』的，甚至於主張武裝抗日也是『不許』的，『許』的是什麼呢？是科學救國，是航空救國，是遊藝，跳舞以至美容救國」。「假如國難眞的可以共赴的話，我們便要求全國人民自動武裝抗日。否則一切都是廢話，老把戲，還只是這麼一套！」

十八日　發表《反攻》(雜感)，署名何典。載《申報・自由談》。諷刺國民黨的「長期抵抗」和只嘴上喊「反攻」的賣國伎倆。

二十日　作《〈春蠶〉跋》(序跋)，初收五月開明書店初版《春蠶》。說：「在《春蠶》等七篇寫於去年二月至今年一月。《林家舖子》是我描寫鄉村生活的第一次嘗試。《右第二章》原先在雜誌上發表時，因爲某種緣故，第四節裡有刪削，現在仍然原稿排印，所以和發表那時的樣子稍稍有點不同了。我很知道我的短篇小說實在有點像縮緊了的中篇，——尤其是《林家舖子》；我是這麼習慣了，一時還改不過來。我希望將來我或者可以寫出像樣些的短篇小說來。」

二十四日　應《申報・自由談》黎烈文之邀，晚往聚豐園宴飯。同席有魯迅、郁達夫、胡愈之、揚幸之。(魯迅 1933 年 3 月 24 日《日記》)

同日　發表《〈狂流〉與〈城市之夜〉》(文論)，署名玄。載《申報・自由談》，初收七月天馬書店版《茅盾散文集》。現收《茅盾全集》第十九卷。

二十五日　發表《「回到農村去！」》(散文)，署名玄。載《申報・自由談》。初收一九三三年七月天馬書店版《茅盾散文集》，現收《茅盾全集》第十五卷。批評了三種「回農村去」的不切實的幻想。

下旬　獲悉胡愈之被「商務反動勢力」「排擠」而離開，「此後，我就再沒有給《東方雜誌》寫文章」。

下旬　鄭振鐸來訪。晤談甚歡，但均感到目前缺少一個『自己』的而又能長期辦下去的文藝刊物，必須辦一個《小說月報》似的刊物。經兩人商定，辦一個篇幅比《小說月報》增加一倍，內容以創作爲主，提倡現實主義，觀點左傾的刊物《文學》；主編請商務印書館高級編輯傅東華擔任。傅由於很忙，所以成立一編委會，出版刊物由生活書店負責。編委會名單有茅盾及魯迅、葉聖陶、郁達夫、陳望道、胡愈之、洪深、傅東華、徐調孚、鄭振鐸等十人。

當月

魯迅在給「野風」畫會講演時，對青年藝術家們談：「《子夜》寫得很好！」

三日　《社會新聞》發表《左翼文化運動的抬頭》，攻擊魯迅和茅盾「包辦」《申報・自由談》，成爲「兩大台柱」。

十日　趙家璧作《〈子夜〉》，載《現代》第六期，1933年10月1日。云：《子夜》「不特是吴蓀甫個人的傳記，也是中國民族資本主義的慘落史，也是小布爾階級幻滅的始末記。作者精愼的佈局，把許多錯綜混亂的線索，應用了高明的藝術手段，織成一部成熟的藝術品」。在人物描寫方面，認爲小說中的許多人物，「都能在讀者的腦海中，刻著深刻的印象。」

同日　余定義發表《評〈子夜〉》，載《戈壁》第一卷第三期。認爲《子夜》「把握著1930年的時代精神的全部」。它是以作者豐富的生活經驗，「深切的認識了現在社會的一切——秘密，矛盾，和妥協，看準了現在社會致命的地方，而投擲出來的一個千鈞的炸彈。」「《子夜》又是以現在社會一切爲中心」；在技巧上，「作者更進一步的走上了寫實主義的大道。」

十六日　《出版消息》登了兩則特別消息，一則謂：「聞《小說月報》將於最近復刊，惟不由商務印書館出版，將由某新書店出版，主編已定爲鄭振鐸及傅東華」；另一則謂：「據聞魯迅、沈雁冰、田漢、鄭振鐸等，近日正在積極進行團結成某一集團，性質將與以前的『文學研究會』相類，不日將召集開會討論事宜云，確否待證。」

二十三日　朱明作《讀〈子夜〉》，載《出版消息》1933年4月。云：《子夜》是茅盾的「第一篇力作」，「在我們中國新文壇也是第一次發現的巨大著作」。他「大規模地把中國的社會現象描寫著，在沒有人同他爭鬥的現在，他四顧無人的霍地一聲，把重鼎舉起來了」。

同月　何景文發表《沈雁冰》，載《新人名辭典》上海開華書店出版。

同月　禾金發表《讀茅盾底〈子夜〉》，載《中國新書月報》第三卷第二、三號合刊。

本月

二十三日　德國國會通過賦予希特勒獨裁權力方案。

本月　日本宣布退出「國聯」。

四月

六日　應鄭振鐸邀請，前往會賓樓晚餐。同席有魯迅、胡愈之、陳望道、郁達夫等，共十五人。席間議決創辦《文學》月刊事。席上一致通過了編委會名單，主編由鄭、傅二人擔任，但傅要具體負責，黃源爲編校，作具體工作。編委會還決定，雜誌的版權頁上「編輯者」下面不署鄭、傅名字，而署「文學社」，以示雜誌由編委會集體負責。雜誌定於七月份創刊。

在籌辦《文學》期間，除撰寫「書報述評」外，還與瞿秋白等商定如何「給青年寫作者以具體的指導」(《我走過的道路》中)

上旬　經魯迅介紹，自愚園路口樹德里遷至施高塔路大陸新村三弄九號。(按：房票化名爲沈明甫，以避耳目。在此住兩年多)

十四日　雨天訪魯迅，並祝賀遷居之喜。魯迅勸搬到這裡爲鄰。「我當即參觀了魯迅的住所，又問了房租，甚貴，每月六十元。這個數目，如果是在前幾年，我就住不起了。不過那時候我正好收到《子夜》的一筆可觀的版稅，加上其它書的版稅和零星稿費，收入已經比較穩定。我又想，同魯迅住得近，遇事商量也方便。於是回去同德沚商量，決定搬去。我租的是三弄九號，因爲如果住二弄九號，則魯迅住的房子後門就和二弄九號的前門相對，而到魯迅那裡的人未必知道我的住處，隔一條弄，便沒有這些顧慮了。這是蟄居上海時第二次自租一宅，房票上就用了沈明甫的化名。我在這裡住了兩年多，在這期間，因爲住得近，與魯迅過往甚密，有什麼事要商量，走幾步路就到他家裡了。」

十五日　發表《在公園裡》(散文)，載《申報月刊》第二卷第四期。初收一九三三年七月天馬書店版《茅盾散文集》，現收《茅盾全集》第十一卷。

同日　發表《機械的頌讚》(文論)，載《申報月刊》第二卷第四期。初收一九三三年七月天馬書店版《茅盾散文集》，現收《茅盾全集》第十九卷。指出，「把機械本身當作吸血的魔鬼而加以詛咒或排斥，是一種義和團思想」。一個作家，對於「憎惡機械」這原始心理要加以批評。「他應該指出該詛咒仇視的不是機械本身，而是那操縱機械造成失業的制度。」

同日　發表《秋收》(小說)。載《申報月刊》第二卷第四期。初收一九三三年五月開明書店版《春蠶》。現收《茅盾全集》第八卷。本篇是《春蠶》的續篇，與此後寫作的《殘冬》一起，爲作者的「農村三部曲」。由於春蠶的豐收成災，老通寶大病一場，接著就是青黃不接，老通寶一家和村裡的其他農民一樣，已經揭不開鍋了，餓得眼睛發花。小兒子阿多參加去鎮上「吃大戶」、「搶米囤」的鬥爭，他極力反對，並表示要「活埋」他。此後，田裡的莊稼遇上了大旱，老通寶對「洋水車」和「肥田粉」又深惡痛絕。通過大家一系列的艱苦鬥爭和努力，終於迎來了一個豐收年。然而，豐收非但沒有給老通寶帶來好的生活，相反，由於豐收帶來的米價暴跌，「老通寶的幻想的肥皂泡整個兒爆破了」，並斷送了一條老命。此前，他才似乎感到阿多是對的。作品通過老通寶和阿多這兩代人思想的描寫，對老通寶思想靈魂深處的活動，予以諷刺和批判，對以阿多爲代表的新一代農民的新思想給予了肯定，指出了新生的力量能使農民死中求生。同時也反映了廣大農民在現實鬥爭中的覺醒，並起來爲新生活而抗爭的歷史趨向。在藝術上，作者對於人物心理活動的描寫是成功的。

二十五日　發表《時髦病》(雜文)，署名玄。載《申報・自由談》。初收一九三三年七月天馬書店版《茅盾散文集》，現收《茅盾全集》第十五卷。諷刺那種「硬要出語驚人」的時髦病的現象。這種時髦病的表現是：口喊「打倒一切」，但不去執行「打倒一切」的工作；要罵倒一切，但卻「跳進雲端裡」，因而永遠不會錯；不屑作平凡的事，但要冷笑「披荊斬棘」的人；「過著布爾喬亞的生活，但口口聲聲罵別人是小布爾喬亞」，他嘴裡從不說「我」，但他的心裡常有一個大字──「我」；他天天喊著：要光明，要自由，但是他望見了那由黑暗到光明之間的一段半明半暗的路程就害怕了」；「他因此是一個最勇敢最徹底的『革命者』。但他的悲哀是：『革命不瞭解他！』」。

二十八日　發表《玉腿酥胸以外》(文論)，署名玄。載《申報・自由談》，初收一九三三年七月天馬書店版《茅盾散文集》，現收《茅盾全集》第十九卷。說，在抗日救國中，「玉腿酥胸」、「武俠迷信」的影片受人抨擊後，出現了所謂「抗日戰爭」的影片，影片所採用的「光景是喜峰口的勝利，大刀隊的神勇」，而這些東西「足可以使老百姓放一百二十四個心，醉迷迷地等待『長期抵抗』的最後勝利！」

三十日　發表《再談「回農村去」》(散文)，署名玄。載《申報・自由談》。現收《茅盾全集》第十五卷。不同意曹聚仁把中國農村分爲兩種方式。曹認爲河南陝西爲「無農之村」，江浙皖一帶是資本主義吃大地主，大地主吃佃農的地區。

同月　《茅盾自選集》由上海天馬書店初版。

同月　八日起電影《春蠶》（夏衍改編，程步高導演，王士珍攝影，蕭英、艾霞、鄭小秋等主演）在上海新光大戲院首映，「引起了文藝界很大的震動」，堪稱「新文壇與影壇的第一次握手」。

當月

二日　樂雯（瞿秋白）發表《〈子夜〉和國貨年》，載《申報・自由談》。云：「這是中國第一部寫實主義的成功的長篇小說」，作者能夠「應用眞正的社會科學，在文藝上表現中國的社會關係和階級關係」，以爲《子夜》「帶著很明顯的左拉的影響」，特別是左拉的長篇小說《金錢》。

十日　吳宓發表《茅盾著長篇小說〈子夜〉》，載《大公報・文學副刊》。云：「此書乃作者著作中結構最佳之書」，「表現時代動搖之力，尤爲深刻」。「此書寫人物之典型性與個性皆極軒輊，而環境之配置亦殊入妙」。又說：「茅盾君之筆勢俱如火如荼之美，酣恣噴薄，不可控摶。而其微細處復能婉委多姿，殊爲難能而可貴。尤可愛者，茅盾君之文字係一種可讀可聽於口語之文字。」

二十二日　顧鳳城發表《〈子夜〉讀後感》，載《大聲》週刊。

本月

十五日　北平左聯機關刊物《文學雜誌》創刊。

二十三日　北平人民公祭李大釗同志，群眾多人被捕。

五月

一日　發表《關於文學研究會》（文論）。載《現代》第三卷第一期，初收一九三四年二月良友版《話匣子》。現收《茅盾全集》第十九卷。論述了該會的狀況、主張和影響。認爲文學研究會是一個「非常散漫的文學集團」，沒有任何「工作計劃」，「對於文藝的意見，大家也不一致」，如果說「一致」的話，那就是多數會員有一點「爲人生的藝術」的傾向，而創造社「當時確曾提倡過『藝術至上主義』」。

同日　發表《論洋八股》（散文），署名玄。載《申報・自由談》。初收一九三三年七月天馬書店版《茅盾散文集》。現收《茅盾全集》第十五卷。說，「有了國貨八股，自然也有所謂洋八股」；「國貨八股是帝王統一思想的手段」，現在「國貨八股」失卻作用了，不得不乞靈於洋八股，以「正人心，拒邪說」，「例如法西斯主義便是最新的洋八股。」

同日　作《幾句舊話》（文論）。載一九三三年六月天馬書店版《創作的經驗》。現收《茅盾全集》第十九卷。回憶從1926年至1927年自己的經歷，以及這些「經歷」對於創作《幻滅》、《動搖》的意義。說：「《幻滅》中把三個女性做了主角，不是偶然的。稍稍知道我的生平，但和我並不相識的人們，便要猜想那三位女性到底是誰，甚至想做『索隱』。然而假使他們和我熟悉並且也認識我的男女朋友，恐怕他們就會明白那三個女主角絕對不是三個人，而是許多人，——就是三種典型。並且這三種典型，我寫來也有輕重之分。我注意寫的，是靜女士這一典型，其他兩位，只是陪襯，只是對照，而況我又沒有寫一個眞正的革命的女性。所以我是應該挨罵的。」

六日　中午至魯迅寓所，贈《茅盾自選集》，應魯迅邀留在寓所午飯。下午邀魯迅共食「野火飯」。（魯迅1933年5月6日《日記》）

七日　發表《讀了田漢的戲曲》（文論），署名珠。載《申報・自由談》，初收一九三三年七月天馬書店版《茅盾散文集》。現收《茅盾全集》第十九卷。評論田漢戲曲劇集第一冊《暴風雨中的七個女性》（上海湖風書局出版）。認爲，田漢以「反日鬥爭」爲題材的劇本，都給人深刻的印象。其中最好的一篇是《梅雨》。這是個很複雜的題材，而「田漢先生驅使這複雜的題材，又簡潔，又明快！」「如果說田漢的戲曲有一個缺點是抽象的教訓太多，那麼這篇《梅雨》是沒有這缺點的。再者，田漢的戲曲即便帶點濃厚的浪漫諦克色彩，可是他那生氣虎虎的熱情常使人異常感動。例如《年夜飯》、《亂鐘》和《掃射》。」不過，《梅雨》「除了『革命的浪漫主義』而外，還相當的配合著『社會主義寫實主義』。」

十日　晚，聞史沫特萊女士將去歐洲，許廣平治饌爲之餞行，應邀至魯迅寓所宴飯作陪。（魯迅1933年5月10日《日記》）

十一日　發表《「給他們看什麼好呢？」》（文論），署名玄。載《申報・自由談》，初收一九三三年七月天馬書店版《茅盾散文集》，現收《茅盾全集》第十九卷。說，孩子一年一年大起來，便要求著「精神食糧」。世界少年文學叢書之類，「一則數量不多，譯文偏於歐化」，所以，孩子只得讀《施公案》、《濟公傳》一類的武俠迷信的書。救急的辦法是：「熱心兒童文學的朋友聯合起來」，「選定比較衛生的材料，有計劃地或編或譯；但無論是編是譯，千萬文字不要太歐化。」

中旬 作《致魯迅》（書信），署名保宗。（魯迅 1933 年 5 月 15 日《日記》）

十五日 發表《都市文學》（文論），載《申報・自由談》。初收一九三三年七月天馬書店版《茅盾散文集》，現收《茅盾全集》第十九卷。指出，上海都市畸形的現象，「也反映在那些以上海人生爲對象的都市文學」；「消費和享受是我們的都市文學的主要色調。大多數的人物是有閒階級的消費者，闊少爺、大學生，以至流浪的知識分子，大多數人物活動的場所是咖啡店、電影院、公園；跳舞場的爵士音樂代替了工廠中的機械的喧鬧，霞飛路上的彳亍代替了碼頭上的忙碌。」「都市文學新園地的開拓必先有作家生活的開拓。」

同日 發表《作家和批評家》（文論），載《申報月刊》第二卷第五期。初收一九三三年七月天馬書店版《茅盾散文集》，現收《茅盾全集》第十九卷。論證作家與批評家的關係，指出，作家和批評家，「互相抱怨是無聊的，要互相幫助」，「眞正要菜好，還得廚子和吃客通力合作。」

十六日 發表《孩子們要求新鮮》（文論），署名玄。載《申報・自由談》。初收一九三三年七月天馬書店版《茅盾散文集》，現收《茅盾全集》第十九卷。分析兒童讀物的狀況，認爲「就初級兒童讀物而言，現在的毛病不在書少，而在書的內容輾轉抄襲，缺乏新鮮的題材。」

十七日 上午，至魯迅寓所，並贈《春蠶》一冊。（魯迅 1933 年 5 月 17 日《日記》）

同日 發表《也算是〈現代史〉罷》（散文），署名玄。載《論語》第十七期。初收一九三三年七月天馬書店版《茅盾散文集》，現收《茅盾全集》第十五卷。

中旬 自六日《社會新聞》發表農的《魯迅與沈雁冰的雄圖》一文後，送往《申報・自由談》的議論時局的文章常常被扣，與魯迅均接到黎烈文「打招呼」的說法。

二十五日 看《申報・自由談》黎烈文登的《啓事》，敬告「海內文豪」「多談風雨，少發牢騷」。閱後，遂「把三十年代《申報・自由談》的革新，以 1933 年 5 月 25 日爲界分爲前期、後期」。前期爲「發點牢騷的時期」，後期則叫「多談風月」的時期。（《我走過的道路》）

同月　發表《春來了》（散文），載《良友》圖書雜誌第七十六期，現收《茅盾全集》第十一卷。

同月　出版《春蠶》（小說）。開明書店初版，現收《茅盾全集》第八卷。

當月

一日　綠曦發表《介紹茅盾的〈子夜〉》，載《讀書中學》月刊創刊號。

五日　希孟發表《茅盾的〈路〉》（二），載《夜鶯》半月刊第一卷第二期。

六日　農發表《魯迅與沈雁冰的雄圖》，載《社會新聞》第三卷第十二期。攻擊魯迅和沈雁冰，並指出魯迅和沈雁冰在組織一個「會」，「想復興他們的文化運動」。

十五日　《文學雜誌》月刊發表《〈子夜〉的讀者》，載第一卷第二期。

二十七日　另境發表《〈春蠶〉與農村現狀》，載《申報・自由談》。

同月　盧藝植發表《談〈子夜〉》，載《讀書與出版》第二卷第三期。

同月　《〈子夜〉在社會史的價值》，載《新壘》月刊第一卷第五期。

本月

蔣介石派代表與日寇訂立《塘沽停戰協定》。

六月

一日　發表《質疑與解答——「公債買賣」》（雜感），署名玄。載《中學生》第三十六期。

同日　發表《關於公債買賣》（雜感），署名玄。載《中學生》第三十六期，現收《茅盾全集》第十五卷。

同日　發表《速寫》（散文），載《正路》創刊號。初收良友版《話匣子》，現收《茅盾全集》第十一卷。

六日　發表《徐悲鴻爲劉海粟弟子考》，署名何典。載《申報・自由談》。

十二日　發表《現代青年的迷惘》（散文），署名郎損。載《申報・自由談》，現收《茅盾全集》第十五卷。指出，現代青年如果面對黑暗的現實不產生迷惘，就必須「走出書齋，到十字街頭，到農村」，就可以看到，在混亂殘酷的另一面，還有「反抗勢力」的存在，體會到「歷史是在前進」的。

十五日　發表《青年們的又一迷惘》(散文)，署名郎損。載《申報・自由談》。現收《茅盾全集》第十五卷。說，社會充滿著矛盾，未經世故的青年容易「迷惘自失」，以爲人類不可救藥，「而社會現象的矛盾則根源於社會制度的不善。明白了現在社會制度之所以發生，成熟，以至腐爛的規律，則不但迷惘盡釋，而且新的勇氣也就有了。」

同日　發表《藍采和非仙女辨》(文論)，署名典。載《申報・自由談》。爲孫俍工《文藝辭典》八仙條中關於藍采和的解說提出異議。

十七日　發表《論兒童讀物》(文論)，署名珠。載《申報・自由談》，初收良友版《話匣子》。現收《茅盾全集》第十九卷。指出，新出的兒童讀物，大都注重於低年級，「但是……目前需要最迫切的者，倒是高年級的兒童讀物。」

十九日　發表《女作家丁玲》(文論)，載《中國論壇》，現收《茅盾全集》第十九卷。五月四日，丁玲在上海租界突遭綁架而失蹤，不久，就傳出她已被秘密殺害的消息。茅盾聽到這個傳聞後非常悲痛，趕寫此文，以資悼念。「是繼《徐志摩論》後的又一篇作家論……論述了丁玲走過的文學道路——革命道路」。(《我走過的道路》)

同日　下午，至魯迅寓所，贈精裝本《子夜》一本。扉頁題「魯迅先生指正」。(魯迅 1933 年 6 月 19 日《日記》)

二十三日　發表《大減價》(雜文)，署名珠。載《申報・自由談》，初收良友版《話匣子》，現收《茅盾全集》第十五卷。認爲大百貨公司、小商店的大減價，「不是繁榮的向上發展，而是向下的僅能自保，整個市面在衰落著！」

當月

一日　吳組緗發表《〈子夜〉》，載《文藝月報》創刊號。云：「《子夜》是在作者摸出了那條虛無迷惘的路，找著了新的康莊大道，以其正確銳利觀察對社會與時代有了進一步的具體的瞭解後，用一種振起向上的精神與態度去寫的。」它「暴露了民族資產階級的沒落」，「宣示著下層階級的興起」。「在消極的意義上，作者已儘其暴露的能事；但在積極的意義上，本書有不可諱言的缺憾。」

同日　梅發表《〈子夜〉》，載《中學生》月刊第三十六號。

同日　段廣煥等發表《關於〈春蠶〉的疑問》，載《現代》月刊第三卷第二期。

本月

十八日　中國民權保障同盟總幹事楊銓被國民黨特務暗殺，據透露魯迅等人已被列入黑名單。

七月

一日　發表《當舖前》（小說）。載《現代》第三卷第三期。初收生活書店版《泡沫》，現收《茅盾全集》第八卷。小說寫農民王阿大一家因飢荒斷糧，「昨天吃完了最後的一點麩皮和豆子」，打算把滲透了他們「夫妻倆慘痛生活史」的幾件舊衣服拿到鎮上去典當。王阿大走了十多里路，天還沒亮就守在當舖門口，結果卻因爲衣服破舊而被推下櫃台。小說反映了農民生活的貧苦以至走投無路的社會現實。表現了作者對黑暗社會的痛恨以及對勞動人民的同情。

同日　參與並負責實際籌備、審稿工作的《文學》創刊號（第一卷第一號）出版。爲了使創刊號「一鳴驚人」，編者拉來了不少名家的文章，除了魯迅的一篇論文一篇散文外，尚有陳望道、郁達夫、葉聖陶、朱自清、巴金、王統照、豐子愷、夏丏尊、俞平伯、陳子展、顧頡剛、張天翼、曹靖華、朱湘、以及當時的青年作家沙汀、艾蕪、臧克家、樓適夷、黑嬰等的小說、論文、詩歌、散文、譯文等，負責編輯的傅東華、鄭振鐸、茅盾、黃源，也都寫了文章，總之，《文學》開張氣勢不凡。由於傅東華很忙，《文學》的實際籌備工作、審定創作稿件、給「社談」寫文章，包括作品評論，全由茅盾包下來；日常工作，全靠黃源。（《我走過的道路》）

在《文學》創刊號刊登的文章和作品有：

《一張菜單》（發刊詞），與傅東華商量，由傅東華執筆寫的，基本上表述了編委會同仁的意見和《文學》的宗旨。

《槍刺上的文化》（文論），（按：未署名）現收《茅盾全集》第十九卷。不指名地批判了國民黨的摧殘新文學。這是爲《文學》創刊號寫的「社談」之一。

《文學家可爲而不可爲》（文論），（按：未署名）現收《茅盾全集》第十九卷。指出，在迷宮式的文壇裡，立志做文學家的青年，「如果他們只知文學家可爲而立此志，那實在太昧於時勢，如果他們知其不可爲而爲之，那就可敬。」爲《文學》寫的「社談」之二。

《智識獨佔主義》（文論），現收《茅盾全集》第十九卷。批評那些賣弄自己學問「獨佔」知識的「博學」的人。

《新作家與「處女作」》（文論），現收《茅盾全集》第十九卷。說：「我們不問作家的新老或面熟面生，只看文章好壞。」「打算每期登刊新作家或『處女作』家的文章一、二篇，同時我們對於那些作品的意見也將掬誠貢獻，供作者和讀者參考。」

短篇《殘冬》（小說），初收一九三九年八月開明書店版《茅盾短篇小說集》第二集。現收《茅盾全集》第八卷。

月初　獲悉反動報刊大造的謠言：說在六月下旬，「非左翼作家的反攻陣線布置完成」，最近上海暗殺之風甚盛，「文人的腦筋最敏銳，膽子最小而腳步最好，他們都以避暑爲名離開了上海。據確訊，魯迅赴青島，沈雁冰在浦東鄉間，郁達夫到杭州，陳望道回家鄉……」。這是《社會新聞》配合藍衣社刺殺楊格佛後所放的謠言。（《我走過的道路》〈中〉）

八日　作《「九一八」以後的反日文學——三部長篇小說》（文論），署名東方未明。載《文學》第一卷第二號。現收《茅盾全集》第十九卷。

十四日　發表《教科書大傾銷》（散文），署名珠。載《申報·自由談》，初收良友版《話匣子》，現收《茅盾全集》第十五卷。

十五日　發表《「現代化」的話》（雜文），載《申報月刊》第二卷第七期。初收良友版《話匣子》。現收《茅盾全集》第十一卷。指出：「不錯，中國在一步一步的『現代化』，或是『工業化』」，但是別以爲「中國已經走上了資本主義的路而且民族資本主義已經確立」，別以爲這就是中國的「進步」。

同日　發表《我不明白》（散文），載《申報月刊》第二卷第七期。初收良友版《話匣子》，現收《茅盾全集》第十一卷。回憶二十年以前，在某中學畢業考試前聞著蘭花的香味，唱著風行的有關女學生歌的異樣感覺。「這異樣的心情究竟是什麼一種性質，我到現在沒明白。……並且到現在，每逢我靜坐南窗，軟風輕輕地吹著，油然而喚起了我這生活上最小的感情的泡沫時，我就同時覺得『創作慾』在我心靈深處強烈地發動起來，這又是爲什麼呢？我還是不明白。」

同日　發表《香市》(散文)，載《申報月刊》第二卷第七期。初收良友版《話匣子》，現收《茅盾全集》第十一卷。以去年家鄉的香市和少年時期的香市相對比，反映農村經濟的蕭條。

中旬　又獲悉伊羅生編的英文《中國論壇》第二卷第八期（14日出版）上登出了一則短文，叫《鈎命單》，謂傳說中的藍衣社黑名單的抄本，共列五十六人，其中就有楊杏佛、魯迅、胡愈之和沈雁冰。據編者按語，這是一個匿名者寄來的，黑名單簽發的日期正是楊杏佛被刺前三天。《中國論壇》編者說，據聞這個暗殺計劃已推遲實行，原因是上海市政府當局怕大批屠殺，在外人中蒙不好名聲。(《我走過的道路》〈中〉)

十九日　發表《怎樣養成兒童的發表能力》(散文)，署名珠。載《申報·自由談》。現收《茅盾全集》第十五卷。認爲葉聖陶的觀點和做法是對的。葉認爲小學課本應以「確能發展兒童的閱讀能力與發表能力爲目標。」

三十一日　發表《關於藍采和》署名典。載《申報·自由談》。駁胡懷琛有關藍采和性別的一些「妙論」。

同日　發表《「雜誌辦人」》(文論)，載《文學雜誌》第三、四期合刊，現收《茅盾全集》第十九卷。

下旬　全家一同回烏鎮。「因爲我祖母去世已滿週年，需要除靈埋葬，七月下旬我們全家一同回了烏鎮。在家鄉忙碌了一星期，就接到傅東華的來信，要我盡早回上海。我就讓德沚帶著兩個孩子留在烏鎮，幫助母親料理完後事，自己先匆匆趕回上海。」回滬後獲悉魯迅因傅東華在《文學》上發表的《休士在中國》一文而生氣，遂出面調停，處理善後。(《我走過的道路》〈中〉)

同月　作《茅盾散文集·自序》(文論)，收入天馬書店版《茅盾散文集》，現收《茅盾全集》第十九卷。說：「從來有『小題大做』之一說。現在我們也常常看見近乎『小題大做』的。在這時代，『大題目』多得很。也有些人常在那裡『大題小做』，把天下事說得稀鬆平常。叫大家放下一百廿四個心靜靜去『等候五十年』。」云「大題不許大做，就只好小題做了。」「就我的經驗而論，則隨筆產生的過程是第一得題難，第二做得恰好難。……不過特殊的時代常常會產生特殊的文體。而且並不是大家都像我那樣不濟事的，眞正出色的『大題小做』的隨筆近來已經產生了不少。細心的讀者自然會咀嚼。」

同日 發表《漢奸》(雜文)。因被新聞檢查扣壓，未發表，遂收入天馬書店版《茅盾散文集》，現收《茅盾全集》第十五卷。文章一針見血地說：「九一八」以後，中國的特產是「漢奸」，而又是官商兩界爲最多。

同月 《茅盾散文集》由天馬書店出版。(按：登在《申報・自由談》的前期文章，大部份收在這集子裡。)

當月

十五日 羅浮發表《評〈春蠶〉》，載《文藝月報》第一卷第二期。云：《林家鋪子》在「取材上，我們不能不說這是百分之百把握了現實，意識上也是非常正確的」，「在人物的配置和描寫上」，林老闆、林大娘等「都寫得非常深刻、生動、有力」，這是一篇「很成功的作品」。(按：係評茅盾的小說集《春蠶》。內收《林家鋪子》)

同日 徐泉影發表《〈子夜〉》，載《學風月刊》第三卷第六期。

十六日 施蒂而（瞿秋白）作《讀〈子夜〉》，載一九三三年八月十三、十四日《中華日報》《小貢獻》欄。云：「從文學革命後，就沒有產生過表現社會的長篇小說，《子夜》可算第一部」，「從『文學是時代的反映』上看來，《子夜》的確是中國文壇上新的收穫，這可說是值得誇耀的一件事。」

三十一日 言發表《〈春蠶〉》，載《大公報・文學副刊》。云：「茅盾君爲當今最努力之小說家。所作無長短，莫不刻意經營，於描寫技巧上最見匠心：雖尚未臻天衣無縫，自然流露之境；然視時下多數作家之率爾操觚，不得謂非冠絕儕輩矣。」

本月

十五日 紅軍發表北上抗日宣言。

八月

一日 《文學》第一卷第二號出版。「社談」欄中登載的文章有：

《文壇往何處去》(文論)，現收《茅盾全集》第十九卷。認爲，文壇上當前許多問題迫切地需要討論，如「題材積極性問題」、「舊形式利用」問題，等等。

《批評家的神通》（文論），初收良友版《話匣子》，現收《茅盾全集》第十九卷。批評那種臉上搽著鍋煤的李鬼式的神通批評家。「他那『十八板斧』就是這樣的：文壇消沉到極點了，沒有一部作品把握時代的精神，作家無視了許多偉大的鬥爭；沒有寫出『新時代的英雄』的作品到底不行！主題要有積極性，而積極性就是鬥爭，鬥爭，第三個鬥爭！……如是云云」，「他披著『新興文學』批評家的外衣。」文章最後說：「既有文壇，總得有批評家，我們覺得現在眞正需要的，還是切切實實的不說大話不目空一切而且不搽鍋煤的批評家。」

《日本文學家的水滸觀》（文論），評日本已故文學家森鷗外在評論《水滸傳》中有關中國社會的看法。

《關於〈禾場上〉》（文論），現收《茅盾全集》第十九卷。認爲夏征農的短篇小說《禾場上》，「把農村中收穫時的一幕老老實實寫了出來」；「然而農民被剝削的實況卻已經表現得非常生動了。拿這〈禾場上〉和早年那些『革命的』農村小說一比較，到底那些個是實感，那些個是空殼，讓讀者們去評判罷！」

《我的學化學的朋友》（散文），初收良友版《話匣子》，現收《茅盾全集》第十一卷。

四日　作《關於連環圖畫致家駿、企霞的信》，載八月十九日《濤聲》第二卷第三十二期副刊《曼陀羅》第五期。

八日　作《致魯迅》（書信），（按：係茅盾執筆，以文學編輯委員會名義作）載九月一日《文學》第一卷第三號。

十四日　作《致施蟄存》（書信），初收一九三五年十一月生活書店版《現代作家書簡》。

十五日　發表《鄉村雜景》（散文），載《申報月刊》第二卷第八期。初收開明書店版《速寫與隨筆》，現收《茅盾全集》第十一卷。描述農民對小火輪之類的洋貨的討厭，反映他們對帝國主義經濟侵略的憎恨。認爲，「只有小火輪……直接害了鄉下人，就好比橫行鄉里的土豪劣紳」。

同日　發表《陌生人》（散文），載《申報月刊》第二卷第八期。初收開明書店版《速寫與隨筆》，現收《茅盾全集》第十一卷。通過兩個「陌生人」（「蠶種改良所」、「肥田粉」）出現在農村的情況的介紹，說明「農村的金錢又從這一個裂口流入了都市，流到了外洋。」

二十七日　發表《雜談七月》（散文），署名文。載《申報・自由談》。漫談七月裡的民間傳說，如七夕牛郎織女的故事在中國在日本所引起的習俗，盂蘭盆會的由來，但也指出，農民也喜歡七月，因為七月可以安穩享受自己的勞動果實，然而，「在水旱成災，豐收也成災，農村破產的現代中國，農民對秋的感覺如何，許還是一個問題。」

二十九日　發表《睡病頌》（散文），署名文。載《申報・自由談》。認為像美國流行的「睡病」並不恐怖，因為「長睡與短睡，原是沒有什麼大不了的差異。譬如我們現在的沉醉於鴉片賭博，沉醉於醇酒婦人，沉醉於金錢權勢地位的大中華同胞，一染上習慣，何嘗會有醒悟的時候呢？」

同月　為迎接世界反帝反戰大同盟遠東會議在滬召開，與魯迅等在一起發表了《歡迎反戰大會國際代表的宣言》。載《反戰新聞》第二期。

本月

二十二日　蔣介石迫使馮玉祥撤銷抗日同盟軍總司令部。

九月

一日　《文學》第一卷第三號出版。在「社談」欄中登載的文章有：

《一個文學青年的夢》（文論），初收良友版《話匣子》，現收《茅盾全集》第十九卷。批評一些文學青年對創作環境的不切實際的幻想。

《批評家的種種》（文論），初收良友版《話匣子》，現收《茅盾全集》第十九卷。

《暴力與傾向》（文論），通過明成祖虐殺鐵弦和現代化的所謂酷刑的論述，說明「想用暴力來統一思想，甚至不惜用卑污惡劣的手段，來使一般人臣服歸順的笨想頭，也是『自古已然，至今尤烈』的中國人的老脾氣。」但是，「匹夫不可奪志」，這是「人類的一種可喜的傾向」。

《〈雪地〉的尾巴》（文論），現收《茅盾全集》第十九卷。「《雪地》是何谷天（周文）的短篇小說，寫一隊國民黨士兵不堪官長的壓迫而嘩變。」在充分肯定作品「沒有裝腔作勢故意『賣關子』的所謂技巧，他只是很樸質地細緻地寫下來」等長處後，指出，「作品的結尾寫糟了。作者企圖把『目的意識』灌進這一群嘩變的『烏合之眾』」。「這樣就使《雪地》拖了條概念化的尾

巴。」（《我走過的道路》〈中〉）

《牯嶺之秋——1927 年大風暴時代一斷片》（小說），載《文學》第一卷第三、五、六號，現收《茅盾全集》第八卷。「這是以我在 1927 年 7 月從武漢經九江到牯嶺的親身經歷爲背景寫的。我想通過這樣一個故事，來反映大革命失敗後一部分知識分子的思想波動和心理變化，並各自走向了不同的道路。不過，這個目的沒有達到，小說成了個『半肢癱』！」在小說的後寫的附白中云「實際情況是，我寫完第四章就遇到了困難：第五章以後應該寫這幾個知識分子上了牯嶺，有的趕往南昌參加了『八一』起義，有的則滯留在牯嶺，有的回了上海，在內容上必然要涉及不少當時禁危的東西。這使我很難下筆，因爲在十一月間我已風聞國民黨要對左翼文藝書刊大肆撻伐，而《文學》則有被禁的危險。不寫這些內容或者用暗示和側筆罷，又覺得沒有多大意思了。經過反覆考慮，我決定割捨了小說的主要部分。匆匆來一個結束。爲了對讀者有個交待，就寫了上面這一段『附白』。所以說，《牯嶺之秋》是個『半肢癱』，解放後出版的我的選集，這篇小說從未選入。」（《我走過的道路》〈中〉）

《丁玲的〈母親〉》（書評），署名東方未明。現收《茅盾全集》第十九卷。反駁某些「左」的批評家的不公正的批評。認爲，《母親》的主題是寫以主人公「曼貞爲代表的『前一代女性』怎樣掙扎著從封建思想和封建勢力的重圍中闖出來，怎樣憧憬著光明的未來。」「若把『辛亥革命』當作《母親》的主要點而責備作者並不能創造出辛亥革命的『史詩』，是不公允的。」反過來，說《母親》在「刻意模仿著《紅樓夢》，也同樣是偏見。」

《幾種純文藝刊物》（書評），現收《茅盾全集》第十九卷。評論了《無名文藝月刊》、《文藝雜誌》和《文藝月報》中的作品，對葉紫的《豐收》、汪雪湄的《雁》，作了較高的評價，同時，也指出了一些作品的缺點。期望有一二「有心者」，博覽每月出版的文藝性期刊，寫出一篇《每月定期刊鳥瞰》之類的文章。

《〈文學〉編委會覆魯迅先生函》（書信），（按：原信係茅盾起草，以《文學》編輯委員會名義發表。現題爲《茅盾全集》編者所加）現收《茅盾全集》第十九卷。因爲伍實（傅東華）在《文學》第一卷第二期上發表文章《休士在中國》，文章似有魯迅輕視美國黑人作家休士之意。魯迅爲此寫信向文學社提出抗議。所以，茅盾親自執筆寫了檢討書和魯迅的信一起以《關於〈休士在中國〉的幾封信》爲題，在《文學》第一卷第三號上發表。（黃源《左聯與〈文學〉》，載《新文學史料》1980 年第 1 期。）

同日　發表《關於〈春蠶〉中時間問題的覆信》（文論），載《現代》第三卷第五期，現改題爲《答以一個關於〈春蠶〉的疑問》，收《茅盾全集》第十九卷。

當月

由蔡叔聲（按：即夏衍）改編的電影劇本《春蠶》發表。載《明星月報》第一卷第五、六期。

十二日　向白發表《描繪幾個普羅作家——魯迅、茅盾》，載《社會新聞》第四卷第二十四期。

熹微發表《〈文學〉創刊號中幾篇創作》（此文評及《春蠶》），載《北國》月刊第一卷第五、六期合刊。

王哲甫發表《茅盾（沈雁冰）》，載《中國新文學運動史》第六、九章，北京傑成印書店出版。

約三十日　如是發表《女婿問題》、聖閑發表《「女婿」的蔓延》，載南京《中央日報》。編造歪曲，誣魯迅和茅盾「都是人家的女婿」、「俄國的女婿」。

本月

國民黨反動政府加緊「圍剿」革命文藝運動，蔣介石飭內政部警政司通令禁售普羅文藝刊物。

「左聯」派林渙平赴日恢復東京「左聯」支部。

十月

一日　《文學》第一卷第四號出版。在「社談」欄中登載的文章有：

《「第三種人」的去路》（散文），現收《茅盾全集》第十五卷。批評一些學者和文學家壓迫一來後的轉向態度，而其中中國的一些人，轉向後還找到了墊腳的人。

《怎樣編製「文藝年鑒」》（文論），初收一九三四年二月良友版《話匣子》，現收《茅盾全集》第十九卷。指出新近出現的一本《中國文藝年鑒》，實際上還是本「作品選」。文章對怎樣編製文藝年鑒，提出五點建議。

《「詞」的存在問題》（文論），現收《茅盾全集》第十九卷。批評了提倡所謂「詞」的解放的可笑無知，主張填能歌唱的「詞」。

《不要太性急》（文論），現收《茅盾全集》第十九卷。肯定了臧克家小說《猴子栓》、李守章小說《人與人之間》的長處：「作者見取題材時用他自己的眼睛，描寫時也用他自己的手法」，而有的青年作者「太性急了」，「似乎他只用『耳朵』去找材料，甚至只在別人的作品中去找。換言之，就是無意之中在那裡『摹仿』」。

《一張不正確的照片》（文論），署名東方未明。現收《茅盾全集》第十九卷。說，《中國文藝年鑒》的編者「對個別作家的批評多半失當，對於整個文壇的『說明』陷於重大的錯誤」。

同日　發表《我所見的辛亥革命》（散文），載《中學生》第三十八期。現收《茅盾全集》第十一卷。回憶辛亥革命發生後，在K中學掀起的浪花，總之「我所見的辛亥革命就這麼著處處離不開辮子。」

七日　發表《從〈怒吼罷，中國〉說起》（文論），載《生活》週刊第八卷第四十期，現收《茅盾全集》第十九卷。

十日　發表《「雙十」閒話》（散文），署名止水。載《申報・自由談》，現收《茅盾全集》第十五卷。認爲在這國慶紀念日裡，說什麼都要犯禁，只有說舊。可是一說舊就想到「先烈」，誰叫他們「革出此官僚和軍閥來，以至貽害民國。」

十三日　發表《對於〈小學生文庫〉的希望》（散文），署名止水。載《申報・自由談》。現收《茅盾全集》第十五卷。

十八日　發表《讀了〈處女和登龍〉以後》（雜文），署名止水。載《申報・自由談》。現收《茅盾全集》第十五卷。對十日十四日《申報・自由談》上傖的《處女與登龍》一文表示不同意見。傖的文章說，凡雜誌經常冠以處女作云云，都是替老闆錢袋設法。茅盾認爲，「如果劈開了『錢袋論』，那麼問題就只在作品之是否值得介紹。要是值得介紹的作品，不管他是眞正『處女』，或者已是『婦人』，而被誤認爲處女都不關重要。」

二十七日　發表《預言》（散文），署名止水。載《申報・自由談》，現收《茅盾全集》第十五卷。批評一些小說家（如美國偵探小說集科南道利，科學小說家威爾斯）的「預言」的謬誤。

本月

蔣介石調動百萬軍隊發動第五次反革命軍事「圍剿」。

三十日　國民黨政府頒佈查禁普羅文藝的密令。

十一月

一日　《文學》第一卷第五號出版。在「社談」欄中登載的文章有：

《傳記文學》（文論），現收《茅盾全集》第十九卷。認為「中國人是未曾產生過傳記文學的民族」。西方的傳記文學是「近代個人主義思想充分發展以後，才特別繁榮滋長。」「可是在中國，個人主義的思潮，只有在五四時代曇花一現，過後便為新興思潮所吞滅。」所以，中國不會像有些人所說，「會產生偉大的傳記文學。」

《文學青年如何修養》（文論），初收良友版《話匣子》，現收《茅盾全集》第十九卷。不同意施蟄存關於青年人讀點《莊子》、《文選》「就會參悟一點做文章的方法，同時也可以擴大一點字章」的主張。

《日本普羅作家同盟的裂痕》（文論），指出，日本普羅作家同盟出現裂痕的原因，是幹部派與反幹部派對於文藝的政治使命和藝術使命孰重孰輕的看法不同。

《查爾誕生百年紀念》（文論），認為查爾是「一個百分之百的一位奧地利國民文學家」，是「同情於勞苦階級的文學者的先驅旗手。」

《關於〈達生篇〉》（文論），初收良友版《話匣子》。現收《茅盾全集》第十九卷。指出，《達生篇》寫了主人公青年工人的「轉變」，但「轉變」後他的「幻想」會不會復活呢？回答是肯定的，因為「他直到兒子死後，看見的只是『個人』，他始終不曾認明白他的一群和『上等人』一群中間有一條鴻溝。而這也就是《達生篇》的一個缺點。」（按：《達生篇》，是篇描寫一個青年工人盼望自己兒子讀書出頭而幻想破滅的故事，作者萬迪鶴，載《文學》第一卷第五號）

《一個青年詩人的「烙印」》（文論），現收《茅盾全集》第十九卷。「我不會寫詩，評論詩也是外行。但是，我覺得臧克家的詩有他獨特的可喜的風格，加之，這詩集是在遭到書店老闆的白眼後，個人出資刊印的，所以更願意加以宣傳。詩集有聞一多寫的序，王統照擔當出版人，又有老舍寫的介紹文章，說明這位青年詩人很得大家的讚賞，只有書店老闆們看不上眼。我分析了其中的原因：『因爲全部二十二首詩沒有一首詩描寫女人的『酥胸玉腿』，甚至沒有一首詩歌頌戀愛。甚至也沒有所謂『玄妙的哲理』以及什麼『珠圓玉潤』的詞藻！《烙印》的二十二首詩只是用了素樸的字句寫出了平凡的老百姓的生活』。……我相信在今日青年詩人中，《烙印》的作者也許是最優秀中間的一個了。」（《我走過的道路》〈中〉）

同日　發表《「讀破一卷書」》（文論），署名微明。載《中學生》第三十九期。說，「讀破萬卷書，固然不見得有人能辦得到，但是，「讀破一卷書」，卻是可能的，而且，就只要眞能夠讀破一卷書，也就夠用的了。讀破一卷書的人，「就我知道友人中，只有兩個人是曾經下過這樣功夫的」，「一個是盛國成，一個是巴金。」（按：盛國成是世界語學者，著有《世界語全程》）

約上旬　從傅東華處獲悉「國民黨可能對《文學》下禁令」，遂商量「應變」對策。針對十一月七日出版的《中國論壇》第三卷第一期登的一則消息：《蔣介石重令禁止普羅文學》，決定「發個抗議書」！同時「在 12 月這期《文學》上寫一篇文章，就藉《中國論壇》上那條消息做由頭，抗議當局的法西斯鎭壓。不過寫得就含蓄隱晦些。」

十二日　《文學家成功秘訣》（文論），署名仲方。載《申報・自由談》，初收良友版《話匣子》，現收《茅盾全集》第十九卷。以司馬遷寫《史記》，施耐庵作《水滸》的一些「傳聞」爲例，再一次批評施蟄存關於作文必讀《莊子》、《文選》和「每一個文學者必須要有所藉助於他上代的文學」的觀點。

十五日　《談迷信之類》（散文），載《申報月刊》第二卷第十一期。初收開明書店版《速寫與隨筆》，現收《茅盾全集》第十一卷。敘述一個鄉鎭利用一次迎神賽會，招攬鄰近鄉鎭顧客，市面生意有所好轉，然而仍然不能擺脫農村破產的厄運。

同日　又發表《蒲寧與諾貝爾文學獎》（文論），署名仲方。載《申報・自由談》。指出蒲寧之所以得諾貝爾獎，是因爲「諾貝爾獎金委員會大概是很痛心於蘇俄文學中的『新趨勢』而企圖挽救，於是『不採用俄國文學中新趨勢，能保持舊有作風』的蒲寧就中選了。」

十六日　發表《不關年齡》（散文），署名仲芳。載《申報・自由談》。現收《茅盾全集》第十五卷。批評康嗣群先生主張青年人也要「說誑」的觀點。

二十日　發表《天才與勇氣》（文論），署名伯元。載《申報・自由談》，現收《茅盾全集》第十九卷。指出文壇上有的作家對北歐作家布蘭特斯有關「天才與勇氣」的論述，採取「斷章取義」的方法。

當月

一日　侍桁（韓侍桁）發表《〈子夜〉的藝術，思想及人物》，載《現代》第四卷第一期。云：《子夜》爲「一本個人悲劇的書」，「拿他當作新寫實主義的作品而接收的人們，那是愚蠢的」。以爲，吳蓀甫是一個「只有在西歐那樣的資本主義社會中」才可能存在的人物，「在中國社會裡，他是並未實存」。他說：吳蓀甫「這個英雄的失敗被寫得像希臘神話中的英雄的死亡一般地，使讀者惋惜」。

同日　劉吶鷗發表《評〈春蠶〉》，黃嘉謨發表《〈春蠶〉的檢討》，均載《矛盾》月刊第二卷第三期。

國民黨特務搗毀藝華影片公司、良友圖書公司等文化單位，揚言「對於赤色作家魯迅、茅盾」之作品，「一律不得刊訂、登載、發行。如有不遂，我們必以較對付藝華及良友公司更激烈更徹底的手段對付你們，決不寬赦！」

本月

國民黨十九路軍的蔡廷鍇聯合李濟深在福建發動事變，成立中華共和國人民政府，公開反蔣，要求抗日。並與工農民主政府、紅軍簽訂「抗日作戰協定」共同抗日。

國民黨特務搗毀文總領導的藝華影片公司，並散發《警告文化界宣言書》、《鏟除電影赤化宣言》等反動傳單。

十二月

一日　《文學》第一卷第六號出版。在「社談」欄中登載的文章有：

《本年的諾貝爾文藝獎金》（文論），表達的觀點與《蒲寧與諾貝爾文學獎金》一文相同。

《主義與外力》（文論），（按：與傅東華商量由傅執筆寫的）文中「『主義』即指國民黨宣傳的民族主義文學，『外力』指國民黨的法西斯的查禁行

動。」此文「是『文學社』對 1933 年底山雨欲來的國民黨大規模文化壓迫的告誡」。(《我走過的道路》〈中〉)

《木刻連環圖畫故事》(文論)，現收《茅盾全集》第十九卷。認爲，我們學習國外的木刻，主要學習技巧。

《王統照的〈山雨〉》(文論)，署名東方未明。載《文學》第一卷第六號，現收《茅盾全集》第十九卷。指出，在目前這文壇上，《山雨》「是一部應當引人注意的著作」。

同日　發表《力的表現》(文論)，署名伯元。載《申報・自由談》，初收良友版《話匣子》，現收《茅盾全集》第十九卷。批評文藝上的「左」的教條主義，指出，文藝之感人力量，「並不在文字上的『劍拔弩張』」。「眞正有力的文藝作品應該是上口溫醇的酒。題材只是平易的故事，然而蘊含著充實的內容」。「中國現在不乏咄咄逼人的作品，然而溫醇的愈咀嚼愈有力的作品，還是少見。」

上旬　「十二月上旬的一天，傅東華來找我」，云「生活書店出版的兩個主要刊物《生活》週刊和《文學》月刊都在被禁之列」。「過了兩天」，傅東華又來報告，「他說國民黨市黨部提出三條繼續出版《文學》的條件，一是不採用左翼作品，二是爲民族文藝努力，三是稿件送審。……我笑笑說：『第一第二條都是空話，他們也知道我們是不會辦的。關鍵是第三條。』」「從《申報・自由談》半年多對付國民黨檢查的經驗來看，要瞞過那些低能的審查老爺的眼睛還是有辦法的。我對傅東華說：看他們最後怎樣決定罷。反正有一點要對他們講清楚：《文學》是一個純文藝刊物，既無政治背景，也不涉足政治。後來傅東華和生活書店的徐伯昕得到了國民黨上海市省黨部宣傳部通知，《文學》從第二卷起，每期稿子要經過他們特派的審查員的檢查通過，才能排印；版權頁上編輯者不能署『文學社』，要署主編人姓名。於是《文學》編委會決定：版權頁上改署傅東華、鄭振鐸名字，從第二卷起，主編就由傅東華實際負責，茅盾則退入幕後，暫不露面。」(《我走過的道路》〈中〉)

「後來」，當局造謠說《文學》同意「不採用左翼作品，並於印行前先送審核」。「魯迅認爲，國民黨允許《文學》繼續出版是爲了利用《文學》這塊招牌來偷換內容，所謂檢查，就是手段。而且他也不信任傅東華。他主張與其被檢查不如停刊。我說，停刊倒是容易，但再要辦起這樣大型的雜誌來可

就難了。至於『偷換內容』，只要編輯權在我們手中，他們是辦不到的。」（同上）

十三日　發表《批評家辯》（文論），署名履霜。載《申報・自由談》，初收良友版《話匣子》。現收《茅盾全集》第十九卷。認爲批評家有兩種：一種，「天職所在」，不能委蛇從俗罷了。「假使不得不指斥多於讚許的時候，他的心一定是苦的，因爲他的愉快乃在得佳作而讀之，而推薦之，決不是罵倒一切。」另一種是「什麼都看不入眼」，採取虛無主義態度，常『殺』錯了人」。

十七日　發表《花與葉》（文論），署名仲方。載《申報・自由談》。初收良友版《話匣子》，現收《茅盾全集》第十九卷。認爲藝術上的「花與葉」正如牡丹花和葉子的關係。葉子不是幫襯，而是完成「牡丹之花」的必要條件。「花與葉是對立的，相成的，而不是一個爲主體一個爲附屬」，「『葉子』而至於『毒害』了花（主題），一定是這『葉子』和『花』本非同類」。

中旬　某日午後，與魯迅一道在白俄咖啡店與成仿吾會晤。「1933 年十二月中旬的一天傍晚，魯迅派女佣人送來一張便條，上面寫道：有一熟人從那邊來，欲見兄一面，弟已代約明日午後×時於白俄咖啡館會晤。」「第二天，我準時來到咖啡館，見魯迅已在等候，我問：是誰來了？他答：成仿吾。我不免愕然。成仿吾，我和魯迅雖同他打過不少筆墨官司，卻從未見過面，只聽說他到蘇區去了。魯迅道，不會錯的，他去找過內山，內山認得他；還有鄭伯奇也要來，他們是熟人。正說著鄭伯奇來了，我與鄭伯奇好久不見面了，彼此寒暄了幾句，才知道他己見過成仿吾。這時從外面進來一個又黑又瘦的小個子，鄭伯奇忙站起來招呼，原來就是成仿吾。我們喝了一點咖啡，成仿吾說，他從鄂豫皖蘇區來，是到上海來治病的。他問魯迅能不能幫他找到黨方面的朋友。魯迅說可以，你來得正是時候，過幾天就不好辦了。於是記下了成仿吾的地址。成仿吾又對我說，有個不好的消息要告訴你，令弟澤民在鄂豫皖蘇區病故了。我的心驟然縮緊，脫口道：這不可能！仿吾道：那邊的環境太艱苦了，他的工作又十分繁重，他身體本來單薄，得過的肺病就復發了，加上在那裡又得了嚴重的虐疾，在缺醫少藥又無營養的條件下，就支持不住了。我又問：是哪一天？葬在那裡？琴秋呢？仿吾答：十一月二十日，我離開的前夕去世的，大概是就地葬了。琴秋不在身邊，她隨紅軍主力去路西了。我們默然不再作聲。待了一會兒，魯迅打破了壓抑的氣氛，站起來說，沒有別的事，我就先告辭了。我也站起來向成仿吾告辭，和魯迅一起走出咖啡館，步行回家。途中，魯迅問道：『今年令弟三十幾了？』我答：『虛歲三十三』。『啊，太年青了！』快到大陸新村時，我問魯迅：『你說的黨的方面的朋友是指秋白嗎？』魯迅點點頭，說：『秋白幾天以後就要去江西了，所以我說過幾天就不好辦了。』我說：『這件事我讓德沚今天晚上去通知之華，你就不必自己去了。』魯迅說：『也好，那就拜託你了。』」事後從楊之華處獲悉澤民病逝的詳情，與德沚商定對母親保密到「革命成功」的那一天。（《我走過的道路》〈中〉）

同月　發表《希臘神話》（編譯十篇），署名沈德鴻。上海商務印書館出版。現收《茅盾全集》第十卷。

同月　發表《從「螞蟻爬石像」說起》，署名沈餘。載《上海法學院》季刊創刊號。初收一九三四年二月良友版《話匣子》。現收《茅盾全集》第十九卷。並改題爲《螞蟻爬石像》。

當月

一日　向曦發表《〈子夜〉略評》，載《文化列車》（五日刊）第一期。

十日　向曦發表《關於〈子夜〉略評》，載《文化列車》（五日刊）第三期。

十三日　魯迅作《致吳渤》，載《魯迅書信集》。云：「《子夜》誠然如來信所說，但現在也無更好的長篇作品，這只是作用於智識階級的作品而已。」

同月　賀玉波發表《茅盾的〈路〉》，載黃人影編《茅盾論》，上海光華書局印行。云：在茅盾的新著《路》裡，「那種感傷主義是比較淡一點，稍稍滲混著前進與光明的氣氛。」「這篇作品，和他的《三人行》，同樣是比較「三部曲」描寫得更具有意義性。那是因爲他新近的作品，在思想上有了進步的緣故。」

同月　《藝術信號》第三號發表《〈子夜〉介紹》。

同月　賀凱發表《茅盾的三部曲》，載《中國文學史綱要》第三編第三章，上海作者書店出版。

本月

本月　國民黨中央黨部、行政院、內政部、教育部、外交部均參與影片的檢查，云：「足以引起階級鬥爭者，均應取締。」

《生活》週刊被國民黨查禁。（按：後改名爲《新生》繼續出版。杜重遠編）

約同年

發表《偶感》（散文），署名木子。現收《茅盾全集》第十五卷。（按：本篇係《茅盾全集》編者「據作者所存剪報」收入，編者小注又云：「報刊名及年月等未詳，署名木子。」）

約當年

救國出版社發表《〈子夜〉翻印版序言》，載救國出版社版《子夜》，云：「《子夜》是中國現代一部最偉大的作品。……它出版不久，即被刪去其最精彩的兩章（第四及第十五）這樣，一經割裂，精華盡失，已非復瑰奇壯麗之舊觀了……本出版社有鑒於此，特搜求未遭刪削的《子夜》原本，重新翻印，以享讀者」。「天才的作品，是人類的光榮成績，我們爲保存這個成績而翻印本書。」（羊思：《〈子夜〉出版前後》，載1956年2月16日《新民報晚刊》）

一九三四年（三十九歲）

一月

一日　發表《新年試筆》（散文），署名蒲牢。載《文學》第二卷第一號「新年試筆」欄。現收《茅盾全集》第十六卷。（按：在這一欄裡發表文章的有冰心、比金（巴金）、老舍、郁達夫、沈從文等作家）此篇原署名「茅盾」，料想「檢查老爺」的「本領就是辯認作者的姓名」，遂改爲「蒲牢」，此稿送審後得以通過。

同日　發表《〈清華週刊〉文藝創作專號》（文論），署名惕若。載《文學》第二卷第一號。現收《茅盾全集》第二十卷。就《清華週刊》第四十卷第三、四期合刊「文藝創作專號」發表的小說談一些讀後感。指出：「『專號』有它的一貫態度：描寫現實，認識現實，企求改變現實。」「執筆者都努力在社會的動亂中找題材，從生活的痛苦中求價值，不肯作『身邊瑣事』的描寫了。讓我們借用了『專號』中《狂風之夕》那首詩裡的一句話來表示我們的祝頌罷：「是新時代降生的哭聲，是未來的創造之神——創造之人的呼聲。」

同日　發表《地方印象記——上海》（散文），署名朱璟。載《中學生》第四十一期。初收開明書店版《速寫與隨筆》，並改題爲《上海》。現收《茅盾全集》第十一卷。通過「我」在上海找住房、找職業所碰到的人和事，反映了三十年代上海的眞實情況：住房緊張、走私販毒、公債投機、俠客連環畫充斥每個角落。

同日　發表《個人計劃》（散文）。載《東方雜誌》第三十一卷第一期，現收《茅盾全集》第十六卷。云「由於主編換了，很長時間沒有給《東方雜誌》寫文章」。某日忽然收到該刊的約稿信，「我想把來信扔進紙簍裡，可是瞟了一眼題目——『個人計劃』，又生發了一個新念頭：何不藉此諷刺一下『計劃』？於是攤開紙墨，當即寫了三百來字。」自云：「我的這篇《個人計劃》，也就成了我與商務印書館十七年關係的最後結束。」（《我走過的道路》〈中〉）

同日　發表《新年展望》（散文），署名奚求。載《申報・自由談》，現收《茅盾全集》第十六卷。

七日　作《賽會》（小說），署名吉卜西。載《文學》第二卷第二號，現收《茅盾全集》第九卷。描寫小鎮居民因天旱迎神求雨的故事，反映市鎮勞動者的困苦生活，也表現了封建迷信思想對他們的毒害。爲應付檢查，送審時「短篇小說《賽會》用了『吉卜西』的新筆名而得通過」。(《我走過的道路》中)

約上旬　作《致鄭振鐸》(書信)。告之國民黨「審查」及阻撓《文學》月刊出版事，催鄭速赴滬商量對策。

十五日　發表《冬天》(散文)，署名形天。載《申報月刊》第三卷第一期。初收開明書店版《速寫與隨筆》，現收《茅盾全集》第十一卷。

二十二日　鄭振鐸從北京來到上海。次日，與他一道到傅東華家裡研究了《文學》面臨的問題。爲了對付國民黨的檢查，化被動爲主動，同時也爲了多數作家等稿費買米下鍋，決定從第三期起連出四期專號，一期爲翻譯專號，一期爲創作專號，一期爲弱小民族文學專號，一期爲中國文學研究專號。「中國文學專號」交鄭振鐸負責，其它三期專號還由茅盾和傅東華負責。

二十五日　與鄭振鐸一道拜訪魯迅。「從傅東華家中出來，我和鄭振鐸走在街上。我對他說：有一件事專等你回上海來辦。自從『休士』事件後，魯迅對傅東華始終不滿，對《文學》也取不合作態度，這次改由傅主編《文學》，他也表示不信任。我是當事人之一，說的話，他只聽一半。所以要你去做個說客，消除一下誤會。振鐸說，還是我們兩個一道去罷，免得我完全像個說客。」

二十六日　偕鄭振鐸訪魯迅。並應邀共進午餐。訪問中「先談了《文學》打算連出四期專號的想法，徵求魯迅的意見。又講了傅東華的爲人、毛病和政治態度，希望魯迅釋憾。魯迅對此不置可否，但答應給《文學》寫一篇稿(按：即後來登在翻譯專號上的譯文《山中笛韻》，署名張祿如)。他對於《文學》連出專號，也認爲是目前應付敵人壓迫的可行辦法，表示贊成。但對四個專號以後《文學》能否繼續出下去，表示懷疑。他認爲國民黨的壓迫只會愈來愈烈，出版刊物，寫文章也只會愈來愈困難。『他們是存心要扼殺我們的！』」(《我走過的道路》〈中〉)

同月　美國記者伊羅生請魯迅、茅盾幫他編選《草鞋腳》。《草鞋腳》是一本英譯中國現代短篇小說集。(按：伊羅生是美國人，原名哈羅德・艾薩克斯，伊羅生是魯迅、茅盾給他取的中國名字。1930 年到中國，任上海兩家英文報紙《大美晚報》和《大陸報》的記者。1932 年，在史沫特萊建議與協助下，由他出面創辦了英文刊物《中國論壇》。魯迅、茅盾是通過史沫特萊認識他的，並常有往來，許多中國報紙不准刊登的消息，就通過《中國論壇》報導出去，例如「左聯」五烈士被國民黨反動派殺害的消息，就首先公開登在《中國論壇》上。由於與史沫特萊發生分歧，1934 年 1 月 13 日，《中國論壇》停刊）某日，他找到魯迅、茅盾，說他不打算當記者了，準備集中精力編一本中國現代進步作家的短篇小說，希望爲他提供一個選目，以及一份關於中國左翼期刊的介紹。他還要求魯迅爲這小說集寫一篇「序言」，要求魯迅和茅盾各寫一篇小傳。魯迅和茅盾接到伊羅生的請求，就在一起作了一次研究，認爲這是一次難得的機會，可以把「左聯」成立以後湧現出來的一批有才華而國外尚無知曉的青年作家的作品介紹到國外去，也彌補爲斯諾所編的《活躍的中國》的不足。兩人研究了選題的範圍和選目，以及介紹左翼期刊的內容。魯迅因爲要寫「序言」，就推茅盾擬出選目的草稿和左翼文藝期刊的介紹。兩人擬定的選目包括二十三位作家的二十六篇作品。介紹的左翼期刊有二十一種。兩人又寫了九百字的《小傳》，連同魯迅寫的「序言」，一起交給了伊羅生。不久，大約是三月底，伊羅生就和他的夫人搬到北平去了。（《我走過的道路》〈中〉）

同月　發表《上海的將來》（散文）。載《新中華》第二卷副刊，現收《茅盾全集》第十六卷。

當月

一日　叔明發表《〈子夜〉》，載《文學季刊》創刊號。云：「《子夜》裡所包含的內容之主題性，就是要想企圖解釋這樣的中國現代社會性質的。」「在《子夜》裡，茅盾卻用著最大的努力，將這樣的中國的社會之謎，爲許多人所苦惱著又得不著正當解決的重大問題用了將近三十萬字的篇幅將它毫無遺憾地給以解決了。而這嘗試又是成了功的。」

同日　芸夫發表《〈子夜〉中所表現中國現階段的經濟的性質》，載《中學生》月刊第四十一號。

本月

一日　《文學季刊》在北平創刊，鄭振鐸、章靳以主編。

十八日　中共臨時中央召開六屆五中全會，左傾機會主義路線在黨內佔統治地位。

二十二日　全國第二次蘇維埃代表大會在江西瑞金召開，毛澤東同志在會上作了中央政府兩年來的工作報告。

同月　國民黨四屆四中全會開幕，強化法西斯獨裁統治。月底，蔣介石在江西築成二千九百座碉堡，加緊反革命的軍事「圍剿」。

二月

一日　發表《說「歪曲」》（文論），署名水。載《文學》第二卷第二號。說：「若果作家所處的立場不正當，他就不免要掩飾現實中的一部份，同時他的觀察和解釋也都不免歪曲。這樣的歪曲故意的，因而害處也比較大。」

同日　發表《〈文學季刊〉創刊號》（書評），署名惕若。載《文學》第二卷第二號，現收《茅盾全集》第二十卷。肯定了刊物的宗旨：「以忠實誠懇的態度為新文學的建設而努力著」；讚揚了創刊號上發表的冰心的《冬兒姑娘》，沉櫻的《舊雨》，余一的《將軍》，吳組緗的《一千八百擔》。

同日　發表《讀〈文學季刊〉創刊號》（文論），署名仲方。載《申報·自由談》，現收《茅盾全集》第二十卷。諷刺國民黨那些造謠、賣友、出風頭、敲詐的無恥文人。

十三日　下午，與魯迅、亞丹、古斐同去 ABC 茶店飲紅茶，商談「左聯」事宜。（魯迅 1934 年 2 月 13 日《日記》）

十五日　發表《田家樂》（文論），署名小凡。載《申報月刊》第三卷第二號，初收良友版《話匣子》。現收《茅盾全集》第二十卷。指出，從前的田園詩人歌詠的「田家樂」，民間歌人的鼓詞或小調，也把農事的知識來歌謠化，然而，「太平時代產生了『田家樂』，那麼荒亂年頭就應該有『田家嘆』了」。農民像生活在監獄裡：「借債」、「逼租，贖衣服，賤賣新穀」等。

十九日　請魯迅將自己出版的七本小說轉覆蕭三。（魯迅 1934 年 2 月 19 日《日記》）

二十七日　發表《蝙蝠》（散文），署名微明。載《申報·自由談》，現收《茅盾全集》第十六卷。諷刺國民黨那些比蝙蝠還不如的「看風使舵」的人，指出，「無論怎樣暗無天日，眞理也仍然是眞理，光明也依舊是光明。間諜從來未曾充當過皇帝，流氓從來不曾成為詩人。」

二十八日　作《上海大年夜》（散文），署名形天。載《文學季刊》第二期。初收良友版《話匣子》。現收《茅盾全集》第十一卷。爲上海的不景氣作了實地考查的記錄。指出，上海「大年夜」「市面衰落」，「小市民，口袋已經空了。」但「大商人眷屬」、「高等妓女」，卻在「滬西某大佛寺『道場』已排滿。」

同月　在《文學》第二卷第二期登了一則預告，宣布「今後的《文學》連出四期專號，預定概不加價」。上海御用小報馬上登了一則《文壇消息》，謂《文學》出幾期後，「即行停刊」。爲此，《文學》「來了個針鋒相對的回答」。

同月　獲悉上海一百四十九種進步書籍，七十六種刊物遭國民黨政府查禁，魯迅、郭沫若等作家的作品被禁售。茅盾的除了幾本介紹西洋文學小書外，所有創作全部被禁。因爲禁書多，牽涉的書店也多，各書店就聯名請願「體恤商艱」。到了三月二十日，國民黨上海市黨部作了批答，採納了各書店的部分意見，解禁了五十九種書目，其中三十二種屬於所謂「或係戀愛小說，或係革命以前的作品，內容均尚無礙」者，「暫緩執行」禁令，魯迅的《而已集》等及茅盾的《蝕》和《路》在其中。而茅盾的《子夜》、《虹》、《三人行》、《春蠶》、《野薔薇》、《宿莽》、《茅盾自選集》均屬應刪改之列，其中《虹》與《野薔薇》、《宿莽》要求抽去「序」和「跋」；《宿莽》中的《豹子頭林沖》和《大澤鄉》，因「頗多鼓吹階級鬥爭意味」，要抽去；《茅盾自選集》中要抽去《大澤鄉》、《騷動》兩篇，《喜劇》一篇「有不滿國民革命辭句，應刪改」；《春蠶》中《秋收》後半篇有描寫搶米風潮之處，應刪改，又《光明到來的時候》一篇不妥，應刪去。」至於《子夜》刪改的理由如下：「二十萬言長篇創作，描寫帝國主義者以重量資本操縱我國金融之情形。9・97 至 9・12・4（即寫農村暴動的第四章）諷刺本黨，應刪去，十五章描寫工潮，應刪改。」書店老闆按照上述命令進行了刪改。其中《子夜》第四、第十五章的刪改，茅盾認爲與其刪改，弄得面目俱非，不如乾脆把這兩章抽掉了事。所以「1934年再版的刪改後的開明版《子夜》，就只有十七章了。」（《我走過的道路》〈中〉）

本月

十九日　蔣介石在南昌發表演講，強制推行「新生活運動」，提倡「尊孔讀經」。

同月　杜重遠主編的《新生》週刊創刊。在《發刊詞》中，提出刊物的宗旨是：「爲求民族生存而奮鬥。」

三月

一日　《文學》第二卷第三號出版，登載的文章有：

《又一篇帳單》（文論），署名銘。現收《茅盾全集》第二十卷。眞美善書店出版了「第一回」的《漢譯東西洋文學作品編目》。據此目所載，則截至一九二九年三月三十一日爲止，連「五四」以前一些文言譯本也在內，我們共譯了二百九十九個西洋作家和五十個日本作家。文章認爲：「照中國貧弱的翻譯力和出版力而論，上述成績並不算怎樣壞罷」，但是，一些作家的代表作，一些民族中間的偉大作家和古典名著，基本上沒有翻譯，「我們相信如果沒有大批的西洋名著好好地翻譯過來，則所謂『從大作家學習』云云，只是一句空話。」

《「媒婆」與「處女」》（文論），署名丙生。現收《茅盾全集》第二十卷。云說：「從前有人說創作是處女，翻譯不過是媒婆，這種比喻，是否確當，姑置不論。然而翻譯的困難，實在不下於創作。第一要翻譯一部作品，先須明瞭作者的思想，還不夠，更須眞能領會到原作藝術上的美妙；還不夠，更須自己走入原作中和書中人物一同哭，一同笑，已經這樣徹底咀嚼了原作了，於是第二，均須譯者自己具有表達原作風格的一副筆墨。」

《直譯・順譯・歪譯》（文論）署名明。現收《茅盾全集》第二十卷。論述了直譯，順譯，歪譯的含義，指出，像林琴南的別人口述而他錄下的方法是歪譯，因爲對原作意思不免有多少歪曲；只顧「務求其看得懂」的順譯，也容易變成歪譯；直譯是「五四」以後反對歪譯的主張；這種譯法，就是「原文是一個什麼面目，就要還它一個什麼面目」，並且「看得懂」是必要的條件，因此，有的人非難直譯的原則是不對的。

《翻譯的理想與實際》（文論），署名華。認爲，嚴復主張的「信達雅」，含義是不很清楚的，而愛爾蘭的泰脫拉失於翻譯的三原則，說得就比較清楚。三原則是：（一）譯文須是原作的意思的完全複寫；（二）譯文的風格和作態須與原作同一性質；（三）譯文須與原作同樣的流利。以當前翻譯界的情形而論，「只要能符合第一原則而不至完全忽視第二原則的譯品出來，也就應該滿足了。」

《一個譯人的夢》（散文），署名蒲。現收《茅盾全集》第十一卷。描述一個譯人的苦衷：物價天天飛漲，而譯費卻不漲，因此，爲了過活，他的「精譯」變成了「粗製濫造」，他夢想「除非是世界翻個身，再不然中了個航空獎券頭彩」，才可能做到「精譯」。

《譯什麼和叫誰譯》（文論），署名水。關於譯什麼，文章認爲要有計劃有系統的譯，古代的，中古的，浪漫主義時期的，寫實主義時期的，「一百種是至少的限度；至於叫誰譯，只有兩條路可走，一條是公家來辦，但希望不大；第二條路只有由譯者和讀者來做一種產銷合作。」

《伍譯的〈俠隱記〉和〈浮華世界〉》（書評），署名味茗。現收《茅盾全集》第二十卷。讚美伍光建在「五四」時代翻譯的《俠隱記》（即大仲馬的《三個火槍手》）「實在迷人」，認爲即使他有刪改，也是有條件的，爲的是照顧中國當時讀者的習慣；然而，他的近譯《浮華世界》（即薩克雷的《名利場》），刪棄了三十四章，相當於全書之一半，給人的印象是一本「斷手刖足的名著了」。在文字方面，採取「字對字」的譯法，「顯得晦澀不明」。

《郭譯〈戰爭與和平〉》（書評），署名味茗。現收《茅盾全集》第二十卷。指出郭沫若在譯本中存在的問題。如誤譯，在思想藝術上改變原作等。

《關於文學史之類》（文論），署名惕若。批評商務印書館新出版的《浪漫運動》（費鑒照編）與《俄羅斯文學》（梁鎮譯）。對於前者，文章認爲編者還是用的舊的眼光評價浪漫運動，並且有不少地方提法有問題；對於後者，文章指出，譯文可讀，但原著（貝靈著）是二十年前的舊書，沒有多少價值，應該譯的是勃蘭特斯的《論俄羅斯文學》。

同日　發表《〈改變〉前記》（序跋）。載《文學》第二卷第三號。

同日　發表《改變》（譯作），（〔荷蘭〕菩提巴喀著）署名芬君。載《文學》第二卷第三號。初收文化生活出版社版《桃園》。

同月　作《中國青年已從十月革命認識了自己的使命》（論文），署名M、D，載《大眾文藝》第二卷第二期。

同月　作《答國際文學社問》（文論），現收《茅盾全集》第二十卷。《國際文學》以俄、英、法、德四種文字出版。編輯部爲迎接蘇聯第一次作家代表大會的召開，向各國著名作家發函，徵求對於蘇聯的成就、蘇維埃文學、資本主義各國文化現狀等三個問題的意見。他們通過蕭三給魯迅轉來了兩封約稿信，一份給魯迅，一份給茅盾。茅盾根據信上提出的問題寫了五百多字作了回答。說：「對於布爾喬亞的文學理論，我曾經有過相當的研究，可是我知道這些舊理論不能指導我的工作，我竭力想從『十月革命』及其文學收穫中學習；我困苦然而堅決地要脫下我的舊外套。我這工作精神和工作方向，是『十月革命』及其文學收穫給我的！在中國，資產階級文學從沒開過一朵花。中國的統治階級目前正用了強暴的手段壓迫萌芽的無產階級文學；……然而這一切都不會有效力。中國青年已經從『十月革命』認識了自己的使命，從蘇聯的偉大豐富的文學收穫認識了文學工作的方向了」。「這篇《答國際文學社問》我交給了魯迅，請他轉往蘇聯。過了幾天我又去看他，他拿出一頁自己親手騰寫的稿子交給我，說:『你的原稿已經給蕭三寄去了，我怕你沒有留底稿，所以給你抄了一份。』我是一個不易動感情的人，可是通過魯迅這幾句平淡的話卻使我激動不已；因爲從這件似屬平凡的小事中，透出了魯迅對偉大社會主義國家的敬仰，對戰友的關懷，以及對工作的一絲不苟。魯迅手抄的這份原稿，象徵著我們間的友誼。我一直把它珍藏著，在抗日戰爭的顛沛歲月中也始終帶在身邊。後來，一九四○年我到了延安，才貢獻給了當時在延安舉辦的魯迅紀念展覽會。」（《我走過的道路》〈中〉）

同月　發表《百貨商店》（譯作），（根據左拉原著《太太的樂園》編譯縮寫爲一萬五千餘字），並作「序」，由新生活書店出版，現收《茅盾全集》第十一卷。

本月

蔣介石頒佈「新生活運動綱要」。

四月

一日　《文學》第二卷第四號出版，登載的文章有：

《從五四說起》（文論），署名芬。初收良友版《話匣子》，現收《茅盾全集》第二十卷。評價「五四」的功勞，論述「五四」以後文學和「五四」的關係。指出：「不把西洋文學當作『閒書』來消遣而當作文學來研究學習，是始於『五四』的！」

《我們有什麼遺產？》（文論），署名芬。初收良友版《話匣子》。現收《茅盾全集》第二十卷。再次評價「五四」文學運動，指出：「『五四』的文學運動在最初一頁是『解放運動』；就是要求從傳統的文學觀念解放出來，從傳統的文藝形式（文言文，章回體等等）解放出來」；這次解放運動，「總算顧到了思想與形式兩個方面」。

《思想與經驗》（文論），署名蘭。初收良友版《話匣子》，現收《茅盾全集》第二十卷。論述正確的思想和豐富的社會生活經驗對創作的重要性。說：「沒有社會科學的基礎，你就不知道怎樣去思索；然而對於社會科學倘只一知半解，你就永遠只能機械地死板板地去思索。……有了正確的思想而沒有豐富的生活經驗，寫不成好作品。」

《新，老？》（文論），署名惠。初收良友版《話匣子》，現收《茅盾全集》第二十卷。認爲，不能說發表作品多的作家就是老作家。」「一個作家應該時時是『新』作家。他寫了第一篇作品的時候，固然是『新』——裡裡外外都『新』；可是當他寫了第二篇作品的時候，假使用的是不同的題材，觀察的是不同的眼光，那麼，他這名兒雖然在別人看來不新，而在他自己的創作過程上卻是全新的一段」；「是一個『新』作家」。「眞正可稱爲『老作家』者，是那些寫了一篇又一篇題材同，見解同，筆法同，老是那樣一個模子裡傾出來的『開國紀念弊』式的作家。」

《彭家煌的〈喜訊〉》（書評），署名惕若。現收《茅盾全集》第二十卷。對彭的短篇小說集作了全面、中肯的評價。

《杜衡的《懷鄉集》》（書評），署名陽秋。現收《茅盾全集》第二十卷。按：《懷鄉集》，杜衡作，現代書局出版，共收《海笑著》等十篇短篇小說）書評結合作品內容，批評了杜衡的錯誤的創作觀念。指出，「一篇文藝作品必須思想也好，技術也好，然後才能說它一句『藝術的完成』」。書評以《人與女人》爲例，說明由於作者不聽從「理智先生」的指導，歪曲了現實，得出「女人全不能做好人」的結論。

《「一・二八」的小說——〈戰煙〉》（書評），署名丙申，現收《茅盾全集》第二十卷。評論黎錦明的小說《戰煙》（天馬書局出版）。指出，「這部小說不過六萬字光景，然而描寫點異常廣闊」。「他企圖用極經濟的筆墨給我們看一幅『一二八』戰役全圖。」然而，它的失敗，「不過是等於『新聞記事』的小說而已」。

《黑炎的〈戰線〉》（書評），署名陶然。現收《茅盾全集》第二十卷。稱讚說，「作者像彗星似的在文壇上一瞥，後來就不見了！然而這一『瞥』的光芒可就叫人目弦。」「這本書描寫當兵的滋味，軍營生活和士兵心理，可稱作前所未有（當然在中國文壇）的親切。」

同日 發表《上海大年夜》(散文)，署名形天。載《文學季刊》第二期，現收《茅盾全集》第十一卷。

十四日 發表《讀史有感》(散文)，署名固。載《申報・自由談》。現收《茅盾全集》第十六卷。

十七日 作《茅盾自傳》(傳記)，現收《茅盾全集》第二十卷。係作者爲美國《大美晚報》、《大陸報》記者伊羅生所編《草鞋腳》寫的自傳。

同日 作《〈草鞋腳〉初選篇目》，本篇係與魯迅合作，由茅盾執筆，原稿無標題，現據《茅盾全集》第二十卷。

同日 作《〈草鞋腳〉部分作家作品簡介》(文論)，本篇係與魯迅合作，由茅盾執筆，原稿無標題，現據《茅盾全集》第二十卷。

同日 作《從中國左翼文藝定期刊編目》(資料)，本篇係與魯迅合作，由茅盾執筆。現據《茅盾全集》第二十卷。

二十日 晚，邀魯迅來寓所夜飯(許廣平攜海嬰同邀)，同席九人。(魯迅 1934 年 4 月 20 日《日記》)

當月

一日 朱佩弦(朱自清)發表《〈子夜〉》，載《文學季刊》第二期。云:「這幾年我們的長篇小說漸漸多起來了，但眞能表現時代的只有茅盾的《蝕》和《子夜》。」文章在分析吳蓀甫這一人後，認爲小說把「吳、屠兩人寫得太英雄氣概了，吳尤其如此，因此引起了一部分讀者對於他們的同情與偏愛，這怕是作者始料所不及罷」。他以爲《林家鋪子》在展開故事時，「層層剖剝，不漏一點兒，而又委曲入情，眞可算得『嚴密的分析』。」認爲它是茅盾的「最佳之作」。

五日 門言作《從〈子夜〉說起》，載《清華週刊》第三十九卷第五、六期文藝專號。云：在《子夜》裡，作者「展開了一幅比以前他所曾從事的更大的圖畫」，「是我們現今最大的收穫」。又說：「茅盾作品最大的缺點便是他的雄圖是很大的，而他對生活的體驗每苦不足。」

六日 李長之發表《論茅盾的三部曲》，載《清華週刊》第四十一卷第三、四期合刊。

本月

五日 林語堂主編的《人間世》半月刊創刊。

十七日　日本外務省情報部長天羽發表妄圖獨佔中國的「四一七」聲明。

春

約同年三、四月　陪母親回故鄉烏鎮。同時擬翻修老屋後院的百多平方米的三間平房。遂請泰興昌紙店經理黃妙祥張羅內外事務。茅盾自行設計新屋，畫一張草圖，又將往日積攢之稿費用於修建、添置必要的傢具。約半年竣工。其間，母親在院子裡移栽了一棵夾竹桃、一枝藤蘿，茅盾種棕櫚和天竹，又與德沚商定，於同年冬或翌年春，從上海陸續過去一套沙發、十幾箱書、日用家什、兩棵扁柏，在鎮上定製了一張寫字台、一張方桌和一些椅子、床、櫃等，商務印書館出的百衲本二十四史也運回了故鄉。自同年起至 1937 年間，常回故鄉小住，望奉母親，讀書、寫作。（方伯榮：《重訪茅盾故居》，載《桐鄉文藝》，1985 年 7 月浙江桐鄉縣文聯、桐鄉縣文化館合編〈24〉；韓冰：《天竹一叢寓深情——在文學巨匠茅盾故居揭幕的日子裡》，載 1985 年 7 月 11 日《文學報》；萬樹玉：《茅盾年譜》1986 年 10 月版）

春季　獲悉燕京大學英文系應屆畢業生朱蘭卿女士譯介《春蠶》、《秋收》、《林家舖子》、《喜劇》等四篇小說，由鄭振鐸、傅晨光等任指導。

五月

一日　《文學》第二卷第五號（弱小民族文學專號）出版，登載的翻譯作品有：

《耶穌和強盜》（〔波蘭〕K・特德馬耶著）並附《前記》，署名芬君。初收文化生活出版社版《桃園》。

《門的內哥羅之寡婦》（〔南斯拉夫〕女作家叔夫卡・克代特爾短篇集《巴爾幹戰事小說》中的一篇）並附《前記》，署名牟尼。初收文化生活出版社版《桃園》。

《在公安局》（〔南斯拉夫〕伊凡・克爾尼克著）並附《前記》，署名丙申。初收文化生活出版社版《桃園》。

《春》（〔羅馬尼亞〕密哈爾・薩杜浮奴著）並附《前記》，從英文轉譯，署名芬君。初收文化生活出版社版《桃園》。

《桃園》（〔土耳其〕R・哈里德著），從英文轉譯，署名連瑣。初收文化生活出版社版《桃園》。

《催命太歲》(〔秘魯〕E·L·阿布耶爾著)並附《前記》,從英文轉譯,署名余聲。初收文化生活出版社版《桃園》。

同日 發表《〈桃園〉前記》(序跋),載《文學》二卷五號。云現譯的「弱小民族文學」,「英美人」「一貫的不大看得起」,但「並不乏值得讚美」之作。自云「盡了我的全力」來譯,仍然未能譯出「原作的風韻」,而原作的風韻是「特佳的」。

約十一日 得魯迅贈《文史》一本。(魯迅1934年5月11日《日記》)

二十七日 晚,應魯迅邀夜飯,同席莘農(姚克)等。(魯迅1934年5月27日《日記》)

同月 作《〈紅樓夢〉(潔本)導言》(序跋)。初收開明版潔本《紅樓夢》。現收《茅盾全集》第二十卷。

約月底 「魯迅派女佣人送來伊羅生從北平寄來的一封信,裡面講到他對編選《草鞋腳》選目的一些意見,當天晚上我到魯迅家去商量如何回信。正事談定,我們議論起當前文壇的情況,講到國民黨圖書審查辦法和作家目前賣文之不易,又談到《文學》連出兩期外國文學專號,對於作家的翻譯熱情倒是一個刺激。魯迅說,這幾年介紹外國文學不像從前那樣的時興了,譯品的質量也差,翻譯家好像比作家低了一等。其實要眞正翻譯好一部名著,不比創作一部小說省力。我說,這叫媒婆不如處女。魯迅說:『我倒有一個想法,我們來辦一個專門登載譯文的雜誌,提一提翻譯的身價。這雜誌,譯品要精,質量要高,印刷也要好。』我當即表示贊成。我說:『目前作家們有力氣沒處使,辦這個雜誌可以開闢一個新戰場,也能鼓一鼓介紹和研究外國文學的空氣。』又問:「專登翻譯那只是專登小說罷了」。魯迅說:『也登論文,其它雜感、回憶等等,』他又說:『黎烈文不編《申報·自由談》了,防他因此消沉,所以拉他來做這個刊物的發起人,你看如何?』原來黎烈文辛辛苦苦把《申報·自由談》支撐了一年之後,終於在反動文人的壓力下,於五月十日向史量才提出了辭職。那時黎烈文想回湖南老家,正在躊躇未定中。魯迅說:『發起人就算你、我、烈文三個,哪一天有空我們三人再碰一次頭。』」(《我走過的道路》〈中〉)

本月

第五次反「圍剿」鬥爭失利，紅軍退出龍岡，永定等地。

國民黨政府在上海成立「圖書雜誌審查委員會」。

六月

一日　發表《升學與就業》(散文)，署名朱璟。載《中學生》第四十六期。現收《茅盾全集》第十六卷。

月初　從魯迅處看到史沫特萊來信，獲悉她對《草鞋腳》編輯的意見，認爲「全書太長」，希望「能刪節」。與魯迅商量後，同意對選文篇目作壓縮和刪節。

六日　接魯迅通知；獲悉魯迅「已約黎烈文於九日晚在他家便飯」，遂同意屆時應約前往魯迅寓所。(《我走過的道路》)

九日　晚，應約在魯迅家中便飯，同席七人。與魯迅、黎烈文一道研究辦譯文雜誌的問題。「我到魯迅寓中不久，黎烈文就來了，魯迅把辦一個專登譯文的雜誌等等告訴黎烈文，請他作發起人，又指我說：『明甫也是一個，共爲三人。』黎烈文欣然同意。魯迅說，雜誌名稱還未想好。黎烈文說：『何不就用《譯文》二字？』魯迅和我都贊成。魯迅又說：『我們三人都不出面，版權頁上只署譯文社，另外還要找一位能跑跑腿的編輯，人選請你們考慮一下。至於交給哪家書店出版，先問問生活書店，如果生活願出，就交給它罷。』我和黎烈文又說，總得有個主編，就請魯迅作主。魯迅也願意。我們又研究了刊物的方針，確定以少數志同道合者爲核心，不是一般的時髦品，但求眞想用功者讀後能得到好處，銷數也不求多。魯迅還提出可以翻印些外國的繪畫和木刻。我說，就怕銷數少，成本太高，書店老闆不願意。魯迅說，生活書店就拜託你去辦交涉罷。」(《我走過的道路》〈中〉)

十五日　發表《流言》(雜感)，署名止。載《申報・自由談》。認爲「每當時局一混亂，荒謬的理論便層出不窮。」

同日　發表《談面子》(雜感)，署名蒲。載《申報・自由談》。指出「面子」被當作一件大事，它是按照各自所屬的階層而有等級的。」「究其研究『面子』的多寡程度，官僚、政客、富翁一定佔在優勢。」

二十三日　下午，去魯迅寓所，繼續商談《譯文》刊物事。(魯迅 1934 年 6 月 23 日《日記》)

同月　《文學》第二卷第六號出版「中國文學研究專號」，內容十分豐富，三百多頁的一厚冊，容納了三十七篇文章。「魯迅幾次向我談到這期專號，每次都表示滿意。」後來看到《魯迅書信集》，知道他當時還給鄭振鐸寫過信，稱讚這期專號道：「本月《文學》已見，內容極充實，有許多是可以藉以明白中國人的思想根柢的。」（《我走過的道路》）

下旬　從魯迅處獲悉鄭振鐸十八日致魯迅信中有關「附致茅盾」的內容。

當月

霍逸樵發表《二馬及其他：〈追求〉、〈虹〉、〈三人行〉》，載《南風》第十卷第一期。

本月

國民黨中宣部公佈《圖書雜誌審查辦法》。

陳望道、胡愈之、葉聖陶、夏丏尊等集會商定開展「大眾語」運動。

七月

一日　《文學》第三卷第一號出版，登載的文章有：

《廬隱論》（文論），署名未明。現收《茅盾全集》第二十卷。指出：「廬隱與『五四』運動，有『血統』的關係。廬隱，她是被『五四』的思潮從封建的氛圍中掀起來的，覺醒了的一個女性；廬隱，她是『五四』的產兒。」「『五四』運動發展到某一階段，便停滯了，向後退了，廬隱，她的『發展』也是到了某一階段就停滯。」文章在分析了廬隱創作的發展變化之後說：「廬隱作品的風格是流利自然。她只是老老實實寫下來，從不在形式上炫奇鬥巧。」

《讀〈中國的水神〉》（文論），署名味茗。肯定黃芝崗的《中國的水神》（生活書店出版）的考證方法的正確和它的科學價值。

《小品文半月刊〈人間世〉》（文論），署名仲子。現收《茅盾全集》第二卷。對《人間世》的《發刊詞》和第一、二期提出批評。指出：「『幽默』是可喜的，然而針鋒稍稍一歪，就會滑進了低級趣味的油腔；這時候即使我們還能笑，可是那笑聲裡帶著點兒『肉麻』了。」「中國民族性裡缺乏『幽默』，然而油腔卻向來頗發達。」「宇宙之大，蒼蠅之微，皆可取材」，然而，「一個不留神就要弄到遺卻『宇宙之大』而惟有『蒼蠅之微』，僅僅是『吟風弄月』而實際『流為玩物喪志』了。」《人間世》第二、二期「很使我失望」，「倘使要把『閒適』『自我中心』之類給『小品文』定起唯一的規範來，那恐怕要成為前門拒退了『方巾氣』，後門卻進來了『圓巾氣』了！我認為『小品文』的更加豐富更加發展是有賴於大家自由地去寫，（不過，不要叫大家看不懂）各體各式，或『宇宙』或『蒼蠅』都好！至於終極是何者最暢盛，時代先生冥冥中有它的決定力量。」

《〈文學季刊〉第二期內的創作》（文論），署名惕若。現收《茅盾全集》第二十卷。重點分析歐陽鏡蓉的《龍眼花開的時候》，吳組緗的《樊家舖》，張天翼的《奇遇》，何谷天的《分》的成功之處和缺點。

《偉大的作品產生的條件與不產生的原理》（文論），署名蘭。現收《茅盾全集》第二十卷。五月號《春光》徵答：「中國目前為什麼沒有偉大作品的產生？」登出來的有十五篇。文章對這十五篇的一些觀點，提出了自己的意見。說：「我們以為中國目前正是產生偉大作品的時期，然而尚未產生者，一因目前從事創作的人們偏偏缺乏偉大生活的實感，二因有那生活實感的人們偏偏缺乏冷靜坐下來創作的時間。」「想把偌大罪名輕輕送給莫須有的所謂文壇『門羅主義』以及批評家的『橫暴』，卻是滑天下之大稽。」

《再談文學遺產》（文論），署名風。初收良友版《話匣子》。現收《茅盾全集》第二十卷。指出那些想在中國的所謂「文學遺產」中學習技巧的主張是錯誤的。《水滸》、《紅樓夢》的滋養料，「不能滿足我們的需要」，因此，「我們的眼光不能只朝裡看，我們要朝外看。世界的文學名著也是我們寶貴的文學遺產。」

《關於小品文》（文論），署名惠。初收良友版《話匣子》，現收《茅盾全集》第二十卷。認為「小品文在『高人雅士』手裡是一種小玩意兒，但在『志士』手裡，未始不可以成為『標槍』或『匕首』。」「我們應該創造新的小品文，使得小品文擺脫名士氣味，成為新時代的工具」。

六日　從魯迅處得鄭振鐸信。

十四日　作《致伊羅生信》（書信）（按：此信為茅盾執筆，魯迅親筆簽名）。約七月十日左右，「伊羅生來了第二封信。這封信中他實際上提出了一個新的選目，不僅刪掉了篇幅長的，而且把他不熟識的新進作家的作品幾乎都刪去了，而增加的是老作家的作品，以及他熟識的「革命文學」時期一些作家的作品，兩這些作品的毛病是概念化和公式化。」「我同魯迅研究。魯迅說，看來外國人的眼光究竟和我們中國人不同。我說，向國外介紹新進作家本是編這本書的宗旨，我們應該再堅持。魯迅說：『你就來起草一封回信，對這一點加以強調；至於具體的篇目，只對幾篇實在不好的提出意見，免得他為難。』我當即攤開紙硯寫了一封回信。」「這封信魯迅簽上名就寄出去了。信中說：『蔣光慈的《短褲黨》寫得並不好，他是將當時的革命人物歪曲了的；我們以為若要選他的作品，則不如選他的短篇小說，比較好些』。『龔彬廬的《炭礦夫》，我們也覺得不好；倒是適夷的《鹽場》好。』『由 1930 年至今的左翼文學作品，我們也以為應該多介紹些新近作家，如何谷天的《雪地》，及沙汀、草明女士、歐陽山，張天翼諸人的作品，我們希望仍舊保留原議。』信上還建議把《秋收》刪去。」（《我走過的道路》〈中〉）

二十一日　上午，偕同魯迅前往須藤醫院就診，醫生診斷結果：兩人皆患胃病。（人民文學出版社版《魯迅年譜》）

三十一日　作《致伊羅生》（書信，與魯迅聯署）載一九七九年十二月五日《光明日報》。伊羅生接受了魯迅、茅盾的意見，刪去了《短褲黨》和《炭礦夫》，保留了《雪地》，增加了《鹽場》；又提出請幫另選一篇張天翼的短篇。其它沒有什麼變動，魯迅看了信嘆口氣道，看來只能這樣了，我們提出的具體建議他又大致上都接受了；我們就不好再開口了。於是又由茅盾代覆一簡單的回信，表示「你最後的意見，我們可以贊成。」並提出了張天翼的兩篇（《最後列車》、《二十一個》）供他選擇。（《我走過的道路》〈中〉）

同月　《我曾經穿過怎樣的緊鞋子》，載生活書店版《我與文學》。又收入良友版《話匣子》。現收《茅盾全集》第十一卷。

當月

八日　羅庚發表《〈春蠶〉——小說、電影、戲劇交流》，載《北平晨報・副刊》第一八三期。

二十日　王謌心發表《〈春蠶〉的描寫方式》，載《讀書顧問》第一卷第二期。云：《春蠶》的「每一節，每一段，甚至是每一句，都安排得伏伏貼貼。文體簡練，活潑，表現恰如其分。觀點準確，敘述謹嚴。沒有誇大處，也沒有虛構處，有一分說一分，說得很詳盡，很深刻。『技巧』底一切任務，在這裡，是完全成功了」。又說：「作者處處從側面入手用強有力的襯托，將帝國主義經濟侵略深入到農村，以及數年來一切兵禍，苛捐……種種剝削後的農村的慘酷景象，盡量暴露無餘」。

本月

五日　《新語林》半月刊在上海創刊，徐懋庸主編。

五日　蘇聯第一次作家代表大會在莫斯科舉行，大會向全世界許多著名作家發了致敬電。

十五日　中國工農紅軍發表《北上抗日宣言》。

八月

一日　《文學》第三卷第二號出版。登載的文章有：

《「文學遺產」與「洋八股」》（文論），署名風。初收良友版《話匣子》。現收《茅盾全集》第二十卷。批評明堂的《論中國文學遺產問題》一文的錯誤言論。該文是針對茅盾的論文學遺產的文章而發的，登在《申報本埠增刊》的「談言」欄裡。本書指出，明堂的文章「在模糊含混的『前提』後面裝上個『老吏斷獄』式的結論，這就是洋八股的論證方法！這樣的『洋八股』雖然穿了痛恨『中國文學遺產』的外衣（痛恨到連批判文學遺產的工作也認爲『完全變爲無意義』），可是，在血統上，它和『中國文學遺產』中最醜惡的一部分倒是本家！」

《所謂「雜誌年」》（文論），署名蘭。現收《茅盾全集》第二十卷。對一九三四年正月起，定期刊物愈出愈多的原因作了精當的分析。

《對於所謂「文言復興運動」的估價》（文論），署名惠。現收《茅盾全集》第二十卷。批評汪懋祖「高揭『中小學文言運動的旗幟』所掀起的『文言復興』運動」。指出，這種現象，「不是一個簡單的文字問題，而是思想問題」，所以，對這種復古論調，「應該給予嚴格的批評。」

《翻譯的直接與間接》（文論），署名惠。初收良友版《話匣子》，現收《茅盾全集》第二十卷。對穆木天的翻譯必須直接，不同意轉譯的主張提出了批評意見。

《論「入迷」》（文論），署名曼。初收良友版《話匣子》，現收《茅盾全集》第二十卷。認爲「人與文學的關係，『入迷』是必要的。」「一個作家寫作品的時候也非『入迷』不可。他的感情要和他筆下人物的感情合一。他寫的人物不只一個，然而他所憧憬的，或拈出來使人敬仰或認識的人物卻只有一個或一群，作家就要憎恨此人物所憎恨的對象，擁護此人物所擁護的一切！作家必須自己先這麼『入迷』，然後可望讀者也『入迷』。然後他的作品不是消遣品，他的力氣不算白費。」

《冰心論》（文論），現收《茅盾全集》第二十卷。全面分析和評價冰心創作思想的發展和變化。認爲，「問題小說」是冰心創作的「第一部曲」，「五四」的熱蓬蓬的社會運動激發了冰心第一次的創作活動。「是那時的人生觀問題，民族思想，反封建運動，使得冰心女士同『五四』時期所有的作家一樣『從現實出發』，然而『極端派』的思想，她是不喜歡的」，所以，「她的問題小說裡的人物就是那樣軟脊骨的好人。」她的創作的「第二部曲」，「混著神秘主義的色彩。她的所謂『愛的哲學』的立腳點不是科學的——生物學的，而是玄學的，神秘主義的。」冰心創作的「第三部曲」，是她在一九三一年的《分》，「藉新生的嬰孩抒寫她自己的思想。這不是『童心』，也不是『神話』，這是嚴肅的人生觀察。」「跟她以前的作品很不相同了。」賀冰心開始了第三部曲的歌唱。這是第一篇對冰心早期創作和思想作全面、精闢的評價的重要論文。

《關於〈士敏土〉》（文論），署名芬君。現收《茅盾全集》第二十卷。介紹革拉特珂夫的《我如何寫士敏土》一文的內容。

《小市民文藝讀物的歧路》（文論），署名惕若。現收《茅盾全集》第二十卷。指出梁得所主編的《小說月刊》，裡面登的「所有的作品幾乎全是些適合小市民脾胃的『點心』」。這「點心」，就有「消閒」的性質，實在找不出旁的深刻的意義。

五日　應約，出席生活書店徐伯昕在「覺林」餐館舉行的宴會，同席有魯迅、黎烈文等八人。正式商定出版《譯文》事宜。席間，徐伯昕提出版權頁上編輯人用「譯文社」恐怕國民黨圖書雜誌審查處通不過，要用一個人名以示負責。由於魯迅和茅盾不便出面，黎烈文又不願意擔任，最後魯迅說：「編輯人就印上黃源罷。對外用他的名義，實際主編我來做。」自從六月九日在魯迅家聚會後，向魯迅推薦了懂日文，譯過書和生活書店比較熟的黃源作編輯工作。黃與生活書店聯繫，徐伯昕聽說《譯文》是魯迅主編也就同意了。但因爲現在翻譯的東西不好銷，提出先試辦三期，不給稿費和編輯費，若銷路好，再訂合同補算。由於條件太苛，就去問魯迅。魯迅卻一口應承，說：「就照他們的條件辦，頭上三期，我們三個發起人盡義務包辦了。生活書店還算是有魄力的，其它書店恐怕再不願意出版了。」「我說：『出版方面的細節可由黃源找生活書店再去談，創刊日期是否大致確定一個？』魯迅說：『我們要現找材料現翻譯，以每人交三至四篇計，總得一個多月，算得寬裕一些，九月份創刊如何？』徐伯昕邀魯迅等吃飯，算是把《譯文》的出版最後定了下來。」（《我走過的道路》〈中〉）

十七日　發表《女人與裝飾》（散文），署名微明。載《申報・自由談》，現收《茅盾全集》第十六卷。文章諷刺關心世界人心的先生們對於男女之大『防』的荒唐觀念。

二十日　發表《莎士比亞與現實主義》（文論），署名味茗。載《文史》第一卷第三號。

同日　發表《白話文的洗清和充實》（文論），署名仲元。載《申報・自由談》，現收《茅盾全集》第二十卷。討論大眾語問題。說：「目前的白話文」，「要剔除『濫調』，避免不必要的歐化句法，和文言字眼。」「第二，就要設法『充實』現在的白話文。」「字眼不夠用可以到文言裡借用，或採用些方言」。

中旬　《譯文》創刊號編成，魯迅約黃源在茅盾寓中會見，當面把稿子交給他。這一期上，魯迅的譯稿三篇，黎烈文兩篇，茅盾三篇，另有瞿秋白存稿一篇——高爾基的《市儈頌》，用的筆名是央步昌。創刊號上魯迅寫了一篇《前記》，說明《譯文》的宗旨。（《我走過的道路》〈中〉）

二十二日　作《致伊羅生》（書信），與魯迅聯署。一九七九年十二月五日載《光明日報》。伊羅生在十七日來信中，把魯迅「序言」的英譯本和他自己寫的《引言》寄來徵求魯迅和茅盾的意見，提議小說集取名《草鞋腳》，並請魯迅題簽。魯迅和茅盾看信之後，認爲事情大概就此了結，便決定最後給伊羅生寫一封感謝信，並用婉轉的口氣表示遺憾和希望。這封信由茅盾起草，魯迅簽名。〔《我走過的道路》（中）〕（按；《草鞋腳》於 1935 年編成，但一直未能出版，直到 1974 年才由美國麻省理工學院出版並改變了原貌，「刪去了原書推薦介紹的二十四人中的十二人，又新添了四人。更奇怪的是這本短篇小說選竟增添了郭沫若的歷史劇《卓文君》和殷夫的詩歌《血字》。魯迅和茅盾的自傳以及其他作家生平介紹也都經過伊羅生修改，魯迅給該書的題簽亦未採用。此外，還刪掉了 1934 年經過魯迅和茅盾看過的伊羅生寫的那篇引言，換成了 1937 年他重寫的一篇長序，在內容上亦有很大差別」〔人民文學出版社版《魯迅年譜》1934 年 3 月 23 日條，尾注〕茅盾看到這本書的目錄已是 1979 年。）

二十三日　獲悉魯迅因內山書店一熟識的店員被捕而遷居千愛里暫避。擬擇日前往探望。

二十四日　發表《不要閹割大眾語》（文論），署名仲元。載《申報・自由談》，現收《茅盾全集》第二十卷。

二十八日　發表《聰明與矛盾》（散文），署名微明。載《申報・自由談》，現收《茅盾全集》第十六卷。諷刺逃避現實的隱士思想和行爲。指出：「做『隱士』本來人各有其『自由』。然而偏偏要從隱士生涯上闡明一番大道理以證明並非『逃』，不但未『逃』，且若諷示於眾曰：『不要忘記了還有我在！』」「古代人尚坦白自認了個『苟全亂世，不問理亂』；是在這一點上，古人不及今人『聰明』」。

本月

希特勒自任德國終身總統，解散國會，取消所有反對派政黨，殘酷屠殺共產黨人、進步人士和猶太人，實行法西斯統治。

田漢開始主編《中華日報》副刊《戲》週刊。

九月

一日　《文學》第三卷第三號出版，登載的文章有：

《所謂「歷史問題」》（文論），署名蘭。現收《茅盾全集》第二十卷。

《論模仿》（文論），署名風。現收《茅盾全集》第二十卷。指出，在文藝上，模仿是個要不得的名詞。但是，受某作家的影響而創作，還不算模仿。

《兩本新刊的文藝雜誌》（書評），署名惕若。現收《茅盾全集》第二十卷。

《讀〈上沅劇本甲集〉》（書評），署名丙生。現收《茅盾全集》第二十卷。

二日　與鄭振鐸同往千愛里探訪魯迅，共贈魯迅《清人雜劇》二集一部十二本。（人民文學出版社版《魯迅年譜》）

四日　發表《團結精神》（散文），署名微明。載《申報・自由談》。現收《茅盾全集》第十六卷。指出，國民黨當局高喊「團結精神」是欺人之談。老百姓的信仰是：「不吃飯就活不下去」，「軍閥和官僚，店東和小伙計，討債人和欠債人，嫖客和妓女，坐車的和拉車的……他們是不能團結起來的」。

四日　晚，與魯迅等前往東亞酒店，出席陳望道舉行的晚宴，商討關於創辦《太白》雜誌等事宜。想通過該刊發表小品文，用以揭露、諷刺、批判當時的現實。

七日　發表《說「獨」》（雜文），署名止水。載《申報・自由談》，現收《茅盾全集》第十六卷。提倡文藝上的「獨創」精神。說，「獨創」精神，不僅表現在文藝形式上要「獨創」，而且在思想上也有「獨創」。可是，當前「思想獨創」，已被認爲會造成「人心混亂」。「一個人作品的形式倘使『獨創』到只有他自己懂得，他自己欣賞得，那到底還要得要不得。」「古來所謂『獨見』，其實只是肯說眞話，而這眞話也不是作家面壁十年想出來，而是早就存在於活的社會的動態裡。」

十日　作《致鄭振鐸信》（書信），初收生活書店版《現代作家書簡》。因編《新文學大系小說集》，希望鄭幫找一本王統照的單篇集《號聲》。

十五日　發表《桑樹》（散文），署名橫波。載《申報月刊》第三卷第九期。初收開明書店版《速寫與隨筆》，現收《茅盾全集》第十一卷。通過蠶農黃財發桑葉豐收而價格下跌，以致負了債又要「完糧繳捐」的故事，揭露國民黨對蠶農的殘酷敲詐。

十六日　與魯迅、黎烈文籌辦的《譯文》雜誌創刊。

同日　發表《普式庚是我輩中間的一個》（譯文）（〔蘇聯〕A・耳尼克斯德作）和《譯後記》，署名勞君。載《譯文》第一卷第一期。

同日　發表《皇帝的新衣》（譯作）（〔匈牙利〕K・密克薩斯作）和《譯後記》，載《譯文》第一卷第一期。初收文化生活出版社版《桃園》。

同日　發表《教父》（譯作）（〔新希臘〕G・特羅什內斯作）和《譯後記》，署名味茗。載《譯文》第一卷第一期。初收文化生活出版社版《桃園》。

《譯文》第二期基本上還是魯迅、茅盾、黎烈文三個人包了：魯迅譯了五篇，茅盾譯了二篇，黎烈文譯了三篇，另外傅東華譯了一篇。第三期，十篇譯文中，魯迅、烈文各兩篇，茅盾一篇。從第四期起，就由黃源編好後，再請魯迅審定，然後付編。由於《譯文》銷路好，等編到第三期時，生活書店表示可以訂合同，幾經磋商，由魯迅在合同上簽了字。（《我走過的道路》〈中〉）

十七日　發表《二十四史應該整部發賣嗎？》（論文），署名佩韋。載《申報・自由談》。認為，「歷史是連綿不絕的。朝代的更換不過是政權的轉移，一切制度文物，都有它的承前起後的關係。所以要研究某一代制度文物，非得把上下五千年的歷史作一個鳥瞰不可。」

十九日 發表《「創作與時間」的異議》（文論），署名止水。載《申報・自由談》。現收《茅盾全集》第二十卷。對黃懷白先生的「偉大創作的完成，是需要相當充分的時間，這是歷史上不可磨滅的事實」的主張，提出不同意見。認為像古希臘的悲劇作家和司各特、巴爾扎克、托爾斯泰、左拉等作家，他們的著作很豐富，但不是每部都要有相當充分的時間。因此，「創作與時間」的問題，不能死板板來看。

二十日 發表《關於新文學》（散文），載《新文學》月刊第二期。現收《茅盾全集》第十六卷。

同日 發表《大旱》（散文），署名形天。載《太白》第一卷第一期」。初收開明版《速寫與隨筆》，現收《茅盾全集》第十一卷。描述一個小鄉鎮因旱災，造成「交通斷絕，飲水缺乏，商業停頓」的局面，從而揭露商人乘機抬高米價、國民黨公安局企圖鎮壓「鄉下人搶米」的情狀。

同日 發表《雷雨前》（散文），載《漫畫生活》第一期，初收開明書店版《速寫與隨筆》，現收《茅盾全集》第十一卷。開頭以雷雨前悶熱難忍的窒息氣氛，象徵國民黨統治下的黑暗的社會現實，「滿天裡張著個灰色的幔」，象徵反動派的嚴酷統治，「巨人的手」，象徵革命的力量，在激烈的鬥爭中，革命者不畏強暴，迎著黑暗勢力搏擊，「巨人一下子把那灰色的幔扯得粉碎了！」文章結尾表明美好社會必將到來。「《雷雨前》、《黃昏》、《沙灘上的腳步》是用象徵的手法，描繪了 30 年代中期中國的政治與社會矛盾，特別暗示：1934 年雖然是國民黨加緊在軍事上、政治上、文化上對革命力量大舉『回剿』的一年，黑暗似乎更深沉了，然而滌蕩一切污濁的暴風雨卻正在醞釀，即將來臨，長夜終將過去。」（《我走過的道路》〈中〉）

同日 發表《「買辦心理」與「歐化」》（雜感），署名曲子。載《太白》第一卷第一期，現收《茅盾全集》第十六卷。批駁那種認為「歐化白話文是買辦心理」的觀點。

二十二日 作《致趙家璧信》（書信），初收生活書店版《現代作家書簡》。云「近來意興闌珊，什麼文章都不大願意寫（眞正被迫不過的，勉強寫一點，其痛苦比什麼都厲害），這原因是一般仗義家天天大喊文壇被老作家把持，所以我想休息一下，等候恭讀青年作家的佳篇。因此恐怕要直到本年年尾，我才能湊成這七萬多字以踐前諾。書在貴公司出版，因而必在明年了。」

同日　發表《人造絲》（散文），載《綢繆》月刊創刊號，現收《茅盾全集》第十六卷。通過一個小學同學到國外學繅絲專業，然而學成之後國內不少絲廠關門的故事，反映在帝國主義經濟侵略下中國民族經濟的衰落。

同月　《茅盾短篇小說集》第一集由開明書店出版。

同月　發表《〈伊利亞特〉和〈奧德賽〉》（文論），載《中學生》第四十七、四十八期。初收一九三六年六月開明版《世界文學名著講話》。

同月秋後　回鄉「驗收」新建的房屋。一九三二年回鄉爲祖母除靈時，發現三間平房已坍塌，需要翻修。三十年春，一方面爲母親晚年過得好些，一方面，有個清靜的地方寫作，所以，決定拆除平房，蓋幢新的。秋後房子蓋好，親自去烏鎮驗收，同時也爲了接母親來上海過冬。新房修好後，只住了短短的兩次：一次是一九三五年秋，有兩個月；一次是一九三六年十月，只半個月。（《我走過的道路》〈中〉）

當月

十二日　羅睺發表《茅盾先生論〈伊利亞特〉和〈奧德賽〉》，載《大公報・文藝副刊》第一〇一期。

二十二日　李辰冬發表《讀茅盾的〈子夜〉》，載《大公報・文藝副刊》第一〇四期。

本月

二日　蘇聯舉行中國革命文學晚會，高爾基發表《致中國革命的作家們！》。

十六日　魯迅編輯的《譯文》創刊。第三期以後，由黃源接編。

二十日　陳望道主編的《太白》半月刊創刊。

二十五日　《文學新地》創刊。創刊號刊登譯文《馬克思論文學》。僅出一期。

同月　伍蠡甫編的《世界文學》創刊。

十月

一日　《文學》第三卷第四號出版，登載的文章有：

《關於「寫作」》（文論），署名曼。現收《茅盾全集》第二十卷。介紹契可夫、巴爾扎克、克拉特珂夫的不同的「寫作法」。

《不算浪費》（文論），署名惠。現收《茅盾全集》第二十卷。

《一律恕不再奉陪》（文論），署名風。現收《茅盾全集》第二十卷。批駁明堂先生的觀點。

《〈東流〉及其他》（文論），署名惕若。現收《茅盾全集》第二十卷。讚美《東流》月刊（八月創刊，東流文藝社編輯和出版），是「向上生長的幼芽」，「是一個小型的然而具有前進意識的刊物」，而《學文》月刊（在北平出版，葉公超編輯，發行人余上源）則與《東流》相反，在它上面發表的作品，技巧圓熟，但表現的是「人生的虛空」，「散發果子熟爛時的那種酸霉氣。」

《〈中國新文學運動史〉》（書評），署名山石。現收《茅盾全集》第二十卷。認爲《中國新文學運動史》的作者王哲甫先生「著書的態度是忠實的，嚴肅的，」但是，這本書「一方面既然企圖下論斷，又一方面想多多供給材料」，「用意是好的」，「可惜他兩面都沒有做好」。

《落華生論》（文論），現收《茅盾全集》第二十卷。以主客對話的方式，全面評價落華生的思想和作品。認爲他的作品「沒有現代都市的生活，充滿『異國情調』，人物的思想「多少和宗教有點關係。」他的小說是「試要給一個他所認爲『合理』的人生觀；他並沒有建造了什麼『理想』的象牙塔，自己躲在裡面唱讚美歌，不過他的人生觀是多少帶點懷疑論的色彩罷了。」他雖然懷疑，卻不消極悲觀，但卻顯示出「追求人生意義尋到疲倦了時，於是從易卜生主義的『不全則寧無』回到折中主義的思想反映。落華生的作品正代表了『五四』時期這一面的現象。」「他的作品中的人物多半抱住了他們各人的『理想』。是這一點，——這一根『線』，使得落華生的小說有動人的技巧。」不過，近來他的作品，如《女兒心》、《春桃》中的人物，「要用自己的意志去支配『命運』了。」

二日　下午，訪魯迅寓所，贈《短篇小說集》一本。（魯迅 1934 年 10 月 2 日《日記》）

二、三日　收悉魯迅信和文稿一篇。（魯迅 1934 年 10 月 1 日《日記》）

五日　發表《戽水》（散文），署名高子蓀。載《太白》第一卷第二期。初收開明書店版《速寫與隨筆》，現收《茅盾全集》第十一卷。以農民租不起洋水車解救旱災一事，反映農村經濟凋敝。

同日　發表《大眾語運動的多面性》（文論），署名江。原載《太白》第一卷第二期。現收《茅盾全集》第十卷。

六日　前往南京飯店，出席黎烈文、傅東華代表《文學社》爲巴金赴日舉行的公餞，與魯迅等同席八人。（唐金海、張曉雲主編《巴金年譜》）

八日　託往須藤醫院的魯迅代爲取藥。（魯迅 1934 年 10 月 8 日《日記》）

十三日　應《新生》編輯部「紀念國慶」而發表《文學的新生》（文論），載《新生》第一卷第三十六期。現收《茅盾全集》第二十卷。說：「倘使一位《新生》週刊的讀者也是留心文壇現狀的，那他會覺得目前『新』的路上荊棘還多得很；他會看見『僵屍』在那裡跳舞，『垃圾堆』在那裡蒸發毒氣，『文學』這東西，好像壓在磐石底下的一棵樹，雖然是往上長，卻是曲折盤旋，費了許多冤枉的力量。」

同日　作《小傳》（傳記）。本篇係應美國記者、作家斯諾的要求而作，未曾發表。現據手稿收《茅盾全集》第二十卷。

十五日　發表《談月亮》（散文），署名橫波。載《申報月刊》第三卷第十期。初收開明書店版《速寫與隨筆》，現收《茅盾全集》第十一卷。認爲「自然界現象對於人的情緒有種種不同的感應，我以爲月亮引起的感應多半是消極。而把這一點畸形發揮得『透徹』的，恐怕就是我們中國的月亮文學」。但「我們需要『粗人』眼中的月亮。」

十六日　發表《波斯大詩人費爾杜西千年祭》（文論），載《世界知識》第一卷第三號。介紹費爾杜西的生平和創作偉大史詩《削・娜嫣》的經過，以及與波斯王麻謀德鬥爭的情況。

同日　發表譯作《怎樣排演古典劇》和《譯後記》（序跋）（〔蘇聯〕A・泰洛夫作），署名味茗。載《譯文》第一卷第二期。

同日　發表譯作《關於蕭伯納》，（〔蘇聯〕盧那卡爾斯基作）和《譯後記》（序跋），署名芬君。載《譯文》第一卷第二期。

十七日　發表《不關宇宙和蒼蠅》（文論），署名維敬。載《申報・自由談》，現收《茅盾全集》第二十卷。批評《人間世》關於小品文的錯誤觀點。指出，《人間世》無論談宇宙或論「蒼蠅」，他們皆「以自我爲中心」，「閒適爲格調」。「我覺得小品文應該讓它自由發展，讓它依著環境的需要演變爲各種格調」，「它要『宇宙之大』似的載『道』，固然是枷，可是『特以自我爲中心閒適爲格調』，也是鐐銬。」

十九日 發表《不是「異議」了》（文論），署名止水。載《申報·自由談》，現收《茅盾全集》第二十卷。

同日 作《小三》（散文），載《水星》第一卷第三期。現收《茅盾全集》第十一卷。諷刺國民黨走狗文人，包括圖書、雜誌審查委員會裡的檢查老爺們。「不過寫的是大公館一個小廝的故事，檢查老爺即使嗅出什麼也無可奈何」。（《我走過的道路》〈中〉）

二十日 發表《雙十節看報》（散文），署名釵光。載《新語林》第六期，現收《茅盾全集》第十六卷。指出，雙十節年年有，各報依然有增刊，看到的是肉麻的堂而皇之的大議論。而這次看到《十年後之雙十節——溥儀、孔德成、梅蘭芳之演出》一文，「最足耐人尋味了」。

二十三日 發表《歐洲的諷刺作家》（文論），署名微明。載《申報·自由談》，現收《茅盾全集》第二十卷。對施惠夫忒、西萬提司、但丁、歌德等作家的諷刺藝術進行了簡要的剖析。說：「偉大的諷刺家大都『滿肚子不合時宜』。倘使再加一點被迫害的遭遇，或者流離顚沛的經驗，那他的諷刺就格外辛辣入骨，即使時代不同，仍然耐人尋味的。」

二十九日 與魯迅前後上海療養院探訪史沫特萊，並接受她所贈《中國的命運》俄譯本一冊。（人民文學出版社版《魯迅年譜》）

三十日 晚，與魯迅同赴梁園飲宴。吳朗西爲《漫畫生活》向魯迅等在座的約稿和徵求意見。同席十人。又得魯迅贈文藝雜誌一本。（魯迅 1934 年 10 月 30 日《日記》）

同月 獲悉《丁玲的〈母親〉》、《女作家丁玲》，收入張白雲編《丁玲評傳》，由上海春光書店印行。

同月 得趙家璧信。「大約在 1934 年 10 月間，趙家璧給我寫來一信，告訴我他有一個編一套名叫《新文學大系》的如此如此的龐大計劃，希望得到我的支持，並請我擔任小說部分的編選人。信中又提出一些編輯體例上的問題，徵求我的意見。譬如『五四』以來的新文學運動已有十幾年的歷史，現在自然只能總結第一階段的史料，但這個階段的起訖計劃在那一年呢？我那時剛寫過一篇評論新文學運動史的文章，感慨於沒有人來編一本合用的新文學史，見到趙家璧的信，自然十分興奮，當即覆信表示支持，並提出了一些建議。我說：斷代以 1917 年到 1927 年大革命爲界較爲妥當，因爲新文學運動從『五四』前兩年就開始醞釀了，1919 年『五四』至 1925 年『五卅』這六年，雖然在文學史上好像很熱鬧，其實作品並不多，『五卅』運動前後開始了提出了『革命文學』的口號，但也只是理論上的初步討論，並未產生相應的作品；而 1927 年大革命失敗後，情形就完全不同了，這個階段到現在還沒有結束。如果這樣劃分，新文學運動的第一個階段正好十年。我又說：這十年中的文學作品，短篇小說份量最多，可考慮按文學團體分編三集，文學研究會和創造社各編一集，這樣各有其特點。」他「完全接受了我的建議。又說準備先登廣告預約，如果有二千部以上的銷路，就不至於賠本；所以打算編一本出版預告的小冊子，叫《新文學大系樣本》，希望每一位編選者寫一點感想，以資號召。我說，可以寫幾句來幫你鼓吹鼓吹。後來我就寫了《編選斷想》」。認爲「新文學發展」的「起點以及早起者留下的足跡有重大的歷史價值」，《新文學大系》使「有些軼逸的史料賴此得以」「保存」，是「一樁可喜的事」。（《我走過的道路》〈中〉）

當月

賀炳銓發表《茅盾》，載《新文學家傳記》，上海旭光社出版。

本月

十日　卞之琳、巴金、沈從文、李健吾、靳以、鄭振鐸主編的《水星》月刊在北平創刊。

十六日　中央紅軍退出革命根據地，由贛南出發，開始了史無前例的二萬五千里長征。

二十七日　周揚在《大晚報》的《火炬》副刊發表《「國防文學」》一文，署名企。

十一月

一日　《文學》第三卷第五號出版，登載的文章有：

《我們的第一批貨色》(文論),署名水。討論大眾語文學運動的問題。說,向大眾語文學運動要求「拿出貨色來」,同時要「著手製造貨色」。又云:「大眾語文學運動的終極目標是克服殘餘的封建意識。大眾語文學運動的必經過程是把文學交給大眾去」。

《〈西柳集〉》(書評),署名惕若。現收《茅盾全集》第二十卷。評論吳組緗的第一個短篇小說集《西柳集》。指出:「《西柳集》裡的農村描寫」不是把「農村帶到我們面前來」,而是「把我們帶到農村裡去看」!「用了很圓熟的技巧寫出了個『墳墓』似的農村」;然而美中不足的是,「吳先生自己不參加意見」,寫作態度「太客觀」。

《詩人與「夜」》(書評),署名子蓀。現收《茅盾全集》第二十卷。以對比的方式評論同是寫「夜」的林庚的《夜》、蒲風的《茫茫的夜》。指出,兩人的詩風不同,在於「氣質不同,也使他們的詩歌取材不同。一個多用幻想的,又一個卻多寫現實生活。」

《大眾語文學有歷史嗎?》(文論),現收《茅盾全集》第二十卷。

同日 發表《關於〈伊利亞特〉和〈奧德賽〉的討論》(文論),載《中學生》第四十九期。進一步闡述兩部史詩產生的時代,並回答羅睺先生的攻擊。

同日 發表「《伊勒克特拉》」(文論),載《中學生》第四十九、五十期,初收一九三六年開明版《世界文學名著講話》。

十日 發表《怎樣讀雜誌》(書報介紹),署名敬。載《讀書生活》創刊號。以主客問答的形式介紹當時一些雜誌的情況,並對「怎樣讀雜誌」發表了自己的見解。

十五日 發表《瘋子》(散文),署名橫波。載《申報月刊》第三卷第十一期。收開明書店版《速寫與隨筆》,現收《茅盾全集》第十一卷。以阿四發瘋的故事,揭露封建婚姻制度的不合理。

同日 發表《題字一則》(隨筆)載《小說》半月刊第十二期。

十六日 發表《娜拉》(譯文)(〔克羅地亞〕藥里斯基作)和《譯後記》(序跋),署名芬君。載《譯文》第一卷第三期。初收文化生活出版社《桃園》。

二十日 發表《〈黃昏〉及其他(1.〈黃昏〉,2.〈沙灘上的腳印〉,3.〈天窗〉)》(散文),署名形天。載《太白》第一卷第五期。初收開明書店版《速寫與隨筆》。現收《茅盾全集》第十一卷。

《黃昏》：以黃昏日落和「大風雨來了」來象徵革命的轉機，謳歌急風暴雨的革命鬥爭。

《沙灘上的腳印》：通過他在「這黃昏沙灘上行」的歷程，表現出探求革命道路的人們，在鬥爭中堅韌不拔地前行，終於覓行到「光明之路」。

《天窗》：則向人們暗喻，國民黨的文化禁錮政策，只能走向自己的反面。

同日　發表《阿四的故事》（散文），署名微明。載《太白》第一卷第六期，現收《茅盾全集》第十一卷。描述一個窮孩子阿四的悲苦的身世。

同日　發表《蒼蠅》（散文），載《漫畫生活》第二號，現收《茅盾全集》第十六卷。揭露國民黨御用文人及其走狗們的劣跡。

二十五日　發表《世界史教程——封建社會史》（論文），署名敬。載《讀書生活》第一卷第二期。

同月　發表譯作《坑中做工的人》（白魯支作），署名沈雁冰。收入蘇淵雷編《詩詞精選》。

本月

十三日　《申報》總經理史量才被國民黨特務暗殺。

同月　李公樸、艾思奇創辦的《讀書生活》半月刊創刊。

同月　巴金去日本。

十二月

一日　《文學》第三卷第六號出版，登載的文章和創作有：

《論「低級趣味」》（文論），署名朔。現收《茅盾全集》第二十卷。

《一年的回顧》（文論），署名丙。現收《茅盾全集》第二十卷。回顧一年來文壇上的發展。文藝期刊增多，小品文大眾語的論戰，大批生力軍的加入，雜文的活躍，都顯示出「剛剛過去的這一年並不是『空白的一頁』，在將來的文學史上，它將是很有意義的一頁！它是不遠的『偉大作品』到來的潛修時代！」

《再多些》（文論），署名明。現收《茅盾全集》第二十卷。對在有關「偉大作品產生的條件」討論中的荒唐見解提出批評意見。

《關於「史料」和「選集」》（文論），署名波。現收《茅盾全集》第二十卷。批評當時流行的「選本」的缺點，建議「來一部新文學運動『史料』的選集」。

《趙先生想不通》（小說），署名蒲牢。初收生活書店版《泡沫》，現收《茅盾全集》第九卷。描述商人趙先生在公債生意中「想不通」的心理狀態。

《〈水星〉及其他》（文論），署名惕若。現收《茅盾全集》第二十卷。評論卞之琳、巴金等主編的《水星》創刊號（10月10日出版）。指出：「創刊號給我們的總印像是樸質嚴肅」，「不賣『野人頭』」。對靳以的《離群者》，何家槐的《木匠》，余一的《春雨》，蕭乾的兒童小說《俘虜》等作品作了較高的評價和中肯的分析。

《今日的學校》（文論），署名丙生。現收《茅盾全集》第二十卷。評論以學校生活爲描寫對象的中篇小說《風平浪靜》。（北平人文書店出版，作者含沙）認爲，《風平浪靜》描寫的對象，「就只限於學校圍牆以內發生的故事」，和社會聯繫較少。「人物描寫也有可指謫的地方。」不過「在揭發那些身爲校長者如何視學校爲私產，如何廣植私黨，如何花言巧語鬨騙學生，又如何在欺騙政策失去了效力以後就用武力壓制——這些上面，也還是寫得切實的。」

十日　發表短篇《微波》（小說），載《好文章》第一卷第三期。亦見《先生》月刊創刊號。初收生活書店版《泡沫》，現收《茅盾全集》第九卷。作品中的李先生因鄉下「不安全」，有「綁票」，把全家搬在上海當「寓公」，他把向農民盤剝來的東西都變成現款，存在中國興業銀行，不料銀行倒閉，他在上海的生計成了問題，只得咬緊牙說道：「明天我就回鄉下催租去！催租去！催租去！唉唉——喏大一家銀行，會倒的？」

同日　發表《從十月到十一月半》（政論），署名敬。載《讀書生活》第一卷第三期。以主客問答的形式，談十月到十一月半的時事，讚揚蘇聯的經濟建設和和平政策。

十六日　發表《安琪呂枷》（譯文），（〔新希臘〕A·藹夫達利哇諦斯作），署名芬君。載《譯文》第一卷第四期。附《後記》。初收文化生活出版社版《桃園》。

同日　發表《現代荷蘭文學》（譯文），（〔荷蘭〕丁·哈德鐵作），署名芬君。載《譯文》第一卷第四期。附《後記》。

十九日　到魯迅寓所，贈《話匣子》一本。

同日　晚，前往梁園豫菜館出席魯迅舉行的宴會。同席有蕭軍、蕭紅、胡風、梅志、聶紺弩夫婦等八人。宴請目的，一是爲慶賀胡風的兒子滿月，二是爲剛從東北來的蕭軍、蕭紅介紹幾位在上海的左翼作家朋友。（蕭軍《我心中的魯迅》）

二十五日　發表《蘇聯國民教育之進展》（論文），署名冰。載《讀書生活》第一卷第四期。介紹蘇聯教育的進展情況。指出：「蘇聯的教育，是根據革命所製造的新社會秩序的基本原則，決定了與舊時代完全相異的新原則。」

同日　發表《怎樣寫作》《文論》，署名丙生。載《讀書生活》第一卷第四期。現收《茅盾全集》第二十卷。

當月

十二日　羅睺發表《〈伊利亞特〉和〈奧德賽〉的討論——答茅盾先生》，載《大公報·文藝副刊》第一二七期。

二十五日　程愼吾發表《茅盾的〈徐志摩論〉——一個批評方法的討論》，載天津《益世報·文學週刊》第十六期。

本月

國民黨召開四屆五中全會，宣言「攘外必先安內」。

同年

《罷工之前——摘自長篇小說〈子夜〉》（〔蘇聯〕伊萬譯），載本年俄文《青年近衛軍》第五期。

獲悉《中國左翼文學定期期刊介紹》收入伊羅生編《草鞋腳》。

獲悉《我們與你們之間不存在「萬里長城」——致蘇聯作家第一次代表大會》，載本年俄文版《世界文學》第三、四期。

同年　因爲茅盾當時在上海的住所是不公開的，所以一部分信件用沈明甫或其他化名，由上海美術生活雜誌社的吳朗西轉收。當聽說吳朗西他們準備編輯出版《文化生活叢刊》時，非常高興，並答應翻譯鐵霍諾夫的《戰爭》供出版。（吳朗西《文化生活出版社的創建》，載《新文學史料》1982 年第 3 期）

一九三五年（四十歲）

一月

一日　《文學》第四卷第一號出版，登載的文章和譯文有：

《「革命」與「戀愛」的公式》（文論），署名何籟。現收《茅盾全集》第二十卷。

《今年該是什麼年》（文論），署名水。回顧過去一年文壇的情況：創作、翻譯有了進步，並且「出現了一打左右富有希望的新人」。

《猜得再具體些》（文論），署名預。現收《茅盾全集》第二十卷。

《論所謂「感傷」》（文論），署名波。現收《茅盾全集》第二十卷。針對《大晚報》副刊楊觀瀾的認爲《文學》上的五篇創作，「大都是頹喪和悲哀的情調」的指責，茅盾指出：「所謂『悲觀思想』的文藝也者，只能從作者的『人生觀』去判定，而不能從作者所描寫的『人物』去拉扯」，楊君這種持論方法，正如樵夫把曹操扮演者當成眞曹操而劈死一樣的荒唐。

《雪球花》（譯作）（安徒生作）和《譯後記》（序跋）。

《匈牙利小說家育珂・摩爾》（文論），署名味茗。簡要介紹匈牙利文學發展概況，對匈牙利名作家育珂・摩爾的生平和作品作了比較全面的介紹和分析。

《跳舞會》（譯作）（〔匈牙利〕育珂・摩爾作）和《譯後記》（序跋），署名芬君。

同日　發表《吉訶德先生》（文論），載《中學生》第五十一、五十二期。初收開明版《世界名著講話》。

十日　發表《一月雜誌談》（文論），署名敬。載《讀書生活》第一卷第五期。

十一日　作《論「健康的笑」》（散文），署名刑天。載《生生月刊》創刊號。現收《茅盾全集》第十六卷。

十二日　傍晚，與魯迅應邀前往黎烈文家共進晚餐，同座十人（魯迅 1935 年 1 月 12 日《日記》。）席間，與黃源、吳朗西、孟十還等共商《譯文》社

擬出叢書之事。(《我走過的道路》中)

十五日　發表《再談瘋子》(散文),署名橫波。載《申報月刊》第四卷第一期。初收開明書店版《速寫與隨筆》,現收《茅盾全集》第十一卷。

十六日　發表《兩個教堂》(譯作),(〔克羅地亞〕N·奧斯列曹維支作)。署名芬君。載《譯文》第一卷第五期。初收文化生活出版社版《桃園》。(按:後來曾被僞滿州國圖書株式會社,收入《世界名小說選集》盜版印行)

同日　發表《〈兩個教堂〉後記》(序跋),署名芬君。載《譯文》第一卷第五期。

約十七日　收悉魯迅信。(魯迅1935年1月16日《日記》)

二十日　作《舊帳簿》(散文),署名秋生。載《申報月刊》第四卷第二期,初收開明書店版《速寫與隨筆》,現收《茅盾全集》第十一卷。

二十一日　在寓所接待自京赴滬的鄭振鐸,飯後與鄭振鐸前往魯迅寓所訪談,並邀請魯迅至冠珍酒家晚餐。席間聽取鄭振鐸擬籌辦《世界文庫》的計劃,與魯迅均表示讚同和大力支持。(人民文學出版社版《魯迅年譜》。)

約二十二日　作《致魯迅》(書信),署名沈雁冰。同信還寄魯迅爲編《中國新文學大系·小說二集》所代購的有關小說資料。(魯迅1935年1月23日《日記》)

同月　在「亞細亞書局老闆的硬邀下」趕寫《漢譯西洋文學名著》一書,旨在「給初讀外國文學作品的讀者粗淺地介紹一些基本常識」,寫作中,閱讀了所有的譯本和複譯本,進行比較和選擇」。(《我走過的道路》中)

本月

二日　日本外相廣田在六十七屆議會發表:「中日親善」,「經濟提攜演說」,以圖加緊對中國的侵略。

十三日　中共中央在遵義召開政治局擴大會議,確立毛澤東在全黨的領導地位。

曹禺的劇本《雷雨》出版。

二月

一日　《文學》第四卷第二號出版,登載的文章有:

《談題材的「選擇」》(文論),署名波。針對施蟄存的「題材」無所謂「有意義」或「無意義」的觀點，指出：「社會現象是創作家工作的對象，是一種素材。社會現象是形形色色的，然而這形形色色的社會現象並不是個個都能表現（或代表）了該特定社會的『個性』的。……因此，一位創作家在他創作過程的第一步就必須從那形形色色的社會現象中『選擇』出最能表現那社會的特殊『個性』——動態及其方向的材料來作爲他作品的題材。」

《關於「兒童文學」》（文論），署名江。

《「健康的笑」是不是？》（文論），署名胡繩祖。

《對於「翻譯年」的希望》（文論），署名順。（以上均收《茅盾全集》第二十卷。

同日　發表《『質地』的征服》（文論），署名水。載《文學》第四卷第二號。認爲，「文藝上的論戰從未斷過，但不是北方與南方戰。」「新文學對舊文學的鬥爭不過是種類的鬥爭，新文學對新文學的鬥爭就不得不是質地的鬥爭」。「批評是一種有力的武器」，但是批評「也有質地好壞的分別。」

同日　下午，與鄭振鐸一同去拜訪魯迅。

同日　發表《再答羅睺先生》（文論），載《中學生》第五十二期。指出，羅睺在討論中採取「斷章取義」的方法，「從我的文章中間挖出一句或者半句來大發議論」，因此「許多駁詰是『無的放矢』」。羅把傳說和「史記」的記載混同在一起，對古代史沒有系統的觀念，卻以「專家」自居，「結果往往會變成自己做的枷自己戴」。

同日　下午，與鄭振鐸同往魯迅寓所。（魯迅 1935 年 2 月 1 日《日記》）

三日　收得魯迅所贈角黍一份。（另有內山、鐮田、長谷川各一份（魯迅 1935 年 2 月 3 日《日記》）

五日　發表《談封建文學》（文論），署名微波。載《太白》第一卷第十期，現收《茅盾全集》第二十卷。針對《小說月報》發表過的胡適給顧頡剛先生的一封信的觀點，論述爲什麼不能打倒「上海灘上的無聊文人」的原因。指出這些文人「不是憑空跳出來的，他們是封建社會的產物。他們的作品倒也不是『無聊』二字可以抹煞，他們的作品是封建文學；擁護封建制度，擴大封建思想的影響的。」

十六日　發表《萊蒙托夫》（譯作）（〔蘇〕D・勃拉梁夷作）和《譯後記》。

署名謝芬。載《譯文》第一卷第六期。附《後記》和注釋三則。

十七日　應鄭振鐸之邀，與魯迅等共赴晚宴，同席十人。

十九日　發表《文藝經紀人》（文論），署名仲元。載《申報·自由談》。現收《茅盾全集》第二十卷。諷刺胡適一類的似美國商品化社會裡的「文藝經紀人」。「比方說，要沒有胡適博士的推薦，《醒世姻緣》如何能成為『家喻戶曉』呢？要如沒有林大師的推薦，『袁中郎』他們又如何能上『一折八扣』的馬路書攤？我們的古代文學家不能不感謝後代的『經紀人』呀！」

二十日　發表《歌川先生論山水畫》（文論），署名牟尼。載《太白》第十一期。錢認為中國山水畫起源於莊子哲學。對錢歌川在《新中華》雜誌三卷一期登載的《山水畫的藝術價值》一文中的觀點表示異議。

同日　作《狂歡的解剖》（散文），署名微明。載《申報月刊》第四卷第三期。初收開明書店版《速寫與隨筆》。現收《茅盾全集》第十一卷。指出，歐美各國慶祝新年在「狂歡」，中國過年也在「狂歡」，然而，在中國，一面有「狂歡」，一面有不少的商店倒閉。「今日有酒今日醉」的「狂歡」，時時處處在演著，「我像看見他們看著自己的墳墓在笑。然而我也聽得還有另一種健康的有自信心的朝氣的笑，也從世界的各處在震蕩……」

二十二日　作《〈娜拉〉的糾紛》（雜文）署名微明。載《漫畫生活》第七期。現收《茅盾全集》第十六卷。對南京磨風社公演《娜拉》引起的糾紛發表意見。南京磨風社一位小學教師王光珍因在《娜拉》一劇中扮演女主角而被校方解除職務，引起了社會上的許多批評。短評指出，校方以「行為浪漫」為口實是沒有道理的。

二十五日　作《給一個未會面的朋友——從〈讀書生活〉一至六號所載青年文藝作品得的感想》（文論）。載《讀書生活》第一卷第九期，現收《茅盾全集》第二十卷。

同月　獲悉雜文集《話匣子》由良友圖書印刷公司出版。

當月

二十五日　允一發表《〈話匣子〉》，載《讀書生活》第一卷第八期。云：書中之小品，「就內容說，作者對於文藝理論的瞭解，主題的現實性，對於謬誤正確的批判，以及不染『個人筆調』的那種純個人主義的氣氛，這一切我覺得都超過他的『大品』中所表現的力量」。作者認為，「這是一種有生命的小品文字。它是屬於爲生活掙扎中的人們的。」

本月

一日 蔣介石就「中日親善」發表談話。

七日 國民黨政府内務部修訂原「出版法」。

十五日 鄭伯奇主編的《新小說》創刊。

二十日 汪精衛在中央政治會議報告外交方針，謂日本「廣田外相的演說」，「和我們素來的精神是大致吻合的」。各地報紙紛紛反對汪精衛、蔣介石的賣國勾當。

三月

一日 《文學》第四卷第三號出版，登載的文章有：

《「翻譯」和批評「翻譯」》（文論），署名量。反駁杜衡反對複譯的意見。

《幾本兒童雜誌》（文論），署名子漁。

《奢侈的消閒的文藝刊物》（文論），署名愷。

《關於悲觀的文字》（文論），署名繩。（以上均收《茅盾全集》第二十卷。）

同日 《雨果和〈哀史〉》（文論）。載《中學生》第五十三、五十四號，初收 1936 年開明版《世界文學名著講話》。該文是爲紀念雨果逝世五十週年而寫的。

十日 作《〈中國新文學大系・小說一集〉導言》（文論），初收一九三五年五月上海良友圖書印刷公司版《中國新文學大系・小說一集》，現收《茅盾全集》第二十卷。「我編輯《新文學大系》小說一集……共選了二十九位作家的五十八篇小說，除了個別中篇，都是短篇。其中二十年代即已著名的作家有冰心，葉紹鈞、王統照、落華生、朱自清、廬隱、徐志摩、鄭振鐸等；當年才華畢露，但不幸早逝的有徐玉諾、羅黑芷、彭家煌等；也有如彗星一現的『無名作家』，如利民、王思玷、朴國、李渺世等。我在《導言》中有四節文章是評論所選的作家及其作品的，其中頭一節就是評的『無名作家』。」因爲他們「在一定程度上反映了當時新文學運動的深度和廣度」；「其它三節評介的作家是：冰心、廬隱、孫俍工；葉紹鈞、王統照、落華生；徐玉諾、潘訓、王任叔、彭家煌、許杰。我分別論述了他們的文學傾向和作品的藝術特色。」「在《導言》中，我還論述了新文學運動前十年小說創作的發展途徑。」

(《我走過的道路》〈中〉）這篇論文與魯迅、郁達夫等爲新文學大系寫的導言一樣，是新文學批評史上的典範之作，對新文學創作和理論建設有深遠的影響。

十七日　晚，與魯迅同赴鄭振鐸夜宴，全席十餘人。(魯迅 1935 年 2 月 17 日《日記》)

二十日　發表《老爺》(雜文)，署名牟尼。載《太白》第二卷第一期「掂斤簸兩」欄。諷刺提倡幽默、性靈小品文的林語堂在《紀元旦》一文中，自稱「老爺眞差」的感慨。

同月　發表《小品文和氣運》(文論)，初發《太白》一卷紀念特輯，現收《茅盾全集》第二十卷。

同月　發表《〈中國新文學大系・小說一集〉編選感想〈題字〉》(文論）載《中國新文學大系》預約本。現收《茅盾全集》第二十卷。

同月　出版《叩門》、《阿Q相》等散文八篇，收入阿英編校的《現代十六家小品集》，由光明書局出版。

同月　獲悉陳望道編《小品文與漫畫》(魯迅、茅盾等人文章合集）由生活書店出版。

同月　獲悉茅盾等著《讀書的藝術》、《偉大人物的少年時代》，由開明書店印行。

同月　作《〈漢譯西洋文學名著〉序》(序跋)，載四月亞細亞書局初版《漢譯西洋文學名著》。云：該書介紹了荷馬等三十二位在外國文學史上「演過重要角兒」的作家。此書「好像用炭筆勾勒了三十二幅草案」。

下旬　搬遷到信義村一弄四號。到黎烈文家作客後，就打算搬到信義村。這個地方是租界區，離市中心遠，盜賊喜歡光顧。「但像我們這樣的危險份子，這裡卻是個避風港。」房租也便宜。加之在大陸新村已住了兩年，漸漸地知道這個地址的人多了起來。房租又貴。由於住在這裡與魯迅商量事情比較方便，搬家的事一直拖著。「信義村是我在上海蟄居時最後住址，直到抗戰爆發，我離開上海。」(《我走過的道路》〈中〉)

同月　獲悉瞿秋白被捕。魯迅與之商量營救的辦法。「在搬往信義村的前一日，我去向魯迅告別，因爲住得遠了，往後非緊要的事情只得靠書信來往來傳遞了。我們談了一會，我覺得魯迅的心情不好，就站起來告辭。魯迅卻拉著我，壓低了聲音道：『秋白被捕了！』我大吃一驚，因爲我們總以爲秋白是隨著紅軍主力離開中央蘇區西進了，莫非他所在的部隊給打散了？國民黨倒是天天在報上吹噓江西『剿匪』的勝利。我問：『這消息可靠嗎？』魯迅道：『他化名給我寄來了一封信，要我設法找舖保營救。看來是在混亂中被捕的？身份尚未暴露。』我又問：『之華知道了嗎？』魯迅道：『告訴她了，她是乾著急。你也知道，這一次上海黨組織被破壞得厲害，所有關係都斷了，所以之華也沒有辦法，不然找一個殷實鋪保還是容易的。現在要找這樣一爿店，又能照我們編的一套話去保釋，恐怕難。我想來想去只有自己開它一個舖子。』我沉吟道：「恐怕遠水救不了近渴。還是要靠黨方面來想辦法。」我們木然對坐，想不出更好的辦法。後來魯迅果然打算籌資開一個舖子，但在尚無頭緒之時，國民黨的《中央日報》就登出了秋白被捕的消息。他被叛徒出賣了。從報紙上的消息，我們知道秋白未隨紅軍主力西征，而是二月底在福建長汀被捕的。同時被捕的還有兩個女的，也就是後來向敵人告密的叛徒。大約又過了一個月，在六月二十日前後，傳來了秋白同志高唱《國際歌》從容就義的噩耗，那時，秋白才三十七歲。」(《我走過的道路》〈中〉)

當月

十日　凫揚發表《〈春蠶〉的讀後感》，載《讀書生活》半月刊第一卷第九期。

同月　阿英發表《茅盾小品序》，載《現代十六家小品集》，上海光明書局出版。云：「茅盾的《叩門》、《霧》一類的小品，當然不夠那麼精湛偉大，但這些小品，正象徵了一個時代的苦悶。」又說：從茅盾前期的小品裡，「我們很難以呼吸到一種新的氣息」，「第二期的小品文卻不然，他已經不是那樣的苦悶受鬱了，他有的是憤怒和冷刺的笑，有的是樂觀的確信，對於事件的分析與瞭解，已不像前期的那樣「『模糊的印象』，他是試用著新的觀點在考察一切了」。

同月　阿英發表《茅盾》，載《夜航集》，上海良友圖書公司出版。

本月

瞿秋白同志在福建被捕。

《芒種》半月刊在上海創刊，曹聚仁、徐懋庸編。

四月

一日　《文學》第四卷第四號出版，發表的文章有：

《這一期》（文論），署名水。表示接受讀者批評，這一期新加新進作家，「陌生的作者名字比較多」。

《說『需要』》（文論），署名水。針對有人說《文學》銷路多，但不一定是大家的需要的言論，闡述「需要」的標準。

《十年前的教訓》（文論），署名清。現收《茅盾全集》第二十卷。想通過這篇文章「對比一下新文學運動的前十年和後十年，從中引出一點教訓。」「那時我看了劉半農爲《初期白話詩》寫的《序》。他說，當初寫這些白話詩的人，曾經是努力於新文藝的革新的，現在已被一擠擠成三代以上的古人了；而他們的作品也被思想更進步的人認爲是『鞋子裡塞棉絮的假天足』。『然而』，半農說，『假天足在足的解放史上可以佔到一個相當的位置，總還是事實。』我以爲劉半農的議論也適用於《新文學大系》。《新文學大系》中選輯的文章，與革命文學相比，誠然像塞了棉絮的假天足，但是假天足在足的解放史上卻是必不可少的」！（《我走過的道路》〈中〉）

《能不能再寫得好懂些》（文論），署名方。現收《茅盾全集》第二十卷。批評亂用名詞術語和語句難懂的現象，指出，文藝創作和文藝批評應該「多用活字，少用死字」，語法和句法，應「竭力保持口常用語的自然」，「希望以後每個作家都把求文字好懂認爲他的目標之一，也希望每個批評家都把這點作爲他的評價標準的一部份。」

《編輯人的私願》（文論），署名水。認爲「編輯人是一種沉默的批評家；他也鑒賞，也判斷，卻只把鑒賞和判斷的結果表現在選擇和編排上，並不用文字發表出來。同時他又是一個綜合的作家，因爲一本或一部編制完整的期刊和書籍，便須是一件完整的藝術品……」，因此，編輯的最大願望是：「一、稿子源源而來」；二、「所有作家誠意地高興和他合作」；三、每個作家，特別是青年作家，「都向自己認識最清的方面去找題材，而尤其要向未經別人開闢的境界去探發新題材。」「不要千篇一律的東西。」

同日　爲紀念挪威大詩人、小說家、戲曲家、自由主義者、國家主義者別瑟尼・別爾生逝世二十五週年，發表《關於別瑟尼・別爾生》（文論），載《中學生》第五十四期。介紹其生平和作品。

四日　發表《在兒童節對於兒童幸福的展望》（論文），署名鍾元。載《申報·自由談》。指出在國內外人們高興慶祝兒童節，搞兒童幸福的時候，在中國有挑擔賣兒女的，有「人市」賣妻女的，有童工掙扎在死亡線上……。

五日　發表《孝女姚錦屏》（雜文），署名牟尼。載《太白》第二卷第二期。對報上大肆宣染姚錦屏女化男行孝的事件給予抨擊。

二十日　發表《讀安徒生》（文論），載《世界文學》第一卷第四期。用輕鬆的筆調，描繪安徒生童話的妙處。

同日　發表《姚家女變男的故事》（雜文），載《漫畫生活》第八卷。現收《茅盾全集》第十六卷。再次對姚錦屏化爲男身被識破的故事發表議論。

同日　應鄭振鐸約請，爲《世界文庫》題辭。

當月

二十日　何丹仁（馮雪峰）發表《〈子夜〉與革命的現實主義的文學》，載《木屑文叢》第一輯。云：《子夜》「它一方面是普洛革命文學裡面的一部重要著作，另一方面就是『五四後』的前進的、社會的、現實主義的文學傳統之產物與發展。」又說：「《子夜》不但證明了茅盾個人的努力，不但證明了這個富有中國十幾年來的文學的戰鬥的經驗的作者已爲普洛革命文學所獲得；《子夜》並且是把魯迅先驅地英勇地所開闢的中國現代的戰鬥的文學的路，現實主義的創作的路，接引到普洛革命文學上來的『里程碑』之一」。

本月

中共江蘇省委、上海地下黨、文委全部遭到破壞。自此，上海地下黨與中央完全失去聯繫。

夏

初夏　史沫特萊決定找人把《子夜》譯成英文。一九三〇年夏與史認識。史很關心《蝕》等向國外介紹的情形，多次問及這方面的情況。於是決定自己找人把《子夜》譯成英文。（《我走過的道路》〈中〉）

五月

一日　《文學》第四卷第五號出版，登載的文章有：

《雜誌年與文化動向》（文論），署名明。現收《茅盾全集》第二十卷。

《雜誌「潮」裡的浪花》（文論），署名惕若。現收《茅盾全集》第二十卷。稱讚由汪馥泉編輯的復刊的《現代雜誌》，對新生刊物《芒種》（徐懋庸、曹聚仁編輯）、《漫畫漫語》（李輝英、凌波編輯）、《小文章》（胡依凡、鄉土人編輯）、《新小說》（鄭君平編輯）創刊號上發表的編輯方針和作品進行分析評論。

《科學和歷史的小品》（文論），署名固。現收《茅盾全集》第二十卷。

同日　發表《〈神曲〉》（文論），載《中學生》第五十五、五十六期，初收開明版《世界文學名著講話》。對但丁的《神曲》作了比較全面的介紹。

五日　發表《道在北平》（短論），署名牟尼。載《太白》第二卷第四期「掂斤簸兩」欄。

同日　發表《關於中外文化溝通》（短論），署名未名。載《太白》第二卷第四期「掂斤簸兩」欄。

二十日　發表《監獄即是安樂鄉》（短論），署名牟尼。載《芒種》第六期。

同日　發表《我的回憶》（譯文）（〔腦威〕別爾生著）和《譯後記》（序跋），收入《世界文庫》第一冊。

二十五日　晚，到魯迅家，見到鄭振鐸及周建人夫婦。商議關於營救瞿秋白之事。

本月

四日　《新生》月刊發表易水（艾塞松）的雜文《閒話皇帝》，引起日本帝國主義的無理「抗議」；國民黨當局封閉《新生》月刊，逮捕主編杜重遠。製造了「新生事件」。

十五日　「左聯」東京支部盟員創辦《雜文》月刊，初由杜宣編輯，第三期改由勃生（邢桐華）編輯。後被禁，第四期起由郭沫若提議改名為《質文》，繼續出版。

二十日　鄭振鐸主編的《世界文庫》創刊，由生活書店出版。

同月　聶耳為影片《風雲兒女》的主題歌，《義勇軍進行曲》作曲，田漢作詞。

六月

一日　《文學》第四卷第六號出版，登載的文章有：

《也不要「專讀白話」》（文論），署名風。現收《茅盾全集》第二十卷。批駁「倘要白話做好先須文言弄通」的觀點。

《一個希望》（文論），署名漁。現收《茅盾全集》第二十卷。「我的城市題材作品中的主人公仍未脫出知識分子和小市民的圈子，只有一篇《擬浪花》寫了一個車夫，算是勞動者。這仍舊與我的生活有關。農村生活，我還能到家鄉去看看，聽聽，實地體驗一番；城市的工人生活卻離我十分遠，我只能接觸到像車夫這樣的勞動者，或者像《少年印刷工》中的印刷工人。這種與現實生活脫節的現象，在當時的作家群中相當普遍。有些青年作家就閉門造車。那兩年時興寫農村題材，結果就出現了一批概念化公式化的描寫農村生活的作品。我曾在《文學》四卷六號上寫過一篇評論——《一點希望》（署名『漁』）談到了這種現象。」（《我走過的道路》〈中〉）

同日　發表《有志者》（小說），載《中學生》五十六期，初收生活書店版《泡沫》，現收《茅盾全集》第九卷。《有志者》、《尚未成功》、《無題》，「這是三篇故事、人物有連續性的小說，寫一個脫離生活的空頭文學家的創作苦惱，當然也是諷刺那兩年大批冒出來的各種自封的『作家』們的。《有志者》是寫這位主人公還在當小學教員時的創作的『苦悶』。他幻想寫出一部一鳴驚人的偉大作品來，可是他的腦袋空空如也。」「於是他悟出了『眞理』：『沒有生活，就沒有創作』。不過他所謂的『生活』，是指安逸舒適的生活條件。」（《我走過的道路》〈中〉）

五日　《太白》第二卷第六期出版，在「掂斤簸兩欄」發表三則短文：

《「中國本位文化建設」在人間世》（短論），署名牟尼。云「現在中國人尊其所當不尊，棄其所不當棄，國立美術專門學校不教中國畫，建築工程師不會造中國宅，文人把李白杜甫看到不值半文錢」。

《「自由」的推論》（短論），署名牟尼。云：「有人說，批評家預定一個標準要作家去選擇題材，這是有點幼稚的，理由是：『托爾斯泰，他一貫的選擇著可以放進他的人道主義精神去的題材⋯⋯莫伯桑，在他的重要作品裡，他一貫的選擇著可以施行辛辣的人生諷刺的對象⋯⋯』這就巧極了，因爲這理由，正是說明托爾斯泰和莫泊桑的創作題材，都是根據他的『一貫』的標準選擇了的，不同的，只是我們不處在莫伯桑和托爾斯泰的時代罷了。」

《「自傳」的做法——才人筆調》（短論），署名未名。

十一日　發表《小品文的題材》（文論），署名文。載《申報・自由談》。認為「對於題材的『剪取』，詩歌不妨憑主觀，小說劇本是要注重客觀的條件的。」「小品文的剪取題材，正介於這兩者之間」。

約十二日　收悉魯迅信。（魯迅 1935 年 6 月 11 日《日記》）

十六日　晚，與鄭振鐸、黎烈文前往魯迅家，晚餐後一起去看電影。

二十日　發表《世界上沒有的》（短論），署名未名。載《太白》第二卷第七期。

同日　發表《說謊的技術》（短論），署名未名。載《太白》第二卷第七期。

同日　發表譯作《遊美雜記》，（〔波蘭〕顯克微支著），收入《世界文庫》第二冊。

同日　發表《〈旅美雜記〉後記》（序跋），載《世界文庫》第二冊。

二十五日　與伊羅生同往魯迅寓所看望。（魯迅 1935 年 6 月 25 日《日記》）

約三十日　收悉魯迅信。（魯迅 1935 年 6 月 29 日《日記》）

當月

羅蓀作《讀〈有志者〉》，載漢口《大光報》副刊《紫線》。云：「茅盾先生用了幽默的筆觸，把一個等候靈感的青年人活生生地放在我們的眼前了。」

本月

九日　國民黨政府派代表何應欽與日本華北駐軍司令梅津美治郎簽訂《何梅協定》，出賣我華北主權。

十二日　中國留學生在日本東京創辦《留東新聞》週刊。

十八日　瞿秋白在福建長汀被國民黨殺害。

七月

一日《文學》第五卷第一號出版，登載的文章有：

《文藝與社會的需要》（文論），署名舫。現收《茅盾全集》第二十卷。論述到底什麼樣的文藝，才是「社會需要」。說：「社會上各色人等的意識並不是相同的」，但不能說反映這千差萬別的意識的文藝，都是「社會的需要」。流氓文藝不能看成「社會的需要」，擁有廣大讀者群的文藝，也不一定「是社會的需要」，譬如，「大多數文化落後的民眾在傳統思想的麻醉下還是要看舊的傳統的文藝。」因此，文藝的社會需要，還要看它是不是屬於「新的非傳統的」，是否代表「新的進步的社會需要。」

《一點小聲明》（文論），署名方。現收《茅盾全集》第二十卷。《文學》四卷四號發表了茅盾的短文《能不能再寫得好些》後，出現了無礙的《腐與濫》、雋的《腐乎爛乎》，龍貢公的《深奧與新奇》（均見《申報・自由談》等文章，對該文的一些觀點示不同意見。譜主爲答覆這些文章的意見而作《一點小聲明》。

《「孟夏草木長」》（文論），署名揚。現收《茅盾全集》第二十卷。

五日　《太白》第二卷第八期出版，在「掂斤簸兩欄」發表兩則短文：

《支配與被支配之間》（短論），署名未名。感慨於「受夠了教訓的中國人，爲什麼到現在還看不清這一點？（按：指對惡的一味寬容）甚至有的還要拿『吃虧』『讓步』來向孩子們說教？天乎？」

《到那裡去學習》（短論），署名未名。云「閒適的趣味，離我們所需要的通俗文學的趣味，仍是很遠。如果林大師的幽默文學，可以叫做紳士文學，那麼以大世界的趣味爲中心的文學，便只好算是流氓文學。然而在中國文壇上，這類文學也已經夠多了。我以爲，我們的通俗文學者，只有站在機器旁邊，跟在牛屁股後面去學習，才能有所獲得的。」

上旬　得魯迅託黎烈文轉交的畫扇二柄。（魯迅 1935 年 7 月 2 日《日記》）

十五日　發表《夏夜一點鐘》（小說），載《新小說》第二卷第一號，初收生活書店版《泡沫》，現收《茅盾全集》第九卷。敘述女主人公失寵於黃主任後，參考《情書大全》寫信指責黃侮辱女性尊嚴的故事。

同日　《尚未成功》（小說），載《申報月刊》第四卷第七期。初收生活書店版《泡沫》，現收《茅盾全集》第二十卷。

十六日　發表《第一個半天的工作》（小說），載《婦女生活》第一卷第一期。初收一九三六年二月生活書店版《泡沫》，現收《茅盾全集》第九集。

同日　前往魯迅寓所訪談。

二十日　發表《理論基礎》(短論)，署名未名。載《太白》第二卷第九期「掂斤簸兩」欄。云:「『隨聲應變』『左右逢源』——我們的理論家的理論基礎，也許就建築在這裡」。

同日　發表《英吉林片斷》(譯文)(海涅著)。收入《世界文庫》第三冊。

二十二日　午後，往魯迅寓所。(魯迅 1935 年 7 月《日記》)

約二十八日　收悉魯迅信。(魯迅 1935 年 7 月 27 日《日記》)

下旬　作《致魯迅》(書信)。(魯迅 1935 年 7 月 27 日《日記》)

同月　《略述表現騎士風度的中世紀文學》(文論)，《什麼是寫實主義》(文論)，《什麼是實感主義》(文論)，均署名味茗。收入生活書店印行的《文學百題》。

同月　《速寫與隨筆》由開明書店出版。

約下旬　魯迅約請一道去鄭振鐸家中商量編印瞿秋白遺作之事。秋白犧牲後，就有人主張出紀念集或全集。魯迅認爲，要把他的著作、思想傳下去。因此，秋白犧牲約半個月後，就找有關朋友商議此事。魯迅提議，經費是個難題，只有到熟朋友中去籌集，關於印刷所由鄭振鐸聯繫，由魯迅與楊之華商定編選範圍，並由魯迅負編選的全責。印刷所有了著落後，再由鄭振鐸出面設一次家宴，把捐款人請來，既作爲老朋友聚會對秋白表示悼念，也就此正式議定編印秋白的遺作。捐款人由鄭振鐸去選定。茅盾從中協助和促進，並捐了一百元。(《我走過的道路》〈中〉)

當月

二十四日　水天同發表《茅盾先生的〈神曲〉》，載《人生與文學》月刊第一卷第四期。

本月

六日　方志敏在南昌英勇就義，年僅三十五歲。

十七日　著名音樂家聶耳在日本去世。年僅二十三歲。

傅東華主編的《文學百題》由生活書店出版。這是由全國著名作家、學者寫成的「文學百科全書」。

夏

在一次《文學》或《太白》半月刊所舉行的宴會上，徐懋庸爲左聯的內部刊物《文藝群眾》募捐，茅盾當場捐出十元。出席宴會的還有魯迅、胡愈之等。（徐懋庸《回憶錄（三）》，載《新文學史料》1980年第4期）

八月

一日　《文學》第五卷第二號出版，登載的文章有：

《文藝自由的代價》（文論），署名揚。現收《茅盾全集》第二十卷。

《小說作法之類》（文論），署名明。現收《茅盾全集》第二十卷。指出青年只看「小說作法」之類的書是不合適的，應讀文藝理論的書籍，應向生活學習。

《批評和漫罵》（文論），署名舫。現收《茅盾全集》第二十卷。認爲爲了探求眞理，批評即使尖銳，也不是「謾罵」，因爲這是「論者只見事，不見人」，而「謾罵」則是見人不見事。而有的人把什麼責任都推給批評家，有的好意，有的則是近乎「謾罵」。

五日　《太白》第二卷第十期出版，登載的文章有：

《未能名相》（散文），署名易若。現收《茅盾全集》第十六卷。認爲「近來常常感到《阿Q正傳》的『阿Q相』似乎還有遺漏。社會上及至文壇上，陸續在叢生一些『新』的『相』，竟似乎在阿Q身上也不大找得到」，這種「相」暫稱爲「未能名相」。短評舉出一些「新」的阿Q相給予嘲笑和諷刺。

《大自然的禮讚》（散文），署名未名。諷刺李長之「在國難臨頭，水災淹沒有半個江山的時候，做起『大自然的禮讚』來了」。

六日　與魯迅等前往鄭振鐸家參加便宴，同席十二人，都是當年商務、開明的老同事、老朋友，也是秋白的老朋友，有：陳望道、葉聖陶、胡愈之、章錫琛、徐調孚、傅東華等。大家回憶起秋白當年的音容笑貌，不免淒然。談到籌款事，一致推選鄭振鐸爲收款人，並相約推薦新的捐款人。（《我走過的道路》〈中〉）

九日　發表《針孔中的世界》（散文），署名漁。載《申報・自由談》，現收《茅盾全集》第十六卷。

上旬　作《致魯迅》（書信）。（魯迅 1935 年 8 月 20 日《日記》）

十三日　發表《麻雀與灶虮》（散文），署名漁。載《申報・自由談》。現收《茅盾全集》第十六卷。

十六日　發表《最後的一張葉子》（譯文）（O・亨利作），署名芬君。載《譯文》第二卷第六期。附同期《後記》。

同日　發表《凱爾凱勃》（譯文），（〔阿爾及耳〕E・呂梅司女士著），載《世界知識》第二卷第十一期。附譯者《小跋》，初收 1935 年 11 月文化生活出版社版《桃園》。

二十日　《太白》第二卷第十一期出版，在「掂斤簸兩」欄發表兩則短文：

《大同小異》（短論），署名未名。云：「把意大利的比蘭特羅來跟貴國的『自由人』相比，我以爲是大同小異的。所謂大同就是『自由人』和比蘭特羅一樣，口說『自由』，實際常跟『強者』一鼻孔出氣。小異呢？比如比蘭特羅在意大利帝國，要侵略別國時畢竟還有膽量，還能勾抬出『民族』『文明』等盾牌來，但貴國的『自由人』，卻只能做些舉發別人不『批評蘇聯』的偵緝工作。這就實在比比蘭特羅還要下賤得多了。」

《很明白的事》（短論），署名未明。

同日　發表《集外書簡》（譯文）（〔腦威〕易卜生著）撰寫的《前記》（序跋），初收《世界文庫》第四冊。

二十日　收悉魯迅信，即作《致魯迅》（書信）。（魯訊 1935 年 8 月 20 日《日記》）

二十一日　應陳望道之邀，與魯迅一同前往大雅樓餐館共進晚餐。同席九人。

月底　生活書店不同意出版譯文叢書。八月底畢雲程暫代經理。三月間，黃源曾與原經理徐伯昕談及：魯迅建議譯文社編一套譯文叢書，徐已口頭同意。畢雲程因生活書店要出鄭振鐸主編的《世界文庫》，所以不同意出版譯文叢書。畢純從營業上著想，沒有考慮人事關係。此事導致《譯文》的停刊。（《我走過的道路》〈中〉）

約同月　與魯迅商定關於爲瞿秋白「集印遺文事」，擬「選印譯文」，並著手搜集瞿秋白譯稿。

本月

一日 中共中央發表《爲抗日救國告全國同胞書》，即「八一宣言」。

二日 共產國際第七次代表大會在莫斯科開幕。王明在會上作《論殖民地和半殖民地的革命運動與共產黨的策略》的報告。

巴金自日本回國，參加並實際主持文化生活出版社的編輯工作。

九月

一日 《文學》第五卷第三號出版，登載的文章有：

《關於「雜文的文藝價値」》（文論），署名平。現收《茅盾全集》第二十卷。指出施蟄存在他的《雜文的藝術價値》一文中舉例不當的事實，諷刺施「認錯了娘舅」。施在文章中，在論述雜文的社會價値、文藝價値時，舉的例子是西塞羅的演說，卡萊爾的《法國革命史》，阿狄生的《旁觀報雜文集》。後者算是雜文。但又和施的論據相衝突。

《又是〈莊子〉和〈顏氏家訓〉》（文論），署名平。現收《茅盾全集》第二十卷。一九三四年施蟄存曾因主張青年人讀《莊子》、《文選》而受到魯迅和茅盾的責難。鄭振鐸主編的《世界文庫》出版後，施在目錄上「赫然看見了《莊子》與《顏氏家訓》這兩個書名」，就覺得去年受了「委曲」。就在一篇文章裡寫道：「去年反對讀《莊子》與《顏氏家訓》的人，今年卻榮任了《世界文庫》的特約編輯委員」，並在《世界文庫》中選了《莊子》和《顏氏家訓》。「魯迅讀到這篇文章後笑著對我（按：即茅盾）說：去年的『施公案』今年要翻了。我說：『讓我來回答他罷。』後來，我就寫了一篇《又是〈莊子〉和〈顏氏家訓〉》登在《文學》五卷三號上。」「我寫這篇文章，除了反駁施的翻案，也意在澄清因《世界文庫》的出版而引起的一些誤解，使『左』派的朋友不再哼鼻子，也藉此替《世界文庫》作點宣傳。」（《我走過的道路》〈中〉）

《更聰明的「沉默是聰明的」》（文論），署名衡。現收《茅盾全集》第十六卷。

《讀〈小婦人〉——對於翻譯方法的商榷》（文論），署名惕若。現收《茅盾全集》第二十卷。

同日 發表《〈十日談〉》（書信），載《中學生》第五十七、五十八期。

初收開明版《世界文學名著講話》。介紹薄伽丘的生平思想以及《十日談》的思想內容。

二日　作《致趙家璧》（書信），署名玄。載《現代作家書簡》。

四日　應約去魯迅寓所，商量怎樣編印瞿秋白遺作。魯迅已經通過之華，收集了一百多萬字的原稿。照楊之華的意見，先出著作，而魯迅認爲譯文收集得比較全，編選也容易，不如先將譯著出版。遂同意魯迅的意見，因爲秋白的譯文比較單純，主要是文藝方面的，而他的著作就複雜，大量是違禁的政論，現在恐怕不是出版的時候。魯迅說：「我大致翻了一下，有不少文章是講國共兩黨鬥爭的。收不收進集子，最好由黨方面來決定。文藝方面的著作是可以編的，不過還是放到第二步好，作爲續編來考慮。」又說：「現在既然你同意了我的意見，之華就不會堅持了，她說過，最後由你和沈先生決定。」與魯迅還研究了編排的格式等問題。（《我走過的道路》〈中〉）

十五日　應邀前往南京飯店赴宴。同席有魯迅、黎烈文、巴金、吳朗西、黃源、傅東華、胡風等十人。商定《譯文叢書》出版事宜，因生活書店毀約，現改由巴金、吳朗西主持的文化生活出版社出版。（魯迅：1935 年 9 月 15 日《日記》；唐金海、張曉雲主編的《巴金年譜》）

十六日　發表《〈譯文〉終刊號〈前記〉》（文論），（按：與魯迅合撰）署名譯文社同人公啓。載《譯文》終刊號，現收《茅盾全集》第二十卷。

十七日　晚，與鄭振鐸同往魯迅寓所。少坐，同往新亞公司夜宴。席間，生活書店宴請人談《譯文》撤換黃源的編輯職務，被魯迅嚴辭拒絕。（魯迅 1935 年 9 月 17 日《日記》）

十八日　午後，偕黎烈文同往魯迅寓所。是時黃源已在。商議續訂《譯文》合同之事。魯迅認爲生活書店如續出《譯文》，合同應與黃源簽訂。茅盾遂遵魯迅之囑出面與生活書店面議。（魯迅 1935 年 9 月 18 日《日記》）（《我走過的道路》〈中〉）

十九日　作《致魯迅》（書信）。（魯迅 1935 年 9 月 20 日《日記》）

約二十日　收悉魯迅信。（魯迅 1935 年 9 月 20 日《日記》）

同日　發表《蜜蜂的發怒及其他》（譯文）（〔比利時〕梅特林克著），收入《世界文庫》。

同日　發表《對於接受文學遺產的意見》（文論），載《雜文》第三期。《雜文》是在東京出版的一個刊物。現收《茅盾全集》第二十卷。寫這類文章，是爲「新創刊的雜誌『捧場』」。（《我走過的道路》〈中〉）

二十二日　前往魯迅寓所，轉達鄭振鐸關於調解《譯文》與生活書店矛盾的提議：一、與生活書店所訂合同由黃源簽字；二、《譯文》的原稿須由魯迅審閱簽名。魯迅基本上表示同意，但要求審稿事分別由他和茅盾、黎烈文三人輪流負責。聽後表示同意魯迅意見，並答應負責向生活書店轉達魯迅的意見。（人民文學出版社版《魯迅年譜》）

二十四日　與黎烈文攜胡愈之信，前往魯迅寓所，告訴魯迅，生活書店鄒韜奮不同意鄭振鐸提出的關於《譯文》的處理意見，情願停刊。調解工作遂告失敗。創刊達一年之久的《譯文》最後出了一期「終刊號」，宣告停刊了。（人民文學出版社版《魯迅年譜》）

二十七日　發表《人與書》（隨筆），載《立報・言林》。

二十日　因史沫特萊提出一個要求：她打算編一本中國革命作家的小說集，要求譜主爲這本選集寫一篇「序」，並說，她選的都是中國青年作家的作品。茅盾看了她擬的選目很高興，因一直和魯迅爲伊羅生編的《草鞋腳》中青年作家的作品選得太少遺憾。於是云：「我說，序還是您自己寫，我可以寫一篇向美國勞動大眾介紹中國新文學運動歷史的文章，幫助他們瞭解中國革命文學的鬥爭歷程和力量所在。」史當即爽快地同意了。於是寫了篇《給西方的被壓迫大眾》（文論）的文章交給史，但是後來未聽說這本小說集的出版。「直到這次從故紙堆中我找到了這篇文章的抄件，才使我記起了這件事。」（《我走過的道路》〈中〉）。該篇現收《茅盾全集》第二十卷。

本月

林語堂等在上海創辦《宇宙風》半月刊，後改爲月刊。

秋

秋末冬初，到烏鎮新屋去住了兩個月，「但帶回來的卻是自己也不滿意的中篇《多角關係》。」（《我走過的道路》〈中〉）

十月

一日　《文學》第五卷第四號出版，登載的文章有：

《無題》（小說），現收《茅盾全集》第九卷。（按：係《有志者》、《尚未成功》的續篇）。「我這三篇連續的短篇，用的是諷嘲揶揄的筆調，在我的短篇小說中也算別具一格。後來有人把這三篇與「農村三部曲」（《春蠶》、《秋收》、《殘冬》）對稱，戲呼爲「城市三部曲」，其實哪裡夠得上『城市』，它們只不過諷刺了一下那幾年文壇的一種頽風罷了。」（《我走過的道路》〈中〉）

《也是文壇上的「現象」》（雜文），署名綺。現收《茅盾全集》第二十卷。云當今文壇上的「秦始皇大概是有一個」，只是文壇「槍頭所指」不準確，進而嘲諷八股式的「捐班作家」之無聊。

《補訂〈文藝自由的代價〉》（文論），署名揚。載《文學》第五卷第四號。現收《茅盾全集》第二十卷。

《「究竟應該怎樣地反映或表現」》（文論），署名渙。現收《茅盾全集》第二十卷。云「作家取材的『自由』理應不受任何限制」，但有「『正義感』的作者」，「就不能不把『社會的需要』作爲他創作取材時的指南」。又指出，作品的「千篇一律」，是「『相互地從作品學習』」的結果，如此「生活學習」，作品就不會「千篇一律」。

《「世界上還有人類的時候……」》（文論），署名揚。現收《茅盾全集》第二十卷。針對杜衡（按：蘇論）主張從「『不爲當時注意的作品中』」去發揮「時代精神」的論點，舉《浮士德》、《死魂靈》、《父與子》及《紅樓夢》、《儒林外史》等名作都能「讓人家去認識社會和人生」來反駁。

二十日　發表《〈都市風光〉的推薦》（文論），署名未名。載《生活知識》第一卷第二期。

同日　發表《憶契訶夫》（譯文）（〔俄〕蒲寧著）和撰寫的《前記》（序跋），初收《世界文庫》第六冊。

約二十四日　作《致魯迅》（書信）。（魯迅 1935 年 10 月 25 日《日記》）

約二十六日　作《致魯迅》（書信）。（魯迅 1935 年 10 月 25 日《日記》）

同月　《大旱》、《阿四的故事》、《〈黃昏〉及其他》收入生活書店版《三種船》。

約同月　與魯迅談及瞿秋白的《多餘的話》。「大約一九三五年十月間，正當魯迅把秋白的遺作細加編排的時候，國民黨的特務刊物《社會新聞》連載了《多餘的話》的所謂摘錄。我們當然誰都不信，因爲《社會新聞》是專門造謠誣蔑左翼人士的刊物，他造的謠言可以車載斗量。有一次我無意中提到這件事，魯迅冷笑一聲道：『他們不在秋白身上造點謠，就當不成走狗了，實在卑鄙！』（多餘的話）眞正引起我們注意，是在一九三七年三月，距魯迅逝世已有半年，那時在《逸經》上連載據說是《多餘的話》的全文。《逸經》雖然不是左翼刊物，但也不是國民黨的刊物。這就引起了一陣嘁喳聲。鄭振鐸爲了停息各種流言，自報奮勇通過內部關係去查《逸經》社的底稿。後來他興沖沖地跑來告訴我，他已見到了底稿，不見秋白的筆跡。『可見』，他大聲說，『這是假的，是僞造的。』當時我們都不相信，他不願相信有這樣的自述。也許秋白在獄中寫過什麼，但國民黨特務機關把它登出來，肯定經過了精心的篡改和提選。事隔多年，在『文化大革命』中，在秋白因爲《多餘的話》而重新被打入叛逆之後，我又重讀了這篇自述。我看不出有什麼叛變的事實。秋白不過是在上刑場之前，眞誠地坦白地解剖了自己，……這是一個眞正的不考慮個人得失的無私無畏的共產黨員，一個雖有弱點卻使人永遠崇敬的共產黨員！」（《我走過的道路》〈中〉）

當月

趙家壁發表《中國新文學大系・前言》，載良友圖書印刷公司版《中國新文學大系》。認爲這一個「《新文學大系》的計劃，得益於茅盾先生……的指示者很多，沒有他們，這個計劃決不會這樣圓滿完備的。」

本月

沙千里等主編的《生活知識》創刊。

十五日　趙家壁主編的《中國新文學大系》，開始由良友圖書公司出版。

十五日　中央紅軍勝利完成二萬五千里長征，到達陝北吳起鎭，與陝北紅軍勝利會師，長征勝利結束。

十一月

一日　發表《理論家與作家之間》《文論》，署名水。載《文學》第五卷第五號。自《文學》第四卷第四號發表《編輯人的私願》後，任白戈發表《說到作品的題材和主題》一文，認爲《編輯人的私願》的作者和「數年前的『文藝自由論者』一鼻孔出氣」。茅盾作此文給予駁斥。

同日　發表《〈戰爭與和平〉》（文論），載《中學生》第五十九期，初收開明版《世界文學名著講話》。介紹托爾斯泰這部鉅著的思想內容。

同日　發表《黃克強及其手跡》（隨筆），署名佩韋。載《中學生》第五十九期。

四日　作《擬〈浪花〉》（小說），通過阿二買布的故事，反映國民黨統治下物價飛漲的情況。載《大眾生活》第一卷第五期，初收良友版《煙雲集》。現收《茅盾全集》第九卷。

五日　發表《怎樣看〈欽差大臣〉？》（文論），署名未名。載《生活知識》第一卷第三期。

同日　魯迅來訪。（魯迅 1935 年 11 月 5 日《日記》）

八日　接史沫特萊通知，晚八時開車來接，一同前往蘇聯駐上海總領館，出席小型雞尾酒會。於是晚七時半，在跑馬廳（今人民廣場）附近的一家咖啡店等候史沫特萊。將近八點，由史沫特萊駕車駛往外白渡橋旁邊的蘇聯總領館。「參加酒會的約二十多人」，「中國人中有魯迅、許廣平、鄭振鐸，好像也有孫中山夫人宋慶齡和廖仲愷夫人何香凝」。席間談及魯迅的病，史沫特萊希望魯迅能接受蘇聯邀請「轉地休養」。魯迅說「輕傷不下火線」。在酒會快結束時，史沫特萊把我拉到一邊，對我說：「我們大家都覺得魯迅有病，臉色不好看。孫夫人也有這個感覺。蘇聯同志表示如果他願意到蘇聯去修養，他們可以安排好一切，而且可以全家都去。我們也認爲這是最好的辦法。」她又說，轉地療養的事她過去也和魯迅談過，但魯迅不願意，希望我再同魯迅談談，勸一勸他。」（《我走過的道路》〈中〉）

九日　「向魯迅轉達了史沫特萊的話，並說這也是我的意見。魯迅略加思索便回答道：『我並不覺得有病，你們多慮了。而且到了蘇聯就與中國隔絕了，我又不懂俄文，真要變成聾子瞎子了。』我說：『蘇聯會配備一個翻譯專門招呼你的。』魯迅說：『我所謂聾子瞎子還不是指生活方面，是指我對國內的事情會不很瞭解了，中國報紙要好幾個星期才能見到。』我說：『這有辦法，我們可以把國內的書刊逐日匯齊交給蘇聯方面，想法用最快的速度寄給你。你仍然可以寫文章寄回來在國內發表。』魯迅聽我這樣說，沉吟了一會兒，然後搖著頭道：『凡事想像是容易的，做起來不會有那麼順利的。』我換了一個話題，又說：『你不是說如果有時間的話，打算把《漢文學史》寫完嗎？到了蘇聯，這件事情倒有時間辦了。』我說這句話似乎有點打動了魯迅，他說：『讓我再考慮考慮罷，反正要走也不是一兩個星期之後就走得成的。』這樣我就告辭了。回家後我寫了封短信給史沫特萊，大意是：大先生的心思有點鬆動了，過幾天我再去試試。」（《我走過的道路》〈中〉）

十五日左右　「隔了六、七天，我又到魯迅家去。魯迅不等我開口就說：『我再三考慮，還是不去。過去敵人造謠說我拿盧布，前些時候又說我因爲左翼文壇內部的糾紛感到爲難，躲到青島去了一個多月，現在如果到蘇聯去，那麼敵人豈不更要大肆造謠了嗎？可能要說我是臨陣開小差哩！我是偏偏不讓他們這樣說的，我要繼續在這裡戰鬥下去。』魯迅說這些話時，眼睛看著我，眼光沉著而堅定。我心裡想，他大概是下了最後決心。不過我還是說了句：『可是你的健康狀況是大家關心的。』魯迅回答道：『疲勞總不免有的，但還不至於像你們所想像的那麼衰老多病。不是說『輕傷不下火線』嗎？等我覺得實在支持不下去的時候，再談轉地療養吧！』我覺得我已無能爲力，不好再多嘴了。」第二天，我寫信給史沫特萊：「大先生說，『輕傷不下火線』，十分堅決。看來轉地療養之事只好過些時候再說了。」（《我走過的道路》〈中〉）

十九日　收悉魯迅信。

二十日　發表《擬情書（一）》（譯文）（〔羅馬〕渥維德著），收入《世界文庫》第七冊。

同日　發表《〈擬情書〉（一）前記》（序跋），載《世界文庫》第七冊。

同月　魯迅把《海上述林》的原稿親手交給了美成印刷所。由於經費困難，排版很慢，魯迅曾找茅盾與章錫琛商議。最後魯迅決定，排版在國內，印刷在日本，由內山墊部分現款，書出來後，在內山書店出售。36 年 8 月底，上卷問世，共印五百冊。下卷也因經費困難，10 月才打紙型。可是魯迅終於沒有見到下卷的成書。（《我走過的道路》〈中〉）

同月　譯完短篇小說集《桃園》並作《〈桃園〉前記》（序跋），（按：此爲單篇作品《桃園》前記）收入文化生活出版社版《桃園》（短篇小說譯文集，列入《譯文》叢書之一）

同月　《〈路〉改版後記》（序跋），載十二月文化生活出版社版《路》改版本。認爲作家對自己的作品有四部曲。剛動寫時「總覺得還要得」，剛脫稿後通讀一遍「就覺得不大要得了」，印出後再讀一遍「就覺得簡直要不得」，「以後就沒有勇氣再讀」。

同月　獲悉魯迅作序，孔另境編《現代作家書簡》，由生活書店出版。內收魯迅、茅盾等五十八位作家的書信。

同月　譯文集《桃園》(〔土耳其〕哈理德等著)，作爲《譯文》叢書之一，由文化生活出版社印行。「魯迅還親自看了《桃園》的校樣。」(按：據《魯迅年譜》記載，11月11日「夜校茅盾所譯短篇小說集《桃園》」「這一本《桃園》是我在30年代翻譯弱小民族文學的成果。」(《我走過的道路》〈中〉)

當月

郭雲浦發表《〈子夜〉與〈紅樓夢〉》，載《青年界》第八卷第四號。云：《子夜》受了《紅樓夢》的影響，「雖然作者是把這一點掩飾在很複雜很錯綜的結構之內。」他認爲「在人物的連屬上」，「人物的描寫上」，「故事的穿插上，很容易看出《紅樓》與《子夜》的關係」。又說：「不過《子夜》和《紅樓》都各自具有獨到的作風，特殊的成就及其文學史上不可泯滅的功績。決不能因爲《子夜》受了《紅樓夢》的影響，便以爲它的價值低了多少。」

本月

八日　蕭三在莫斯科根據王明和康生的指令，寫信給「左聯」，要求解散組織，另組新團體。「左聯」於十二月收到此信。

二十八日　中央工農民主政府和紅軍革命軍事委員會聯合發表《抗日救國宣言》，提出抗日救國十大綱領。

鄒韜奮主編的《大眾生活》創刊。

十二月

一日　《文學》第五卷第六號出版，登載的文章有：

《「缺乏題材的痛苦」》(文論)，署名水。以本期登載的宋越小說《開河》爲例，說明這位作者的實踐正和自己的主張一樣——「作者須向自己認識最清的（就是最熟悉的）方面去找題材。」云宋越是經過了三個月的觀察，才寫好《開河》這篇小說的。

《兩方面的說明》(文論)，署名蒲。現收《茅盾全集》第二十卷。)

《一個小小的實驗》（文論），署名水。說明這一期的《文學》登的沙汀、周文、宋越、墨沙等六位新人的創作，是一個小小的實驗：反映題材範圍的拓廣和題材性質的多樣。

《關於「對話」》（文論），署名清。現收《茅盾全集》第二十卷。

《全運會印象》（散文）。初收文化生活出版社版《印象・感想・回憶》，現收《茅盾全集》第十一卷。敘述兩次看運動會的觀感。

二日　作《〈速寫與隨筆〉前記》（序跋），收入十二月開明書店版《速寫與隨筆》，現收《茅盾全集》第二十卷。回顧自己散文創作的歷程，介紹《茅盾散文集》、《話匣子》出版的經過；認爲「『個人筆調』是有的，……爲各個人的環境教養所形成，所產生」，順筆諷刺了林語堂的「性靈說」，重申《散文集》自序中關於「『特殊的時代常常會產生特殊的文體』這句話，而且頗自喜沒有說錯。」

約上旬　從魯迅處得蕭三自莫斯科寄來的「關於解散『左聯』一事」的信（人民文學出版社《魯迅全集》），遵囑轉交周揚。（徐懋庸：《回憶錄（三）》，載《新文學史料》1980 年第 4 期）並獲悉魯迅並不贊成「左聯」解散的建議。但轉交此信給周揚時，沒有「表示」魯迅的態度。

十一日　發表《變好和變壞》（散文），載《立報・言林》，現收《茅盾全集》第十六卷。

十九日　下午，到魯迅寓所，贈《桃園》和《路》各一本。（魯迅 1935 年 12 月 19 日《日記》）

約二十日　作《致魯迅》（書信）。（魯迅 1935 年 12 月 21 日《日記》）

約二十四日　接魯迅二十三日來信。獲悉楊之華近況。（《魯迅全集》第十三卷）

約二十五日　收悉魯迅信。（魯迅 1935 年 12 月 24 日《日記》）

二十六日　發表《非戰的戲劇》（文論），署名玄珠。載《立報・言林》。現收《茅盾全集》第二十卷。

同月　出版《速寫與隨筆》（散文集），開明書店初版。

同月　獲悉《暴動》（《子夜》中的一章），蘇聯普珂夫轉譯自英文版，載俄文《世界文學》第五期。

同月　由茅盾敘訂的《紅樓夢》（潔本），由開明書店出版；《西洋文學研究》由世界書局出版。

年底　從史沫特萊處獲悉已經有人把《子夜》譯成英文，她已讀過譯文，要茅盾爲這英譯本寫一篇自傳或一篇自序。「我對她說：『小傳我可以寫一篇，但打算用第三者的口氣寫，因爲外國的讀者更欣賞客觀的介紹而不喜歡作者自己去說三道四。根據同樣的理由，我建議序由您來寫。』史沫特萊採納了我的意見。她說：「我可以寫序，不過我需要一些材料——一份中國讀者對作者評價的綜合材料，你能不能提供？』我爲難地攤開了兩手：『這個我也不好辦，對我的評論有各式各樣，即使是戰友，對我尙且褒貶不一，由我來歸納這些意見就太難了。』史沫特萊從椅中站起來，在室內慢慢走了一圈，突然站住，轉過身來對我說：『我請魯迅先生寫。』我不免一楞，想了一想道：『這當然好，只是大先生從來不寫這類文章，恐怕有點勉爲其難了。除非您親自向他提出來。』當然，我要親自向他請求，我這就來寫一封信，請你交給他。』」史沫特萊希望魯迅提供如下的材料：1.作者的地位；2.作者的作風和形式，與別的作家的區別；3.影響——對於青年作家的影響，布爾喬亞作家對於他的態度。這件事，魯迅請胡風代筆。過了半個月就交了稿。「我把魯迅這份材料連用我寫的一份自傳，一起寄給了史沫特萊。這份自傳從家庭、學生時代寫起，諸如商務印書館的工作，改革《小說月報》，參加大革命，以及從事創作。流亡日本、參加『左聯』等等都寫到了。我還趁這機會，在自傳中把大革命失敗後革命文學運動的發展作了一個概略的介紹。這篇自傳寫到 1935 年，共六千多字。它是我所寫的自傳中最詳細的一篇。自傳中涉及的內容，很多當時在國內是不能發表的。不過這篇自傳是準備在國外發表的，又是用的第三者介紹的口氣，所以我能放開來寫。史沫特萊花了如許精力的這本英譯本《子夜》，最終卻因抗日戰爭爆發而未能出版，史沫特萊寫的『序』：大概早已湮沒，而我寫的自傳的原稿，前年卻偶然在故紙堆中發現了。這是一份彌足珍貴的材料，因爲它準確地記錄了四十多年前我對自己的認識。」（按：該《茅盾小傳》現收《茅盾全集》第二十一卷）（《我走過的道路》〈中〉）

當月

彷徨發表《從〈有志者〉說起》，載《中學生》第六十號。

本月

九日　「一二九」運動發生，掀起了遍及全國的反日高潮。

十二日　沈鈞儒、鄒韜奮等組織的上海文化界救國會，發表《抗日救國宣言》，聲援「一二九」抗日救亡運動。

同年

下半年　與魯迅晤面，談及胡風等人。「1935年下半年我也對魯迅說過胡風形蹤可疑，與國民黨有關係，而且告訴魯迅，這消息是從陳望道、鄭振鐸方面來的，他們又是從他們在南京的熟人方面聽來的。但是魯迅當時聽了我的話，臉色一變，就顧左右而言它。從此以後，我就無法與魯迅深談了，即魯迅所謂對他『疏遠』了。」(《需要澄清一些事實》，載《新文學史料》1979年2月)(按：此文作於1978年6月至8月尾，1978年9月29日又作了近四十字的附注。同期刊物上有馮雪峰陸續寫於1966年8月10日的《有關1936年周揚等人的行動以及魯迅提出「民族革命戰爭的大眾文學」口號的經過》，發表時，作者加一小注，云「這裡發表的是作者在1972年親筆修訂過的。」)

同年　獲悉青年作家草明被逮捕入獄。遂與魯迅、張天翼等一起聲援，託人設法送一些古典作品和一些營養品到獄中。

鄭振鐸編《世界文庫》，要茅盾翻譯一篇連載的長篇小說。茅盾答應了。當時他打算翻譯英國女作家勃朗特的《簡・愛》。因伍光建譯的本子刪節太多，所以想重譯。可是才開了個頭，就被雜事打斷了。茅盾回憶說：「看交稿的日子漸近，我又不願意邊譯邊載，只好放棄了原計劃，改譯了一篇比昂遜的散文《我的回憶》。我又向鄭振鐸保證，雖然不譯長篇了，但以後每期《世界文庫》都交一篇譯稿。後來我如約陸續譯了顯克微支的《遊美雜記》……奧維德的《擬情書》」等，「這些都是很優美的散文。一年後，我將它們傳集出版，題名《回憶・書簡・雜記》。這是我譯的唯一的一本散文集，在我的所有譯作中，這本散文集是比較難譯的，也是我比較滿意的。」(《我走過的道路》〈中〉)

一九三六年（四十一歲）

一月

一日　《文學》第六卷第一號，登載的文章有：

《迎一九三六年》（文論），署名水。展望一九三六年，認爲「現代的先知」「不靠靈感而靠透視」，「他知道唯有現實才能默示歷史的必然，知道未來的預言只有從現實裡去發現。」「他只知道盡自己的職責，將現實中的未來的萌芽剝給人們看，使人們對於那必然要來的有個準備罷了。」

《最流行的然而最誤人的書》（文論），署名惕。現收《茅盾全集》第二十一卷。認爲「各式各樣的什麼什麼作法或描寫法的書籍」，是「最流行的然而最誤人的書」。文章以《作文辭典》爲例，給予說明。

《再談兒童文學》（文論），署名惕。現收《茅盾全集》第二十一卷。通過對凌叔華女士的短篇小說集《小哥兒倆》的評論，說明兒童文學要表現兒童的天眞和純潔。

《經驗理論與實踐》（文論），署名水。在《文學》第五卷第六號發表《一個小小的實驗》後，周文寫信給編輯部表示抗議，不同意茅盾對他的《山坡上》人物動作過分繁瑣的描寫的批評，認爲編輯「砍壞」了他的原稿，要求將原稿重新刊出。爲了回答周文的指責，《文學》刊登了他的來信，並由茅盾寫了這篇短評給予答覆。

《多角關係》（小說）。現收《茅盾全集》第四卷。「中篇小說《多角關係》是在鄉居中寫成的，還是寫的工商界的題材，不過地點不在上海，而是在上海附近的一個大鎮。故事發生在年關前的半天的時間裡，在經濟危機的襲擊下鎮上的大小工商業者都過不了年關，於是展開了一場多角的爾虞我詐、你死我活的搏鬥，當然眞正遭殃的是工人和小工商業者。這篇東西可以說是寫失敗的，人物不突出，材料也不突出。那時已經沒有新的材料了，又沒有整段的時間靜下來像《子夜》那樣地搜集材料，體驗生活，以及構思和創作，沒有那樣的條件了，形勢發展了，我成了個打雜的忙人。」（《我走過的道路》〈中〉）

同日　發表《談我的研究》（文論）。載《中學生》第六十一期，現收

《茅盾全集》第二十一卷。云：「最近七、八年來主要是研究『人』」，「『人』——是我寫小說時的第一個目標，我以爲總得先有了『人』，然後一篇小說有處下手。」「但單有了『人』還不夠，必須得有『人』和『人』的關係。」「我以爲一個寫小說的人，如果要研究的話，就應是研究『人』，而不是『小說作法』之類。」

同日　發表《大題小做——〈速寫與隨筆〉自序》（序跋）。載《申報·讀書俱樂部》。初收開明書店版《速寫與隨筆》。

同日　發表《搬的喜劇》（小說），載《東方雜誌》第三十三卷第一號，初收良友版《煙雲集》。現收《茅盾全集》第九卷。「《搬的喜劇》是我的另一篇帶刺的作品，寫於一九三五年底。這一篇不再是刺那些無聊的文人了，而是刺了國民黨的黨官，也刺了國民黨的不抵抗政策。」（《我走過的道路》〈中〉）

三日　發表《談小型報的編輯技巧》（文論）。載《立報·言林》，現收《茅盾全集》第二十一卷。

月初　應夏衍約，在鄭振鐸家與夏衍會晤。夏衍認爲現在黨中央號召要建立抗日統一戰線，文化界已經組織起來了，文藝界也準備建立一個文藝家的抗日統一戰線組織。又說，既然要成立新的組織，「左聯」，就沒有存在的必要了。不過，這件事要徵求魯迅意見。由於魯迅不肯見夏衍等人，只好請譜主把這意思轉告魯迅。並希望魯迅能發起和領導這個組織。茅盾把夏衍的意見轉告魯迅。魯迅同意成立新的組織，但不同意解散「左聯」因爲解散了「左聯」，這個統一戰線組織就沒有核心。（《我走過的道路》〈中〉）魯迅又說：「解散也可以，但必須對社會公佈，說爲了部署新的戰鬥，成立新團體，所以解散，以表明並非被擊潰的。」（馮夏熊整理《馮雪峰談左聯》，載《新文學史料》1980 年第 1 期）事後即將魯迅意見轉告夏衍等人。夏衍說：「我們這些人就是核心」。周揚後來雖同意魯迅關於解散「左聯」應向社會公佈的意見，但未執行。因此，魯迅更加不信任他。茅盾感到，要作調解工作很難。周揚等籌組的新的文藝家協會，魯迅就表示不願加入。（《我走過的道路》〈中〉）

四日　下午，到魯迅寓所。（魯迅 1936 年 1 月《日》）

約七日　收悉魯迅信。（魯迅 1936 年 1 月 6 日《日記》）

七日　作《致魯迅》（書信），（魯迅 1936 年 1 月 7 日《日記》）。爲上次晤面時，見魯迅「面色」「青蒼」而耽心，遂致函問候。（人民文學出版社版

《魯迅全集》)

八日　發表《小型報的性質》(文論)。載《立報・言林》。現收《茅盾全集》第二十一卷。

約九日　得魯迅八日來信。獲悉魯迅「病已漸好」;瞭解魯迅對周揚的態度;認爲周揚與《社會日報》有「社會關係」;獲悉魯迅不願「永遠炒阿Q的冷飯」,建議「選些未曾介紹過的作者的新作品,由那邊轉載」。(人民文學出版社版《魯迅全集》)

十日　發表中篇《少年印刷工》(小說)。《新少年》第一卷第一期起連載,第二卷第一、五——八、十一期亦載。現收《茅盾全集》第四卷。「35年秋,開明書店要辦一種新的兒童雜誌,叫《新少年》,它比《中學生》的程度淺,又比商務印書館的《兒童世界》程度深,是給小學高年級和初中一二年級的學生以及這樣文化程度的社會上的青少年看的,如學徒、童工……以及失學青年等。雜誌社社長是夏丏尊,主編是葉聖陶。夏丏尊找到我,要我寫一部適合青少年讀的連載小說,作爲對他們的刊物的支持。我大笑道:『雖然寫過一些兒童文學的評論,但是從來沒有寫過兒童文學,你找錯人了。』夏丏尊卻不讓步,說:『你提出了理論,何不親自實踐一番?』又說:『最好寫這樣一個連載小說,通過故事能使小讀者得到一些科學知識。我說:『你的要求太高了。』過了幾天,他又寫信來勸說,我的心就給他說活了。那時正提倡寫大眾化通俗化的作品,我在 1935 年初也爲樊仲雲主編的《新生命大眾文庫》寫過一本通俗化的小冊子,叫《上海》,用寫故事的形式介紹了上海的過去、現在和將來。我想何不再試一次,探索一下兒童文學這陌生的花圃?但是寫什麼呢?頗費躊躇。最後決定寫一個失學少年通過勞動成爲一個印刷工人的故事。這樣的人物我還比較熟悉。」「在小說中我又遵照夏丏尊的要求,向小讀者介紹了印刷技術的知識。這是一種新嘗拭,即在兒童文學中把文學和傳授科學知識結合起來。然而我的嘗拭失敗了」。「解放前我寫的中長篇小說,有三個一直未出單行本,其中之一就是《少年印刷工》。原因即如上述。」〔《我走過的道路》〈中〉〕

十六日　作《致魯迅》(書信)。(魯迅 1936 年 1 月 17 日《日記》)

約十八日　得魯迅十七日來信。獲悉史沫特萊請魯迅爲茅盾寫的「材料」〔按:即介紹譜主的地位、作風和形式與別的作家之區別、對於青年作家之影響，布爾喬亞作家對於譜主的態度（見魯迅《致胡風》1936年1月5日）〕已與胡風談妥，胡風於「本月底可以寫起」；獲悉魯迅認爲周立波、何家槐作文「大拉攏語堂」之事，是「這邊」「一部分」人的「夢想」；魯迅囑託代向美成印刷所經理章錫琛轉告，瞿秋白遺作《海上述林》一書望「過年後倘能稍快」排印等。《人民文學出版社版《魯迅年譜》》

二十日　發表《文化情報》（散文），署名丙。載《生活知識》第一卷第八期。

約同日　作《致魯迅》（書信）。（魯迅1936年1月21日《日記》）

約二十一日　作《致魯迅》（書信）。（魯迅1936年1月22日《日記》）

二十五日　發表《晚明文學》（文論），載《立報·言林》，現收《茅盾全集》第二十一卷。

二十九日　到魯迅寓所，共進餐，飯後與魯迅同訪越之。（魯迅1936年1月29日《日記》）

同月　發表《擬情書（二）》（譯文），（〔羅馬〕渥維德著），初收《世界文庫》第九冊。

同月　發表《〈擬情書〉（二）題解》（序跋），載《世界文庫》第九冊。

同月　發表《做賊出身的作家阿烏登珂》（譯文）（外村史朗著），載《海燕》一月號。

同月　《作家論》由文學出版社出版，收茅盾《落花生論》、《冰心論》、《王魯彥論》等篇。

本月

十一日　上海新聞記者爲爭取言論自由發表宣言，要求根本取消新聞檢查制度。

十九日　魯迅與聶紺弩、黎烈文、蕭軍等在上海創辦《海燕》月刊。

二十一日　日本外相廣田發表「對華三原則」演講，公然提出與國民黨政府「共同防共」，「取締排日」，實行中、日、「滿」經濟合作。

二十七日　歐陽予倩、蔡楚生、孫瑜等發起成立上海電影界救國會。

二月

一日　下午，到魯迅寓所訪談。（魯迅1936年1月1日《日記》）

同日　在《文學》第六卷第二號出版，登載的文章有：

《關於鄉土文學》（文論），署名蒲。現收《茅盾全集》第二十一卷。認為馬子華的《他的子民們》描寫的是西南邊鄙的「土司」統治下奴隸們的悲慘生活和反抗鬥爭。「作者似乎並不注意在描寫特殊的風土人情」，可是特殊的「地方色彩依然在這部小說裡到處流露，在悲壯的背景上加了美麗」。

《「盤腸大戰」的反響》（文論），署名水。「盤腸大戰」是指傅東華把周文（何谷天）的一篇來稿《山坡上》中的一段描寫一個戰士負傷後露出腸子仍繼續戰鬥的文字刪掉了，不但引起了周文的激烈抗議，而且還展開了一場論爭。一月七日《立報‧言林》中一位先生的文章是贊成編者的意見，而《人言週刊》二卷四十四期邵洵美的《盤腸大戰》一文表示了不同意見，他以理想主義或浪漫主義的名義為周開脫，認為腸子出來還搏鬥是存在的。茅盾反駁了邵的意見，指出了邵的理論上的錯誤。

《「懂」的問題》（文論），署名恪。現收《茅盾全集》第二十一卷。

《我們還是需要批評家》（文論），署名文。現收《茅盾全集》第二十一卷。

二日　作《致魯迅》（書信），署名沈雁冰。告之蘇聯版畫展覽會將舉行，約請魯迅介紹幾位青年木刻家，以便發請帖。隨信附上《〈蘇聯版畫展覽會〉版畫目錄》一份。

約四日　得魯迅覆信一封。獲悉「幾個弄木刻的青年，都是莫名其行蹤之妙，請帖也難以送達」；以及楊之華已將「皮包」取去等。（人民文學出版社版《魯迅年譜》）

五日　發表《文化情報》（散文），署名丙。載《生活知識》第一卷第九期。

約上旬　得黎烈文轉交的信，這是魯迅二日寫就，掛號請黎轉交的。內附有由胡風代魯迅「搶替」寫成的介紹譜主的「材料」，囑將此「材料」轉交史沫特萊。

九日　前往宴賓樓，與魯迅、黎烈文、巴金、吳朗西、黃源、胡風、蕭軍、蕭紅九人同席。商定《譯文》由上海雜誌公司出版，於三月十六日復刊，出特大號，由魯迅寫《復刊詞》，定名為《譯文》新一卷一期。（黃源：《關於魯迅先生給我信的一些情況》，載 1979 年《西湖》第四期）

十二日　收悉魯迅信後，作《致魯迅》(書信)，署名沈雁冰。談到全國抗日救亡運動蓬勃高漲的形勢時，表示：「看來春天眞的要來了」(《我走過的道路》)

約中旬　得魯迅十四日覆信。獲悉魯迅擬將約請的文章《記蘇聯版畫展覽會》於「20 日左右送上，一任先生發落」；獲悉魯迅預言「作家協會一定小產」；獲悉魯迅認爲「現在就覺得『春天來了』，未免太早一點。」(人民文學出版社版《魯迅年譜》)

十五日　發表《證券交易所》(散文) 載《良友》圖書雜誌第一一四號。初收文化生活出版社版《印象・感想・回憶》，並改題爲《交易所速寫》，現收《茅盾全集》第十一卷。

約十九日　得魯迅十八日信及約稿《記蘇聯版畫展覽會》，遂交《申報》發表。(人民文學出版社版《魯迅年譜》)

二十日　發表《文化情報》，署名丙。載《生活知識》第一卷第十期。

二十六日　發表短篇《水藻行》(小說)。載一九三七年五月日本東京《改造》第十九卷第五期。初收良友版《煙雲集》，現收《茅盾全集》第九卷。「大約 36 年 2 月中旬，我收到魯迅的一封信，上面寫道：日本改造社的山本實彥先生打算在《改造》雜誌上介紹一些中國現代文學作品，要我幫他選一些，我已經答應了。他提出要有你的一篇，你看是挑一篇舊作給他，還是另外寫一篇新的給我，也許我能把它譯成日文。魯迅願意翻譯我的作品，我當然十分感激，連忙回信表示要趕寫一篇新的，而且是專門寫給外國讀者的。這篇東西就叫《水藻行》，寫成於 2 月 26 日。《水藻行》是一篇農村題材的小說，但不同於我的同類作品。我沒有正面去寫農村尖銳的社會矛盾，只把它放在背景上。我著力刻劃的是兩個性格、體魄、思想、情感截然不同的農民。……我寫這篇小說有一目的，就是想塑造一個眞正的中國的農民的形象，他健康、樂觀、正直、勇敢，他熱愛勞動，他蔑視惡勢力，他也不受封建倫常的束縛。他是中國大地上的眞正主人。我想告訴外國的讀者們：中國的農民是這樣的，而不是像賽珍珠在《大地》中所描寫的那個樣子。」(按：由於魯迅生病，此小說後來是請山上正義翻譯的。)(《我走過的道路》〈中〉)

同日　前往中國青年會，參觀蘇聯版畫展覽會。由上海中蘇文化協會、蘇聯文化協會和中國文藝社共同舉辦。

約二十八日　作《致魯迅》（書信）。（魯迅 1936 年 2 月 29 日《日記》）

同月　發表《擬情書（三）》（譯文）（〔羅馬〕渥維德著），初收《世界文庫》第十冊。

同月　發表《〈擬情書〉（三）題解》（序跋），載《世界文庫》第十冊。

同月　短篇小說集《泡沫》，由上海生活書店出版。

同月　從魯迅處獲悉紅軍長征勝利之事。「一天我到魯迅那裡談別的事，臨告別時，魯迅說史沫特萊昨來告知，紅軍長征勝利，並建議拍一個電報到陝北祝賀。我當時說很好，卻因爲還有約會，只問電報如何發出去。魯迅說，我交給史沫特萊，讓她去辦就是了；又說電文只要短短幾句話。我當時實未見電文原稿，因爲魯迅還未起草，以後因事忙，把此事忘了，沒再問過魯迅，也沒有問過史沫特萊。」（《我和魯迅的接觸·關於長征賀電》）

同月　與任生活書店總經理的張仲實過往甚密。「生活書店出版的《文藝陣地》由茅盾同志主編，有些事情要常與他聯繫」，比如「外國文學名著叢書」「擬目」，書稱作者的政治背景等等。（張仲實：《難忘的往事——與茅盾同志輾轉新疆的前前後後》，載 1981 年 5 月 16 日《人民日報》）

當月

一日　《文學》第六卷第二號發表《〈多角關係〉出版預告》，云：「作者特別用了通俗的文筆，希望從知識分子的讀者擴充到一般讀者。」「這個中篇可以算是《子夜》的續編」。它「表現出農村經濟破產與都市金融停滯雙重的嚴重性」，「從結構上說，可說是作者所寫中篇小說之最嚴密者」。

十日　聖陶（葉聖陶）發表《茅盾的〈浴池速寫〉》，載《新少年》第一卷第三號。

十二日　阿英發表《沈雁冰小傳》，載《中國新文學大系》（十）史料索引，上海良友圖書公司出版。

北平小報撰文攻擊茅盾，認爲《譯文》停刊是茅盾在搗鬼。魯迅十五日作《致阮善先》（按：阮善先係魯迅姨表侄）信中爲茅盾闢謠，云：「茅盾是《譯文》的發起人之一，停刊並不是他弄的鬼，這是北平小報所造的謠言，也許倒是弄鬼的人所造的，你不要相信它。《譯文》下月要復刊了，但出版社已經換了一個，茅盾也還是譯述人」。（人民文學出版

社版《魯迅全集》)

本月

十一月　國民黨中宣部頒佈《告國人書》，誣各救國團體爲「赤色帝國主義者之漢奸」。

十四日　文化界發表《對國民黨中宣部〈告國人書〉之辨正》，嚴正駁斥國民黨當局的誣蔑。

三月

一日　《文學》第六卷第三號出版，登載的文章有：

《作家們聯合起來》(文論)，署名鼎。現收《茅盾全集》第二十一卷。一九三四年下半年以後，由於周揚等的宗派主義錯誤，對魯迅不夠尊重，魯迅的「左聯」執委會常委書記實際上成了一塊招牌，用得著這塊招牌時就來招呼一下，用不著就涼在一邊。到了一九三六年春，這個矛盾，由於解散「左聯」等等爭執，就更見複雜了。當時我處在一個特殊的地位——與雙方都保持著良好的關係。我意識到這種關係的重要性，小心地不使它破壞，因爲保持這種關係，使我還能起到一個調節的作用。我認爲同一營壘的戰友，在這號召建立抗日統一戰線的關口，更應該消除隔閡，聯合起來，一致對敵。基於這種想法，我寫了一篇短文，登在三月初出版的《文學》六卷三號的「文學論壇」上，題目就叫《作家們聯合起來》。(《我走過的道路》〈中〉)

《關於〈山坡上〉的最後幾句話》(文論)，署名水。關於《山坡上》的刪改問題，《文學》已兩次給與「論壇」的篇幅，並特別增添了篇幅，既曾給作者以充分替自己辨護的機會，也曾坦白申述編者的理由。但是作者周文又似乎餘怒未消，又在一卷五號《知識》上發表一篇答覆編者的文字，認爲編者懷著一肚子的虛心事，希圖掩飾似的。因此，茅盾又寫了這篇短評，以周文在《文學》上發表的六篇小說爲例說明，「編者不僅對他的《山坡上》有刪改，而且對他的其它的幾篇小說也有刪改，甚至把刪改過的未在《文學》上發表的小說《賴老婆子》拿到另一刊物上發表，然而對這些，周文並無意見，只因《山坡上》經修改之後，編者在『論壇』上加上幾句不很恭維的按語」，就受不住了。這件事給人的教訓是：「『毫無所爲的替別人賣了些氣力，所落得的是一場怨恨和中傷』，這是世故未深所得的懲罰」。

同日　茅盾回憶在《文學》第六卷第三號上，傅東華發表《所謂非常時期的文學》，表述了對於作家們在抗日統一戰線的旗幟下聯合起來的意見。這是《文學》上第一篇提到「國防文學」的文章，由於傅聽了他的勸告，對贊成或者反對某個具體的口號，採取慎重的態度；在文章中既不否定「國防文學」這個口號，也不肯定這個口號。（《我走過的道路》〈中〉）

五日　作《致魯迅》（書信），署名沈雁冰。約請魯迅與史沫特萊見面。

約六日　得魯迅先生覆信。獲悉魯迅因「中寒」而「至今還不能下樓梯」，如史沫特萊有事「非談不可，則請她到寓所來。」（人民文學出版社版《魯迅全集》）

約同日　作《致魯迅》（書信）。（魯迅 1936 年 3 月 7 日《日記》）

約八日　收悉魯迅信，始知魯迅病情：「中寒而大氣喘，幾乎卒倒。」（魯迅 1936 年 3 月 7 日、8 日、9 日《日記》，查國華《茅盾年譜》）

九日　下午，到魯迅寓所探病，知須藤醫生已診過，病情漸愈。（魯迅 1936 年 3 月 8 日、9 日《日記》）

十日　作《〈路線〉代跋》（序跋）。初收六月新鐘書店出版的《路線》

同日　《致馬子華》（書信）。對馬子華的《沉重的腳步》等十篇小說提出意見。載《茅盾書簡》。

約十一日　作《致魯迅》（書信）。（魯迅 1936 年 3 月 12 日《日記》）

約十三日　收悉魯迅信。（魯迅 1936 年 3 月 12 日《日記》）

十六日　發表《世界的一天》（譯文）（M・柯爾曹夫著）和《譯後記》（序跋），載《譯文》新一卷第一期。

約十七日　作《致魯迅》（書信）。（魯迅 1936 年 3 月 18 日《日記》）

二十五日　午後，到魯迅寓所看望，同時作翻譯。時蕭軍、悄吟（蕭紅）亦在座。史沫特萊女士偕其友人格其尼奇爲具體瞭解東北人民抗日鬥爭情況，請魯迅邀蕭軍等來談義勇軍事，茅盾任翻譯。（魯迅 1936 年 3 月 23 日《日記》）

二十五日　午後，到魯迅寓所看望。（魯迅 1936 年 3 月 25 日《日記》）

二十七日　午後，到魯迅寓所探望。

二十八日　發表《從半夜到天明》（散文），載《永生》第一卷第四期。

現收《茅盾全集》第十一卷。

約三十一日　收悉魯迅寄來的蕭軍文稿。（魯迅1936年3月30日《日記》）

同月　發表譯作《散文的「喜劇的史詩」》〔英〕菲爾定作，和撰寫的《前記》（序跋）初收《世界文庫》第十一冊。

同月　發表《〈戰爭〉譯後記》（序跋），收入文化生活出版社初版《戰爭》。

同月　同意與鄭振鐸、傅東華等積極籌備組織文藝家協會。（按：此時「左聯」已解散）（《我走過的道路》〈中〉）

本月

十六日　《譯文》復刊。

三十一日　全國各界救國會在上海成立，發表宣言，呼籲各黨派聯合抗日。

四月

一日　《文學》第六卷第四號出版，登載的文章有：

《向新階段邁進》（文論），署名波。現收《茅盾全集》第二十一卷。對當前的文學運動再次表示自己的意見。「在文章中，我強調了現階段的文學運動是『五四』以來新文學運動的繼續，繼承了『五四』以來的革命文學傳統的。這是魯迅的觀點。文章中我沒有提到『國防文學』這個口號，而用另外一個名詞：民族解放運動。這也是考慮到魯迅的意見，魯迅認爲『國防文學』這口號太籠統太含糊了。不過，我並無另提一個口號的意見，我原則上認爲『國防文學』這個口號，只要給以正確的解釋，是可以用的，它有它的優點。」（《我走過的道路》〈中〉）

《悲觀與樂觀》（文論），署名横。現收《茅盾全集》第二十一卷。

《中國文藝的前途是衰亡麼》（文論），署名横。現收《茅盾全集》第二十一卷。茅盾說，他寫的這篇短文和另兩篇短文（《悲觀與樂觀》《論奴隸文學》），是批駁徐懋庸討論「國防文學」的文章——《中國文藝的前途》。徐的文章的中心意思是：中國的前途無論是滅亡，是抗戰，是現狀似的下去，中國的文藝都不免於衰亡，而要使文藝繼續存在，就只有建立國防文藝運動，國防文藝「就是今後中國文藝所要完成的使命」。茅盾認爲：「這實際是說：你不贊成『國防文學』，你就要擔當使中國文藝衰亡的責任。這就很有點『霸』

氣。」「我的三篇文章沒有挑明這個問題，而是從正面駁斥了徐的『衰亡』論，指出中國的文藝不論是在上述的哪一種情形下，都不會衰亡，相反，將會發展，甚至飛躍，我又從側面指出，如果一個作家存在著中國文藝一定要衰亡的心理去創作，那麼不管他怎樣熱烈地擁護『國防文學』，也寫不出好的『國防文學』作品來。」（《我走過的道路》〈中〉）

《論奴隸文學》（文論），署名橫。現收《茅盾全集》第二十一卷。又進一步批駁徐懋庸的錯誤觀點。

《電影發明四十週年》（文論），署名惕。現收《茅盾全集》第二十一卷。回顧電影的產生和發展，指出：「中國民眾是歷來在好來塢的『酥胸玉腿』影片的麻醉之下」，「九一八以後，中國影片商要改變作風了，可是到現在連現實中對照的題材都不能用，只能在倫理題材方面表現點淺薄的感情主義」。

約二日　收悉魯迅信。（魯迅 1936 年 4 月 1 日《日記》）

月初　沙汀來找，說周揚有事要面談。茅盾與周揚在沙汀的家中見了面。周揚說，籌組統一戰線組織的情形，進展得比較順利。但魯迅不願加入這個新組織，使他們十分爲難，因爲魯迅是文藝界的一面旗幟，理所當然應該領導這個新組織。而且，由於魯迅不肯加入，也使得一大批作家對這個新組織表示冷淡，這就使他們的工作遇到了很大困難。接著周揚說了很多左右爲難的話，希望茅盾能從中調解。茅盾對他說：調解工作我實在做不了，不是我不願調解，而是我沒法調解。談話涉及到「國防文學」的時候，茅盾說：我曾聽到夏衍講，「國防文學」的口號是根據當時黨駐第三國際的代表王明在《救國時報》上寫的一篇文章和第三國際出版的《〈國際時事〉通訊》上的文章而提出的。我問周揚是不是這樣，周揚說是的，上海地下黨與中央失掉了聯繫，所以這個口號是根據第三國際一些刊物上提出的口號照搬過來的。我們在政治上要搞抗日統一戰線，在文學上也需要有相應的口號來代替從前的口號。他說，現在托派（指徐行）跳出來攻擊「國防文學」了，這說明我們的口號是正確的。他問茅盾對「國防文學」口號有什麼看法。茅盾說這個口號簡單通俗，有其優點，但從已經發表的文章看，觀點還很混亂，需要作正確的解釋。（《我走過的道路》〈中〉）

約十二日　收悉魯迅信，並文稿。（按：即魯迅 7 日在陣陣雷雨中寫就的七千字稿《寫於深夜裡》）來信云，「乞轉告Ｓ（即史沫特萊），在中國這報上，

恐怕難以完全發表」。(魯迅 1936 年 4 月 7 日、11 日《日記》)

十三日　下午，到魯迅寓所，並贈《戰爭》一本。(魯迅 1936 年 4 月 13 日《日記》)

十五日　發表《作家和讀者在蘇聯》(散文)，載《作家》第一卷第一期。

約十七日　收悉魯迅信，並作《致魯迅》(書信)。(魯迅 1936 年 4 月 16 日《日記》)

約十九日　收悉魯迅信。(魯迅 1936 年 4 月 18 日《日記》)

約二十四、五日　收魯迅送來的一張條子。獲悉：「有位遠道來的熟朋友想見見你，請來舍間。」當天晚上到魯迅家中，才知道來人是馮雪峰。馮從陝北來，剛到上海，暫時住在魯迅寓所的三樓。從雪峰處瞭解到，他到上海來的主要任務是建立一個秘密電臺，與陝北黨中央聯繫，以及同上海的愛國組織上海文化界救國會等取得聯繫。並考察長江一帶地下黨組織的情形，附帶也瞭解和幫助一下上海文藝界的工作。另外，現在尚無第三人知道他已來到上海，望保密。並表示他短期內不想與周揚他們見面。(《我走過的道路》〈中〉)

二十六日　馮雪峰前來拜訪，繼續上一天的談話。向他介紹了這幾年上海文藝界的情形，「左聯」工作的變化，周揚與胡風的對立，周揚他們在工作上對魯迅的不夠尊重，以及魯迅對周揚他們的意見。還談到《文學》經歷的風浪，《譯文》事件引起的誤會，使魯迅與鄭振鐸、鄒韜奮、胡愈之的疏遠，「左聯」解散的經過。又告訴馮雪峰，中國文藝家協會正在籌建，已有一百多人簽名，自己是發起人之一。曾勸過魯迅，魯迅不肯加入，一批作家採用觀望態度。最近胡風他們又傳出消息，說要組織另一個文學團體。認爲戰友之間有不同意見，互相爭論，各提口號都可以，但在組織上不能分裂。希望馮勸魯迅加入文藝家協會。馮表示同意，答應由他去說服魯迅。談到「國防文學」，茅盾說這個口號有缺點，但可以用對它的正確解釋來補救。我們應參加討論。馮表示他要先看一看討論的文章再說。從談話中，茅盾感覺到馮對上海文藝界的團結問題還是重視的，但他囊中並無解決糾紛的「妙計」。他對周揚抱的成見較深，責備也多。(《我走過的道路》)接著還談了很多問題。並向馮指出胡風的行蹤可疑，而馮對此並不相信。(茅盾《需要澄清的一些事實》；馮雪峰《有關 1936 年周揚等人的行動以及魯迅提出「民族革命戰爭的大眾文學」口號的經過》，均載《新文學史料》1979年第2期）馮僅認爲胡風是少年氣盛，好逞英雄。（《我走過的道路》〈中〉）

二十七日　發表《〈中國的一日〉徵稿啓事》（啓事），署名文學社、《中國一日》編委會。載上海《大公報》。現收《茅盾全集》第二十一卷。（按：《中國的一日》爲茅盾主編，1936年9月由上海生活書店出版）

約下旬　得史沫特萊應魯迅約請撰寫的《凱綏・珂勒惠支——民眾的藝術家》一文，遂譯成中文。（戈寶權：《憶和茅盾同志相處的日子》。

二十八或二十九日　譯完《凱綏・珂勒惠支——民眾的藝術家》（史沫特萊原作），載一九三六年五月三閒書屋版《凱綏・珂勒惠支版畫選集》（魯迅編選）。

約同日　攜譯稿前往魯迅寓所，見馮雪峰也在座。談到了「國防文學」。魯迅說，現在打算提出一個新口號——「民族革命戰爭的大眾文學」，以補救「國防文學」這口號在階級立場上的不明確性，以及在創作方法上的不科學性。雪峰插嘴道：這個新口號是一個總的口號，它是無產階級革命文學的繼承和發展，可以貫串相當長的一個歷史時期；而「國防文學」是特定歷史條件下的具體口號，可以隨著形勢的發展而變換。魯迅說：新口號中的「大眾」二字就是雪峰加的。又問茅盾有什麼意見。茅盾想了一下道：提出一個新口號來補充「國防文學」的不足，我贊成，不過「國防文學」這口號已經討論了幾個月了，現在要提出新口號，必須詳細闡明提出它的理由和說明它與「國防文學」口號的關係，否則可能引起誤會。這件工作別人做是不行的，非得大先生親自來做。魯迅道：關係是要講明白的，除非他們不提新口號。接著交談了新口號的內容。茅盾又說，這個新口號的缺點是太長，又有點拗口。魯迅說：「長一點也不妨，短了意見不明確，要加一大篇注釋，反倒長了。茅盾臨走時又對魯迅說：「提出這個新口號，必須由你親自出面寫文章，這樣才有份量，別人才會重視。因爲『國防文學』這個口號，他們說是根據黨中央的精神提出來的。魯迅說：最近身體不太好，不過我可以試試看。馮雪峰送茅盾走到街上，邊走邊告訴茅盾：勸魯迅加入文藝家協會的事沒有成功，不必再勉強他。又說，胡風他們成立的文藝團體叫文藝工作者協會。希望茅盾兩邊都簽名，兩邊都加入，免得人家看來是兩個對立的組織。茅盾說：「這是個不得已的辦法，你還是最後努一把力，再勸勸大先生。」馮說：「也好，你

可以轉告周揚，目前先不要急於成立文藝家（協會）。」（《我走過的道路》〈中〉）

下旬　《中國的一日》編委會在某餐館召開。大家一邊吃一邊談，在體例等方面取得一致意見。並接受了鄒韜奮的邀請，同意任該書的主編。編委會成員有：王統照、沈茲九、金仲華、茅盾、柳湜、陶行知、章乃器、張仲實、傅東華、錢亦石、鄒韜奮。由蔡元培先生寫「序」。（《我走過的道路》〈中〉）

約同月　傅東華因「盤腸大戰」事件，堅決辭去《文學》編務。遂忙於排定《文學》六卷五期、六期稿，又忙於請剛從國外回來的王統照接編《文學》第七卷。

當月

十六日　畢樹棠發表《〈多角關係〉》，載《宇宙風》第十三期。云：「無論在小說的題材上或文章的技術上，《多角關係》都應得佳評」。但「《多角關係》所包含的意識依然是在作者的舊圈子裡，苛求的讀者就不免有些不滿足了。」「所以我們希望茅盾的未來作品有時不妨換換面目，來點笑，不是安慰的而是鼓勵的和指引的笑。」

同月　袁湧進發表《沈雁冰筆名》，載《現代作家筆名錄》，北平中華圖書館協會出版。

本月

15 日　《作家》月刊創刊，孟十還編。

劉志丹在東征中英勇犧牲，年僅三十四歲。

國民黨「冀察政務委員會」與日本秘密簽訂《華北防共協定》。

五月

一日　《文學》第六卷第五號出版，登載的文章有：

《需要一個中心點》（文論），署名波。現收《茅盾全集》第二十一卷。「周揚和我會面之後，我就考慮怎樣寫關於『國防文學』的文章，因爲只有參加討論才能使得對它的解釋更加完備起來。我把這意思告訴了魯迅，他說你願意試，就試試看罷。於是我試寫了兩篇——《需要一個中心點》和《進一解》，分別登在《文學》六卷五號和六號的『文學論壇』上。」（《我走過的道路》〈中〉）

《關於「出題目」》（文論），署名明。現收《茅盾全集》第二十一卷。批評那種「自己並沒有什麼一定理論的作家僅僅以『創作自由』一語去反對理論家的理論」的觀點。

《「不要你哄」》（文論），署名波。現收《茅盾全集》第二十一卷。指出：「近年來兒童的讀物可實在出版了不少，單看《全國兒童少年書目》，就有一百零五面的書目」。但是，正如陶行知爲一首兒童獻歌的歌詞中所說，那許多的兒童讀物事實上還沒有忠實地辦到「不要你哄。」「大多數是承襲謬誤的理論與學識，或者是支離割裂湊搭敷衍，——客觀上實在是『哄！』」

《一個小小的提議》（文論），署名橫。現收《茅盾全集》第二十一卷。提議「一個作家在他工作上不但需要批評家的批評而且也需要讀者的意見」，如果這樣，「作家的受益愈多」。

同日　發表《文化情報》（散文），署名丙。載《生活知識》第二卷第一期。

約月初　得陳學昭託轉魯迅一篇譯文稿。遂寄給魯迅。

約月初　又見到了馮雪峰。對他說：文藝家協會方面鑒於組成一個統一的文藝家抗日統一戰線組織的希望已經沒有，決定自己的先成立起來。他們催我盡快把宣言寫出來。我向他們提出一個條件：宣言中不提『國防文學』這個口號。經過磋商，他們同意了。他們還決定周揚、夏衍不在宣言上列名。現在我要請你向魯迅解釋，他們那個組織倘若起草宣言，也不要提這個口號，還有那個新口號也不要寫進宣言去。馮說，很好，我去做這個工作。至於新口號，還沒有提出來，不會寫進宣言的。又過了幾天——那已是五月中旬了，馮雪峰說，你的意見我已向大先生轉達，大先生同意雙方都不提口號的問題。（《我走過的道路》〈中〉）

約四日　作《致魯迅》（書信）。（魯迅 1936 年 5 月 5 日《日記》）

約八日　作《致魯迅》（書信）。（魯迅 1936 年 5 月 9 日《日記》）

十日　與魯迅等聯名發表《我們對於推行新文字的意見》，共六百八十八人聯名，載於十六日《生活知識》第二卷第二期。

約十五日　作《致魯迅》（書信）。（魯迅 1936 月 5 月 16 日《日記》）

約十九日　作《致魯迅》（書信）。（魯迅 1936 年 5 月 20 日《日記》）

中旬　與馮雪峰研究給魯迅治病的問題。馮說：前天大先生又受了涼，這幾天天天有低燒，精神很不好。茅盾就告訴他，從去年秋天起大家就發現魯迅愈來愈消瘦，並且經常低燒。去年十月革命節，蘇聯總領事請他全家去蘇聯療養，史沫特萊和我勸了他多次，但魯迅終於還是沒有去。史沫特萊對須藤醫生的醫術不大放心，認為應該請其他醫生來複查一下。她有兩個朋友，一個美國人，一個德國人，都是肺病專家。她曾向魯迅建議，請這兩位醫生來做一次會診。但魯迅執意不肯，認為這樣做是不信任須藤醫生，他不願做對不起須藤的事。茅盾又說：「據我觀察，大先生的病不輕，病因很複雜，應該多請幾位醫生來查一查，再高明的醫生也會有錯斷誤診的時候。你不妨乘大先生目前正在生病的機會，同許先生一起再勸勸他」。(《我走過的道路》〈中〉)

約二十二日　收悉魯迅信，即作《致魯迅》(書信)。(魯迅 1936 年 5 月 21 日《日記》

約二十四日　收悉魯迅給，即作《致魯迅》(書信)。(魯迅 1936 年 5 月 23 日《日記》)

二十七日　作《大鼻子的故事》(中篇小說)。載《文學》第七卷第一號。現收《茅盾全集》第九卷。譜主曾說：「這是繼《少年印刷工》之後寫的又一篇以兒童為主角的小說。然而，嚴格地說，它不能算是兒童文學。因為小說使用的語言顯然不適合小讀者的口味，雖然我開頭也想寫得生動一些，使得小讀者喜歡讀。所以，從為兒童而寫這一點上，我認為是失敗的。可是『七七』事變以後，我在長沙遇到了徐特立，徐老是中共駐長沙的代表，他對《大鼻子的故事》大加讚揚，說這篇小說把流浪兒的心理刻畫得很成功。有徐老這樣一位老教育家的推崇，也許我這篇《大鼻子的故事》還有它可取之處。」(《我走過的道路》〈中〉)

三十日　發表《也是「想到什麼就說什麼」》(文論)。載《申報・每週增刊》第一卷第二十一期。現收《茅盾全集》第二十一卷。

三十一日　上午馮雪峰突然派人送來一封急信，上面寫：大先生已經同意請醫生，最好下午就來，免得時間一久又要反悔。茅盾連忙給史沫特萊打電話，正好她在家中，她答應馬上去找醫生，要譜主下午二時先到魯迅家中等候，她一定找一個來。不到三點史沫特萊陪著美國人 D 醫生來了。魯迅的臥室在二樓，上樓以前，D 醫生瞭解了魯迅外語情況，決定用英語交談。當時臥室內還有許廣平和馮雪峰。茅盾擔任翻譯，把許廣平介紹的魯迅病史以及治療的經過譯成英語。然後 D 醫生用聽診器和扣擊爲魯迅仔細診斷，足足聽了二十分鐘。茅盾和史沫特萊站在窗前書桌的一端，面對著魯迅，D 醫生聽診完畢就走到書桌前對他們說：病很嚴重！史忙問：嚴重到什麼程度？D 醫生說：恐怕過不了年！史一聽這話，眼淚就止不住流了出來，但馬上意識到了強忍住了。她問 D 醫生：現在怎麼辦？醫生說：我也沒有什麼辦法，他的病很複雜。不光是肺病，我現在只是聽聽敲敲，也不能完全斷定。最好找一所設備好的外國醫院，開一個病房，借醫院的設備，由我再來作詳細的檢查和治療。如果病人同意，馬上可以辦。D 醫生和史沫特萊走後，茅盾對魯迅說：醫生講你的病很複雜，除了肺病還有別的病，他勸你住醫院作詳細的檢查。並把 D 醫生的建議講了一遍。魯迅笑了道：你在騙人，醫生說的話一定還要嚴重。茅盾說：沒有呀！魯迅說：要不然史沫特萊爲什麼掉眼淚呀。於是馮雪峰、許廣平都來勸魯迅住院治療。魯迅無論如何不肯。他說：你們放心，我知道我自己的病，沒有什麼了不起的。哪裡有這樣聽聽敲敲就能斷定病情的。茅盾看勸說不會有結果，只得告辭走下樓來。馮雪峰跟了下來，茅盾把 D 醫生說的魯迅病很嚴重，恐怕過不了年的話告訴了他。雪峰聽了也嚇了一跳，他先說不要告訴許廣平。但他又有點懷疑，爲什麼能斷定過不了年呢？有那樣嚴重嗎？我當初也不大相信。可是過了三天，魯迅就病得連日記也不能寫了。（魯迅 1936 年 5 月 31 日《日記》；《我走過的道路》〈中〉）

同月　《故鄉雜記》由現代書店出版。

當月

十六日　碧遙發表《〈文憑〉》，載《婦女生活》月刊第二卷第二期。

同日　雨梅發表《讀〈戰爭〉》，載《生活知識》半月刊第二卷第三期。

本月

五日　紅軍革命軍事委員會向國民黨政府發出「停戰議和，一致抗日」的通電。

六月

一日　《文學》第六卷第六號出版，登載的文章有：

《進一解》（文論），署名惕。現收《茅盾全集》第二十一卷。補充《需要一個中心點》一文中關於題材問題的意見。說，作家們在「抗日」和「投降」之間，個人是沒有「超然」的自由的，面對著民族解放鬥爭的偉大目標，作家們應該用自己的筆爲這偉大目標服務。但是，在不忘記前面的民族解放的偉大目標的條件下，作家們應該有他們創作的自由。

《再多些，再多方面些》（文論），署名惕。現收《茅盾全集》第二十一卷。指出，最近數月來。刊物又多了，但「《雜文》的停頓是非常可惜的」，「它在當時的文壇上確是一柄名符其實的短劍。」「《海燕》不能繼續，也是非常可惜的。」

《有原則的論爭是需要的》（文論），署名橫。現收《茅盾全集》第二十一卷。認爲文論的「論爭的引起與展開，總是表示了文壇的有生氣，有進步。沒有任何論爭的文壇是僵化的停滯的。」如「文藝自由」和「小品文」的論爭，就證明了這一點。然而，「如果屬於離開了原來的論點而節外生枝地給自己迴護的，那實際上已經不是論爭。而是『無謂的論爭』。在現今文壇上要求一致反抗最大的民族敵人的侵略——要求著文藝界的統一戰線的時候」，最好停止「無謂的論爭」。

《車中一瞥》（散文），初收文化生活出版社版《印象・感想・回憶》，現收《茅盾全集》第二十一卷。通過車上的所見所聞和對各色人物語言的描繪，側面地反映了民眾抗日的情緒。

《三週年》（文論），署名雲。現收《茅盾全集》第二十一卷。

《茅盾啓事》全文如下：「三年前，我寫了一篇《故鄉雜記》，在現代書局出版的《現代》雜誌上發表，此文版權仍屬我所有。後來有輯印《茅盾散文集》，曾將此文收入。乃近有今代書店，事前並未徵求我的同意，逕自將《故鄉雜記》單行出版，並與其他人們的作品合爲叢書，這是我不能承認的，除向該書店抗議外，合並聲明。」

約三日　跑去找魯迅，談胡風的文章問題。六月一日《文學叢報》上登了胡風的文章《人民大眾向文學要求什麼》，提出了「民族革命戰爭的大眾文學」的口號。文章既沒有提到魯迅，也沒有說明這個新口號與「國防文學」口號的關係。「我看到胡風的文章大吃一驚，因爲胡風的這種做法，將使稍有緩和的局面再告緊張。我跑去找魯迅，他正生病在床上。我問他，看到了胡風的文章沒有。他說昨天剛看到，我說怎麼會讓胡風來寫這篇文章，而且沒有按照我們商量的意思來寫呢？魯迅說：胡風自告奮勇要寫，我就說：你可以試試看。可是他寫好以後不給我看就這樣登出來了。這篇文章寫得並不好，對那個口號的解釋也不完全。不過文章既已發表，我看也就算了罷。我說：問題並不那樣簡單，我們原來並無否定『國防文學』口號的意思，現在胡風這篇文章一字不提『國防文學』，卻另外提出一個新口號，這樣贊成『國防文學』的人是不會善罷甘休的。魯迅笑笑道，也可能這樣，我們再看看罷。我見魯迅在病中，也就不便再談，告辭退出，又去找馮雪峰。」（《我走過的道路》〈中〉）

同日　又找馮雪峰，談胡風文章的問題。「我對馮雪峰說：胡風這樣做是存心要把分歧擴大，現在文藝家協會要開成立大會，很可能有人在會上提出新口號的問題。我可沒法收拾這個局面。馮雪峰也有點著急了，埋怨道：胡風這人也太英雄太逞能了，我要批評他。我說：問題並不在此，而是要挽回胡風這篇文章造成的不良影響。我看胡風這人腦子裡從來沒有左翼文藝界團結問題。現在補救的辦法只有請大先生再寫一篇文章。雪峰說：可是大先生正在生病。我說：是呀，所以我來找你。雪峰沉思片刻道：讓我去想想辦法看。」（《我走過的道路》〈中〉）

七日　下午，前往四馬路大西洋西餐館，出席曾參與和發起的「中國文藝家協會」成立大會，與會者七、八十人。會議通過了主席團，又公推夏丏尊為主席。傅東華報告了籌備經過，來賓致詞，接著就討論了協會簡章和宣言。宣言是茅盾起草的，有六七百字，有關方面都已看過。在宣言中沒有提「國防文學」。不過在討論中，仍有人提議把「國防文學」寫入宣言，而且爭辯得相當激烈。由於這個問題事先已經協商好，所以多數人都支持茅盾的意見，不提口號問題。也有人在發言中提到了胡風以及他提出的新口號，但並未引起人們的反響，顯然多數與會者不願把文藝界的分歧再在會上擴大。相反，當有人建議大會給病中的魯迅致慰問信時，卻得到了全場的熱烈的歡迎。大會通過了協會簡章和宣言，最後與夏丏尊、傅東華、洪深、葉聖陶、鄭振鐸、徐懋庸、王統照、沈起予被選為理事。散會後，舉行了第一次理事會，又被推為常務理事會的召集人。（《我走過的道路》〈中〉）

十日　發表《想到什麼就寫什麼》（文論）。載《文學界》第一卷第一期，現收《茅盾全集》第二十一卷。

同日　發表短篇《兒子開會去了》（小說）。載《光明》第一卷第一期，現收《茅盾全集》第九卷。「這篇小說嚴格地說是一篇特寫，因爲它記述了一件眞實的事情。小說中的兒子就是我的兒子，他那時是小學六年級的學生。」（《我走過的道路》〈中〉）

約中旬　馮送來魯迅的兩篇文章——《答托洛斯基派的信》、《論現在我們的文學運動》——以及托派來信的抄件。馮說，這兩篇文章都是他根據魯迅的口述寫的。馮又說，魯迅拿出陳仲山的信給他看的時候都氣得發抖了。馮又說，這兩篇文章打算在雙方的刊物上同時發表，請茅盾交給《文學界》。茅說，刊物一般要到下月初才出版，還有半個月，不如交報紙的副刊發表，可以快一點。馮說，我們也考慮過了，沒有合適的報紙，還是登在刊物上罷。茅盾覺得第二篇寫得太簡略一點，於是就決定自己也來寫一篇，附在魯迅文章的後面。（《我走過的道路》〈中〉）

二十六日　作《關於〈論現在我們的文學運動〉——給〈文學界〉的信》（文論）。載《文學界》一卷二期。現收《茅盾全集》第二十一卷。「我這篇文章採用給《文學界》編者信的形式，因爲《文學界》的編輯是徐懋庸，而他又是文藝家協會的理事，想來我這個文藝家協會的常務理事把文章交給他，他總不致於不登罷。七月一日《文學界》一卷二期出版了，但一看版面，再看內容，我就知道自己太一廂情願了。有三點使人覺得很不是滋味，一是《答托洛斯基派的信》沒有登，編者謅了一個站不住腳的理由，而這封信卻是有重大政治意識的；二是《論現在我們的文學運動》雖然登了，卻排在後面，而按其重要性應該排在第一篇；三是在我的一千多字的文章後面，編者又寫了八百字的《附記》，拐彎抹角無非想說『國防文學』是正統，現階段沒有必要提出『民族革命戰爭的大眾文學』這個口號，因此整篇《附記》沒有一句話表示贊成魯迅關於兩個口號可以並存的意思。從這裡，我直覺地感到了宗派主義的頑固。」（《我走過的道路》〈中〉）

十四日　發表速寫《「佛誕節」所見——遊上海靜安寺廟會以後》（散文）。載《申報・每週增刊》第一卷第二十三期。初收文化生活出版社版《印象・感想・回憶》，現收《茅盾全集》第十一卷。藉賣草帽攤上的廣告「防雨草帽」引出一番感慨。爲什麼攤販不敢寫「防日草帽」呢？據報紙上的一條天津電報，說是該處一家商店因爲出售「少女張傘」商標的汗衫，犯了「抗日」的嫌疑，被捉了去。文章諷刺國民黨的投降賣國政策。

同月　《讀書的藝術》、《偉大人物的少年時代》，茅盾、朱自清、巴金等著，收入《中學生》雜誌叢刊，由開明書店出版。

同月　《世界文學名著講話》，由北京開明書店出版。

同月　發表《茅盾先生的信——〈路線〉代跋》（序跋），載新鐘書局版《路線》。

本月

五日　周揚主編的《文學界》月刊在上海創刊。

十日　洪深、沈起予主編的《光明》半月刊創刊。

十五日　魯迅、巴金、曹禺、吳組缃、蔣牧良、張天翼、曹靖華、田間、荒煤、張香山、蕭軍、周而復、歐陽山、周文、黎烈文等六十三人發表《中國文藝工作者宣言》。

十八日　蘇聯著名作家高爾基逝世，終年六十七歲。

七月

一日　發表《兒童文學在蘇聯》（文論）。載《文學》第七卷第一號。介紹蘇聯對兒童文學的重視和蘇聯兒童文學的狀況。

同日　發表《我們對於推行新文字的意見》（文論），與蔡元培、孫科、柳亞子、陶行知、李公樸、魯迅等一百四十人聯署。

五日　發表《中國文藝家協會宣言》（文論）。載《生活知識》第二卷第四期。現收《茅盾全集》第二十一卷。

月初　魯迅病漸漸有所好轉，在馮雪峰、茅盾等的勸說下，由D醫生去聯繫醫院，作了透視。從照片上看到，魯迅的兩肺基本上已經爛空了。D醫生驚訝地說：這是我所見到的第一個善於抵抗疾病的中國人，普通的人早已應該死掉了，而他竟沒有死！經過這次大病，魯迅也意識到自己病的嚴重，曾認眞考慮到去日本療養。許廣平和茅盾談過，說魯迅認爲到蘇聯去路太遠，不方便，還是到日本去。魯迅在給茅盾的信中也多次談到此事。但後來他又猶疑了。（《我走過的道路》〈中〉）

約中旬　馮雪峰聽說茅盾病了，前來看望。「我們的談話很自然的就轉到了當前的論戰。當時在場的還有孔另境。……雪峰說，他這些天忙著其他方面的事情，沒有細讀論戰的文章，不過總的印象周揚他們沒有要停止論爭的樣子，對魯迅和你的意見並不尊重。又說，他們反對兩個口號並存，是排斥一切不同的意見『只此一家的宗派主義』。我說，我見到他們在《文學界》第二期上的做法和編者的《附記》，也感到宗派主義的病根不淺。胡風他們有宗派主義，而周揚他們又以宗派主義回敬。雪峰說，我看目前主要是周揚他們的宗派主義。」兩人還談論到對兩個口號的解釋。馮建議茅盾把在病中想到意見寫出來。由於茅盾病尚未痊癒，孔另境願意起草一份初稿。這篇文章就是《關於引起糾紛的兩個口號》。(《我走過的道路》〈中〉)

二十七日　改定《關於引起糾紛的兩個口號》(文論)。載《文學界》第一卷第三期。現收《茅盾全集》第二十一卷。認爲「1、『民族革命戰爭的大眾文學』應是現在左翼作家創作的口號！2、『國防文學』是全國一切作家關係間的標誌！我們所希望的是全國任何作家都在抗日的共同目標之下聯合起來，但在創作上需要更大的自由。」並希望少數善於「內戰」的「停止內戰」，放棄「爭正統」的意念和「以一個口號去規約別人」的企圖。

二十八日　爲《開明書店創業十週年紀念題詞》(題詞)，載《申報》開明書店創業十週年紀念特刊。現收《茅盾全集》第二十一卷。

約三十一日　作《致魯迅》(書信)。(魯迅 1936 年 8 月 1 日《日記》)

同月　《回憶・書簡・雜記》(譯文集)(〔挪威〕別論・別爾生等著)，由文化生活出版社印行。

同月　發表《〈蜜蜂的發怒〉及其他》(序跋)。載文化生活出版社版《回憶・書簡・雜記》。

同月　發表《文憑》(丹青科著)(譯文)，由永祥印書館印行。

本月

《現實文學》創刊。

夏

對良友圖書公司趙家璧的出版《世界短篇小說大系》的計劃，給予大力支持。原來還打算負責選編一本波蘭、匈牙利、羅馬尼亞等國的短篇小說集，後因工作忙，推薦巴金、魯彥來擔任這項工作。(趙家璧《追敘未完成的〈世界短篇小說大系〉》，載《新文學史料》1984 年第 2 期)

八月

三日　收悉魯迅信。獲悉魯迅：「先曾決赴日本，昨忽想及，獨往大家不放心，如攜家族同去，則一履彼國，我即化爲翻譯，比在上海還要煩忙，如何修養？因此赴日之事，又復動搖，唯另覓一能日語者同往，我始可超然事外，故究竟如何，尚在考慮中也。」（《我走過的道路》〈中〉）；（魯迅 1936 年 8 月 2 日《日記》）

十日　發表《給青年作家的公開信》（文論）。載《光明》第一卷第五期，現收《茅盾全集》第二十一卷。

同日　閱《文學界》第一卷第三期登載的周揚《與茅盾先生論國防文學的口號》。「原來《文學界》編者把我的原稿（指《關於引起糾紛的兩個口號》——編者）先送給周揚『審查』去了，所以我的文章還沒有發表，反駁的文章就已經寫好。……周揚的文章可以說是全盤地否定了我提出的觀點」。「讀了周揚的文章，又想到《文學界》編者做的種種手腳，使我十分惱火。我倒不是怕論戰，論戰在我的文學生涯中可算是家常便飯。我氣憤的是，作爲黨的文委的領導人竟如此聽不進一點不同的意見，如此急急忙忙地就進行反駁！馮雪峰看了周揚的文章，就跑了來。他說，你主張對他緩和，現在有了教訓了。目前阻礙文藝界團結的是周揚，是他的教條主義和關門主義。胡風有錯誤，但我批評了他，他就不寫文章了；而周揚誰的話都不聽，自以爲是百分之百的正確。馮雪峰建議我再寫一篇文章予以反擊，他說，這一次你把他的宗派主義、關門主義拉出來示眾，要抓住這個根本問題。他說，魯迅答徐懋庸的公開信就要登出來了（當時我已看過魯迅的這篇文章），這封信將回答周揚文章中的那些問題，發表出來一定震動極大。你的文章就專門批判他的宗派主義和關門主義。我答應了。因爲我本來就想寫答覆的文章，只是並未想到要專批宗派主義和關門主義。」（《我走過的道路》〈中〉）

十二日　作《致魯迅》（書信）。（魯迅 1936 年 8 月 13 日《日記》）

約十四日　收悉魯迅信。知魯迅病況：「十二晨信收到。……說到賤體，眞也麻煩，肺部大約告一段落了，而肋膜炎餘孽，還在作怪，要再注射一星期看，大約這裡的環境，本非有利於病，而不能完全不聞不問，也是使病纏綿之道。我看住在上海，總是不好的。」

約十五日　作《致魯迅》（書信）。（魯迅 1936 年 8 月 16 日《日記》）

十六日　發表《看模型》（散文），載《申報·每週增刊》第一卷第三十二期。初收文化生活出版社版《印象·感想·回憶》，現收《茅盾全集》第十一卷。揭露國民黨對孩子們（也是對一般老百姓）的欺騙宣傳。

同日　夜，作《再說幾句——關於目前文學運動的兩個問題》（文論）。載《生活星期刊》第一卷第十二期。現收《茅盾全集》第二十一卷。駁斥周揚在《與茅盾先生論國防文學的口號》一文中的觀點。「我這篇文章發表後，周揚沒有再寫文章回答，相反，他託了一位朋友私下對我作了解釋，於是我們之間的爭論也就結束。」（《我走過的道路》〈中〉）

約十七日　收悉魯迅信。獲悉魯迅自八月中旬起突然吐血，許廣平著急了，魯迅又傾向於轉地療養。但他在信中說：「成績恐亦未必佳，因為無思無慮的休養法，我實不知道也。」（《我走過的道路》〈中〉；魯迅 1936 年 8 月 16 日《日記》）

中旬　編定《中國的一日》。徵文啓事在全國各大報刊上登出後，到七月初統計，共來稿三千多篇，約六百多萬字。全國除新疆、青海、西康、西藏、蒙古而外，各省市都有來稿；除了僧道妓女以及「跑江湖的」等等特殊「人生」而外，沒有一個社會階層和職業「人生」不在龐大的來稿佔一位置；而且還收到了僑居在南洋、泰國、日本的贊助者的來稿。請孔另境當助手，日以繼夜的看稿，因此，累得小病一場。七月中旬，總算在三千多篇稿件中選出了八百六十多篇，字數有一百三十萬字。（《我走過的道路》〈中〉）

二十日　作《關於編輯〈中國的一日〉的經過》（文論）。載九月生活書店版《中國的一日》，現收《茅盾全集》第二十一卷。

二十一日　作《〈隨筆三篇〉題記》（序跋），載《新少年》第二卷第七期，現收《茅盾全集》第二十一卷。

同日　作《被考問了〈中國的一日〉》（散文）。載《生活星期刊》第一卷第十八號，現收《茅盾全集》第十一卷。

二十二日　作《〈斧聲集〉序》（序跋）。初收孔另境著《斧聲集》，現收《茅盾全集》第二十一卷。指出《斧聲集》中有可讀之作，但「作者所寫議論文，病在分析的未見深刻；而回憶文則病在缺少噴薄的情緒。」

二十七日　作《需要腳踏實地的批評家》（文論）。載《生活星期刊》第一卷第十四號，現收《茅盾全集》第二十一卷。批評了「公式主義的批評」

方法。

三十日　發表《官艙裡》（小說）。載《申報・每週增刊》第一卷第三十四期，現收《茅盾全集》第九卷。

同月　參加開明書店創辦十週年紀念活動，與開明的編輯及著譯人員歡聚一堂，並合影留念。出席紀念活動的有葉聖陶、徐調孚、錢君匋、胡愈之、沈端先（夏衍）、謝六逸、胡仲持、夏丏尊、林語堂、李芾甘（巴金）、王統照、錢歌川、章錫琛、索非等。（陳夢熊《群賢畢集風采可睹》，載《新文學史料》1985年第3期）

當月

周揚發表《與茅盾先生論國防文學的口號》，載《文學界》第一卷第三號。

同月　楊家駱發表《沈雁冰》（小傳），載《民國名人圖鑒》第二冊，中國辭典館出版。

本月

十五日　魯迅在《作家》月刊一卷五期發表《答徐懋庸並關於抗日統一戰線問題》。此文發表後，兩個口號的論爭就進入結束階段。除了小報的造謠挑撥和徐懋庸寫了兩篇文章外，沒有人寫文章反對魯迅。

十六日　錢俊瑞在上海創辦《現世界》半月刊。

九月

約一日　得魯迅三十一日信。獲悉魯迅「肺部已無大患，而肋膜還在扯麻煩」；囑催出版社「能拿主意的人」章錫琛或徐調孚，將瞿秋白遺作《海上述林》「從速結束」等。（人民文學出版社版《魯迅全集》）

同日　作《致魯迅》（書信），署名沈雁冰。告之出版社「印刷之所以牛步化的原因」，現已遵囑催促出版社「加鞭」。（人民文學出版社版《魯迅全集》）

約五日　得魯迅信，獲悉魯迅對《述林》排印加快感到滿意。批評校員「不查對原稿」。

五日　發表《談談請客之類》（隨筆），署名未名。載《新認識》創刊號。

同日　發表《「創作自由」不應曲解》（文論）。載《中流》創刊號，現收《茅盾全集》第二十一卷。反駁周揚、黎覺奔對《關於引起糾紛的兩個口號》一文的曲解。與周揚的爭論結束後，「關於『創作自由』的問題，仍有人繼續著文反詰，後來我又寫過一篇《『創作自由』不應曲解》作了答覆。」（《我走過的道路》〈中〉）

十三日　發表《國文試題》（散文）。載《申報・每週增刊》，現收《茅盾全集》第十一卷。指出，藉對作文題目的意見，微諷「國防文學」的提倡。

約十六日　得魯迅信，獲悉魯迅需查端木蕻良、蕭三的通信地址。（人民文學出版社版《魯迅全集》）

同日　《中國的一日》出版。蔡元培寫了「序」。生活書店則大做廣告，還規定「凡訂閱《文學》一年者，贈送本書一冊。」（《我走過的道路》〈中〉）

十六日　發表《紅巾》（譯文）（愛特堡著）。載《譯文》新二卷第一期。附《後記》。

二十日　發表《技巧問題偶感》（文論）。載《中流》一卷三期，現收《茅盾全集》第二十一卷。

同日　作《致言語》（書信），云：「我近來未有長篇在寫作。《子夜》寫成後，自己越看越糟，當時曾計劃用別的題材另寫一長篇。後來也搜集了若干材料，但終於未動筆。一則是自忖尚未成熟，二則是忙於寫短文，忙於雜事。今得先生鼓勵，明年當抽出時間再來計劃一次。惟看目前那種瘟情形，則此預想中的長篇，或許寫成了也不能出版。賣文的人又不能不打算到生活。所以我又想用另一題材寫一個十萬字的長篇。那是和國防有點關係的東西，或許尚不至犯忌罷？」（《茅盾書簡》）

同日　發表《好玩的孩子》（散文）。載《中流》第一卷第二期，現收《茅盾全集》第十一卷。

二十六日　作《談最近的文壇現象》（文壇），載上海《大公報》。現收《茅盾全集》第二十一卷。縱論兩個口號的論爭，順便談談郭沫若的《蒐苗的檢閱》中的問題，並回擊金祖同的攻擊。（按：9 月 10 日，《文學界》1 卷 4 號刊登了郭沫若的《蒐苗的檢閱》。這是一篇針對魯迅答徐懋庸的信而寫的文章。文章欽佩魯迅的「態度鮮明，見解也很正確」，但又要求魯迅把「民族革命戰爭的大眾文學」口號「撤回」，認爲「這個口號是不妥當不正確的」，在「國防文學」之外又提出這個口號是「多事的」。）茅盾與魯迅議論到郭文。魯迅說，不必理睬它了，它只是就口號來反對口號，對於我們提出的文藝家聯合陣線的大原則，文章還是贊成的。而且郭沫若是創造社的元老，底下有一大幫人，如果我著文反駁，馬上會有一群撲上來的，犯不著。馮雪峰也不主張答辯，他說這個問題已經明朗了，沒有必要再展開爭論。「到了九月下旬，《今代文藝》一卷三期上用醒目的標題登出了郭沫若的《戲論魯迅茅盾聯》和把這副戲聯偷出來發表的金祖同寫的《後識》。郭的戲聯是：「魯迅將徐懋庸格殺勿論，弄得怨聲載道；茅盾向周起應請求自由，未免呼籲失門。」很明顯，這是朋友間的戲謔，是不供發表的，可是偷戲聯的金祖同的《後識》中，卻忽然說他看見了我寫給郭沫若的一封長信，『大致是勸他對此番論爭，不要發表意見，以免為仇者所快，似乎是動以大義。不知茅盾先生連續發表的反周起應先生的論著，就不是為仇者所快麼？』對於這位素不相識的金祖同的無端攻擊，本可以相應不理，可是他的蓄意顛倒事實，卻使我不能緘默。正好這時《大公報》來向我約稿，而且指明要談談上海文壇的現象。我想，何不寫一篇縱論兩個口號論爭的文章，順便也談談《蒐苗的檢閱》中的那個問題和回擊一下金祖同？……文章的題目就叫《談最近的文壇現象》。這篇文章現在似已無人知曉，連一些專門搜集兩個口號論爭資料的集子也不見提及。但我認為它應該被注意，因為它披露了一些現在看來是第一手的材料。」（《我走過的道路》〈中〉）

二十日　發表《文藝界同人為團結禦侮與言論自由宣言》（宣言），與魯迅、巴金、王統照、林語堂等二十一人聯署。載《新認識》第一卷第二號，現收《茅盾全集》第二十一卷。主張「全國文學界同人不分新舊派別，為抗日救國而聯合。……在文學上，我們不強求其相同，但在抗日救國上，我們應該團結一致以求行動之更有力。……在文學上我們寧主張各人各派之自由發展與自由創作」，主張「言論的自由與文藝活動的自由。」「急應爭得」。（按：此篇曾與鄭振鐸共同起草，又與馮雪峰商定）

二十五日　收悉魯迅信，即作《致魯迅》（書信）。告知出版社已將《海上述林》「排竣」。（魯迅 1936 年 9 月 24 日《日記》）

約二十八日　得魯迅覆函，獲悉其對《海上述林》一書出版後的具體處理意見。（人民文學出版社版《魯迅全集》）

同月　《歷史小品集》（魯迅、茅盾等著）由長江書店出版。收茅盾《神的滅亡》、《大澤鄉》、《石碣》三篇。

當月

錢俊瑞發表《第一步談〈子夜〉》，載《怎樣研究中國經濟》第一章，上海生活書店出版。作者是位經濟學家，他在自己的著作中向讀者推薦《子夜》，認爲這部小説對研究中國經濟形態有積極作用」。

趙景深發表《茅盾》，載《文人剪影》，上海北新書局出版。

錢天起發表《茅盾》（小傳），載《學生國文學類書·中國現代作家傳略》，上海文學書屋出版。

本月

五日　黎烈文主編的《中流》半月刊創刊。

十三日　國民黨政府代表在南京與日本使者川起舉行談判，日方竟提出「在長江沿岸駐兵」，「華北五省自治區」等無理要求。

十月

一日　發表短篇《煙雲》（小說）。載《文學》第七卷第四、五號。初收良友版《煙雲》，現收《茅盾全集》第九卷。「此篇意在畫出兩張面孔，定稿後尚無題目，匆匆憶及『煙雲』二字，便給塡上算數。《煙雲》發表後，曾有讀者寫信問我用意何在；那裡有什麼用意？我見到有這樣的兩張面目，在被逼之下，就畫之以應王統照的需要罷了。」（《〈煙雲集〉後記》）

同日　發表《負起我們的武器來！》（雜文），署名蒲牢。載《明星》半月刊第六卷第五、六期合刊，現收《茅盾全集》第十六卷。

同日　發表《送考》（小說）。載《文學月刊》第一卷第五期，現收《茅盾全集》第九卷。

二日　陪《中國呼聲》的編者格蘭尼奇（Garnich）探望魯迅，並爲魯迅攝影。見魯迅已恢復健康並談笑風生。格蘭尼奇勸魯迅趕緊轉地療養。（《我走過的道路》〈中〉；魯迅1936年10月2日《日記》）

四日　作《致魯迅》（書信）。（魯迅1936年10月5日《日記》）

約六日　得魯迅五日信。獲悉魯迅對約請擔任《文學》「顧問」事「不願加入」，採取「迴避」態度，但答應「投稿一篇」；告之對蕭紅地址「不知其詳」。

約七日　作《致魯迅》（書信）。（魯迅 1936 年 10 月 8 日《日記》）

十日　發表《紀念日預感》（散文）。載《申報・每週增刊》第一卷第四十期。現收《茅盾全集》第十六卷。

同日　發表《隨筆三篇》（散文），載《新少年》二卷七期。

同日　發表《回憶辛亥》（散文），載《越風》第二十期，現收《茅盾全集》第十一卷。（按：本書發表時，題目被編者改爲《辛亥年的光頭教員與剪辮運動》，後由作者收入《印象・感想・回憶》時，改現題）

同日　午後，到上海大戲院觀《復仇艷遇》影片（按：係據普希金小說《杜布羅夫斯基》改編的蘇聯電影。此爲中文譯名）。適遇魯迅、許廣平攜海嬰，並魯迅、許廣平朋友瑪理，晤敘甚洽。（魯迅 1936 年 10 月 10 日《日記》）

十一日　發表《民族的「深土」的產物——民間文藝》（文論）。載《生活星期刊》第一卷第十九期，現收《茅盾全集》第二十一卷。文章認爲：「中國民族的深土裡自來也不是竟然毫無所出。這就是流行於口頭的民間文藝。這些是從來士大夫所看不起的，可是不因被他們看不起而遂停止了發長。因爲這是從深土裡長出來的。它的基礎是全民族民眾的情緒和思想。」

約十三日　作《致魯迅》（書信）。（魯迅 1936 年 10 月 14 日《日記》）

十四日　母親在烏鎮偶感風寒，身體不適，遂回鄉小住。一則伺候母親，二則也打算寫另一部長篇小說。「再寫一部長篇小說的計劃已經有兩三年了，但始終沒有等到一個安靜的時刻；36 年已過去大半年，仍未能動筆，文壇的糾紛使人定不下心來。到了 10 月初，兩個口號的論爭基本結束，我總算可以坐下來創作了。我這部長篇是打算寫中國革命的啓蒙時期——辛亥革命、『五四』運動前後——一些獻身革命的先驅者的故事。這部小說的名字就叫《先驅者》。我以爲這一個題材還沒有人寫過，而且我們不寫，等到下一代就更難寫了。」（《我走過的道路》〈中〉）

約十四、五日　返桐鄉，痔瘡病大發作。

十九日　下午三點，收讀德沚急電，「周已故速歸」。始驚悉魯迅逝世，情急欲立即返滬，卻「臥衣床上動不得」，痔病加劇。心思魯迅，悲痛難忍，整夜難眠，回憶難泯。（《寫於悲痛中》）

一夜未眠。清晨，試著起床，想動身返滬。痔瘡未見好轉，勉強下得床，才挪動幾步，就痛得渾身冒汗。母親見我痛得厲害，就說，你這個樣子還能坐一天的快班船和火車？就算到了上海，也不能讓人抬著你去參加出殯呀。想來喪事總得有幾天，你再休息一兩天，等到能走動了再回去也來得及。我覺得母親說得有理，就給德沚回了個電報，告訴她因病我要遲一兩天返滬，要她先協助許廣平料理後事。（後來知道，治喪委員會交給德沚的任務是陪伴孫夫人）（《我走過的道路》〈中〉）

二十日　發表《輸血是否犯法？》（隨筆），署名何典。載《中流》第一卷第四期「補白欄」。指出：「輸血雖無集團，似乎人數有限，至而令人注意的，是輸血的屬於某一階層，吸血的另屬某一階層，超過了醫療的意義⋯⋯。」

二十一日　病仍未見輕。「二十一日病仍未見輕，但從下午收到的上海報紙得知，魯迅的遺體已定於今日大殮，明日（22 日）就要安葬了。喪事辦得如此之快，實出乎我的意料，我知道自己無論如何也趕不及了，因為即使搭第二天的早班船，也要下午四五點鐘才能趕到上海，那時喪事已經結束，何況我還不能走動。這樣一想，我倒定下心來專心治病了。三四天後已勉強能行動，就匆匆趕回上海，但是只能同德沚、學昭到萬國公墓魯迅的新墓前去致哀，而再也無法最後一次瞻仰大先生的遺容了。德沚向我細述了魯迅病逝的經過和喪事的盛況；⋯⋯德沚也講到喪事中某些人藉這莊嚴的場面而謀私的行徑⋯⋯。我這次回鄉的計劃——寫長篇小說，也因魯迅的溘然長逝而中斷。第二年，抗戰爆發，形勢劇變，於是這部剛剛孕育的《先驅者》尚未成形就夭折了。」（《我走過的道路》〈中〉）

二十九日　作《〈印象・感想・回憶〉後記》（序跋）。載文化生活出版社版《印象・感想・回憶》，現收《茅盾全集》第二十一卷。云本集文章像「日記賬」，「文字不美麗」，但可「看看現實社會的一角」。（按：文末作者記「於魯迅逝世後十日」）

下旬　一天，馮雪峰讓注意讀莫文華的文章。魯迅的「喪事過後，有一天馮雪峰問我：你看過最近一期的《作家》吧？⋯⋯他帶點神秘地說，你可以看一看其中一篇評論兩個口號的文章。我見雪峰的話中有話，等他一走，就找到那本雜誌。這是《作家》二卷一號，上面除了魯迅寫的一篇《半夏小集》，還有一篇《我觀這次文藝戰的意義》，作者叫莫文華，顯然是個假名，我不知道有這樣一個人。我匆匆地讀了一遍。這是一篇水平很高的帶總結性的文章。從文章的筆調和口氣，可以猜得出，這是黨內一位負責人寫的，而且還是地位比較高的負責人。現在已經知道，莫文華就是劉少奇同志的化名，而劉少奇當時是黨在白區的領導人。……我認爲這是一篇十分重要的文章，它對於我們今天重新認識這一段歷史有著重要的指導意義。」(《我走過的道路》〈中〉)

同月　出版《印象・感想・回憶》(散文集)，文化生活出版社版。

同月　在閱讀生活書店出版的《文學》月刊第七卷第四期時，對其中兩篇短篇小說寫了批評。認爲許杰的《壽平》中的主人公是「不現實的」。而對於黑丁的《北荒之夜》，則指出「主人公的性格也寫得不明了。通篇太多不必要的推砌的字面。讀了不使人感奮，反而使人倦怠。」(陳福康、魏心宏《茅盾對兩篇小說的批評》，載《茅盾研究》第3輯。)

本月

十五日　《小説家》創刊，僅出二期，歐陽山主編。

同日　劉少奇化名莫文華發表《我觀這次文藝戰的意義》。

十九日　上午五時二十分，偉大的文學家、思想家和革命家魯迅在上海逝世。

同日　中共中央蘇維埃中央政府致電許廣平，哀悼魯迅。

同月　上海新潮出版社編輯、出版《國防文學論戰》，收四十位作者論述「國防文學」和「民族革命戰爭的大眾文學」的文章五十七篇。

十一月

一日　發表《寫於悲痛中》(散文)。載《文學》第七卷第五號，現收《茅盾全集》第十一卷。沉痛悼念魯迅先生的逝世。文章回顧了雙十節和魯迅在上海大戲院的談話，悲訴自己未能瞻仰遺容的原因。文章還說，G君在十月二日和他訪魯迅先生回來後說：「中國只有一個魯迅，世界文化界也只有幾個魯迅，魯迅太可寶貴了。」「但是我們太不寶貴魯迅了，我們沒有用盡方法去和魯迅的病魔鬥爭，我們只讓他獨自和病魔掙扎，我們甚至還添了他病中精神上的不快！中國人的我們愧對那幾位寶愛魯迅先生的外國人。」

同日　發表《「一口咬住……」》(文論)。載上海英文雜誌《中國呼聲》，後由錫敏譯成中文，刊登於一九八一年九月二十二日《文藝報》第十八期。現收《茅盾全集》第二十一卷。

五日　發表《學習魯迅先生》(散文)。載《中流》第一卷第五號「哀悼魯迅先生專號。」現收《茅盾全集》第十六卷。認爲對偉大魯迅的永久紀念方式很多，但「有一個先決條件：學習魯迅！」「不但要從他的遺著中學習文學創作的方法，尤其重要的，是學習他的鬥爭精神」，「也唯有學習到他這種偉大的鬥爭精神，我們才能跟著他的腳步從鬥爭中創造新中國。」

十八日　發表《致法國左派作家協會》(文論)，與宋慶齡、蔡元培聯署。最初以法文載於法國《歐羅巴》雜誌第六三三、六三四期合刊，後由戴君華譯爲中文，載一九八二年十二月三十日《文學報》，現收《茅盾全集》第二十一卷。

十九日　爲魯迅先生週月忌，與許廣平女士暨其他親友等，同去拜祭。

二十日　發表《魯迅先生紀念委員會籌備會公告第一號、第二號、第三號》(公告)，與蔡元培聯署。一號、二號載《中流》一卷六期，三號未發表，現收《茅盾全集》第二十一卷。

二十三日　作《致蔡元培》(書信)。載《茅盾書簡》。信中說：「魯迅先生紀念委員會籌備會事情，公告二則，業已登報，前此所收捐款，亦已存入中國銀行。」又云：墳上初步布置，已「督率樹匠，將草皮及所購龍柏種植，並立一臨時之碑，字爲海嬰公子所寫，故文字橫行，碑石亦非豎立而平臥，又製一燒瓷遺像，立於碑後，此皆出許女士設計，而同人贊助之，惜先生因事留京，同人等未及請示指導。」信中還要求蔡先生給孔令俊所編《五卅運動史料》寫篇序文。(《茅盾書簡》)

二十四日　作《「立此存照」續貂》(文論)，署名蒲牢。載《中流》第一卷第七期「補白」欄，現收《茅盾全集》第二十一卷。批評任白戈的觀點(按：約十二月，任白戈在東京《質文》二卷二號撰文批評《文藝界同人爲團結禦侮與言論自由宣言》，認爲「創作自由問題……如果要從文藝底領域中來，向連思想言論自由都沒有的理論家或批評家提出，那便等於向嬰兒要奶吃」，又認爲「國際文學本來是通過各階層的一個動員作家的口號，並不是那一黨或那一派所專有的」等等)，並指出「這位作者連提倡國防文學與國民黨的文藝政策不無關係都不知道，連『宣言』，也沒看懂，眞正叫人有點哭笑不得了。」

二十五日　發表《卑劣根性》(文論)，署名未名。載《立報・言林》。

同月　《創作準備》，作爲「青年叢書之一」由生活書店出版社出版。這本書是應生活書店的要求而寫的。茅盾和魯迅一樣，最反對「小說作法」一類的書，但生活書店經理徐伯昕對他說：這類書卻有市場，有讀者，一些年青的初學寫作者，常常饑不擇食買這種書來讀，結果上當不說，還被引上歧途。所以我們想出一本健康的、對初學寫作者眞正有幫助的書。你寫最合適，因爲你有親身的體會。魯迅在生病，他是不會寫的。茅盾說，我看推諉不掉，用了一個星期把這本書一氣哈成了，約三萬字，書名叫《創作準備》。全書講了八個問題：學習與摹仿，基本練習，收集材料，關於「人物」，從「人物」到「環境」，寫大綱，自己檢查自己，幾個疑問。這本書出版時頗受歡迎，出書不幾天，第一版就銷售一空。（《我走過的道路》〈中〉）

同月　芸麗、筱梅編《茅盾創作選》，由上海仿古書店出版。

本月

二十二日　蔣介石拘捕抗日救國的七領袖：沈鈞儒、李公樸、王造時、章乃器等。

日僞軍進犯綏遠省，傅作義率部抵抗。

十二月

一日　發表《研究和學習魯迅》（文論）。載《文學》第七卷第六號。亦見於 1937 年《文摘》創刊號。現收《茅盾全集》第二十一卷。指出，魯迅是「民族解放的象徵」，是「中國民族有前途的明顯的保證」，「他的工作是一把堅利無比的寶劍」，因此，「學究式的研究決非我們的當前急務。」云要「牢牢記住，時時追蹤的」，「一是他的戰鬥精神」，「二是他的戰鬥的技術」。

五日　發表《孔夫子與補鞋匠的故事》（短論），署名何典。載《中流》第一卷第七期「補白」欄。舉孔夫子和補鞋匠的故事說明，「我對於《沫若文集》裡關於孔夫子吃飯和孟夫子離婚的故事，並不覺得是『侮慢孔孟』。」

同日　在同期《中流》「補白」欄裡，還發表《人瑞》（短論），署名何典。

同日　作《致言語》（書信），載《茅盾書簡》。告訴他，他的《東北文壇通訊》已介紹到《文學》社。

七日　作《致黃旭》（信函）。

二十日　作《致黃旭》（信函）。

同日　作《致增田涉》（信函），載增田涉：《魯迅的印象》，東京角川書店，昭和四十五年版。

三十日　發表《談賽金花》（文論）。載《中流》第一卷第八期「文藝時評」欄，現收《茅盾全集》第二十一卷。根據夏衍《賽金花》的演出情況和劇本內容，提出下述見解：「據我的觀察，根本原因大概是在劇作者寫作之前對於這劇的主題自己也未把握到中心。……結果：要從賽金花身上解釋出『歷史的諷諭』來，自然在滑稽。」「用賽金花爲主角並不是不可以；然而要在『國防文學』的旗幟下以賽金花爲題材，終於會捉襟露肘，如果一定捨不得『賽金花』，那麼，我們應當以寫庚子事件爲主，以賽金花作爲點綴。」

同日　《微波》（小說）。載《好文章》一卷第七期。

同月　發表《手的故事》（小說），刊於「開明書店創業十週年紀念」專刊：《十年續集》，曾收入《煙雲集》，現收《茅盾全集》第九卷。

本月

十二日　張學良、楊虎城扣留到西安督促「剿共」的蔣介石，史稱「西安事件」。

十九日　中共中央發佈《關於西安事變及我們的任務》。

同年

《暴動》（《子夜》中的一章，普珂夫譯），收入同年俄文版《中國文學作品選》。

《文藝日記（1936年重編本）12月份題詞》，載生活書店版《文藝日記》。

《「十年」續集》，由開明書店出版。

譯文集《現代翻譯小說選》，收入翻譯小說三十篇並附緒言《近年來介紹的外國文學》，由交通書局出版。

巴雷、朱紹之編《茅盾傑作選》，由萬象書屋盜版印行。

茅盾參加編選的《短篇佳作選集》在生活書店出版。

埃德加·斯諾編譯的《活的中國——現代中國短篇小說選》在倫敦出版。內收魯迅、茅盾、巴金、郭沫若等作家的作品。

與鄭振鐸、胡愈之等爲謝冰心、吳文藻餞行，歡送吳文藻因獲得「羅氏基金會」遊學教授獎金而前往歐美講學。

同年　應趙家璧請，爲良友圖書公司將出版的《二十人所選短篇佳作集》推薦了陳白塵的小說《小魏的江山》。這篇小說後來成爲陳白塵的成名之作。（趙家璧《回憶郁達夫與我有關的十件事》，載《新文學史料》1985 年第 3 期）

當年

穆木天發表《看了〈春蠶〉影片之後》，載《平凡集》，新鐘書店出版。

一九三七年（四十二歲）

一月

一日　《文學》第八卷第一號出版，發表：

《論初期白話詩》（文論）。現收《茅盾全集》第二十一卷。認爲「白話詩的歷史，足足有了二十年了。『五四』運動以前，在白話詩方面盡了開路先鋒的責任的，除胡適之而外，有周作人、沈尹默、劉復、俞平伯、康白情諸位。這幾位先生中，繼續寫白話詩比較久的，似乎只有俞平伯。現在青年人寫詩技術幼稚，太多空洞的議論」，應向初期白話詩學習。文章接著論述了初期白話詩的特色。

《兩個反法西斯的獎金》（簡訊），署名芬。透露德國作家保護會法國分會設的海涅獎金和德國作家保護委員大會通過的赫德爾獎金的情況。載《補白》欄。

同日　發表《渴望早早排演》（文論）。載《天津《大公報・文藝》，現收《茅盾全集》第二十一卷。對曹禺的新作《日出》作了肯定的評價。

五日　作《致增田涉》（書信），載日本昭和四十五年東京角川書店版《魯迅的印象》（增田涉著）。

十日　作《「通俗化」及其他》（文論）。載《語文》第一卷第二期，二月一日，現收《茅盾全集》第二十一卷。

十五日　發表《日記及其他》（文論）。載《中流》第一卷第九期，亦見《月報》第一卷第二期，現收《茅盾全集》第二十一卷。認爲流行的「正當寫法」的日記，「原則只有一條：自誇而諛人」，而魯迅的《馬上日記》是另一種寫法，「把雜感寫成日記式」，這是種「叫人頭痛的寫法。」

十六日　發表《眞亞耳（Jeneeyre）的兩個譯本——對於翻譯方法的研究》（文論）。載《譯文》新二卷第五期，現收《茅盾全集》第二十一卷，正題改爲《〈簡愛〉的兩個譯本》。

二十三日　作《致言語》（書信）。云：來稿「內容略覺鬆散，但報告『新京』之王道卻是有意義的」。載《東北文壇消息》。

當月

五日　余列（王瑤）發表《〈多角關係〉》，載《清華週刊》第四十五卷第十、十一合期。云：雖然作品故事「關係極其複雜，但結構的確異常巧妙和完整」。

同月　常風發表《論茅盾的創作——從〈蝕〉到〈子夜〉》，載《書人月刊》第一卷第一號。

本月

九日　上海婦女兒童慰問團往綏遠前線慰勞抗日將士，演出了《放下你的鞭子》等劇目。

十日　由草原詩歌社等九團體的王亞平、白羽、田間、李華、周行、周而復、蒲風、雷石瑜等七十人發起的中國詩歌作者協會發表宣言，呼籲詩歌作者聯合起來，「爲了和平，爲了自由，爲了爭取中華民族解放的勝利，擔負起詩歌底新的歷史的任務來」。

本月　上海東亞圖書館出版《恩格斯等論文學》。

二月

一日　發表《普式庚百年忌》（述評）。載《世界知識》第五卷第十號。

同日　發表《敘事詩的前途》（文論）。載《文學》第八卷第二號，現收《茅盾全集》第二十一卷。指出：「這一二年來，中國的新詩有一個新的傾向：從抒情到敘事，從短到長。二三十行以至百行的詩篇，現在已經是短的，一千行以上的長詩，已經出版了好幾部了。這在一方面說來，當然是可喜的現象。……這是新詩人們和現實密切擁抱之必然的結果；主觀的生活的體驗和客觀的社會的要求，都迫使新詩人們覺得抒情的短章不夠適應時代的節奏，不能不把新詩從『書房』和『客廳』擴展到十字街頭和田野了。而同時，近年來新詩本身的病態——一部分詩人因求形式之完美而競向雕琢，復以形式至上主義來掩飾內容的空虛纖弱，乃至有所謂以人家看不懂爲妙的象徵派，——也是使得幾乎鑽進牛角尖去的新詩不能不生反動的。因此，我覺得『從抒情到敘事』，『從短到長』，雖然表面上好像只是新詩的領域的開拓，可是在底層的新的文化運動的意義上，這簡直可說是新詩的再解放和再革命。」文章接著評論田間的《中國農村底故事》，臧克家的《自己的寫照》。

十六日　發表《十二月黨人的詩》（譯文），（〔蘇〕V・李信竇夫・波爾耶斯基作），載《譯文》新二卷第六期。

同日　發表《〈十二月黨人的詩〉後記》（序跋），載《譯文》新二卷六期。

同日　發表《賽金花論》（論文），署名何典。載《讀書》半月刊第一卷第二期。

二十日　發表《關於「報告文學」（文論）。載《中流》第一卷第十一期，現收《茅盾全集》第二十一卷。說「『報告』是我們這匆忙而多變化的時代所產生的特性的文學式樣」。「『報告』決不會阻礙小說的，在文藝的戰場上，兩者是性質不同，然而各有各的效用的武器。並且由於『報告』之必須具備小說的藝術條件，對於小說的發展也應當有利」。

二十八日　《致言語》（書信）。云「一、二日後我就要離開上海，小小旅行一次」，「在上海雜事分心，精神越來越壞，旅行一下，想換換空氣。這三、四月來，我沒有創作，除了偶寫短文，別無生產」。（《茅盾書簡》）

本月

中共中央致電國民黨五屆三中全會，爲促進國民黨抗日合作，提出五項要求，四條保證。國民黨於二十一日通過接受共產黨建議的決議案。

三月

一日　發表《鞭炮聲中》（散文）。載《熱風》終刊號，現收《茅盾全集》第十一卷。勾勒了蔣介石被放回南京那個聖誕節晚上和上海一些小市民的情況，表達了作者的「寂寞」，以及對小市民的「無聊」感到「可笑」、「討厭」的心情。

五日　發表《讀畫記》（文論）。載《中流》第一卷第十二期。稱讚美國民眾藝術家 Jacob Burok 的有關勞工、戰爭等方面的漫畫「實在是那時期的世界史劇」。文章以此爲例批評了那種認爲「思想」會妨礙藝術的看法。

十日　發表《「一個眞正的中國人」》（短篇小說）。載《工作與學習叢刊》一：《二三事》。初收《煙雲集》，現收《茅盾全集》第九卷。寫一個買辦資本家在聽到西安事變和平解決，國共兩黨停止內戰的消息後的惶恐心情。

同日　發表《雜記一則》（散文）。載《工作與學習叢刊》一：《二三事》，現收《茅盾全集》第十六卷。

同日　發表《「奴隸總管」解》（文論）。載《工作與學習叢刊》一：《二三事》，現收《茅盾全集》第二十一卷。

二十五日　發表《〈春天〉》（文論）。載《工作與學習叢刊》二：《原野》。現收《茅盾全集》第二十一卷。認爲艾蕪的中篇《春天》，展開給我們看的，「是眾多人物的面相以及農村中各階級的複雜關係。這一切，作者都能給以充分的形象化；人物是活人，故事是自然渾成，不露斧鑿的痕跡」。

三十一日　作《讀報有感》（散文）。載《工作與學習叢刊》：《收穫》。附《後記》。現收《茅盾全集》第十六卷。

同月　作《精神食糧》（文論）。本書初由增田涉譯成日文發表於日本《改造》第十九卷第三號，後由錢青據日文譯成中文，刊於一九八一年九月二十三日《解放日報》，現收《茅盾全集》第二十一卷。

本月

周揚第一次介紹車爾尼雪夫斯基的美學著作《藝術與現實之美學關係》，載《希望》創刊號。（按：到四十年代正式譯出全文出版。）

四月

十六日　發表《給羅斯福總統的信》（譯文）（〔美〕J·L·斯比伐克作）。載《譯文》新三卷第三期。

同日　發表《〈給羅斯福總統的信〉後記》（序跋），載《譯文》新三卷三期。

同日　發表《〈玄武門之變〉序》，（序跋）初收宋雲彬著開明書店初版《玄武門之變》，現收《茅盾全集》第二十一卷。認爲魯迅是以歷史事實爲題材創作文學作品的「偉大的開拓者和成功者」。指出魯迅「用現代眼光去解釋古事」和「更深一層的用心——藉古事的軀殼來激發現代人之所應憎與應愛，乃至將古代和現代錯綜交融」，是後來者應理會、學習的。同時論述現代歷史題材作品的成功和不足。

當月

十六日　李洪發表《茅盾先生的〈吉訶德先生〉》，載《宇宙風》半月刊第三十九期。

本月

中共中央發表《告全黨同志書》，號召爲現實和平、民主和對日抗戰而奮鬥。

新華通訊社在延安成立，中國共產黨機關刊物《解放》亦在延安創刊。

春

參與組織並主持「月曜會」的活動：「自魯迅逝世後，上海文壇有點沉悶，和馮雪峰商量，決定爲作家們組織一些活動，加強聯繫，交流感情。這個時期，與青年作家接觸的機會較多，老相識的有沙汀、艾蕪、蔣牧良等；新結識的有端木蕻良、駱賓基等。由於與青年作家接觸多了，所談的問題又往往相同，於是就產生了何不幾個人聚在一起座談的念頭。『星期聚餐會』，亦名『月曜會』，就是在這種念頭下出現的。參加的人大致上是固定的，記得有王統照、張天翼、沙汀、艾蕪、陳白塵、王任叔、蔣牧良、端木蕻良等，有時艾思奇也參加，一些刊物的主編有時聞訊也趕來參加，他們想利用這個機會拉一批稿件。拉王統照參加的目的，因他是《文學》的主編，對青年作家來稿中存在的毛病可多提意見，同時，他還可以爲《文學》的稿源，開闢一個基地。每次『月曜會』一般沒有預定的題目，大家隨便海闊天空地聊，從國際國內的政治形勢，文壇動向，文藝思潮，個人見聞，以至在座的某位作家的某篇佳作，都可以談。這個『月曜會』開始於一九三七年春，到『八一三』上海抗戰就停止了。」(《我走過的道路》〈中〉)

建議創辦《工作與學習叢刊》：「這叢刊是馮雪峰和我商量，根據我的建議而出版的。當時要新出一種雜誌或報紙，必須到國民黨上海市政府的新聞檢查發備案和到工部局去登記，而他們常常藉故拖延甚至不准。但書店出新書則不必經此手續。『叢刊』類似『叢書』(至少對國民黨的檢查處和工部局可以這樣說)，故書店有權自行出版，不必備案和登記。」「當時上海進步的文藝刊物很少，作家們尤其青年作家們的作品苦於無處發表，在『月曜會』上大家經常議論，希望能辦個新的文藝刊物。出『叢刊』的主意就是這樣想出來的。」「《工作與學習叢刊》共出了四輯」。(《我走過的道路》〈中〉)

五月

五日　發表《農村來的好音》(散文)。載《中流》第二卷第四期。現收《茅盾全集》第十一卷。指出，去年夏秋，由於物價飛漲，地主加租，「錢從農民手裡經過，很快就沒有了」。（按：《茅盾全集》將該條目排在 1937 年 4 月 5 日，係誤植。）

十五日　發表《希望分工合作》（散文）。載《讀書》創刊號，現收《茅盾全集》第十六卷。

十六日　發表《求全的責備》（文論）。載《文風》第一卷第一期，現收《茅盾全集》第二十一卷。

二十五日　作《〈煙雲集〉後記》（序跋）。載良友圖書印刷公司初版《煙雲集》。雲集中作品是「逼出來的」，「選擇題材往往不能不顧到環境，免得編輯先生爲難，於是久在思索中之題材不得不捨割，新有所感的題材亦不得不放棄，譬諸引路，荊榛載道，不能放開腳步，逼得只能取一迂迴曲折既不踣躓亦不累人的小路，而又私願能不違於大道，這一個『逼』，使較限期交稿更難對付」。

同月　出版《煙雲集》（短篇小說集），良友圖書印刷公司初版。

本月

向培良、李青崖主編的《中國文藝》在上海創刊。

歐陽予倩、馬彥祥主編的《戲劇時代》在上海創刊。

北平東北大學學生請願，要求恢復張學良自由。

六月

十日　發表《知識飢荒》（散文）。載生活書店印行的《黎明》。現收《茅盾全集》第十六卷。

同日　發表《「思想測驗」》（散文）。載生活書店印行的《黎明》。現收《茅盾全集》第十六卷。

同日　發表《變好和變壞》。載《好文章》第一卷第九期。

同日　發表《〈煙苗季〉和〈在白森鎮〉》（書評）。載《工作與學習叢刊》：《收穫》，現收《茅盾全集》第二十一卷。評論周文的長篇《煙苗季》和中篇《在白森鎮》。說，讀了《煙苗季》和《在白森鎮》後，「有一個結論是無論如何會得出來的：在中國這個最大最富庶也最黑暗的邊省裡，封建軍閥們——大的和小的，曾經怎樣把廣大的幅員割裂成碎片，而且在每一最小的行政單位（例如白森鎮）內也成爲各派軍閥暗鬥的場所」。作品中「那種醜惡，亦何嘗只限於那『邊荒一隅』，不過是形式略有變化而已」。

十六日　發表《菌生在廠房裡》(譯文)，(〔美〕J・牟倫作)。載《譯文》新三卷第四期。附《後記》。

二十三日　作《荒與熟——一個商人的「哲學」》(散文)。載《文叢》第一卷第五號。現收《茅盾全集》第十一卷。

二十五日　發表《哭聲和賀聲》(散文)，署名未名。載《立報・言林》。

二十七日　發表《反對日本〈新地〉辱華片宣言》(宣言)，與巴金、周揚、夏衍，光未然等一百四十餘人聯署。載上海《大晚報》。揭露日德法西斯合拍的電影《新地》的陰謀，指出該片鼓吹日寇入侵我東北，把東北說成是大和民族的「新地」的罪行。認爲該片的公映「是對中國人民的示威和侮辱」，要求製作《新地》的電影公司向「中國政府和中國人民聲明道歉」。

月底　從鄭振鐸處得國民黨中央政治委員會秘書處寄鄭託轉的信，約請出席蔣介石召開的第三期廬山談話會。鄭贊成譜主前往參加，理由是「可以聽聽老蔣說些什麼，這比報紙上的新聞可靠」。遂寫了回信，仍託鄭轉寄對方。(陳福康：《鄭振鐸年譜》)

當月

葉如桐發表《〈印象・感想・回憶〉》，載《國聞週報》第十四卷第二十二期。云：讀了「印象」中的五篇，「我們所能在裡面『隱約窺見少許』的，也實是『現在社會的一角』。」茅盾對於筆尖所觸到的現象，「給予了淡淡的輕微的小諷刺」。「至於四篇『感想』裡面的文筆，那就比較『印象』文章來得銳利了。它們是鋒芒顯露的短雋的『雜文』，作者是明白地說了自己心裡所要說的『感』和『想』的。」

本月

上海市民四千餘人上書請願，要求釋放沈鈞儒等人。

七月

一日　《文學》第九卷第一號出版，登載的文章有：

《新文學前途有危機麼》(文論)，現收《茅盾全集》第二十一卷。鑒於一些要求進步的青年以及一些中間立場的作家對新文學的前途產生迷茫和悲觀的情緒，作此文。批評了朱光潛的一些觀點。

《文風與「生意眼」》（文論）。現收《茅盾全集》第二十一卷。從北方同人雜誌《文風》第 1 期「編後記」中批評某騙子在上海播弄是非而使《文學導報》停刊一事談起，抨擊文化圈內一些「無文」的文人播弄是非的狀況，而「播弄是非者」又必工於「招搖撞騙」，「這些手法無非一原則的運用，即『生意眼』」。

《〈鴛場〉及其他》（文論）。現收《茅盾全集》第二十一卷。評論葛琴的創作。云：「有兩種作品，一種文字流利，技巧圓熟，可是書中的人和事不願在你腦膜上多停留；另一種文句生硬，技巧幼稚，然而書中的人和事卻能捕住我們的思想和情緒。」「與其讀工整平穩不痛不癢的作品，我寧願讀幼稚生硬然而激動心靈的作品。對於葛琴的《鴛場》和《總退卻》，我的感想就如此。」（《我走過的道路》〈中〉）

五日　發表短評《關於「差不多」》（文論）。載《中流》第二卷第八期，現收《茅盾全集》第二十一卷。批評炯之在《作家間需要一個新運動》一文中的錯誤觀點。「在他看來，國內的文藝界竟是漆黑一團，只有他一雙炯炯的巨眼在那裡關心著。此種閉起眼睛說大話的態度倘使眞正成爲『一種運動』，實在不是文藝之福！」

十四日　作《想到》（短評）。載《中華公論》創刊號。現收《茅盾全集》第二十一卷。

二十日　發表《關於〈武則天〉》（文論），載《中流》第二卷第九期，現收《茅盾全集》第二十一卷。宋之的歷史劇《武則天》之失敗，主要在「客觀的效果」打了「劇作者和導演者」的「嘴巴」，「什麼『國防』與『非國防』，『歷史的』與『非歷史的』，『女權』與『夫權』之爭，我認爲都屬次要，《武則天》給話劇提出的一個主要問題，就是如何使主觀的目的與客觀的效果成爲一致。如果離開了這一個最致命的實際問題而斤斤於『國防』『非國防』等等，老實說，不免是廢話。」

同日　又從鄭振鐸處得國民黨中央政治委員會秘書處託轉的電報。獲悉蔣介石原擬召開的「三期談話會因時局關係暫緩舉行」。（陳福康：《鄭振鐸年譜》）

同月　發表《〈子夜〉木刻敘說》（文論）。初收未名木刻社印行的《木刻之圖》，現收《茅盾全集》第二十一卷。

本月

七日　日本侵略軍在蘆溝橋附近進行軍事演習，詭稱一名士兵失蹤，要求進入宛平縣城搜查，遭到中國軍隊拒絕，日軍竟以武力進犯，當地駐軍即奮起抗戰，從而揭開了抗日戰爭的序幕。此即「七七事變」，史稱「蘆溝橋事變」。

十五日　上海劇作協會擴大改組爲中國劇作者協會。

十七日　蔣介石被迫在廬山發表談話，宣布對日抗戰。

二十八日　上海市文藝界救亡協會成立。

八月

一日　發表《劇運平議》（文論）。載《文學》第九卷第二號，現收《茅盾全集》第二十一卷。對「劇運」方面引起熱烈討論的一些問題發表意見。指出：「如果把『抓住市民觀眾，爭取演劇自由』作爲目今劇運的中心點，而將其他的局部問題圍繞之，那麼，各個局部問題利弊之間的取捨，似乎並不會漫無標準了。」

五日　發表《爆竹聲以後》（散文）。載《中流》第二卷第十期，現收《茅盾全集》第十六卷。要求國民黨政府立即發動「全面的抗戰」。

十二日　從八月十日起，閘北、虹口、楊樹浦難民的洪流開始向租界滾滾而來。到十二日，德沚不知從哪裡聽來了謠言，說仗一打起來，日本鬼子就要進駐越界築路地段，而信義村正屬這個地段。因此，她自告奮勇去開明書店總廠搬運存放在那裡的一些書。但因租不到車子也弄不到木箱，只把兩皮箱「細軟」運到租界的親戚家中。（《烽火連天的日子》——回憶錄〔二十一〕）

同日　去找馮雪峰，然後一起去參加由鄒韜奮、胡愈之他們約集的一個會議。會上大家都很興奮，認爲神聖的抗日戰爭必然要爆發了，親日派再也拖不住這歷史車輪了。談到出版刊物，有人主張加強目前的幾個大型刊物，如《文學》、《中流》、《譯文》等。大家同意韜奮提出的「把《生活期刊》換一個名稱重新復刊。大家認爲這個意見正確，決定分頭去醞釀準備，並認爲既要有文藝性的刊物，更要有綜合性的期刊和報紙」。（同上）

十三日　發表《小病》（散文）。載《國民週刊》第十五期，現收《茅盾全集》第十六卷。云抗戰時期，「我們的武器是一枝筆」，可「寫些鼓勵民氣的文章」。嘲諷和揭露有一些「漢奸」「忽爲『民族英雄』」。

同日　上午九時許，傳來了閘北已經開了火的消息。遂跑上街頭，向開明書店總廠的方向走去。想碰碰運氣，看能不能把那些書運出來，搬出一部分來也好；而更重要的是想親自證實一下：這時代是否眞的到來了。晚上，鄭振鐸來，告訴從市政府得來的可靠消息：政府決定對民間的抗日救亡活動採取開放政策，各種救亡團體，只要向政府登記，就可以公開活動。他又說，《文學》要停刊了。（《烽火連天的日子》——回憶錄〔二十一〕）

十四日　星期六，照例有個聚餐會。到會的人數很多。多數人已經聽說政府改變了禁止救亡運動的政策。談話集中到今後作家、文藝家的任務以及如何活動等問題上來。主張：「在必要的時候，我們人人都要有拿起槍的決心，但是在目前，我們不要求作家藝術家投筆從戎，……我們的武器就是手中的筆，我們要用他來描繪抗日戰士的英姿，用它來喊出四百萬同胞保衛國土的決心，也用它來揭露漢奸、親日派的醜惡嘴臉。但我們的工作崗位將不在亭子間，而是前線、慰勞隊、流動劇團、工廠等等。」……談到出版刊物，多數人主張不管《文學》、《中流》等大型刊物停不停刊，我們都要馬上辦起一個適應戰時的需要，能迅速傳布出作家們吶喊聲的小型刊物來，而且認爲應該由我來擔任刊物的主編。當天下午我約了馮雪峰去找巴金。巴金完全贊成辦這樣一個刊物。……雪峰道：這是個好辦法，何不就用《文學》《中流》《文叢》《譯文》這四個刊物同人的名義辦起來，資金也由這四個刊物的同人自籌？我說：就這麼辦，還可以加一條：寫稿盡義務，不付稿酬。我們又研究了刊物的名稱：初步確定叫《吶喊》，發刊詞我來寫。」（《烽火連天的日子》）

同日　晚，與巴金等前往黎烈文家商談創辦《吶喊》具體事宜。「我們在黎烈文家商談，公推茅盾同志擔任這份小刊物的編輯，刊物出了兩期被租界巡捕房查禁，改名《烽火》繼續出下去，我們按時把稿子送到茅盾同志家裡，不久他離開上海，由我接替他的工作時，發現看過採用的每篇稿件都用紅筆批改得清清楚楚，而且不讓一個筆劃難辨的字留下來」。（巴金《悼念茅盾同志》，載《文藝報》1981 年第 8 期）

十五日　到《文學社》找到了王統照。於是「我提議創刊號上《文學》等四個刊物的主編要各寫一篇文章。」（《烽火連天的日子》）

同日　找到鄭振鐸、鄒韜奮，約他們寫文章。並獲悉他們創辦了《抗戰》

三日刊等。

同日 與巴金等晤面商談。「巴金和我約了四位主編開了第一次會。討論了編輯方針、紙張和印刷問題，並最後決定以《吶喊》為刊名」，並主張「創刊號文章由我們這些人包了。稿件最遲十九號交來，文章不要長，一千字以內」。從巴金處獲悉，胡風、蕭乾也同意不拿稿酬寫文章。(《烽火連天的日子》)

二十三日 作《炮火的洗禮》(文論)。載八月二十四日《救亡日報》，現收《茅盾全集》第十一卷。云：「在炮火的洗禮中，中國民族就更生了，讓不斷的炮火洗盡了我們民族數千年在專制政治下所造成的缺點」、「洗淨了我們民族百年來所受帝國主義的侮辱」。

同日 作《關於「投筆從軍」》(文論)。載《抗戰》三日刊第三號，現收《茅盾全集》第十六卷。

同日 作《街頭一瞥》(散文)。載十月四日《國聞週報・戰時特刊》第三期，現收《茅盾全集》第十一卷。讚揚在「八・一三」炮火中「出生入死，喋血市街」的戰士。

二十四日 與郭沫若、鄒韜奮、鄭振鐸、巴金、胡愈之、夏衍等組成組委會，由「上海市文化界救亡協會」主辦的《救亡日報》終於創刊。

二十五日 《吶喊》創刊號出版，「封面上印著『文學社、文季社、中流社、譯文社合編』，另有一則我起草的本刊啓事」。云：「滬戰發生」，「四社同人」「為我前方忠勇之將士，後方義憤之民眾，奮起禿筆，吶喊助威」，又云：「經費皆同人自籌，編輯寫稿，咸盡義務。對於外來投稿，除贈本刊外，概不致酬。」

同日 發表《站上各自的崗位——〈吶喊〉創刊獻辭》(文論)。載二十五日《吶喊》創刊號，現收《茅盾全集》第十六卷。認為「大時代已經到來了！民族解放的神聖戰爭要求每一個不願做亡國奴的人貢獻他的力量」。

同日 發表《寫於神聖的炮聲中》(散文)。載《吶喊》創刊號。現收《茅盾全集》第十六卷。云：「文化的發榮滋長，需要合作的環境，但更需要獨立自由的精神，……因此我憎恨戰爭，也憎恨專制政治和侵略的帝國主義。但是為了爭取獨立自由，我無條件地擁護打個人對環境的，民眾對外來侵略的戰爭。中國民族現在被逼得對日本帝國主義作決死的戰爭，我覺得是無上的光榮。」

二十六日　發表《此亦「集體創作」》（文論）。載《救亡日報》第三號，現收《茅盾全集》第二十一卷。認爲「現在我民族正開始用血用肉來寫一部空前的『集體創作』」，「要全國上下眞正能一心一德，互相督勵，分工合作，才能完成這部創作。」

二十八日　發表《對於時事播音的一點意見》（文論）。載《救亡日報》第五號。現收《茅盾全集》第二十一卷。指出，上海戰爭發生以來，救亡歌曲代替了從前的靡靡之音，戰爭新聞，防空常識代替了化妝品宣傳，尤其時事播音更爲廣大聽眾所關心。但是這些播音只是死板板地宣傳報紙，缺乏感人的力量。因此，文藝界同遊藝界應該聯合編些感人的故事，效果就會好些。

二十九日　發表《「恐日病」一時不易斷根》（雜文）。載《吶喊》第二期，現收《茅盾全集》第十六卷。批評小市民的「恐日病」，指出這是五六年來大小漢奸們精心配合培養的病菌，「要長期的炮火來消毒，才能斷根」。

同日　《吶喊》第二期出版，但被工部局扣留，同時被扣被禁的還有《抗戰》三日刊，《救亡日報》。茅盾等奔到公共租界工部局去抗議，工部局卻拿出國民黨上海新聞檢查所的一紙公函道：我們是遵照上面開列的名單查禁的。（《烽火連天的日子》——回憶錄〔二十一〕）

三十一日　與鄒韜奮、胡愈之、鄭振鐸等聯名給國民黨中央執行委員會宣傳部部長邵力子發了一封電報，抗議扣留抗日刊物的行爲，要求立即查辦此事。（《烽火連天的日子》）

當月

杜君謀發表《茅盾與夫人孔德沚的結合》，載《作家軼事》，千秋出版社出版。

本月

十三日　日本帝國主義進攻上海，中國軍隊奮起反擊。

十四日　國民黨政府外交部發表抗戰聲明。

二十五日　中共中央在陝北洛川召開政治局擴大會議，通過了《抗日救國十大綱領》。

九月

三日　從上海市社會局局長潘公展那裡得悉轉來的邵力子一日的回電

和二日的回信。電報說：「已電詢新檢所飭覆，最好辦法爲速辦登記。」回信附了一份上海新聞檢查所爲自己辯解的抄件。在信中，再次要求「從速辦理登記」。閱後，發現邵對我們「抗議」的要求含糊其辭，但因爲「邵力子是我們的老朋友，他寫這封信的關係我們也清楚，我們四人研究後，決定讓一步，遵照邵力子的意思，走個形式，到社會局補辦登記手續。」「那時，對於《吶喊》這刊名已聽到不少不贊成的意見。……既然要補辦登記手續，我們就決定趁機改換刊名爲《烽火》。又考慮到登記後照例要注明刊物的負責人，就在《烽火》第一期封面上加印了『編輯人茅盾，發行人巴金』。後來上海淪陷，《烽火》搬到廣州繼續出版，又把兩個負責人倒換過來，成了『編輯人巴金，發行人茅盾』。其實，從 10 月份起，我暫時離開上海，《烽火》的實際主編就是巴金了；搬到廣州出版後，我這個發行人更完全是掛名，因爲那時我已在香港編《文藝陣地》了」。（《烽火連天的日子》——回憶錄〔二十一〕）

五日　發表《戰神在嘆氣》（雜感）。載《烽火》創刊號。現收《茅盾全集》第十六卷。以戰神的口吻申斥日本帝國主義。

八日　發表《不是恐怖手段所能懾伏的》（雜文）。載《救亡日報》第十號，現收《茅盾全集》第十一卷。對侵略者轟炸徒手民眾的血腥罪行無比憤怒，對敵人用飛機「威脅後方」的無恥戰略投之以輕蔑，「民不畏死奈何以死懼之！」

十日　發表《從三方面入手》（散文）。載《救亡日報》第十二號，現收《茅盾全集》第十六卷。

十一日　發表《事實擺在這裡》（散文）。載《戰時聯合旬刊》第二期。現收《茅盾全集》第十六卷。揭露日本政府關於「這次戰爭是對付中國政府，不是與中國民眾爲敵」的謊言。云日軍的「轟炸屠殺」和中國軍民的堅決抗戰的事實早已戳穿了日軍的「煙幕」。

同日　發表《日本文武的「豪語」》（雜文）。載《戰時聯合旬刊》第二期。現收《茅盾全集》第十六卷。嘲諷和抨擊日軍將士和近衛首相「恫嚇」「說大話」的「豪語」，在鐵的事實面前一個個破了產。

同日　作《一支火箭以後》（散文）。載《救亡日報》第十六號，九月十四日，現收《茅盾全集》第十六卷。駁斥日本帝國主義對中蘇互不侵犯協定的攻擊。

同日　作《首先是幹部問題》（散文）。載《救亡日報》第十七號。現收《茅盾全集》第十六卷。認爲過去民眾組織搞得不好，首先是幹部問題。

十三日　發表《展開我們的文藝政策》（文論）。載《救亡日報》第十五號，現收《茅盾全集》第二十一卷。指出，「文藝工作者把陸空軍戰士們的英勇的勳業作爲中心題材，是應該的」。其次，要擴展作品的題材，暴露敵人滅絕人道的暴行，描寫各式各樣漢奸的活動。

中旬　戰局之劇變，顯示出上海不能久守。「我首先考慮的是母親，她願意同我們一起去內地，還是留在上海租界？我寫信去問母親。她的回答卻出乎意料，她要留在烏鎮！……於是，只好派德沚回烏鎮去說服母親，並把母親接到上海來。「幾天之後，德沚一個人回來了。」她說，媽媽不願來上海。「母親既下了決心，我知道沒法改變了，只好自己往好處想，烏鎮是個水鄉，不通公路，也許戰火不會燒到那裡。」（《烽火連天的日子》——回憶錄（〔二十一〕）

十七日　作《光餅》（散文）。載九月十九日《救亡日報》。初收烽火社《炮火的洗禮》，現收《茅盾全集》第十六卷。認爲，那種以爲日本人困於羅店而頑強多日不餓死的原因是他們有極好的「餅」的神話，是「恐日病」的發作。

十九日　發表《今年的「九一八」》（散文）。載《烽火》第三期，初收一九三九年四月烽火社《炮火的洗禮》。現收《茅盾全集》第十六卷。「今年，全國已經燒起了爭自由的烽火」。「只要組織民眾，力求民主化，民眾就會做軍隊的後盾」。

二十日　發表《內地現狀的一鱗一爪》（散文）。載《救亡日報》第二十二號。初收一九三九年四月烽火社版《炮火的洗禮》，現收《茅盾全集》第十六卷。

二十一日　發表《戰時讀報感想》（雜感）。載《立報·言林》。現收《茅盾全集》第十六卷。

同日　作《寫於九月二十一日中午》（散文）。載《文摘》第一號。現收《茅盾全集》第十六卷。指出，本月十九日日本第三艦隊司令長谷川的日本轟炸南京是要「盡快結束日本對華之軍事行動」的宣傳，只不過是此輩「誇大狂」的「機械主義者」的迷夢。

同日　發表《還是現實主義》（文論）。載《救亡日報》，現收《茅盾全集》第二十一卷。針對當時文壇上一些模糊認識，指出「文藝是反映現實的。戰時文藝，應該不是例外」。

二十四日　發表《漫談二則：紳士與海盜流氓、「罷工」與「研究」》（散文）。載《救亡日報》，現收《茅盾全集》第十六卷。在第一則裡，批判那些不靠主觀奮鬥只盼國際形勢轉變的「守株待兔」的人。第二則，以「國聯大會竟無一國登記演說，路透社稱之曰『罷工』」爲例，說明「東方雖已劇戰數月，而西方諸頭緒尚未接妥」。

月底　收到德沚的老朋友陳達人從長沙來電，歡迎孩子去長沙讀書。遂決定把孩子送去。德沚留在上海，負責把全部家當清理分類——送人的，寄存二叔家的，送往烏鎮保存的和隨身攜帶的。德沚還要去一趟烏鎮：運幾箱書去，關照黃妙祥照顧好母親，給母親留下一千元以防萬一。（《烽火連天的日子》——回憶錄〔二十一〕）

月底　突然收到琴秋從南京寄來的一封信。她是在西路軍失敗時被俘的，死中逃生，到了南京，由中央黨部送反省院，最近由周恩來保出來，準備返回延安。「德沚看了信，又哭了一場，我也感慨萬端，是啊，澤民的死，以及千萬個像澤民這樣的志士的『犧牲』，總算換來了和點燃了抗日的烽火！」（同上）

本月

二十二日　天津淪陷，國民黨中央社正式公佈中國共產黨提出的關於國共合作的宣言。

二十三日　蔣介石發表承認中國共產黨合法地位的談話。

二十五日　八路軍在平型關殲滅日本精鋭部隊板垣旅團，取得抗戰以來第一次重大勝利。

十月

四日　發表《三件事》（散文）。載《救亡日報》第三十六號，現收《茅盾全集》第十六卷。通過三架敵機因發生故障降落中國鄉野後，村民的不同反應，說明第三件事是正常的。因爲在第三件事中，村民馳報我駐軍，敵駕駛員逃逸，而第一、二件事中，村民或不敢近前，或爲之推助，表現出麻木愚昧的狀態。

同日　發表《街頭一瞥》(散文)。載《國聞週報》戰時特刊第三期，初收烽火社版《烽火的洗禮》，現收《茅盾全集》第十一卷。

五日　吃過午飯，和兩個孩子到上海西站。在車上遇到了鄭伯奇。他帶著夫人、孩子回老家西安去，那裡有一家報館請他主編副刊。(《烽火連天的日子》——回憶錄〔二十一〕)

六日　上午九時車抵鎮江，買到了當天下午去武漢的統艙票。這一天剩下的時間，帶孩子遊玩了鎮江的公園，品嘗了鎮江的肴肉和干絲。(《烽火連天的日子》)

八日　傍晚，船在漢口靠岸。和兩個孩子坐上黃包車找到了開明書店漢口分店。在那裡意外地見到了葉聖陶和章錫琛。請分店經理章雪舟幫買了第二天去長沙的火車票。同時，又請他代發給陳達人的電報。(《烽火連天的日子》)

十日　中午，到達長沙。陳達人和她的侄女小胖已在車站等候。大家一道乘黃包車來到長沙城外白鵝塘一號陳達人家；陳達人丈夫黃子通已在家等候。(同上)

同日　發表《無題》(散文)。載《文學》第九卷第三號。現收《茅盾全集》第十一卷。讚揚那些「年紀都不過十八九」，卻冒著生命危險到前線去救護傷兵的「我們勇敢的童子軍」。

同日　發表《如何能持久》(雜文)載《救亡週刊》第一期，現收《茅盾全集》第十六卷。

十一日　女兒要作考試準備，兒子卻不願準備，就陪同他去岳雲中學。由教務主任問了阿桑幾個問題，再讓他寫一篇作文，就算錄取了。(《烽火連天的日子》——回憶錄〔二十一〕)

十四日　亞男收到錄取通知。(同上)

十五日　送亞男進校。囑咐她：每週給媽媽寫一封信，星期天到黃先生家裡去玩。回到白鵝塘一號，對黃子通說，明天準備回去。子通跳起來道：這不行，無論如何不行，我已與「湖大」講好，請你去「湖大」作一次講演，消息已經出去了，……你就是看在我的面子上也要再留幾天。(同上)

十六日　徐特立同志前來看望。「次日下午，我正在樓上子通的書房裡準備講演的提綱，忽聽樓下的女僕在叫：『沈先生有客』，一會兒達人走上來對我說，一位姓徐的老先生要見你。我走下樓，看見一位皓首老人，兩眼炯炯有神。我不認識他，正想發問，他已站起來自我介紹道：我是徐特立。噢，原來就是大名鼎鼎的紅色教育家！我緊握他的手問：聽說你在陝北呀？他說，才回湖南幾天，在這裡籌備中共駐長沙辦事處。我十分激動，因爲徐老是我在抗日戰爭開始後第一個接觸到的以公開身份活動的共產黨人，而這樣身份的同志已有十年不見了。我們一見如故地暢談起來：國共合作問題，戰爭形勢，以及到長沙的觀感。……徐老還談到文學，極力稱讚我的短篇小說《大鼻子的故事》。」（同上）

十七日　湖南大學的講演，於下午舉行，聽眾不少，「但我已記不得講的什麼題目了」。（同上）

二十日　從長沙來到漢口。「在開明書店漢口分店等我的是德沚的一封電報，說長江航線有危機，南京以下已不通航，要我走其它路線返滬。所謂其它路線只有走浙贛路和滬杭路。」託章雪舟買到二十四日去杭州的臥鋪票。在等車的兩天中，與聖陶談到今後的打算，都覺得很難預測。有一天徐伯昕來拜訪，要求在武漢主編一個中型的文藝刊物，類似《文學》那樣。「我考慮了一下說，我可以編，不過雜誌應該適應戰時的特點，譬如是否出半月刊？文章要短小精悍，篇幅也要少一點。徐伯昕道：只要你同意編，這些都好說，具體的方案可以等你從上海回來之後再商量」。（同上）

二十四日　乘上火車打算從武昌經長沙到珠州，再轉浙贛線經南昌到杭州。車廂裡悶熱，汗臭，車速很慢，到達杭州時已是十一月初。（同上）

本月

倫敦萬餘人舉行示威大會，聲援中國抗日。

上海戰時文藝協會、上海戲劇界救亡協會相繼成立。

十一月

五日　傍晚，到達杭州。由於凌晨敵軍在金山衛登陸，從中午起火車已不通上海，歸路切斷了；經開明書店杭州分店經理指點，決定去紹興乘紹興或寧波開往上海的輪船。（《烽火連天的日子》——回憶錄〔二十一〕）

六日　到紹興，輪船公司說：船肯定有，但要等幾天，因爲要選一條比

較安全的航線。（同上）

十日　登上回上海的船。船在暮色中開航，先沿著杭州灣東岸向東，到鎮南再折向北方。這條航線雖然繞了一個大圈，卻避開了金山衛海面的戰場。（同上）

十二日　安全返回上海。「上燈時分，我回到家中，只見德沚一個人抱著小貓坐在沙發裡發呆，旁邊的收音機沙沙地響著。她一見我就跳起來高叫：好了，好了，回來了，總算回來了。接著就是一連串的問題：怎樣回來的，孩子們好嗎？路上走了幾天？吃過飯沒有？又說，這幾天把我擔心死了，現在好了，心裡的石頭落下了。說完又急忙忙要去燒洗澡水。我說，先做飯罷，我一天沒有吃呢！她又奔進廚房，只一分鐘，又奔了出來說：剛剛廣播，我軍已經撤出上海。」（同上）

二十一日　發表《非常時期》（一）（報告文學）。載《烽火》週刊第十二期。（按《非常時期》共兩篇）描述送孩子去長沙的旅途見聞。這一篇記的是「十月五日的上海西站」。「上海淪陷後，《烽火》尚未停刊，又繼續出了兩期。巴金聽說我回來了，就向我要文章，我答應他把這次內地『旅行』的見聞錄陸續寫出來。但寫好了頭兩節，才登了一節，《烽火》就停刊了，我的見聞錄也就沒有再寫下去。……我為《烽火》寫的見聞錄第二節，後來被巴金帶到廣州，在復刊的《烽火》上繼續登完。（按：即《蘇嘉路上》）（《烽火連天的日子》——回憶錄〔二十一〕）

本月　形勢急劇變化，為安排母親事焦慮萬分。「敵軍從金山衛登陸後，第二天就切斷了滬杭線，進犯松江，抄襲上海。在後方被包抄的形勢下，放棄上海是意料中之事。但是敵人的突然登陸，卻使母親陷在烏鎮，來不及撤到上海，使人萬分焦心。十一月二十一日所謂『第二防線』的蘇嘉路已經放棄，沿線的嘉興、吳江、蘇州同日陷落。又過了幾天，二叔突然來告訴，黃妙祥託人從烏鎮捎來口信說，烏鎮很平靜，敵人從桐鄉、湖州往西繞過去了，沒有進烏鎮，大嫂很平安，不必擔心。……我們託二叔給烏鎮帶信，要母親來上海，12 月初母親回了一信，說烏鎮很安寧，有商團維持秩序，一切都照舊；而去上海只能坐木船，很辛苦，路上也不太平，所以不準備來上海了。『我這裡有黃妙祥照顧，你們只管放心。』又詢問孫子孫女的情形，表示不放心，要我們趕快去內地」。（同上）

本月

十二日 日軍侵佔上海。太原、蘇州等地相繼淪陷。

二十日 國民黨政府宣布遷都重慶。

中旬 在布魯塞爾召開九國公約參加國及其他國家的會議，擬解決中日問題。日本拒絕出席，並聲稱廢除九國公約。德國亦不願參加。

二十二日 上海《救亡日報》被迫停刊，共出八十五號。

田漢、馬彥祥主編的《抗戰戲劇》在武漢創刊。

十二月

五日 南京被日軍包圍。茅盾作離開上海的準備。搬出了信義村，在法租界的一個公寓裡以難民的身份租了一間房，然後託人購買去香港的船票。船票不好買，一直等到月底。（《烽火連天的日子》——回憶錄〔二十一〕）

三十一日 「和德沚登上去香港的輪船。離別了曾經生活、工作和戰鬥了二十年的上海」，「上海可以說是我的第二故鄉，在這裡我開始了對人生眞諦的探索，也是在這裡我選擇了莊嚴的工作。現在我要離去了，爲了祖國神聖的事業。但是我還要回來的，一定會回來！」（《烽火連天的日子》——回憶錄〔二十一〕）

本月

五日 南京被日軍包圍。13日，國民黨政府機關由南京遷到武漢。

十一日 中國共產黨在國統區的機關刊物《群眾》週刊在漢口創刊。

中下旬之交，周恩來從延安飛抵武漢，兼任國民黨軍事委員會政治部副部長。陳誠爲該部部長。

陝甘寧邊區文化界救亡協會在延安成立，由成仿吾、周揚負責。

中華全國戲劇界抗敵協會在武漢成立。

同年

獲悉《子夜》俄譯本由蘇聯國家文學出版社出版。

當年

蕭三發表《論長篇小説〈子夜〉》，該文作爲《子夜》俄譯本的序言，刊登在卷首，由蘇聯國家文學出版社出版。該文高度評介了茅盾的《子夜》。認爲小說形象地指出了：「只要外國的金融資本，帝國主義的強盜還沒有被從中國趕出去，只要中國的人民還沒有從帝國主義的壓制下解放出來，中國的民族工業是不可能發展的，國內的政治形勢是不可能穩定的。」因此「《子夜》是部反帝國主義的小說。」並稱「茅盾無疑是當代中國最偉大的先進革命作家之一」。

一九三八年（四十三歲）

一月

三日　從香港到廣州。託夏衍買票。（按：夏當時在廣州主編《救亡日報》）（《烽火連天的日子》——回憶錄〔二十一〕）

五日　應夏衍的要求，爲《救亡日報》寫文章，作《還不夠「非常」》（隨筆）。載一月八日廣州《救亡日報》。初收一九三九年四月烽火社《炮火的洗禮》，現收《茅盾全集》第十六卷。「我『脫離』抗戰有 3 個月了，實在無話可說」，本文「就我在內地幾個城市所見的『和平』景象發一點感想。」（同上）

八日　擠上北上的列車；一路走走停停，捱到十二號總算到達長沙，仍寄住黃子通家裡。（同上）

九日　作《粵湘途中》（散文）。載一月十四日廣州《救亡日報》。

十六日　以田漢、孫伏園、王魯彥、廖沫沙、黃源、常任俠等這些「外來戶」爲核心的長沙文藝界爲茅盾舉行歡迎茶話會，在座的還有徐特立。「徐老在茶話會上的即席講話，有幾句給了我深刻的印象，他不贊成青年們離開湖南到陝北去，他認爲目前在湖南工作比去陝北更重要。後來，我在寫《你往哪裡跑？》（即《第一階段的故事》）的《楔子》的時候，就把徐老的這個觀點寫了進去。」（《烽火連天的日子》——回憶錄〔二十一〕）

在長沙，還遇到了許杰和朱自清；朱自清是隨清華大學遷來長沙的。大家曾渡湘江到嶽麓山聚會過一次，還遊覽了「愛晚亭」。（同上）

此外，還應長沙文化界之請在「銀宮」作了一次公開講演。在講演的下一天，一個很有才氣的青年李南桌來拜訪。（同上）

二十日　作《這時代的詩歌》（文論）。載一月二十六日廣州《救亡日報》，現收《茅盾全集》第二十一卷。讚揚當時在文壇上十分活躍的詩歌運動；短評還論述了當前詩歌的三個特點：「步步接近大眾化」、「並不注意技巧而技巧盡在其中」、「抒情與敘事熔冶爲一」。

同月　發表《「孤島」見聞》（散文）。載《文摘》戰時旬刊新年特大號。

初收一九三九年四月烽火社《炮火的洗禮》，現收《茅盾全集》第十一卷。

本月

十一日　《新華日報》在漢口創刊。

十七日　中華全國歌詠協會在武漢成立。

二十九日　中華全國電影界抗敵協會在武漢成立。

美國政府拒絕國民黨政府關於援助的請求。

二月

一日　有感於一些教授爲自己所學的專長報國無門而痛苦，作《第二階段》（雜文）。載二月八日廣州《救亡日報》，現收《茅盾全集》第二十一卷。認爲：「時代要求我們把力量貢獻於抗戰，但並非說除了直接擁護抗戰的工作而外，其他的文化工作就成爲多餘。」

二日　發表《憶錢亦石先生》（散文）。載《抗戰日報》，現收《茅盾全集》第十一卷。

七日　從長沙到武漢，住在交通路一家小旅館裡，與生活書店在一條街上。當天就找到徐伯昕研究編刊物的事，恰好鄒韜奮也在。決定刊物名叫《文藝陣地》，是綜合性的文藝刊物，半月出一期，每期五萬字。字數以三五千字爲限，千字以下最好，但小說、劇本可以萬字以上；編輯出版地點移到廣州。（《烽火連天的日子》——回憶錄〔二十一〕）

上旬　打電話給在《新華日報》工作的樓適夷，樓立刻前來旅舍歡晤。遂告訴樓，將到香港九龍安家，辦一個「全國性的文藝刊物」，在廣州印刷，委託樓在武漢爲刊物組稿和聯繫工作。

同旬　拜訪老舍，請他爲《文藝陣地》寫新鼓詞，因爲讀到他的好幾篇大鼓詞，深感這是「舊瓶裝新酒」的成功試驗，是文藝大眾化的一條途徑。在武漢期間，還見到了葉以群、馮乃超、洪深、孔羅蓀、宋雲彬等。因考慮到《文藝陣地》應該反映八路軍在敵後的戰鬥和活動，而這方面的稿件卻無來源，因而拜訪了董老。董老瞭解了來意之後卻先問願意不願意留在武漢，因爲正在籌備組織中華全國文藝界抗戰協會和政治部第三廳都需要人。茅盾說，做這種工作我是外行，我還是去編我的雜誌和我的小說吧。董老表示尊重其選擇，並願意盡力提供和介紹反映敵後鬥爭的稿件；後來他又介紹吳奚

如來具體負責。接受朋友們的請求，在武漢十多天中寫了十篇文章。(《烽火連天的日子》)

約上旬　到長江局（對外通稱八路軍駐漢辦事處）會見周恩來（任副主席），商談《文藝陣地》出版計劃和自己在社會上活動的方式。在座的有吳奚如。隔日，吳按周的指示，面告茅盾：「凡在延安及華北各抗日根據地工作的文藝工作者及老幹部們所寫的文藝稿中，由延安黨中央宣傳部和總政治部轉到長江局後」，由吳「有選擇地交給」茅盾。(吳奚如：《悼念茅盾同志》，載《新文學史料》1981 年第 3 期)

十日　作《「抗戰文藝展望」之發端》(文論)。載二月十三日《抗戰》第四十五號，初收一九四二年十二月群益版《文藝論文集》，現收《茅盾全集》第二十一卷。指出，不少人對前一階段的文藝工作不滿意，認爲我們的工作是「雞零狗碎」，而且沒有偉大的作品產生，這些，都是事實，但造成這種現象……最根本的原因是我們沒有將目前有關抗戰的一些有關問題深入研究分析而抓住最重要的核心。」

十一日　讀了趙景深的新鼓詞《八百好漢死守閘北》後，作《關於大眾文藝》(文論)。載二月十三日《新華日報》。初收一九四二年十二月群益版《文藝論文集》，現收《茅盾全集》第二十一卷。批評說，這個新鼓詞忽略了民間文藝的基本要素，這就是：一、故事的逐步展開，秩序井然；二、主角和配角分明，並且以故事繫於人物，即人物爲骨而以故事的發展爲肉；三、抒情和敘事錯綜溶合，抒情之中有敘事，敘事之中有抒情。該鼓詞的缺點，還有「缺少一個主角」，「太忠實於報紙的記載」。

同日　發表《爲著幼年的中國主人》(散文)。載廣州《救亡日報》，現收《茅盾全集》第十六卷。

同日　作《抗戰文藝的重要課題》(短評)。載二月十七日廣州《救亡日報》。與《關於大眾文藝》內容相似。

十二日　發表《我們怎樣回答朋友的熱心》(散文)。載漢口《大公報》，現收《茅盾全集》第十六卷。

十六日　作短評《關於鼓詞》(文論)。載《文藝月刊》戰時特刊第八期，初收一九四二年十二月群益版《文藝論文集》。現收《茅盾全集》第二十一卷。

十八日　寫信致長江、陸詒，請兩位爲《文藝陣地》寫點稿子。「希望的，是報告文學式的東西。凡是戰地的，不論是士兵生活，人民生活，各種現象，只要一片斷就行。因爲不是報章，故無取乎首尾完整，只要是實生活的素描便成。」信中還說：「我今晚就要離開漢口到長沙，再到廣州。」(《茅盾書簡》)

同日　發表《廣「差不多」說》(文論)。載《戰鬥旬刊》第二卷第四期，現收《茅盾全集》第二十一卷。

十九日　發表《「戰時如平時」解》(散文)。載《新華日報》。初收一九三九年四月烽火社《炮火的洗禮》，現收《茅盾全集》第十六卷。以H市爲例，「雖然也有反侵略大會的宣傳週，然而街頭照樣有女如雲，有一家首都移此的點心店，門庭若市，顧客們且吃且談，揚揚如平時」，因此，「我要不客氣地說：我們還不夠非常呢？」

二十日　發表《「青年日」速寫——國際反侵略宣傳週第三日》(散文)。載《少年先鋒》創刊號，現收《茅盾全集》第十一卷。從青年的抗戰熱情、「鼓聲、口號聲，救亡歌聲」等，指出「全中國的青年一心一意要救中國，誰能說中國沒有救！」

同日　發表《珍惜我們民族的未來主人》(散文)。載《少年先鋒》創刊號；與《爲著幼年的中國主人》內容相同。

二十二日　與葉聖陶、樓適夷、宋雲彬主編的《少年先鋒》創刊。(商金林編《葉聖陶年譜》(四)，載《新文學史料》1981年第4期)

月底　抵達香港，在九龍尖沙咀附近軒尼詩道租到一間房暫時棲身。把孩子分別送進了華南中學的女學部和男校部。全力投入〈文藝陣地〉的創刊工作。(《在香港編《文藝陣地》——回憶錄〔二十二〕》。

當月

十四日　漢口《大公報》發表《茅盾講演在漢口量才圖書館》。

本月

六至十二日　中國國民外交協會、國際反侵略運動大會中國分會在武漢舉辦反侵略運動宣傳週。

三月

五日　發表《記「孩子劇團」》(散文)。載《少年先鋒》半月刊第一卷第二期，現收《茅盾全集》第十一卷。

九、十日　發表《文藝大眾化問題——二月十四在漢口量才圖書館的講演》（文論）。載三月九、十日廣州《救亡日報》，現收《茅盾全集》第二十一卷。

十二日　晚七時半，出席香港中華藝術協會文藝組主辦的座談會，並發表演講。指出：「我們來討論爲什麼沒有偉大作品產生，是把我們工作的本末倒置了，問題是，我們現在的工作方向對不對？我們在創作方法有沒有深入而正確的理解？如果答案是肯定的，那麼，偉大的作品遲早會產生。」講演後，自由討論，還就「國防文學」、「香港文藝作品的缺點」、「公式主義」等問題發表了意見。（盧瑋鑾《茅盾 1938 年至 1942 年間在香港的活動》，見《茅盾香港文輯》）

十四日　《致戈寶權》（書信）。載《茅盾書簡》。云「歐洲前進的文藝理論，先生研究有素，請於此點多發偉論，以饗國人，餘如抗戰以來，蘇聯及西歐各國前進作家對我國之觀感，如有材料，亦乞先生採擷整理，爲文紹介。」

十八日　馬凡記錄的《抗戰後文藝的一般問題——茅盾先生在藝協文藝組座談會上的演講及討論》（1）～（4），發表於香港《大眾日報・大眾呼聲》三月二十、二十一日。（盧瑋鑾《茅盾 1938 年至 1942 年間在香港的活動》）

十九日　作《關於抗戰後文藝的一般問題》（文論）。載三月二十一日《大眾日報・大眾呼聲》。現收《茅盾全集》第二十一卷。

二十日　發出了《文藝陣地》創刊號的最後一批稿。（《在香港編〈文藝陣地〉》——回憶錄〔二十二〕）

二十一日　發表《致〈大眾日報〉編輯部》（書信）。載《大眾日報・大眾呼聲》。談《關於抗戰文藝的一般問題》，指出《大眾日報・大眾呼聲》欄昨今兩日「刊載了《抗戰後文藝的一般問題》，其中所記鄙人參加『藝協文藝組』座談會時的演說以及文藝組各同志討論鄙人發表的意見，頗多未盡未實之處。」信就「爲什麼沒有偉大作品產生」、「工作方法與創作方法」、「正確的宇宙觀人生觀」三個問題重述自己的意見。

二十四日　爲《文藝陣地》排印事來到廣州，發現廣州排印條件很差，第一次閃過了不在廣州排印的念頭。（《在香港編〈文藝陣地〉》——回憶錄〔二十二〕）

二十七日　被選爲中華文藝界抗敵協會理事。

二十八日　作《致戈寶權》（書信）。載《茅盾書簡》。云：「承示《子夜》已有俄譯（按，《子夜》俄譯本於 1937 年由蘇聯國家文學出版社出版，前有魯德曼的序文），並有代序之批評文《茅盾的創作之路》，甚感，弟於俄文，完全無知，不能得讀那批評，甚爲悵悵。然甚願知其大意——特別是對弟有益之指謫；不過暫時大概無法得聞了。俄譯弟尚未見過，先生謂當飛函濟之兄請他寄一本來，厚意甚感；但弟不能讀，得之亦徒供紀念，在此時期，似爲不急之務，請不必專爲此事費力。弟所有求先生者，即俄文長序之重要數點，倘先生尚記得，乞便中告之，使弟能得教益，則惠我實多多也。」

當月

白鳥發表《訪問茅盾先生》，載十三日香港《大眾日報·大眾呼聲》。

丘亮發表《茅盾印象》，載十七日香港《大眾日報·大眾呼聲》。

本月

國民黨在武漢召開臨時全國代表大會，選蔣介石爲總裁，通過《抗戰建國綱領》，通過建立三民主義青年團和設立國民黨參政會，並增設中央統計調查局（即中統特務組織）。

二十七日　中華文藝界抗戰協會在武漢成立。周恩來在「文協」成立會上發表重要講話。會議選出郭沫若、茅盾等四十五人爲理事。周恩來、孫科、陳立夫等爲名譽理事。由老舍主持「文協」日常工作。

四月

一日　發表《言林·獻詞》（雜感）。載《立報·言林》，現收《茅盾全集》第二十一卷。云：「今日我中華民族正在和侵略的惡魔作殊死戰，《言林》雖小，不敢自處於戰線之外」；「《言林》不拘於一種戰術：陣地戰、運動戰，游擊戰，凡屬拿手好戲，都請來表演。但《言林》並不就此化爲單純的『劍林』；它有時也許是一支七絃琴，一支笛，奏出了大時代中民族內心的蘊積；它有時也許是一架顯微鏡，檢視著社會人生的毒瘡膿汁。」

同日　發表《你往哪裡跑》（小說）。在《立報·言林》連載，現收《茅盾全集》第四卷，易題爲《第一階段的故事》。附《楔子》一則。據作者自述：這部小說，「原想題名爲《何去何從》，因爲抗戰開始之後這個「何去何從」的問題，不但關係到我們國家民族的命運，也關係到每個中國人的命運。這部小說中的人物都面臨著這個問題——投身抗戰，走向革命，還是繼續在生活的濁流中沉淪。小說原計劃寫兩部，第一部以上海戰爭為中心寫到上海淪陷，第二部以武漢為中心寫到武漢大會戰。」想通過一群知識分子去陝北或留武漢參加救亡工作，「說明只要在『何去何從』的問題上作出了正確的選擇，那麼去陝北也好，留在國統區從事抗戰工作也好，都是一樣的，而且從力量的對比，工作的需要來講，留在原地工作更有必要，——這也是徐特立的意見。」「我寫了《何去何從》的《楔子》送給薩空了看，過了幾天薩空了來同我商量；能不能改一個題目。因為《立報》的老闆看了《楔子》，認為這個題目太有點刺激性，怕惹起麻煩，說：『何必在題目上攤牌呢？』建議改為《你往哪裡跑》。薩空了勸我從工作出發讓一步，於是在《言林》上連載的小說的題目就成了《你往哪裡跑》。這樣一改，雖然外形尚近似，但精神已經不同了。寫這部小說，開頭我是頗有雄心的，我想描繪一幅抗戰初期的廣闊畫面，力所能及地把一些典型的人物事態組織進去，同時在形式上做到『通俗化』。然而這個願望未能實現，小說寫失敗了。我在 1949 年把這部小說改名《第一階段的故事》，出單行本時寫過一篇《後記》，曾詳細談到這一失敗的經過。」(《在香港編〈文藝陣地〉》——回憶錄〔二十二〕)

同日　發表《告全世界的文藝家書》(文論)。茅盾起草，文末署中華全國文藝界抗敵協會。載《文藝月刊》第九期。現收《茅盾全集》第二十一卷。

二日　針對抗戰中一些所謂政論家的「失敗主義」言論，發表《針失敗主義》(雜文)，署名止水。初收盧瑋鑾、黃繼持《茅盾香港文輯》，現收《茅盾全集》第十六卷。指出，從幾個月來敵人的消耗和我們的戰鬥來看，這種「理論」是「站不住腳」的。

三日　發表《「知識分子」試論之一——正名篇》(散文)，署名仲方。載《立報・言林》，初收盧瑋鑾、黃繼持《茅盾香港文輯》，現收《茅盾全集》第十六卷。對《抗戰》三日刊發表的曹聚仁、無患兩先生關於批評知識分子「脫離民眾」，「賣身投靠」的觀點表示不同看法。指出：「兩先生所舉發所指責的一班人，雖然知識分子其形，實在已非知識分子其質。他們是屬於所謂『士大夫』階級。」

四日　發表《我們對兒童給了些什麼——為香港兒童保育院專刊作》(散文)。初收一九四二年十二月群益版《文藝論文集》，現收《茅盾全集》第十六卷。載廣州《救亡日報》。

五日　發表《知識分子」試論之二——知識篇》(散文)，署名仲方。載

《立報・言林》，初收盧瑋鑾、黃繼持《茅盾香港文輯》，現收《茅盾全集》第十六卷。對什麼是「知識」，發表了很精闢的見解。認爲：「大凡沒有能動性的，不同是三墳五典，八索九丘，河圖洛書，乃至聲光化電，唯物辯證，——只要是本來活潑能動的東西，一到你腦中就變成一塊一塊像圖書館裡藏書那樣的死東西，那你雖然據有了卻不能算你有知識……」。

六日　發表《燒盡了現存的卑污與狂暴——祝「中華全國文藝界抗敵協會」》（散文），署名止水。載《立報・言林》。初收盧瑋鑾、黃繼持《茅盾香港文輯》，現收《茅盾全集》第十六卷。「『文人』因爲太富於感情，自來是不大容易集合在一個旗幟下面共同工作；但抗戰的烽火和民族解放的號角，已經使全國派別不同的文人都團結起來，在統一的組織之內貢獻他們的心力了。」

十一日　爲台兒莊大勝，發表《戰利品》（散文）。載《立報・言林》。初收盧瑋鑾、黃繼持《茅盾香港文輯》，現收《茅盾全集》第十六卷。

十二日　發表《記兩大學》（散文），署名微明。載《立報・言林》。初收盧瑋鑾、黃繼持《茅盾香港文輯》，現收《茅盾全集》第十一卷。譴責日本帝國主義轟炸國立湖南大學和清華大學長沙分校的罪行。

十六日　主編的《文藝陣地》在香港創刊，刊登的文章有：

《〈文藝陣地〉發刊詞》（序跋），現收《茅盾全集》第二十一卷。宣布該刊的宗旨和期望：「這陣地上，立一大旗，大書『擁護抗戰到底，鞏固抗戰的統一戰線！』」期望在這陣地上出現「各種各樣的『文藝兵』」，「各式各樣的兵器」，「新生的力量，民族的文藝的後備軍」。

《祝全國文藝家的大團結》（雜感），署名微明。現收《茅盾全集》第二十一卷。祝賀中華全國文藝界抗敵協會的成立，期望「今日站在全國文藝界抗敵協會這大旗下的文藝界同人應當根絕了過去那種貌合神離，包而不辦，宗派關門，等等缺點」。

《「戰鬥的生活」進一解》（雜感），署名仲方。現收《茅盾全集》第二十一卷。號召青年學習「魯迅精神」，正確認識「戰鬥生活」，把自己磨煉成一個堅強的戰士。

《〈給與者〉》（書評）。現收《茅盾全集》第二十一卷。評東平（執筆）、歐陽山、草明、邵子南、于逢集體創作的中篇小說《給予者》，介紹該作品的故事情節，分析其主題和人物，以及存在的缺點。

《〈飛將軍〉》（劇評），署名玄珠。現收《茅盾全集》第二十一卷。評《飛將軍》（上海話劇界救亡協會戰時移動演劇第二隊集體創作；洪深執筆）。指出：「這個劇本提出了一個嚴重的實際問題」，「就是如何使後方將士得到正當的娛樂」，「在這一點上，《飛將軍》本身就不失爲一服溫和的補劑，因爲它是一齣教訓意義豐富的軟性戲。」

《〈時調〉》（文論），署名玄珠。現收《茅盾全集》第二十一卷。讚揚詩歌半月刊《時調》的大眾化傾向。

《文陣廣播（消息九則）》。現收《茅盾全集》第二十一卷。報導中華全國文藝界抗敵協會的成立，作家詩人羅淑、周文、沙汀、樓適夷、以群、高蹈、豐子愷、劉白羽、田間、丁玲、葉聖陶、曹禺、臧克家等的行蹤。

《補白〈二則〉》（消息）：《國際文化巨人的正義之聲》——介紹國際文藝界、哲學界、科學界權威羅曼羅蘭、杜威、羅素、愛因斯坦支持中國人民抗日的通電；《對中國的兄弟們致敬》——係保護馬德里的西班牙軍官和士兵「對中國的爭自由與和平的弟兄們致敬」一信的摘要。

《新刊簡訊》（消息）：介紹丁玲、舒群主編《戰地》半月刊創刊號和《戰地生活叢刊》的內容。

《〈文藝陣地〉徵稿簡約》（消息）。現收《茅盾全集》第二十一卷。

《編後記》（序跋），現收《茅盾全集》第二十一卷。談了三點打算：一、把現實生活的種種經過綜合分析提煉，而典型地表現出來的，總想做到每期有這麼一篇；二、供給些「舊瓶裝新酒」的試驗品；三、通訊報告之類，所重在內容，而且最好是能夠從平凡中見出深刻來。

中旬　收到許廣平從上海來信，商議《魯迅全集》出版問題。「一九三八年四月中旬，我在香港收到許廣平從上海寄來的信。她說，《魯迅全集》已經編好，原來與商務印書館訂有出版契約，但現在上海商務總店因工廠焚於戰火，不能再承擔印刷，要我與商務的香港分店接洽，看他們能不能承印。又說，原訂契約包括大量影印，不知香港分店有沒有把握。他希望我去見一次蔡元培（蔡當時在香港），請他再幫一次忙，另外還要請蔡元培爲全集寫一篇『序』。信中附了二份全集的《總目提要》和一封給蔡元培的信。」（《在香港編〈文藝陣地〉》——回憶錄〔二十二〕）

十九日　拜訪蔡元培，請爲《魯迅全集》寫「序」和爲全集排印事幫忙。關於寫「序」，蔡一口答應；排印方面，蔡寫了封給商務香港分店經理黄訪書的信。黄訪書強調排印技術差，且費用大，未接受「全集」在香港排印。（《在香港編〈文藝陣地〉》——回憶錄〔二十二〕）

二十三日　《致戈寶權》（書信），載《茅盾書簡》。由於印刷廠無洋字，「請求動手之稿千祈少用洋文」。

二十九日　發表《從〈娜拉〉說起——爲〈珠江日報・婦女週刊〉作》（散文）。初收一九四二年十二月群益版《文藝論文集》，現收《茅盾全集》第十六卷。

同日　晚上，應香港學生賑濟會中環段段委會的邀請，在港僑中學發表《戰時文學問題》的演講。由於浙江口音難懂，請木刻家陳煙橋用粵語翻譯。（盧瑋鑾《茅盾 1938 年至 1942 年間在香港的活動》）

同月　時任《文藝陣地》主編，力主發表張天翼的新作《華威先生》，云發表後，「收到了不少讀者的來信」，對該作「感到很大興味」。（《張天翼文學活動年表》）

同月　主編《立報・言林》。一九三八年四月一日，成舍我在香港復刊了上海著名的《立報》。薩空了勸茅盾爲《立報》編副刊《言林》。茅盾爲保持《立報》原有的風格，又不至脫離現實，脫離群眾——顧及當時香港讀者水準，又要提高讀者品味，因此，把副刊辦得「五花八門，雅俗共賞，並以一連載半月或一月之久的長篇作爲支柱，使香港讀者耳目一新」。（林友蘭《成舍我先生與香港報業》，見《香港報業發展史》）

本月

四日　國際作家保障文化協會在巴黎召開會議，聲討法西斯主義，譴責德國吞併奥國。

六日　台兒莊會戰勝利結束，殲敵兩萬餘人。

十日　魯迅藝術學校在延安成立，後改名魯迅藝術文學院。

五月

一日　《文藝陣地》第一卷第二期出版，刊登的文章有：

《「五四」精神》（散文）。現收《茅盾全集》第十六卷。說「『五四』的建設，就是『人的發現』和『個性的解放』。這是『五四』運動所以能震撼全國青年的心靈，激發他們的活力的原因」，因此，「『個性解放』是不容非難的，但須在『德先生』和『賽先生』的精神下求解放。據這樣的理解，現在再來說『繼續五四的精神』，並不錯誤」。

《浪漫的與寫實的》（文論），署名玄珠。現收《茅盾全集》第二十一卷。論「五四」時期的寫實主義的特點和浪漫主義等在「五四」時期出現的原因。

《所謂時代的反映》（文論），署名微明。現收《茅盾全集》第二十一卷。云「現在我們臨到民族歷史上未曾有過的大時代了。反映呀！反映呀！一疊聲催促著作家們。不錯，應該反映。作家們也在這樣做了。但是倘以爲必須來一部『抗戰全史』那樣的作品，才算是反映了，那就是謬論」。

《「深入」一例——評陸定一〈一件並不轟轟烈烈的故事〉》（文論）。現收《茅盾全集》第二十一卷。以該故事所提供的材料爲例，指出：「無爲英雄的壯烈犧牲只是這故事在結構上的頂點，如果死心眼啃住了這一點來寫，大概不會寫成十分出色的。」只有把「頂點」之前的過程展開、強調，「那頂點才有力」，「全篇意義更深刻」。

《〈八百壯士〉》（文論）。現收《茅盾全集》第二十一卷。肯定崔嵬、王震之執筆的《八百壯士》（三幕劇）的成就。云「比較能夠不受事實束縛，獨創蹊徑的，是集體創作的三幕劇《八百壯士》。」

《新刊三種》（文論）。現收《茅盾全集》第二十一卷。紹介《戰地》（丁玲、舒群編輯）、《自由中國》（盛雲遠、孫陵編輯）、《戰時藝術》半月刊（桂林戰時藝術半月刊社編輯）三種刊物創刊後的主要內容。對這些刊物刊登的艾思奇的《文藝創作三要素》，馮乃超的《文藝統一戰線的基礎》，丁玲的《彭德懷速寫》，劉白羽的《在艱辛裡生長》等文章和作品，作了肯定的評價。

《「文陣」廣播》（文論）。介紹一些刊物和詩人作家的近況。刊物有：《廣東文學》，《戰潮》半月刊（成都）。詩人作家有：朱雯、陳占元、蔣弼、黎烈文、巴金、靳以、蕭乾、沈從文、紺弩、蕭軍。

《編後記》（後記）。

同日　發表《非常時期》（二）（報告文學）。載《烽火》第十三、十四、十五期。題爲《蘇嘉路上》。

四日　紀念「五四」，發表《憶五四青年》（散文），署名微明。載《立報·

言林》。初收盧瑋鑾、黃繼持《茅盾香港文輯》，現收《茅盾全集》第十六卷。說：「『覺悟』二字，最足以形容『五四』時期青年的精神狀態」，「在抗戰的烽火中，或者當年的『五四』精神能夠復活而且能夠昇華到更高一階段罷？」（載5月4日《立報·言林》）

十四日　發表《給周作人的一封公開信》（書信），與郁達夫、丁玲、老舍等十八人聯署。載《抗戰文藝》第一卷第四期。譴責周作人的漢奸行爲。希望他「幡然悔悟，急速離平，……參加抗敵救國工作」。

十五日　發表《從敵人摧殘文化說起》（散文），載《大眾生活》第二卷第七期。初收一九四二年十二月群益版《文藝論文集》，現收《茅盾全集》第十六卷。

十六日　《文藝陣地》第一卷第三期出版，發表的文章有：

《「孤島」文化最近的陣容》（文論），署名玄珠。現收《茅盾全集》第二十一卷。讚揚「孤島」文化的新發展，介紹幾種內容充實、正確的新刊物，如《華美週報》、《上海婦女》、《月刊讀物》、《雜誌之雜誌》半月刊、《新青年界》、《譯報》副刊《爝火》等。

《「文陣」廣播》（消息）。透露穆木天、張曙、艾青、柳倩、王亞平、錫金、平林、澎湃、常任俠、陳白塵、黑丁、沈起予、邵子南的行蹤和編刊物的情況。

《「補白」二則》（消息）。《曼氏兄妹的著作》；《匈牙利作家的悲觀傾向》。

《編後記》（後記）。關於《魯迅全集發刊緣起》及《總目提要》刊載的說明；稱讚姚雪垠的《差半車麥秸》、碧野的《滹沱河之戰》。

同日　發表《我的小學時代——自傳之一章》（散文）。載《宇宙風》二刊第六十八期，現收《茅盾全集》第十一卷。

二十三日　發表《對於文藝通訊的意見》（文論）。載廣州《救亡日報》，現收《茅盾全集》第二十一卷。

二十九日　發表《讀史偶得》（散文），署名迂士。載《立報·言林》，現收《茅盾全集》第十六卷。

本月

毛澤東發表《論持久戰》，提出了抗日戰爭是持久戰的戰略方針，批判了「亡國論」和「速勝論」。

四日 中華全國文藝界抗敵協會會刊《抗戰文藝》三日刊在漢口創刊，蔣錫金主編。

五日 武漢文化界抗敵協會通電全國，譴責周作人參加日寇在北平召開的所謂「更生中國文化建設座談會」，並將他開除出文化界。

六月

一日　《文藝陣地》第一卷第四期出版，刊登的文章有：

《大眾化與利用舊形式》（文論）。現收《茅盾全集》第二十一卷。認爲「要完成大眾化，就不能把利用舊形式這一課題一腳踢開完全不理」！「『文章下鄉』，『文章入伍』，要是仍舊穿了洋服，舞著手杖，不免是自欺欺人而已」。

《質的提高與通俗》（文論），署名玄珠。現收《茅盾全集》第二十一卷。分析質的提高與通俗化的關係。

《利用舊形式的兩個意義》（文論），署名仲成。現收《茅盾全集》第二十一卷。即：「翻舊出新」，「去掉舊的不合現代生活的部分」；「牽新合舊」，「如小說，不必死心眼去襲用章回體之形式，……但須學習它的敘述簡潔、動作緊湊，故事發展必前後呼應」等。

《〈突擊〉》（文論）。現收《茅盾全集》第二十一卷。指出塞克執筆的《突擊》（三幕劇）「最大的優點是眞實，是一點也不公式化」。（按：參加《突擊》創作的有端木蕻良、聶紺弩、蕭紅）。

《〈游擊中間〉及其他》（文論），署名微明。現收《茅盾全集》第二十一卷。讚揚劉白羽的報告文學集《游擊中間》中的《搶槍》、《襲擊》兩篇「那樣優美」，「並不多見」。「描寫細膩，然而仍舊雄壯」。

《每日「精神食糧」在「孤島」》（文論），署名宜生。對「孤島」上的「精神食糧」之一的報紙副刊作了充分肯定，但也指出不足之處。評到的副刊有：《文化報》的《世紀風》；《大美晚報》的《夜光》；《導報》的《晨鐘》；《大美報》的《早茶》。

十六日　《文藝陣地》第一卷第五期出版，登載的文章有：

《〈北方的原野〉》（文論）。現收《茅盾全集》第二十一卷。認爲碧野作的中篇《北方的原野》「是值得一讀的優秀之作」，「表現在這本書裡的血淋淋的鬥爭，作者是參加者之一」。

《編後記》（文論）。對沙汀的小說《防空——在堪察加的一角》、野渠的報告《傷兵未到前的一個後方醫院》，落繁的報告《保長的本領》、蔣必舞的長詩《天柱山的爭奪》、南桌的《評曹禺的〈原野〉》等新作作了肯定和精到的分析。

《「補白」》（序跋）。

二十日　作《留心被技術工作束縛住》（文論）。載六月二十七日廣州《救亡日報》。現收《茅盾全集》第二十一卷。

二十三日　《致孔另境》（書信）。載《茅盾書簡》。因《文陣》移至上海排印，請他負責校對和聯繫。

二十七日　作《論加強批評工作》（文論）。載《抗戰文藝》第二卷第一期。現收《茅盾全集》第二十一卷。

同日　作《致孔另境》（書信），載《茅盾書簡》。商議《文陣》出版事宜，並決定每月給孔補貼十五元。

二十九日　發表《民族的心聲》（文論）。載《立報・言林》，現收《茅盾全集》第二十一卷。說：「沒有一支歌比《義勇軍進行曲》更爲普遍而深入於民眾了。」它「代表著今日我們民族的心聲」。

六月初　蔡元培如約把《魯迅全集》的「序」寫好了，並送來法幣一百元作爲一部全集甲種紀念本的預約款。

同月　《文藝陣地》第四期起移到上海秘密排印。脫期一個半月。（《在香港編〈文藝陣地〉》——回憶錄〔二十二〕）

同月　因爲灣仔軒尼詩道是「一條電車通過的大道，每天早晨四點多鐘到深夜一點，都是電車叮叮噹噹，來來往往的大道。」後在朋友相勸下，才從尖沙嘴搬到九龍太子道一九六號四樓，吳涵眞是鄰居，薩空了住一樓。「太子道是九龍的住宅區，沿街商店不多，行人也少，很安靜，是寫作的好環境」，「房租很高，佔了我固定收入的三分之一。」（《在香港編〈文藝陣地〉》；林煥平：《茅盾在香港教書——回憶茅盾之一》，載《語文園地》1981 年第 3 期）

上旬　在九龍接待輾轉多年的樓適夷、蔣錫金、郭少卿。讓樓留下，協助辦《文藝陣地》。「那時他在九龍太子道的寓樓，後窗正對著一座被劈開的小山」，陽光驕烈，「反映到室內來……茅公一家把這座小山叫做火焰山，茅公的書桌正面對著這座火焰山，他總是整天地伏案工作，閱讀來稿，答覆來信」，寫作，「渾身流著熱汗」。（樓適夷：《茅盾和〈文藝陣地〉》，載《新文學史料》1981 年第 3 期）

本月

《魯迅全集》在上海出版，由魯迅先生紀念委員會編纂，魯迅全集出版社出版。

邊區文化界救亡協會響應武漢文化界抗敵協會的呼聲，亦通電申討漢奸周作人等。

七月

一日　《文藝陣地》第一卷第六期出版，刊登的文章有：

《「文陣」廣播》（二則）（消息）。現收《茅盾全集》第二十一卷。

《編後記》（文論）。現收《茅盾全集》第二十一卷。認爲小說《徵兵委員》等四篇反映了後方社會土豪劣紳貪污阻礙民眾工作等狀況，希望這幾篇作品對改變這種狀況發生影響。

四日　發表《保衛武漢的決心》（政論）。載《立報·言林》。初收盧瑋鑾、黃繼持《茅盾香港文輯》，現收《茅盾全集》第十六卷。認爲「抗戰以來，朝野上下從血的教訓，已經認識了最後勝利的必要條件是動員民眾」。

五日　發表《從「戲」說起》（散文）。載《立報·言林》。初收盧瑋鑾、黃繼持《茅盾香港文輯》，現收《茅盾全集》第十六卷。對「官場如戲場」的現象表示極大憤慨。

同日　發表《「七七」獻辭》（散文）。載《少年先鋒》第一卷第十期，現收《茅盾全集》第十六卷。

七日　爲紀念「七七」事變，發表《「七·七」》（散文）。載《立報·言林》。初收盧瑋鑾、黃繼持《茅盾香港文輯》，現收《茅盾全集》第十六卷。指出：「這是『抗戰日』！這是沉痛的一日，也是光榮的一日」。

八日　作《致孔另境》（書信）。載《茅盾書簡》。囑咐《文陣》第一卷第六期排版應注意的問題。

同日　發表《退一步想》（散文），署名迂士。載《立報·言林》，現收《茅盾全集》第十六卷。

十日　發表《祝：「時代劇團」》（文論）。載香港《立報·言林》，現收《茅盾全集》第二十一卷。

十一日　發表《古不古》（散文），署名迂士。載《立報·言林》，現收《茅盾全集》第十六卷。

十五日　針對青年的一些問題，發表《關於青年問題的一、二言》，（散文）。載《立報·言林》。初收盧瑋鑾、黃繼持《茅盾香港文輯》，現收《茅盾全集》第十六卷。指出青年中存在的「思想沒有中心」，「學習不會選課」，「不能明辨是非」、「沒有恆心」、「夸夸其談不瞭解實際問題」等現象。

十六日　《文藝陣地》第一卷第七期出版，刊載的文章有三篇：

《〈台兒莊〉》（文論）。現收《茅盾全集》第二十一卷。評錫金等執筆集體創作的《台兒莊》（三幕劇）。說：「雖然這裡『沒有特別發展的寫一個典型的人物』，但大多數人物是寫得好的。」

《「文陣」廣播〈四則〉》（消息）。現收《茅盾全集》第二十一卷。介紹林娜、周文、李輝英、張天翼等作家的近況。

《編後記》（文論）。現收《茅盾全集》第二十一卷。結合《行軍中》等作品，指出抗日的狀況，「有黑暗，但也有光明，有荒淫無恥，但也有嚴肅的工作」。

二十五日　發表《又一種看法》（雜文），署名迂士。載《立報·言林》，現收《茅盾全集》第十六卷。

同月　有了離開香港回上海的念頭。「那時候《立報》銷路不好，天天賠錢，大有維持不下去的樣子。原因當然是《立報》『孤軍作戰』，敵不過那些盤踞香港幾十年的黃色小報，但老闆成舍我卻認為是薩空了把報紙辦得太紅了。空了就有辭職不幹的意思。另一方面，《文藝陣地》改在上海排印後，香港實際成了個轉運站，如果我回上海編《文陣》，反而可以節省不少時間和精力。此外，母親長住烏鎮我們也不放心，雖然日本兵沒有進駐烏鎮，卻經常有雜牌軍，『游擊隊』，甚至土匪進進出出，攪得很不安寧，我們回到上海，就可以把母親接到上海來同住。然而《立報》又支撐了下來，我自然不便離開，——既然我是空了請去的，也就有義務支持他到底。（《在香港編〈文藝陣地〉》——回憶錄〔二十二〕）

八月

一日　《文藝陣地》第一卷第八期出版，登載的文章有：

《關於士兵讀物》（文論）。現收《茅盾全集》第二十一卷。

《不要誤解了報告文學》（文論）。現收《茅盾全集》第二十一卷。批評有些文藝青年輕視報告文學的傾向。

《從作品中看「群眾工作」》（文論）。現收《茅盾全集》第二十一卷。批評文學作品中「群眾工作」的公式化傾向。

《怎樣寫報告文學》（文論）。現收《茅盾全集》第二十一卷。認爲周鋼鳴作的《怎樣寫報告文學》，「雖是一本研究性質的書，但並不是學究式的『掉書袋』」。

《〈兩個俘虜〉》（文論）。現收《茅盾全集》第二十一卷。介紹天虛的作品《兩個俘虜》，指出，「這本書展開了敵軍士兵的心理，指出了他們曾經怎樣被欺騙被麻醉，但也指出了欺騙與麻醉終於經不起正義眞理的照射。」

《〈大眾抗敵劇叢〉》（文論），署名玄珠。現收《茅盾全集》第二十一卷。肯定「大眾劇在抗戰上所起的鼓動和教育的作用」。

《「文陣」廣播（一則）》（消息）。現收《茅盾全集》第二十一卷。通過劉白羽的來信，紹介劉白羽到延安又從延安到前線的情況。

《編後記》（文論）。現收《茅盾全集》第二十一卷。重點介紹陸定一的《晉東南軍中雜記》，認爲該雜記畫出了「在敵人後方，在敵人四面『圍攻』中的戰士們如何沉著戰鬥，如何在改造環境，建立起抗戰的根據地，——在敵人的佔領地的腹心」。

同日　發表《宣傳和事實》（散文）。載《星島日報》第十四版。初收盧瑋鑾、黃繼持《茅盾香港文輯》，現收《茅盾全集》第十六卷。

同日　發表《漫談二則》：一則《憶孤島友人》（散文），載《星島日報》第十四版。初收盧瑋鑾、黃繼持《茅盾香港文輯》，現收《茅盾全集》第十六卷。云：南來以來，時時憶念留在孤島的朋友們，「最近得了『孤島』上新出的數種刊物，精神抖擻，陣容重整，作者署名，都屬陌生，但這料必是熟面孔。音信雖隔，精神仍通。但因此使我更苦憶孤島上的友人。」一則是《所謂「戰時景氣」》（散文），載《星島日報》第十四版。指出：「我們所謂的『戰時景氣』，不是工業的膨脹，而是旅館、飯館熱鬧，有些人來往於漢口香港之間，購賣貴重商品，以圖牟利。」

同日　作《致孔另境》（書信）。載《茅盾書簡》。安排《文陣》第七、八兩期的排印問題，又云：「《立報》尚在支持，我因不好意思半途走也。」

二日　發表《談「作風」》（文論）。載《立報・言林》。初收盧瑋鑾、黃繼持《茅盾香港文輯》，現收《茅盾全集》第二十一卷。說：「在文藝上，一個作家的『作風』，和他的營養、環境，乃至所附麗的階層，有不可分離的關係」，現在要改變的是「浮而不實」，「專做表面文章」的作風。

五日　發表《閒話「臨大」》（雜文）。載《立報・言林》。初收盧瑋鑾、黃繼持《茅盾香港文輯》，現收《茅盾全集》第十六卷。認爲「臨大」學生中「大多數還是熱血有爲的青年；然而我總覺得『臨大』當局的教育方針是會使覺悟的青年灰心而不覺悟的青年浪漫享樂。」（按：「臨大」，即往後方遷的西南聯大）。

六日　發表《論〈論游擊隊〉》（雜文），署名迂士。載香港《立報・言林》。現收《茅盾全集》第十六卷。駁斥了陳獨秀的《論游擊隊》一文中的一些錯誤和偏面的觀點，肯定了「新四軍的游擊隊」在抗日戰爭中的積極作用。

八日　發表《追記一頁》（散文）。載十五日《大公報》，現收《茅盾全集》第十一卷。記錄了「八・一三」在滬西地區的所見、所聞、所感，表達了對日寇罪行的憤怒心情。

同日　作《光榮的一週年》（散文）。載十三日《救亡日報》，現收《茅盾全集》第十六卷。

十三日　發表《今日》（散文）。載《立報・言林》，現收《茅盾全集》第十六卷。認爲「八・一三」「是個偉大的日子」。

十四日　發表《今日之上海》（散文）。載《天文台本週評論》第二版。初收盧瑋鑾、黃繼持《茅盾香港文輯》，現收《茅盾全集》第十六卷。云「第二個『八一三』到來了的今日的上海，好比一座尚未噴火的火山，熱力在潛動，在積蓄，在膨脹，到了時機，就將爆發！」

十六日　《文藝陣地》第一卷第九期出版，登載的文章有：

《八月的感想——抗戰文藝一年的回顧》（文論）。現收《茅盾全集》第二十一卷。回顧了抗戰文藝一年來的問題和成就，集中論述了文藝創作的最高目標「是寫典型事件中的典型人物」這一問題。

《〈河內一郎〉》（文論），署名玄。現收《茅盾全集》第二十一卷。評丁玲三幕劇《河內一郎》，指出：「在我們長期抗戰和正確的對敵宣傳工作之前，日本士兵大覺悟這一天是必然要到來的。劇本《河內一郎》就是堅強我們這信心的作品」。

《〈大上海的一日〉》（文論），署名玄。現收《茅盾全集》第二十一卷。評駱賓基的短篇集《大上海的一日》，說：「作者是一個青年的戰士，這裡的七篇就是他生活的部分。」

《從西北到西南》（文論），署名玄。現收《茅盾全集》第二十一卷。對《西北文藝》（西安《國風日報》副刊），《文藝後防旬刊》（周文、劉盛亞、碧野編輯；成都）等刊物進行了全面的介紹和肯定的評價。

《編後記》（文論）。現收《茅盾全集》第二十一卷。介紹《文陣》本期內容。

《〈文藝陣地〉稿約》。現收《茅盾全集》第二十一卷。

二十日　作《致孔另境》（書信）。載《茅盾書簡》。云：「我寫的長篇，尙未登完，且未寫完，隨寫隨登。」又云：「你們的出版事業如果當眞實現，我可以把一些論文集起來給你們。」

二十一日　發表《也談談「周作人事件」》（散文）。載《烽火》第十八期，現收《茅盾全集》第十六卷。針對孟實（按，即朱光潛）所謂「客觀」評析周作人「附逆」當漢奸的文章指出：爲周作人辯護，說他「怕沾惹是非」，「貪舒適，怕走動」，是「老於事致」，從而指責進步文藝團體對周的批判「過早」。文章又指出，「我明白，『全文協』早就看見後方還有不少的『周作人氣質』和『周作人主義』的文化人」，「周氏的思想在青年群中」的「不良影響」，因此「全文協」對周的聲討是公正的。

二十九日　作《談「邏輯」之類》（散文）。載八月三十一日《立報・言林》。初收盧瑋鑾、黃繼持《茅盾香港文輯》，現收《茅盾全集》第十六卷。批評一些人不符合實際和「邏輯」的觀點。

本月

月初　日軍在江北和江南分兵五路，進攻武漢。

九日　武漢三鎮民眾舉行「保衛大武漢歌詠漫畫大遊行」。

九月

一日　《文藝陣地》第一卷第十期出版，刊登的文章有：

《〈北運河上〉》（文論），署名玄。現收《茅盾全集》第二十一卷。云：「出入於戰地的」，青年作家李輝英中篇《北運河上》，「是戰地服務經驗之一部」。作者所觸到的「貪污」「農村生活破產」和「土匪」等問題，都與抗戰聯繫起來表現，激勵人們走上抗戰之路。作品「應當受到較高的評價」。

《〈中華女兒〉》（文論），署名玄。現收《茅盾全集》第二十一卷。云張周的中篇報告《中華女兒》「是山東的女性青年，戰地活動的剪影」。「眞實」掩蓋了「技巧」的不足，「熱情噴湧又加強了『故事』的活潑和生動」。

《〈南洋週刊〉及其他》（文論），署名玄。現收《茅盾全集》第二十一卷。介紹《南洋週刊》（康人編輯，新加坡南洋商報出版）、《青年月刊》（吳逸生編輯，馬來亞勵志出版社出版），讚揚它們在南洋僑胞中所起的積極作用。

《「文陣」廣播（四則）》（消息）。現收《茅盾全集》第二十一卷。介紹黑丁、田濤、鄒荻帆、李石峰、曾支、陳白塵、何其芳、任鈞、周文等開展抗日文藝活動的近況，以及陝甘寧邊區文化界救亡協會、成都文藝抗敵協會的活動。

《編後記》（後記）。現收《茅盾全集》第二十一卷。重點介紹本期的五篇隨筆和速寫。

三日　發表《談「中性邏輯」》（雜文）。載《立報・言林》。初收盧瑋鑾、黃繼持《茅盾香港文輯》，現收《茅盾全集》第十六卷。說：在中國「中性邏輯」也很普遍。這種邏輯的理論是：不反對游擊戰爭但又認爲後方人沒有資格對游擊戰「毀」和「譽」；讚揚在敵戰區發傳單，但又指謫在安全區發傳單。這種人，把思想視若「洪水猛獸」，在擁護新思想的空氣下嘲笑「販進新知識者」。

十三日　《閒話臨大》發表後，廣州一家報紙的副刊上連登兩天的長文《關於閒話臨大》，申斥凡對「聯大」（按：即「臨大」）不滿的話語都是「無稽之談」，並痛恨歷史上「閒話」皇帝等妨害「邦交」。爲此，發表《〈閒話〉之閒話》（散文）。載《立報・言林》。初收盧瑋鑾、黃繼持《茅盾香港文輯》，現收《茅盾全集》第十六卷。文章憤慨地說：「到今天尚有人恨於昔年『閒話』之『妨害邦交』，我眞想問問他是不是中國人了！」

十六日　《文藝陣地》第一卷第十一期出版，刊登的文章有：

《〈陽明堡底火戰〉》（文論），現收《茅盾全集》第二十一卷。評吳奚如短篇集《陽明堡底火戰》，認爲人物「描寫都是成功的」。

《〈小說與民眾〉》（文論）。評何家槐譯的《小說與民眾》（英國左翼作家福克斯作）。指出，這著作「是以唯物辯證法的觀點去分析英國自費爾丁以後維多利亞時代以來的小說的一部批評論文集」。

《〈黃河北岸〉》（文論），現收《茅盾全集》第二十一卷。認爲田濤作的中篇報告《黃河北岸》「畫出了戰區生活的主要面目，提供了不少素材，耐人思索的問題；缺點是『印象』多於『觀察』」。

《編後記》（後記），現收《茅盾全集》第二十一卷。稱讚廣東文學會主辦的「獻金文藝晚會」；在這個晚會上演出了夏衍的《贖罪》等節目；參加演出的都是音樂家、詩人、作家。認爲「這樣的文藝晚會在中國是第一次，無論在獻金運動上，文藝運動上，都有不可忽視的價值」。

十八日　發表《第七個「九一八」》（雜文）。載《立報・言林》。初收盧瑋鑾、黃繼持《茅盾香港文輯》。現收《茅盾全集》第十六卷。批判在抗戰中的兩種言論：一種是「失敗主義」，他們常散發「和平妥協」的言論；一種是「信天翁」式的「樂觀家」，認爲世界戰爭一爆發，「抗戰就勝利」。

二十二日　發表《與斯範論大眾文學的寫法》（文論）。載上海《譯報》。現收《茅盾全集》第二十一卷。

同月　在一次集會上遇到了杜重遠，杜介紹了新疆的情況，鼓吹了盛世才的「六大政策」，說如茅盾去新疆，「號召力就大了」。對杜的話「未置可否」；杜說還薩空了已經答應去編《新疆日報》。分手時，杜送給一本他寫的《三渡天山》（後改爲《盛世才與新新疆》）。「書中把盛世才統治下的新疆描繪得十分光明，使得讀了這本書的人都會產生一個美好的印象。」（《在香港編〈文藝陣地〉》——回憶錄〔二十二〕）

下旬　作《致孔另境》（書信）。載《茅盾書簡》。安排《文陣》排印事宜，信中云：「《文陣》二卷一期係紀念魯迅專輯。」

秋

在中華業餘學校義務任教，並推薦樓適夷、林煥平，三人分任三個班的文科課程（林煥平：《茅盾在香港教書》，載《語文園地》1981 年第 3 期）。「中華業餘學校是三八年後吳涵眞拉了剛從美國回來的陶行知辦起來的，吳是校長，陶是董事長。教員多是兼職，有金仲華、劉思慕、林煥平，以及剛從廣州輾轉逃來的樓適夷等。我那時已經打算離開香港了，但吳涵眞的盛情難卻，就答應教文學，好在每週只授課一個晚上。……我講課沒有講義，現在也記不得講的是什麼內容了，大概是講的初學寫作的問題，以及聯繫抗戰文藝的現狀談了自己的看法。這個文學班我沒有教完就去新疆了，未完的課程由杜埃接手教下去。」（《在香港編〈文藝陣地〉》——回憶錄〔二十二〕）

本月

國民黨政府派胡適爲駐美大使。

十月

一日　《文藝陣地》第一卷第十二期出版，刊登的文章有：

《偉大的十月》（散文）。現收《茅盾全集》第十六卷。云：二十七年前的「雙十」，「開放了民族自由解放之花」！今年此日，「中華民族的兒女正以血肉的長城爲民族的自由解放，保衛大武漢——中國的心臟！」「在『十月』，中俄兩大民族的命運得了聯繫」。十月，「從你，我們永遠汲取了光，熱，力！」

《新生前的陣痛》（散文）。現收《茅盾全集》第十六卷。堅信新中國會在血泊中誕生，但必須揭露醜惡，批判「信天翁」、「宿命論」的態度。

《「暴露」與「諷刺」》（文論）。現收《茅盾全集》第二十一卷。論述「暴露」與「諷刺」的對象和作用。說：「現在我們仍舊需要『暴露』和『諷刺』。暴露的對象應該是貪污土劣，以及隱藏在各式各樣僞裝下的漢奸——民族的罪人。……諷刺的對象應該是一些醉生夢死，冥頑麻木的富豪、公子、小姐，一些風頭主義的『救國專家』，報銷主義的『抗戰官』，『做戲主義』的公務員。……」

《〈大時代的插曲〉》（文論），署名玄。現收《茅盾全集》第二十一卷。評谷斯範的短篇集《大時代的插曲》。

《〈在湯陽火線〉》（文論），署名玄。現收《茅盾全集》第二十一卷。認爲曾克的中篇報名《在湯陽火線》，「是一群勇敢的女性的工作記錄」。描寫了「一群青年們的活潑興奮崛強愉快的笑聲！」

《西北高原與東南海濱》（文論），署名玄。現收《茅盾全集》第二十一卷。介紹《民族革命》半月刊和《文藝》半月刊。評讚兩刊都「在敵人包圍中」，卻能「在重重束縛之下」「成爲一支有力的文藝兵」。

《編後記》（後記）。現收《茅盾全集》第二十一卷。

《預告》:「本刊第二卷一期（即下一期）爲魯迅逝世二週年紀念專輯，內有景宋、鄭振鐸、王任叔諸家文章。」

七日　作《抗戰中的第二個「雙十」》（散文）。載十月十日《立報・言林》，初收盧瑋鑾、黃繼持《茅盾香港文輯》，現收《茅盾全集》第十六卷。指出，今年的「雙十」帶來了比去年的「雙十」更多的自信力，更大的鼓勵。然而，必須對「妥協和平」的觀念和有關陰謀活動，加以無情的抨擊。

九日　晚上出席「中華藝術協進會」，以「怎樣紀念魯迅」爲主題的文藝組織座談會即席演講。發表《學習魯迅》（講話）。載十月十二、十九、二十六日《大眾日報・文化堡壘》第二十二、二十三、二十四期。現收《茅盾全集》第二十一卷。

十四日　作《悼李南桌——一個堅實的文藝工作者》（散文），載十月十六日《立報・言林》。初收盧瑋鑾、黃繼持《茅盾香港文輯》，現收《茅盾全集》第二十一卷。哀悼李南桌的逝世。稱李「知識淵博」，「善於把所學的原理原則溶爲自己的血肉，又用來衡量現實，剖析現實中的矛盾。」

十六日　《文藝陣地》第二卷第一期出版，此期係魯迅逝世兩週年紀念特輯，刊載的文章都是紀念魯迅的：

《「寬容」之道》（雜文）。現收《茅盾全集》第二十一卷。闡述魯迅的對敵人決不「寬容」的精神，指出:「從魯迅著作中我們不但學到了如何去對付那些「寬容不得」的人，而尤其重要的，魯迅教給了我們如何去分辨出那些不能和他們講寬容。」

《……有背於中國人現在爲人的道德》（雜文）。現收《茅盾全集》第二十一卷。以各種事實說明托派在抗日以來的種種醜惡行徑，號召學習魯迅對托派的揭露和批判。

《謹嚴第一》（文論）。現收《茅盾全集》第二十一卷。說：「治學，創作，活事，私生活——魯迅先生給我們取法的，首先是『嚴謹』二字。這是人人應當學習而且能夠學習的。」

《韌性萬歲》（文論）。現收《茅盾全集》第二十一卷。讚美魯迅戰鬥的韌性精神，指出：「在長期抗戰中，全國民眾都須要堅韌，在文藝戰線上還要韌」。「我們必須有韌性的鬥爭，才能把貪污土劣托派漢奸種種阻礙抗戰破壞抗戰的惡勢力從抗戰路上掃除出去……。」

《編後記》（後記）。現收《茅盾全集》第二十一卷。云文藝戰線堅持抗戰到今，「我們沒有偉大的魯迅先生來領導，我們的悵惘實非筆墨所能形容！在全國紀念魯迅先生的當兒，這本小小的刊物追隨全國文化界之後，儘其微末的貢獻與追念的至誠；我們敢以二語告文化界同人並以自勵，曰：學習魯迅，繼續發揚魯迅精神！」

十九日　發表《以實踐「魯迅精神」來紀念魯迅先生》（文論）。載《立報・言林》，初收盧瑋鑾、黃繼持《茅盾香港文輯》，現收《茅盾全集》第二十一卷。認爲：「『魯迅精神』如果可以用一句話來代表，我以爲這一句話就是『一口咬住了不放』！」「讓我們從今天起，以實踐『魯迅精神』來紀念魯迅先生！」

二十二日　作《致孔另境》（書信）。載《茅盾書簡》。云：《文陣》因戰爭交通阻塞，銷路太小，亦覺乏味；「此間情勢將日趨嚴緊，蓋廣州既失，此間眞成了孤島，英國對日大概只有更恭順，反日分子在此愈難立足。而生活程度之高漲，亦使人不能再久居。我們還是想到內地去，大概一月後即可決定。倘去，則將往西北耳。」

同日　應香港《文藝》編者的要求，發表《魯迅先生逝世二週年紀念——關於「魯迅研究」的一點意見》（文論）。載《大公報》，初收盧瑋鑾、黃繼持《茅盾香港文輯》，現收《茅盾全集》第二十一卷。批評有人把「魯迅思想」的「源流」，歸之爲龔定庵的思想的觀點，認爲研究魯迅不應該忘記的：一、一絲不苟的科學者的思想態度；二、「魯迅曾從章太炎先生研究樸學，但是，有了近代論和近代科學方法爲思想基礎的他，不爲樸學家法所囿；三、「魯迅先生雖然絕不『搬弄辯證法或社會科學的術語』，但是他所讀的這方面的書籍恐怕比『搬弄者』要多得多。」

同月　香港在孔聖堂舉行魯迅逝世兩週年紀念大會，茅盾負責報告魯迅生平事跡。（盧瑋鑾《茅盾1938年至1942年間在香港的活動》）

同月　茅盾在香港期間，健康不好，先後受到胃病、失眠、神經衰弱、牙疾等侵襲，但他的文藝活動仍十分活躍。許多社團的文藝組請他演講，除上述社團外，還有「九龍文化研究社」、「紅石勘自強社」等。他更先後爲「中華藝術協會」的文藝研究班主講《現階段的文藝運動》，及擔任「中華業餘學校」的「文藝科」講師之職。（同上）

同月　發表《常談》（文論）。載《自由》半月刊第一卷第一期。

本月

二十一日　日軍侵佔廣州。《救亡日報》即遷往桂林。

二十五日　日軍侵佔武漢。《新華日報》即遷往重慶繼續出版。

十一月

一日　《文藝陣地》第二卷第二期出版，刊登的文章有：

《〈戰地書簡〉》（文論），署名玄。現收《茅盾全集》第二十一卷。評姚雪垠的書信體裁中篇報告《戰地書簡》，說，這是記述「一支封建性非常濃厚的游擊隊怎樣在矛盾中掙扎」，「書裡有的是典型的事，以及典型的人物」。

《士兵讀物兩種》（文論），署名玄。現收《茅盾全集》第二十一卷。介紹《戚繼光轅門斬子》（「民族英雄抗戰故事」第一集）和《一個自衛團員的故事》（《抗戰連環畫》第一集）。

《「孤島」的新刊》（文論），署名玄。現收《茅盾全集》第二十一卷。介紹三種「孤島」新刊：《自學》旬刊、《雜誌》半月刊、《上海婦女》半月刊。

《編後記》（文論）。現收《茅盾全集》第二十一卷。對張天翼的《新生》作了較高的評價。說：「《新生》是《華威先生》以後的一篇觀察深刻的作品，他警告一些意識上被舊時代舊生活縛得緊緊的苦悶中的知識分子，他們雖然受了血的刺激，要求『新生』，但不知不覺中思想上會與『某種漢奸』起了共鳴。這裡的心理描寫是很細膩而精密的。」

三日　發表《從數字說起》（散文）。載《立報・言林》。初收盧瑋鑾、黃繼持《茅盾香港文輯》。現收《茅盾全集》第十六卷。以一些數目字說明蘇聯建國二十年來在農業、工業、教育等方面所取得的成績。

五日　發表《少數民族》(散文)。載《立報・言林》。初收盧瑋鑾、黃繼持《茅盾香港文輯》。現收《茅盾全集》第十六卷。指出:「中歐那些『新興國』裡的少數民族,成爲卍字的侵略工具」,而蘇聯的民族政策是眞正的平等、自由。

七日　發表《從圖表說起》(散文)。載《立報・言林》,初收盧瑋鑾、黃繼持《茅盾香港文輯》,現收《茅盾全集》第十六卷。通過蘇聯工業生產的簡單圖表,說明蘇聯兩個五年計劃的成功。

十六日　《文藝陣地》第二卷第三期出版,登載的文章有:

《〈軍民之間〉》(文論),署名玄。現收《茅盾全集》第二十一卷。說,李輝英的中篇報告《軍民之間》,「都是戰地服務團的日常工作的記錄」,但反映的是「表面工作」,矛盾「未深刻化」。

《〈到明天〉》(文論),署名玄。現收《茅盾全集》第二十一卷。評左明的劇本集《到明天》,指出:「這裡的四個劇本全是獨幕劇,各篇內容也許嫌單純一點,但頗富於煽動的力量。」

《〈詩時代〉》(文論),署名玄。現收《茅盾全集》第二十一卷。指出,《詩時代》和《抗戰文藝》的《武漢特刊》,「兩個刊物都登載了不少好詩」。

《「文陣」廣播》(消息)。現收《茅盾全集》第二十一卷。據張春風來信,云:李南桌於十月十三日夜半病逝於九龍城國家醫院。

同日　作《致孔另境》(書信)。載《茅盾書簡》。云:「也許不久,我將有內地之行。《文陣》如何處置,那時再說。」

二十四日　發表《懷念行方未明的友人》(散文)。載《立報・言林》。初收盧瑋鑾、黃繼持《茅盾香港文輯》,現收《茅盾全集》第十一卷。爲廣州失陷後一些友人的下落焦慮,特別是蒲風、歐陽山和草明。

同月　發表《從〈風洞山傳奇〉說起》(文論)。初收一九四二年十二月群益版《文藝論文集》。現收《茅盾全集》第二十一卷。

本月

三日　日本首相近衛發表聲明,企圖誘使國民黨政府參加「建設東亞新秩序」。

十二日　蔣介石指使軍警火燒長沙城,企圖以此阻擋日寇。

十二月

一日　《文藝陣地》第二卷第四期出版，刊登的文章有：

《「補白」三則》（文論）。《影片〈高爾基的少年時代〉》，署名明。介紹該片在高爾基故鄉拍攝的情況；《蘇聯紀念托爾斯泰生平一百十週》，署名明。介紹九月九日蘇聯以講演會、展覽會、文藝晚會等方式熱烈紀念托爾斯泰的情景；《辛克萊六十生辰》，署名明。蘇聯作家協會致電辛克萊，稱頌辛克萊的功績。

《「文陣」廣播（一則）》（消息）。現收《茅盾全集》第二十一卷。

《編後記》（文論），現收《茅盾全集》第二十一卷。認爲丁玲論文《略談改良平劇》是西北戰地服務團公演「改良平劇」《白山黑水》（在延安）時的經驗之談。《橫山鎮》（錫金）兩幕劇，「在題材方面這是新穎的」。

月初　決定去新疆。薩空了已去了一趟新疆又回到香港，動員一同去新疆。杜重遠寫的那本小冊子，「的確使我動了去新疆做點事的念頭。然而杜重遠三次進新疆所看到的究竟有沒有假象呢？於是我去找了廖承志。廖說他也不太清楚新疆的情形，杜重遠可能說得太好了一點，不過我們有人在那裡工作，其中就有你認識的。新疆有我認識的共產黨人在那裡工作，可見是可以去的，於是我就下了去新疆的最後決心，並且告訴了杜重遠。隔了幾天，杜重遠送來了盛世才的一份電報，表示熱烈歡迎我和張仲實赴新建設新疆。」因要去新疆，《文陣》請樓適夷編輯，但仍掛主編的名。原打算與杜重遠夫婦一道走，因女兒亞男患肺炎留了下來，等亞男康復。（《在香港編〈文藝陣地〉》）

十六日　《文藝陣地》第二卷第五期出版，刊登的文章有：

《「文陣」廣播（三則）》（消則）。現收《茅盾全集》第二十一卷。廣州失陷後，在廣州的夏衍、歐陽山、草明、巴金、適夷、錫金的行蹤；蒲風凶多吉少。漢口放棄後，端木蕻良、蕭紅、艾青、歐陽凡海、穆木天、彭慧、黎烈文的情況。

《編後記》（文論）。現收《茅盾全集》第二十一卷。對於傳聞詩人蒲風已犧牲，表示了震驚和哀悼。（按：1938 年 8 月蒲風在廣州主編《中國詩壇》，廣州淪陷，幸免於難。後輾轉去新四軍中工作，1942 年 8 月 13 日病逝於安徽天長縣）。

中旬　中華業餘學校校長吳涵眞夫婦設家宴，爲茅盾赴新疆餞行。同席有金仲華、劉思慕、沈志遠、千家駒、樓適夷、方與岩、梁若塵、林煥平。菜餚「豐盛」，尊茅盾爲「上座」。（林煥平：《茅盾在香港教書——回憶茅盾之一》載《語文園地》1981 年第 3 期）

二十日　登上從香港開往海防的法國輪船「小廣東」號。同行六人，茅盾一家四口，杜太太的弟弟侯立達以及杜的公司的高級職員楊先生。到碼頭送行的有樓適夷、甘伯林、李南桌夫人，以及其他朋友。乘的是頭等艙，這是杜重遠囑咐楊先生辦的，因爲是盛世才的貴賓。（《從東南海濱到西北高原》——回憶錄〔二十三〕）

二十二日　早晨八時到達海防。經過「黑房子」的搜身檢查和行旅檢查，於中午十二時，坐上人力車，住進市區的一家旅館。下午四時又上了去河內的火車；在河內休息半天，當天下午到達永安。（同上）

二十四日　上永安至老街的火車；楊先生幫買的是臥鋪票。第二天上午列車抵達老街，當即辦了過境手續，住進河口的一家旅館。（同上）

二十六日　上午六人都乘上了去昆明的頭等車廂。（同上）

二十八日　上午八、九點鐘列車抵達昆明。到車站迎接的，除了杜重遠手下的人，還有雲南文協分會的朋友，其中認識的有穆木天、施蟄存、馬子華等，爲首的是文協分會負責人雲南大學校長楚圖南。當即被安排住進昆明第一流的旅社——西南旅社。下午去看望了杜重遠夫婦；杜的夫人到昆明就分娩了，因此杜還滯留在昆明。杜說，蘭州來電報，要我們盡早去蘭州，最可能有去新疆的飛機。現在行李也運到了，我們打算明天就飛蘭州，……我接口道：明天就去對我們來說太倉促了，我在昆明還有些應酬。你們先走，我們搭下一班飛機罷。杜說，這樣也好，你們和薩空了太太一起走。晚上出席文協雲南分會舉行的「洗塵」晚宴，見到了朱自清、沈從文等朋友。（同上）

二十九日　上午，參加了文協雲南分會在文廟（當時改爲民眾教育館）桂香樓舉行的歡迎會。楚圖南主持會議，並請茅盾指導。茅盾講了「八一三」以來的抗戰文藝狀況和存在的一些問題。爲了使雲南的聽眾聽懂，用的是蘭青官話，講得很慢。（同上）

三十日　上午顧頡剛來旅社看望；顧談到西南聯大與當地文化界的聯繫

問題。

同日　晚上，文協分會請去看了金馬劇團演出的話劇《黑地獄》（凌鶴編劇）。當晚寫《看了〈黑地獄〉》，向社會呼籲，希望地方當局扶助話劇的發展。（同上）

三十一日　全家到顧頡剛家中回拜。由顧陪同拜訪了朱自清、聞一多、吳晗。談話中，談到「外來人」與「本地人」的團結問題，大家都表讚同。（同上）

約十二月底　作《大眾化與「詩歌的斯泰哈諾夫運動」》（文論）。詩歌的「斯泰哈諾夫運動」是詩人蒲風提出來的一個口號，這個口號要求「詩人多產」，文章補充了蒲風未指出的一面：即這種運動不僅要詩人多產，而且也是一種群眾運動，「是詩歌大眾化的一個方面」。（同上）

月底　作《談「深入民間」》（文論），載一九三九年二月十六日《桂林日報》。現收《茅盾全集》第二十二卷。指出：「『深入民間』的工作，在內容上，主要是激發民族意識，推動抗戰情緒；在形式上，主要是運用民間的藝術形式。我認爲這些都是對的」。但實際上不少人下鄉與群眾「相隔一層」，因此，「眞正『深入民間』，就必須觸及民眾的日常生活裡所碰到的問題，如生活的痛苦，貪污土劣的罪惡等」。（同上）

同月　作《海防風景》（散文）。初收《見聞雜記》。現收《茅盾全集》第十二卷。以憎厭的筆調敘述到越南海防後遭到進入「黑房子」搜的情況，以及看到的《海防風景》幾乎全是「檳榔，紅唾液，金蒼蠅，蚊子」。

本月

十八日　汪精衛與其黨羽曾仲鳴、周佛海、陶希聖等潛離重慶叛國投敵，於23日飛抵越南河內，並發表「艷（29日）電」，公開爲日本首相近衛的聲明張目。

二十二日　日本首相近衛發表妄稱中日關係之「根本調整方針」的聲明，提出要中國放棄抗日，中日締結「防共協定」，中日經濟「提攜」。

一九三九年（四十四歲）

一月

一日　發表《看了〈黑地獄〉》（文論）。載《雲南日報・南風》第七八五期，現收《茅盾全集》第二十二卷。讚「金馬劇團」演出《黑地獄》的「苦幹精神」和「創造的才能」。

二日　作《文化上的分工合作》（雜文）。載《戰時知識》第二卷第一期，現收《茅盾全集》第二十二卷。認爲「文化界的不團結，文化組織的不統一，各行其是，是一個地區文化工作的致命傷」。（《從東南海濱到西北高原》——回憶錄〔二十三〕）

四日　作《抗戰文藝的創作與現實》（講演）。載一九三九年一月五日《雲南日報》。此係應雲南大學的邀請作的講演。

五日　作《統一戰線與基本工作——在「文協分會」歡迎席上報告》（政論）。載《雲南日報・南風》第七八八期。現收《茅盾全集》第二十二卷。

同日　晨七時，全家登上了直飛蘭州的歐亞航空公司班機。到機場送行的有楚圖南等文協分會的朋友。薩空了太太金秉英帶著女兒苦茶與之同行。飛機飛行了九個小時，途中在成都、西安停留了半個小時。在成都，張仲實加入了該「隊伍」。下午四時五十分抵達蘭州。住進中國旅行社蘭州招待所。蘭州零下十幾度，撲面而來的是凜冽的西北風，汽車開過，車後高高地揚起一片黃色的塵障。第一次領略了西北高原的風光。（同上）

六日　和張仲實一道去看望杜重遠夫婦。杜住在國民黨軍委辦的內部高級招待所勵志社。杜告知，去新疆沒有班機，「我已給盛世才去電報，請他與蘇聯方面聯繫飛機，或者就讓歐亞航空公司飛一趟。現在我們一行已有大小十四個人，可以包一架飛機了。」過了兩天，我們勸杜重遠一家搭蘇聯便機先走，便於杜太太產後調養。（同上）。

同日　中央社一位記者找上門來，寫了一篇訪問記登在當地報紙上。來訪的客人還有蘭州生活書店經理薛迪暢。他詳細介紹了蘭州文化界的情形：封建勢力嚴重，文化落後，文化界沒有組織，……只有一個綜合性的半月刊《現代評壇》，團結了十數個文學青年。（同上）

七日　薛迪暢陪了三四個文學青年來訪，其中有《現代評壇》的趙西。趙帶來了幾本《現代評壇》，請提意見，讚揚了他們在困難條件下開拓抗戰文藝運動的精神，並建議他們盡早把文協分會成立起來，以便有一個合法的組織和活動中心，這樣辦雜誌就有了依靠。趙西等還邀請去作一次講演。（同上）

約十日左右　講演會在萃英門甘肅學校的一間會議室裡舉行，談遠離前線的文學青年如何反映抗戰現實的問題，如何寫與日寇的鬥爭，以及如何能鼓舞民眾抗戰的熱情等。

十六日　發表《公式主義的克服》（文論）。載《文藝陣地》第二卷第七期，現收《茅盾全集》第二十二卷。指出：「批評家所有的生活知識不能比作者更多的話，那他一個不留神就會寫出公式主義的批評來。」「作品的公式主義，其成因也是如此。一位作家對於所寫的事物要是十二分的熟悉，而且蘊蓄得很久，稍一凝思，便奔湊腦際，——要是到了這樣『成熟』的地步，他寫出來的，大概不是公式主義的。」「我以爲要避免公式主義就只要遵守作品產生的順序：材料豐富了，成熟了，確有所見了，然後寫。」

二十三日　作《致文藝陣地編者》（書信）。載《文藝陣地》第二卷第九期。云：「在此住了那麼多日，本又可以寫點東西，然而斗室中擠四人，實在非工作之場所；加以電燈不明，夜晚閱書尚不可能，遑論寫作？只好到迪化後再談矣。」

下旬　一天，趙西來訪，送來了《抗戰與文藝》的清樣。談到籌備文協分會的困難時，對趙西說，既然目前成立有困難，可以先籌備通訊站，等到有了影響，再轉爲分會。趙西又邀請再作一次講演。「我反正閒著沒事，也就同意了。我這次講演的題目是《談華南運動的概況》，我想，介紹一下華南各地的文化工作者開展文化運動的方法，也許對蘭州的文化工作者有點幫助。」

下旬　飛機遙遙無期，單獨搬進招待所新建的平房；這樣白天還能寫點東西；整理這次旅途所記，寫了第一篇印象記《海防風景》。「但寫完一看，自知淺陋，便隨手棄置行篋，沒有寄給適夷，而且意興闌珊，不想再動筆了。」（同上）

約下旬　在蘭州等飛機期間，還作了下列事情：

閒來無事，常常進城逛書店，購買了一些上海早就售缺的二三十年代的不少珍貴版本的書籍。還買到一本蘇聯出版的用英文解釋的俄語教科書，向張仲實學了幾天的俄文。

全家曾同張仲實等遊覽了黃河鐵橋；除女眷外，餘皆乘羊皮筏子助興。還品嘗了富有西北風味的涮羊肉。

一天，與張仲實一道去拜訪謝覺哉。謝老是中共駐蘭州辦事處代表。這次看他，除了作禮節性的拜訪外，也是爲了從他那裡進一步瞭解新疆的情況。可是不巧，謝老那天有事出門了，見到了伍修權，他才從延安來，不瞭解情況。過了幾天，謝老到招待所來看望，但是，他對新疆的情況也不甚瞭解。他只是說，我們有人在那裡幫助盛世才工作，你們到了那裡，可以與他們取得聯繫。

胡公冕來看望，除了敘舊外，請在新疆打聽俞秀松的下落。第二次來訪問，說新疆去不得，那地方很複雜，進去不容易，出來更困難。這是第一次聽到這樣的勸告。

來訪的還有西北公路局局長沈某。他也勸說，不要貿然去新疆，即使要去，家眷留在內地，將來也有個脫身的藉口。

對這兩人的規勸進行了研究。最後決定還是去新疆。因爲：一，勸不去新疆的都是出自國民黨方面人士之口；二、杜重遠已去新疆，倘若中途變掛，無疑拆了他的台，於情於理都不妥。至於新疆情形複雜，小心行事就是了。

以上均見《從東南海濱到西北高原》——回憶錄〔二十三〕

本月

佛朗哥叛軍在意軍支持下佔領巴塞羅那。

國民黨召開五屆五中全會，決定了「溶共、防共、限共、反共」的反動方針。

二月

一日　發表《致若君信》（書信），署名盾。載《魯迅風》第四期。信中談到了關於《文藝陣地》稿件安排的情況，附二紙。對若君創作上的缺點和弱點進行了批評。

五日　發表《抗戰與文藝》（文論）。載蘭州《現代評壇》第四卷第十一期，現收《茅盾全集》第二十二卷。原係茅盾應該刊編者趙西之邀在蘭州甘肅學院所作的講演。由趙西記錄整理。

十八日　招待所免費請全體旅客吃年夜飯。同桌的有兩位已打過交道的同住在招待所的神秘女郎。戎裝的神秘女郎頗善交際，她曾對茅盾說，她是茅盾的崇拜者，要求把她們介紹到新疆工作。茅盾婉言謝絕。金秉英懷疑她是軍統特務。（同上）

約二十日左右　傍晚，新疆駐蘭州辦事處新疆土產公司黃賢俊喜氣沖沖地跑來通知：有一架歐亞航空公司的飛機將在幾天內飛往新疆，不過只到哈密。「看來這是新疆當局與歐亞航空公司已經談判達成的折中方案。這時，杜重遠也來了電報，說到了哈密，交通工具就容易解決了。於是 22 日，告別了蘭州，開始了歷時一年又兩個月的新疆之行。」（同上）

二十二日　下午三時許，飛機抵達哈密。到機場迎接的是以哈密區行政長劉西屏爲首的一群地方官員。一輛旅行車把客人送到城裡的招待所。晚上，在離招待所不遠的廣場上舉行了歡迎晚會，除了講話，還有維吾爾族的歌舞節目。由於德沚著了涼，半夜就發起高燒，喘氣急促困難。（同上）

二十三日　清早請來了醫生，劉西屏也聞訊趕來，立即決定送蘇聯紅軍軍醫院。醫生診斷爲肺炎。（《新疆風雨》〈上〉）

同日　住進專門接待蘇聯過往人員和軍官的「外賓招待所」。

二十四日　領孩子去看德沚，她的精神已經很好。蘇聯醫生採用的是拔火罐的方法起作用的。（同上）

二十六日　德沚臥床第四天就完全退燒了，但遵醫生囑咐她還要將養一週才能出院。（同上）

本月

日軍侵佔中國海南島，進一步發動佔領太平洋上南威島的攻勢。

周揚主編的《文藝戰線》月刊在延安創刊。

三月

一日　發表《問題的兩面觀》（文論）。載《文藝》第三卷第一期。現收《茅盾全集》第二十二卷。對文藝創作的「質與量」，文藝大眾化的「舊瓶裝新酒」，詩的朗誦運動等問題發表自己的意見，說明「每樣事情須分成二面，一面這樣，一面那樣，從二面細細觀察，才下結論，那末與眞理雖不能全中，大概也不遠多少了。」據該期《編後記》說：「這篇論文是茅盾先生在西南聯大講演稿，由傅央衛君記錄寄來，因茅盾先生去新匆促，所以這講稿沒有經過他校閱，如有與原意出入之處，當由傅央衛君及本刊負責。」

六日　迪化派來的汽車，於本日抵達哈密，是一輛小臥車和一輛八個座位的旅行車，都相當陳舊，隨車來了一位副官，負責陪去迪化。

七日　車子作了檢修，定於八日上路。(《新疆風雨》〈上〉)

八日　早飯後，向哈密地方官員告別。金秉英、張仲實乘小臥車，茅盾一家乘旅行車，離開了哈密，駛上了當年左宗棠修築的官道，兩旁是一抱粗的「左公柳」，綿延不絕。十二時許，在戈壁灘停下來進午餐。晚上九點多鐘，住宿天山腳下一個山坳裡的七角井。(同上)

九日　一早出發，下午四時許到達鄯善，途中停下車來參觀了公路旁的坎兒井。晚上，住在鄯善縣政府招待所裡。(同上)

十日　下午三點多鐘到達吐魯番。吐魯番的官員出來迎接，多數是維吾爾人。陪同參觀了市容，遊覽了附近的一座伊斯蘭古塔。(同上)

十一日　車翻過天山，正午時分，到達了達板城，進了午餐，稍事休息，副官與迪化通了電話，就繼續趕路，四時許，到達迪化郊外二十公里處。盛世才在杜重遠的陪同下，在兩輛卡車站著全副武裝的衛隊保護下，前來迎接。盛世才親自送到寓所，寓所在南梁一個狹長的大院內。(同上)

十二日　晚上，盛世才在督辦公署設盛宴款待，出席的有省主席李榕，化名爲周彬的財政廳長毛澤民，教育廳廳長孟一鳴，民政廳廳長邱宗睿（盛世才岳父)。「在宴席上，盛世才致了歡迎詞，我和張仲實致了答詞。盛世才讓我坐在他的左邊，宴會中他側過身來對我說：『這次請你們到新疆，除了教書，還有更重要的事情需要你們的幫助。』我不知道他又有什麼新想法，就等著他講下去，他卻又說：『你們路上辛苦了，好好休息幾天，這件事等以後再說吧』。」(同上)

十四日　在杜重遠陪同下，與新疆學院的同學見了面。學院很簡陋，只有一個操場，幾排平房，一間由學生兼管的小小的圖書室，沒有實驗室。學生只有一百二三十人，還包括一個五六十人的高中班。沒有專職教員。杜重遠說，「學院分兩個系，教育系請我任系主任，政治經濟系請仲實任系主任。我們要包教本系的課程。」「參觀新疆學院之後，我意識到面臨的第一個現實：我將不得不改行做我並不熟悉的工作，而我的本行——文學工作將成爲副業」。(同上)

十六日　拜訪了幾位廳長，從而知道教育廳廳長孟一鳴也是從延安來的。以後幾天，他們陸續來回拜。毛澤民說，新疆現在實行的六大政策是進步的，對抗戰有利。盛世才要親蘇，要反帝，又要講馬列主義，可是手下沒有幹部就請我們來幫忙。他建立了一個政治組織叫新疆民眾反帝聯合會。他還說，盛世才多疑，忌賢，他周圍一伙親信，是他的耳目，接觸時要小心。今後我與你往來也不會多，因為我這個財政廳長與你沒有什麼工作上的聯繫，而他們又不知道我和你是老朋友，這些都是為了避嫌。不過孟一鳴今後可以與你們經常聯繫。（同上）

十七日　孟一鳴也來回拜，他對我的詢問提出如下建議：多觀察，少說話，多做事，少出風頭。（同上）

約二十日左右　盛世才邀去談話。提出要成立新疆文化協會，請茅盾任委員長，張仲實任副委員長。要求先立個章程，訂個一年計劃，盡快編出一套符合六大政策精神的小學教科書來。（同上）

下旬　經過一個多星期的瞭解，對今後的行動定下了以下方針；工作上，以馬列主義觀點來宣傳六大政策下的新文化，進行文化啓蒙工作，教好新疆學院的課程；有選擇地進行文學藝術方面的介紹和人材的培養；人事關係上，實行「堅壁清野」，一切對外聯繫由一人出面，把德沚和兩個孩子同當地社會隔開。（同上）

同旬　同意給兩個花花太歲（盛世才的五弟盛世驥，邱毓芳的弟弟邱毓熊）上課。

同旬　新疆學院開學，承擔歷史、中國通史、中國藝術思想概論，西洋史等好幾門；每週上課十七小時，邊編講義邊上課。（同上）

當月

李何林發表《「大革命時代」前後的革命文學問題——魯迅的態度和茅盾的意見》，載《近二十年來中國文藝思潮論》第二編第三章，上海生活書店出版。

本月

西班牙共和國海軍在卡塔赫納基地叛變。

光未然作詞、冼星海作曲的《黃河大合唱》問世。

四月

五日　發表《談抗戰初期華南文化運動概括——一九三九年一月的講話》（演講）。載蘭州《現代評壇》第十二——十五期合刊、第十六期。現收《茅盾全集》第二十二卷。原係茅盾應該刊編者趙西之邀在蘭州甘肅學院作的講演，由歐陽文、趙西記錄整理。

八日　新疆文化協會宣告成立，被「推舉」爲委員長。副委員長除張仲實外，還有盛世才的親信李佩珂，李還兼任秘書長。茅盾把人事和財務都推給他，李很高興。這是「堅壁清野」的第一步。（《新疆風雨》——回憶錄〔二十四〕）

十二日　以「首長」身份參加了「四月革命」六週年慶祝大會。大會在北門外的軍校操場舉行，有閱兵式，也有馬術等體育表演。有生以來第一次騎上馬，由人牽著，跟在檢閱隊伍的最後面，繞場走了一周，由於過份緊張，當時那盛大的場面，所見到的只是馬的兩隻耳朵。中午，大會還招待觀禮的人吃了一頓抓飯。（同上）

同日　爲新疆「四月革命」六週年紀念，發表《新疆文化發展的展望》（文論）。載《新疆日報》。現收《茅盾全集》第二十二卷。對盛世才的「六大政策」表示支持和擁護。這篇文章，「可以說，是我擔任了新疆文化協會委員長後的一篇表態文章。」（同上）

同月　《炮火的洗禮》（烽火小叢書之六），由烽火社出版。

當月

一日　杜重遠發表《介紹沈雁冰張仲實兩位先生》，載《反帝戰線》第二卷第九期。指出茅盾「和魯迅先生一樣」，「一小半靠著天才，一大半靠著自修，取得了「譽滿全國」、「名馳中外」的成就。

本月

希特勒批准了對波蘭進行的「白色計劃」，規定採取「閃電」方式一舉擊潰波蘭。

重慶市文化界精神總動員協進會成立。

五月

七日　應新疆婦女協會副委員長張谷南的邀請，在女子中學作講演：《中國新文學運動》。載八日《新疆日報》。現收《茅盾全集》第二十二卷。論述「五四」以來新文學運動的發展。「我想通過這個簡要的介紹，一方面對新疆的文學愛好者灌輸一點中國新文學運動的歷史知識，另一方面也想乘機對這二十年的歷史認眞地作一次回顧，並闡述自己的觀點，而這，其它的環境裡，是沒有這份閒心的。」(《新疆風雨》——回憶錄〔二十四〕)

九日　在新疆學院作《「五四」運動之檢討》(演講)。載新疆學院校刊《新芒》第一期。現收《茅盾全集》第二十二卷。「介紹了『五四』運動的起因、內容和得失，基本觀點仍沿用大革命失敗以來對『五四』運動的評價，即『五四』運動是資產階級領導的新文化運動，它早已走完了它的歷史里程，它提出的反帝反封建的基本任務，剛由新興的無產階級接過來繼續完成，並『必得完成』。」(《新疆風雨》上)

十三日　應《新疆日報》文藝副刊《綠州》編輯的邀請，作《關於詩》(文論)。載《新疆日報》副刊《綠州》，現收《茅盾全集》第二十二卷。「這篇短文，我完全是扣著題目做的文章，也就是給新疆的文學青年詩歌愛好者灌輸一點詩的 ABC。」(《新疆風雨》——回憶錄〔二十四〕)

十七日　又應《新疆日報》文藝副刊《新疆青年》的請求，作《青年的模範——巴夫洛夫》(散文)。載《新疆日報》文藝副刊《新疆青年》。現收《茅盾全集》第十六卷。

下旬　前往漢族文化促進會俱樂部觀看《新新疆進行曲》。

二十六日　作《爲〈新新疆進行曲〉的公演告親愛的觀眾》(劇評)。載《新疆日報》，現收《茅盾全集》第二十二卷。介紹了內容及「報告劇」的形式。(按：《新新疆進行曲》係譜主在新疆學院執教期間，結識了不少愛好文學的同學共同創作的。「他們都是政治經濟系的學生，有趙普林(趙明)、喬國仁、党固，年齡都不過二十左右。趙普林是個筆桿子，他在我的支持下辦起了新疆學院的第一份校刊《新芒》，並擔任主編。他們又在我的鼓勵下，集體創作了一個劇本——報告劇《新新疆進行曲》，這是我到新疆後參加的第一項文藝活動，我花了不少時間爲劇本潤色。」(《新疆風雨》上)

上旬　一天，反帝會秘書長王寶乾前來拜訪，說：盛世才有意思請擔任《反帝戰線》主編。茅盾連忙舉出種種理由來推辭。王說，如果實在不願意，也要擔任編委會的委員。茅盾說，只要不擔任主編，掛其它名義都無所謂，並且還可以常給刊物寫些文章，譬如談談國際問題。王還說，督辦還希望沈先生加入反帝會，茅盾婉言拒絕。由於拒絕擔任《反帝戰線》主編，所以，從一九三九年七月至一九四〇年四月，爲該刊寫有十五篇文章，顯得並非沉默不語，又避開了新疆的現實問題。(《新疆風雨》上）

下旬　在寓所接待孟一鳴來訪，孟提醒：「要注意，已經有人在背後講你閒話了」。聞後，「我不禁愕然」。繼而從孟處獲悉：因爲熱情高，到處去講演，又寫文章，又編劇本，有的人心裡卻不舒服。儘管所做的都屬文化啓蒙性質的工作，又沒有涉及新疆的時政，但卻反襯了他們的無能。又因拒絕盛世才邀請，不願擔任《反帝戰線》主編。他心裡不痛快，在這種情形下，有人在背後放冷箭就不足爲奇的。我當即對孟說：「想不到千里迢迢來到新疆，卻要同這種小人鬥法，實在犯不著。我以後就一不講演，二不寫文章。」

下旬　應《新疆日報》副總編的邀請，在報社大會議室作《〈子夜〉是怎樣寫成的》(演講)。載六月一日《新疆日報》副刊《綠州》。現收《茅盾全集》第二十二卷。

同月　一個星期日，全家和張仲實、金秉英一家，由盧毓麟副官長陪著乘馬車到迪化郊外學騎馬。經過學習，基本上已能駕馭「老爺馬」了。一年後，在延安就靠這點騎術，往返於橋兒溝和楊家嶺，免除了兩腿跋涉之辛苦。(同上)

本月

三日　匈牙利頒佈反猶太法令，強迫猶太人在五年內遷離匈牙利。

三至四日　日軍連續轟炸重慶。

六月

月初　一天，盛世才召見，徵求趙丹等要求到新疆的意見。爲了試一試阻止趙丹等到新疆，對盛世才說：不認識這些人，他們住慣大城市，恐怕不慣新疆的生活。而且他們來了，除了演戲，也沒有更多的事可做。同被召見的張仲實也支持我的意見。盛就請譜主代擬一封回電，勸他們不必來了。誰知趙丹等未能領悟電文的含意，他們又給盛世才回電，表示不怕艱苦。盛遂回電讓他們來了。(《新疆風雨》(下）——回憶錄〔二十五〕)

中旬　見到周恩來和鄧穎超。一天，督辦公署通知，當天晚上盛督辦宴請內地來的客人，請和德沚赴宴作陪。打電話問孟一鳴，知道客人是周恩來和鄧穎超。德沚希望通過鄧穎超給在莫斯科的楊之華帶封信去，請她把兩個孩子弄到蘇聯去學習。參加宴會的有盛世才夫婦、孟一鳴、杜重遠、張仲實等人。「我看見恩來同志的右臂用綳帶吊著，就問他是否還流血。他說沒有流血，是騎馬摔斷了胳膊，在延安沒有接好，要到蘇聯去重新接過。宴會上無法深談，大家只能寒喧一番和頻頻舉杯，但德沚還是乘隙把信交給了鄧大姐。」（《新疆風雨》（上）——回憶錄〔二十四〕）

中旬　與周恩來夫婦相見後的『第二天，徐夢秋同志（即孟一鳴）告訴張仲實，說周副主席請其轉告茅盾和張仲實可以去延安；後張和茅盾分別以伯母病故和母親去世爲由，要求新疆軍閥盛世才同意回鄉奔喪。（按：直到 1940 年 5 月 5 日離迪化到哈密，盛反覆無常，竟密令截住張、茅，這密令恰巧都在一地下黨員手中，盛陰謀未能得逞）（張仲實：《難忘的舊事——茅盾同志輾轉新疆的前前後後》，載 1981 年 5 月 16 日《人民日報》）

同月　從六月份起，謝絕了去外單位演講的邀請。也不再寫與本職工作無關的文章。只是「熱心」地爲《反帝戰線》等國際問題述評。（同上）

上半年　主要精力是編寫小學教科書。文化協會下設三個部：編譯部、藝術部和研究部。「我兼藝術部長，張仲實兼研究部長，李佩琦兼編譯部長，不過，李不懂教育，就藉口行政工作忙，把編譯教科書的工作推給了我。我也樂得坐下來編這個與人無爭的東西，同時也能爲新疆各族人民文化水平的提高眞正做一點工作。」（同上）

本月

二十三日　法國與土耳其締結互不侵犯條約。

國民黨製造「平江慘案」，包圍和殺害新四軍後方湖南平江通訊處全體工作人員。

七月

上旬　新疆學院放暑假，杜重遠組織學生去伊犁旅行，一面作抗日宣傳活動，一面進行社會調查。與仲實同時被邀，但因英國駐喀什新領事到迪化談英印僑民問題和商務問題，盛世才指定作陪，未能前往旅行。後來杜重遠伊犁之行成了杜的「罪狀」。（《新疆風雨》（下）——回憶錄〔二十五〕）

下旬　陪英國領事遊覽了南山的廟兒溝和天山博格達峰。同陪的還有陳培生（邊務處副處長）。在廟兒溝玩了兩天，睡蒙古包，每天騎馬、打獵。因雙腿磨破，未同登博格達峰，只在山下等候。（同上）

同月　全家去白楊溝避暑地玩了一天，學會了喝馬奶子。（同上）

同月　發表《一九四一年的日蝕》（散文）。載《新芒》第一卷第一期，現收《茅盾全集》第十六卷。

同月　發表《新新疆進行曲》，茅盾詞，陳谷音曲；載《新芒》第一卷第一期。

同月　開始給文幹班講課。六月間，盛世才建議，辦個文化幹部訓練班，調些青年幹部，學習一年半載，回去加強各地的文化促進會。文幹班包括十三個民族，二百餘人。以「問題解答」的方式，重點介紹抗日戰爭，講解一遍《論持久戰》，涉及六大政策的，建議他們去看《反帝戰線》上連載的《六大政策》。由於盛世才隨便大批抓人，文幹班學員有兩人被抓，所以文幹班辦到 1949 年 3、4 月間就夭折了。（《新疆風雨》（下）——回憶錄〔二十五〕）

本月

二十七日　美國政府宣布廢除一九一一年日美商約，對日本經濟上施加壓力。

七日　中共中央發表《爲紀念抗戰兩週年對時局宣言》，提出了「堅持抗戰，反對投降；堅持團結，反對分裂；堅持進步，反對倒退」的三大政治口號。

八月

一日　《反帝戰線》第二卷第十、十一期出版，刊登的文章有：

《白色恐怖下的西班牙》（散文）。現收《茅盾全集》第十六卷。舉出大量事實說明，佛朗哥依仗他的主子——德意法西斯的武裝，以及英法的「不干涉政策」，在西班牙得了「勝利」以後，他帶給西班牙人民的「幸福」，第一是飢餓，第二是屠殺。

《「納粹」的侵略並不能挽救經濟上的危機》（散文）。現收《茅盾全集》第十六卷。認爲「法西斯德國雖然接連吞併了奧國和捷克，然而無補於他經濟上的困難。他從奧捷所攫得的資金，一部分是用來抵補軍隊之力貧的費用了，又一部分則塡入了擴張軍備的無底洞去。」

《顯微鏡下的汪派叛逆》（散文）。現收《茅盾全集》第十六卷。說：「這一篇文章有兩個目的：第一是打算給汪逆精衛以及汪派群逆畫一套臉譜；第二是打算把汪逆及黨徒自抗戰以來及自最近所策劃的賣國行動，所散佈的漢奸理論，給算一筆總帳。」

月初　一天，盛世才打電話告訴，趙丹、徐韜等已到達迪化，住在南梁的招待所裡，囑代表他去歡迎。與德沚、亞男一同去看望他們。他們共五男四女。向他們轉達了盛世才的問候。被趙、徐請到屋裡，介紹新疆眞實情況。對他們說：這裡的確很複雜，給你的第一封電報是我起草的，就是想勸阻你們不要來新疆，可是你們回電說不怕吃苦。趙丹叫道：啊呀，我們還以爲是客氣話哩。接著向他們介紹了新疆情況，要求他們一言一行要謹愼。當天，向盛世才報告了代他去看望趙丹他們的經過。盛說：可以組織一個話劇運動委員會，讓他們也參加，邊演話劇，邊推廣話劇。第二天，趙丹、徐韜他們來回拜，即把盛世才的決定告訴了他們。並說：這樣好了，你們歸我直接領導，今後有什麼事找我商量，可不必避嫌了。與他們研究了上演的節目。」（同上）

上旬　話劇運動委員會正式成立，成立那天，盛世才要求代表他正式宴請全體成員，表示歡迎；宴會前率領全體男演員去見了盛世才。第一次演出的劇目選定了章泯的五幕話劇《戰鬥》。（同上）

同月　發表《學習與創造》（散文）。載《新芒》第一卷第二期，現收《茅盾全集》第十六卷。

同月　發表《悼李南桌——〈李南桌文藝論文集〉代序》（序言），載生活書店版《李南桌文藝論文集》。

當月

十八日　香港《立報·言林》發表《天南地北——迪化茅盾》。

本月

日本平沼內閣倒台，阿部信行內閣成立。

現代作家葉紫逝世，終年二十八歲。

九月

一日　作《寄自新疆》（書信）。載《文藝陣地》第三卷第十期。信中說：「在此『打雜』之忙，甚於在港。」「與內地文藝家隔絕，即欲作文，恨無題目。」「此間民族既甚複雜，而社會情形亦頗複雜，新來者茫無頭緒，此等工作其實非弟所宜，今惟在編書方面（小學教科書），略盡其力耳。」「弟擔任功課每週十七小時，而大半功課與文藝無關。」「深恐久居則將成爲文化上愚蒙者耳。」

十八日　以趙丹等九人爲基礎，加上新疆學院的學生，經過三個星期的排練，話劇《戰鬥》於「九一八」紀念日在漢文會禮堂正式公演。《新疆日報》專門出版了《戰鬥》公演特刊。

同日　作《關於〈戰鬥〉》（文論）。載《新疆日報》，現收《茅盾全集》第二十二卷。

同日　發表《英法蘇談判遷延之癥結》（政論）。載《反帝戰線》第二卷第十二號，現收《茅盾全集》第十六卷。指出：「英法方面的缺乏誠意以及不以平等的精神對待蘇聯，便是英法蘇談判遷延日久尚未得美滿結果的原因。」

二十三日　中秋節，杜重遠在新疆學院的操場上舉行茶話會，一則歡度佳節，二則與演員聯歡。應邀參加了茶話會。會上，杜重遠對盛世才親信一中學校長姜作周的流言發了幾句牢騷。茅盾覺得不妙，拉了拉他的衣服，趕緊站起來講了幾句話，把緊張的場面圓了過去。（《新疆風雨》（下）——回憶錄〔二十五〕）

二十六日　盛世才找去，王寶乾也在場。盛讓擔任中蘇文化協會迪化分會會長，王寶乾、張仲實擔任副會長。「談完這件事，盛世才忽然問我：前兩天新疆等院的中秋茶話會你去了沒有？我答去了。盛說：聽說杜院長在茶話會上講了一些很不妥當的話，說什麼在新疆你不能太出風頭，太出風頭會有人妒嫉。是不是有這樣的話？我說：有的，不過杜院長講這話是有原因的。我就把姜作周的話複述了一遍。我說，杜院長說那些話有點不妥當，但他只是對姜作周不滿意，並沒有其它意思。這件事的發生，我也有責任，是我們考慮不周到。王寶乾也在旁幫忙道，杜院長心直口快，他是無心的。盛世才說，儘管如此，客觀影響不好，人家來熱心工作，怎麼能說太出風頭不好這種話呢！這是盛第一次向外人表示他對杜的不滿。他是藉這樣一件芝麻大的事，揭開了蓄謀已久的加害杜的帷幕。」「我回到家，就把張仲實請來，研究這次突發事件，決定由仲實去告訴杜重遠，並勸杜在這件小事上盡量忍讓，不要激動；要注意新疆這特殊環境，今後講話一定要小心。果然杜重遠聽了十分激動，想即刻找盛世才當面辯證白，仲實好說歹說，才把他勸阻。」（同上）

同月　發表《文藝漫談〈一〉〈二〉》（文論）。載《文藝月刊》第二卷第一期。

本月

一月　德國軍隊侵入波蘭。

三月　英、法先後宣布對德宣戰。

張治中擔任國民黨軍事委員會政治部部長。

十月

一日　發表《侵略狂的日本帝國主義底苦悶》（政論）。載《反帝戰線》第三卷第一號，現收《茅盾全集》第十六卷。認爲現在日本帝國主義最大的苦悶是：「侵略中國的戰爭，無法早日結束」；日本帝國主義消耗了的「武裝資本」，企圖「在佔領區內搶奪富源以賠補其損失的『計劃』也落了一場空」。根據這些事實，說明日本帝國主義已經陷入泥沼。

同日　發表《文藝漫談〈三〉》（文論）（莎士比亞出生 375 週年紀念）。載《文藝月刊》第二卷第二期。

上旬　一天，被盛世才找去，說，杜院長說「六大政策」來自三民主義，這是很不妥當的。知道事情，複雜化了，但又不好說什麼，就說：「督辦和杜院長是老朋友，應該找他談一談。」盛「嗯」了一聲，不置可否。又找張仲實商量，覺得問題嚴重，兩人一起去找杜重遠談。杜也有點懊悔。但杜重遠沒有聽勸告，給盛寫了一封萬言書，盛不予理睬。經勸告，杜寫了一封信，承認一時心情不好，有失檢之處，請盛寬宥，同時向盛請長假，請准許去蘇聯或內地治病。這封信發出不久，盛世才就來了電話，說去蘇聯不行，請長假可以，回內地他要考慮。仍拒絕與杜面談。杜只得辭掉新疆學院院長的職務，閉門修養。這就是盛世才對杜重遠軟禁的開始，時間大約在 10 月上旬。（《新疆風雨》（下）——回憶錄〔二十五〕）

十日　發表《雙十紀念與「抗戰八股」》（文論）。載《星島日報》第十一版。初收盧瑋鑾、黃繼持《茅盾香港文輯》，現收《茅盾全集》第二十一卷。該報刊登此文時，加了個編者按：「茅盾先生這篇論文，是去年雙十節時爲本報而寫的，因稿到較遲，未及刊出，以至一直擱到現在才有機會刊出來。我們希望讀者不要以爲這是明日黃花，爛斷朝報。茅盾先生這篇未經發表過的論文中所接觸到的問題，至今還像頑癖一般地存在著，編者即在最近幾天，也還看到有人在談所謂『抗戰八股』，而茅盾先生的這篇論文，卻給與了一個有力的全盤的答覆，所以編者樂於將它刊在這裡。」

十九日　新疆學院召開魯迅先生逝世三週年紀念會。在會上講了話。（《新疆風雨》（下）——回憶錄〔二十五〕）

下旬　在新疆學院學習的杜重遠的內弟侯立達被捕。侯是作爲杜的人質被捕，是警告杜重遠不要幻想離開新疆。侯的被捕，使茅盾全家十分緊張，因爲兒子剛剛在九月份進了新疆學院，於是，於十二月初讓其退學。（同上）

當月

一日　翼發表《茅盾的新疆生活水土不服有寂寞感》，載《文藝新聞》創刊號。

本月

二日　最後一批波蘭軍隊停止抗擊德軍，一週後，德宣布取消波蘭，將一部分波蘭地區劃入德國版圖。

十一月

五日　發表《誠懇的希望》（文論）。載《新疆日報》，現收《茅盾全集》第二十二卷。十一月五日中蘇文化協會迪化分會正式成立，作爲第一任會長撰文祝賀。當時在新疆宣傳蘇聯並不犯忌，文章用絕大部分篇幅介紹俄羅斯民族文化和蘇聯文化在中國的傳播和影響。

七日　爲紀念十月革命，發表《二十年來的蘇聯文學》（文論）。載《新疆日報》。

十六日　發表《由畫展得到的幾點重要意義》（文論）。載十一月十六日《新疆日報》。現收《茅盾全集》第二十二卷。讚揚文化協會舉行的新疆第一次畫展的成功。

同月　爲紀念十月革命節，還翻譯了《民族問題解決了》一文。載《反帝戰線》第三卷第二期（十月革命紀念特輯）。該文原作係蘇聯最高蘇維埃民族院副主席阿斯拉諾伐。

同月　爲紀念魯迅先生逝世三年，作《在抗戰中紀念魯迅先生》（文論）。載《反帝戰線》第三卷第二號。現收《茅盾全集》第二十二卷。「這篇文章我沒有談魯迅文學上的業績，而是講魯迅先生的精神。」（《新疆風雨》（下）——回憶錄〔二十五〕）

同月　姜作周接替杜重遠當了新疆學院院長。茅盾與張仲實辭掉了新疆學院的工作。理由是文化協會的工作愈來愈多，實在忙不過來。辭職請求得到盛世才的認可。（同上）

約十一月　盛世才開始了又一次的大逮捕，幾個少數民族頭面人物突然不見了。因爲被捕的人中有茅盾的部下，盛世才對他和張仲實說：這些人是陰謀集團，企圖發動政變！文幹班也有兩名學員被捕。盛說他們是刺客。（同上）

本月

十七日　德軍在布拉格和布爾諾逮捕大學生，封閉所有大學，屠殺九名學生。

日軍從海路進攻廣西南部，佔領南寧，粵桂沿海地區淪陷。

十二月

一日　發表《送一九三九年》（散文）。載《反帝戰線》第三卷第三期。現收《茅盾全集》第十六卷。時評指出：「中華民族抗戰之最後勝利必不在遠。」

同月　考慮如何離開新疆。與仲實一道和孟一鳴商量，孟說慢慢來，據他分析，二人名聲大，平時言行又謹慎，盛世才還不至於下手。要等待時機，不宜貿然提出辭職。（《新疆風雨》（下）——回憶錄〔二十五〕）

月底　原來認識的塔斯杜羅果夫自重慶經新疆回國休假。羅果夫通過總領事和茅盾見了面。茅盾提出去蘇聯的要求，未果。（同上）

本月

美國同二十一個國家簽訂互惠條約。

蔣介石命令胡宗南部進犯邊區，掀起第一次反共高潮。